Le Régiment noir

Du même auteur
aux Éditions J'ai lu

Œdipe sur la route, *J'ai lu* 5501
Antigone, *J'ai lu* 5818

Henry Bauchau

Le Régiment noir

Nouvelle édition revue par l'auteur avec la collaboration de Françoise Munoz

J'AI LU

à Conrad Stein

Ma foi en la vie s'accroche au principe que nous, hommes de couleur, transformerons bientôt en un monde harmonieux cette mascarade chaotique. Mais d'abord nous devons détruire le malfaiteur, déraciner ses idéaux, sa morale et ses institutions.

GEORGE JACKSON

D'UNE RELECTURE

Le 1er septembre 1968, jour où j'ai achevé la première version de ce livre, je notais dans mon journal : « Détente, presque joie. Beaucoup de travail encore pour achever ce livre, mais l'essentiel est fait. Jusqu'ici je travaillais sur une dictée inconsciente souvent à peine audible, sur des surgissements d'images liés par un récit aux mailles trop larges ou trop serrées. Maintenant une matière est là que je peux pétrir et mettre en forme, il y a des personnages que je puis entendre et voir agir en moi. »

Trente-deux ans plus tard, je pourrais écrire la même chose du roman auquel je travaille aujourd'hui. Alors que les événements des années soixante s'estompent, deviennent déjà ceux d'un autre siècle, je suis frappé en révisant Le Régiment noir *par la proximité de ses personnages et des aventures qu'ils m'ont fait vivre.*

Les années qui se sont écoulées depuis l'écriture de ce livre m'ont – peut-être – un peu éveillé aux autres et à moi-même, mais elles ont aussi pesé de tout leur poids sur mon corps et sur mon esprit. Il n'en va pas de même pour Johnson, Pierre et leurs compagnons du régiment noir, pas plus que pour Shenandoah ou Mademoiselle Mérence ; je constate avec surprise que le temps ne les a pas éloignés et qu'ils ne sont pas en moi des présences effacées ou ternies. Je les retrouve dans l'ardeur du sang qui fut celle de l'écriture du livre, dans le feu de jeunesse, les transes de la vingtième année.

Pour l'éprouver il faut courir le risque, l'aventure de la lecture qui fait que, à côté de ce que nous nommons la vie réelle, soumise au temps, nous vivons aussi dans une autre existence, celle de l'imaginaire – l'océan de l'imaginaire – où nous naviguons parmi les îles tumultueuses et sur les grands fonds d'un perpétuel présent.

Qu'est-ce qui est plus vrai, ce que j'ai vécu dans l'effort en écrivant ce livre pendant trois ans ou ce qui a eu lieu en moi, ce qui a été vécu, avec une liberté croissante, par mes personnages au cours des mêmes années ? Sans doute n'y a-t-il pas de réponse à cette interrogation : sans l'effort de la vie courante il n'y a pas d'œuvre, sans le rêve et l'imaginaire il n'y a pas de vie possible.

Le Régiment noir *dessine un parcours initiatique à travers la violence et la guerre. Pierre doit quitter son pays, rompre dans la colère avec sa mère, pour s'inventer lui-même dans l'action. Au péril de sa vie, Johnson rejette l'esclavage, se lie d'amitié avec Pierre et devient avec lui un homme des canons. Ils vont former un régiment d'anciens esclaves et après des années de lutte voir se rapprocher la victoire. À ce moment les événements, une blessure de Pierre, un combat où Johnson est fait prisonnier, vont les séparer. Au début, leur initiation n'est pas individuelle mais collective. Ils vivent avec le régiment et dans son sein les épreuves de la guerre et les transformations qu'elle exige de tous.*

Devenu instituteur dans un petit village noir, Johnson ne deviendra pas le chef prestigieux des Noirs d'Amérique qu'avait espéré Pierre. Celui-ci comprend que si la guerre a supprimé l'esclavage, elle n'a pas résolu le problème racial et que Johnson et lui ont participé à une guerre de Blancs.

À la fin du livre, le narrateur renonce au désir d'un père fort qui l'a engagé dans l'espace illimité du roman. Avant la dernière épreuve de Pierre et de Johnson, il donne à Pierre, pour qu'il renonce à la violence, Mademoiselle Mérence qu'il avait créée pour être l'objet caché du cœur, le trésor d'une enfance blessée.

Au début du roman, la scène du rêve dit : « Il faut libérer l'esclave Johnson. » Vous avez compris en chemin que cet esclave c'est vous-même et que vous êtes, aussi, son seul libérateur possible. À la fin du livre, il est écrit :

« Le jour va poindre, la Fête du Grand Été est finie. Qui a dit qu'elle se passait la nuit ? Dans le souvenir des enfants il y a toujours beaucoup de soleil. » Le narrateur, en écrivant ces lignes, les avait senties justes mais sans les comprendre. C'est beaucoup plus tard, après avoir longuement vécu sur la route avec Œdipe et Antigone, qu'il a compris que, sous le masque guerrier du Régiment noir, *il n'avait raconté qu'une histoire d'enfants. L'histoire aventureuse d'une Amérique d'autrefois en soulevant un peu le voile amnésique qui recouvre les joies, les épreuves, les traversées de la nuit et le courageux soleil des enfances.*

H. B.
avril 2000

La Sécession

GÉNÉALOGIE DES PERSONNAGES

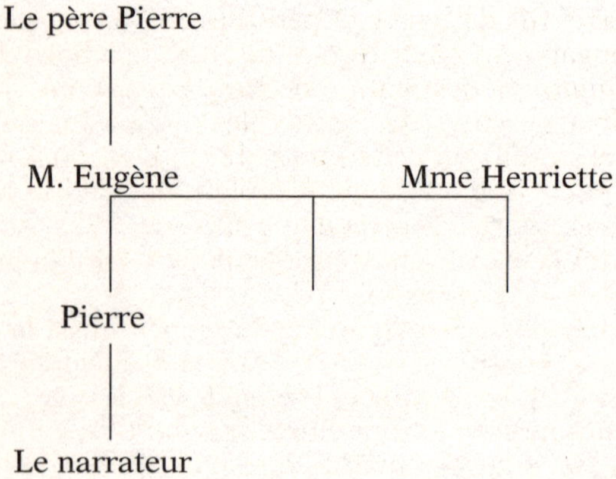

Au commencement, il y a la scène. La scène du rêve où vous vous éveillez le matin avec ces mots sur les lèvres : il faut libérer l'esclave Johnson. Vous en chercherez le sens plus tard, car il faut d'abord vous occuper de Pierre, fils d'Eugène et petit-fils de Pierre, que vous avez engagé dans la traversée de l'océan, à bord du voilier *Flandria*, à destination de New York. Vous le plongez ainsi au cœur de vos perplexités, en lui donnant vingt et un ans en cette année 1861, bien qu'il ne soit né qu'en 1879 dans ce qui semblait jusqu'ici la réalité. Mais qu'importe la chronologie puisque c'est vous – son fils – qui l'envoyez en Amérique pour y faire la guerre. La guerre de Sécession.

Cachée dans la matière du rêve, il y a aussi la scène familiale. Le père, la mère et sur eux quelques traces encore vives d'une lumière originelle que les générations suivantes ne connaîtront plus. Les enfants, comme dans la Genèse, sont des mâles. Par la vigueur et l'éclat du sang, le cadet peut jouer le rôle attirant de Caïn. Avec astuce et douceur apparente, le second tient l'emploi ambigu d'Abel. C'est l'aîné, c'est Pierre qui n'a pas reçu de rôle et qu'on voit, mal à l'aise, errer sur le bord de la scène. Il n'est pas comme les autres, on dirait qu'on l'a poussé du nid. Il n'a pas de plumes éclatantes, il est vêtu de duvet gris. Pourtant, sous le tissu de la mauvaise action, on devine des formes sobres et déliées, mais cette force, cette chaleur secrète viennent d'une autre maison et ce ne sont pas ceux d'ici qui les lui ont données.

Comme on s'y attendait, la scène se passe dans le bureau de M. Eugène, qui est meublé d'ébène, avec de profonds fauteuils où l'on s'enlise. Sur la cheminée, de chaque côté de la pendule au sommet de laquelle Vendredi s'agenouille, noir et nu, devant un Robinson doré, il y a un médaillon et une boîte de cristal. Le portrait est celui d'un capitaine de l'Empire, le père Pierre y est représenté avec ce visage très jeune qu'il avait avant la retraite de Russie et l'amputation de son bras gauche à Leipzig. Dans la boîte, sont ses décorations, retrouvées après sa mort dans une enveloppe.

Le feu et la vigueur de Pierre viennent du grand-père et de la maison grise au bord de la rivière où tourne la roue de la forge. Le froid vient des autres. Le père Pierre est maître dans son métier, batteur de fer à quatre compagnons, comme ceux qui l'ont précédé. Son atelier est le dernier de la province et, après lui, personne ne battra plus le fer dans ce pays d'antique métallurgie.

Peut-être est-ce pour cela que lui, qui n'a jamais parlé de ses campagnes à personne, les raconte sans fin au petit garçon pendant leurs longues promenades ou le soir après le repas, tandis que la grand-mère entame sa vaisselle et prépare le café. Pierre retient pêle-mêle les villes prises ou perdues, les marches sans pain et sans fourrage, les mises en batterie sous le feu, la longue navigation dans la fumée des batailles, que rompt le galop des chevaux ennemis qui vous chargent. Avec l'amour et le soin des canons, il apprend la haine de tous ceux qui, la lance ou le sabre au poing – cosaques, dragons, uhlans –, fondent sur vous pour vous chasser, vous tuer, saisir et posséder vos armes. À travers les récits emmêlés du père Pierre, il pressent un mystère des métaux dont les canons sont l'opération passionnée. Dans la boue, la poussière ou la neige, au milieu du danger et de la peur, l'honneur, la gloire bien cachée sont de tirer du métal, non un hasard heureux ou des pulsions éclatantes mais, par la règle du calcul, un emploi médité, suivi de résultats précis. Oui, c'est là, dans la naïve parole, que Pierre entrevoit l'existence d'un autre pouvoir, d'un exercice plus ferme et plus sobre de soi-même. Trottinant à côté du vieil homme perdu dans ses pensées et qui allonge le pas, c'est à lui que, sans le savoir mais sans recours, il fait serment.

Ce sont les années de bonheur, quand après la maladie de sa mère, mal relevée de ses couches, il est confié aux grands-parents. La maison grise est sa maison, la forge son royaume, habité par le feu et le rire des quatre compagnons, qui sont ses maîtres et ses amis très puissants. La grand-mère retrouve sa jeunesse en s'occupant de lui. Elle a toujours eu un peu peur de son fils et elle est si intimidée par sa bru qu'elle n'a jamais pu se résoudre à l'appeler par son prénom. Quand l'enfant revient de la forge, les mains noires et le tablier roussi, elle s'écrie, effrayée : Quelle allure, que dirait Mme Henriette ! Et le père Pierre, l'œil amusé sous ses sourcils épais, s'est mis lui aussi à l'appeler Mme Henriette. Pierre ne peut plus penser à sa mère que sous ce nom, menaçant quand on est avec grand-mère, mais qui devient agréablement moqueur dans la bouche du vieux, car on sait qu'en face de lui, plus encore qu'avec son mari, Mme Henriette file doux.

Un jour, vers la fin du bonheur, M. Eugène est venu avec son second fils qui portait des bottines jaunes et des gants. Pierre l'a emmené à la forge, mais il a eu peur du feu et du tumulte des marteaux. François a dit au plus jeune des compagnons : Martin, ramène M. Antoine à la maison. Il a été surpris, puis heureux de cette différence, car personne évidemment n'a jamais songé à l'appeler M. Pierre.

Le jour de ses sept ans, les compagnons lui ont donné une petite enclume, des pinces et un marteau qu'ils avaient forgés en cachette. Jamais il n'a été aussi heureux et il a voulu les essayer tout de suite. Le grand-père en le regardant a dit : Le garçon n'est pas manchot, mais ne lui mettez pas trop l'idée de l'atelier en tête, M. Eugène ne va pas en faire un forgeron. Et François : L'enfant a la forge dans le sang, c'est dans le corps ces choses-là. Au bout du compte, ce n'est pas nous qui choisissons le métier, c'est lui qui nous prend. Le père

Pierre approuve, mais il a reçu ce matin une lettre de Mme Henriette qui lui demande de mettre son aîné à l'école.

Les compagnons sont venus le voir pour le repas d'anniversaire. On a bu, chanté, raconté des histoires, on a applaudi Pierre soufflant d'un coup ses sept bougies. Personne ne l'a envoyé se coucher et c'est François qui l'a porté endormi dans son lit. Le lendemain, le père Pierre ne l'a pas envoyé à l'école. Il est allé voir l'instituteur, il a rapporté des livres et des cahiers et tous les jours, après le goûter, il le fait travailler. Ainsi il lui reste du temps pour aller dans la forêt avec les charbonniers et les bûcherons et surtout pour travailler à la forge.

Cela dure deux ans, puis le père Pierre, touché par l'âge, se met à tousser et à maigrir. M. Eugène vient le voir et il emmène son fils pour le mettre à l'école à Sainpierre. Là, les garçons ne savent que jouer aux barres ou aux billes, et les maîtres ne parlent jamais – et apparemment ne connaissent rien – des choses passionnantes que les hommes font avec leurs mains. Pierre s'ennuie, mais se montre bon élève. C'est qu'entre le grand-père et lui il y a un pacte tacite. Pour revenir dans la vallée, il faut contenter M. Eugène, qui est un excellent ingénieur et le seul capable, comme on l'a souvent entendu dire à l'atelier par les ouvriers, de faire connaître dans le monde les deux machines inventées par le père Pierre. Au lieu du retour à la maison grise, vient le temps des mauvaises nouvelles. La grand-mère s'éteint sans bruit comme elle a vécu et Pierre ne l'a plus revue vivante. Quelques semaines plus tard, c'est le père Pierre qui va plus mal.

À la gare, François les attend, avec la charrette et le rouan sur lequel il a appris à Pierre à monter à cheval. Lente montée, le cœur serré, vers la maison grise, pendant que M. Eugène et François parlent à voix basse. De loin, on entend le grondement cahoté de la roue dans le bief et le bruit des marteaux. Le vieux, évidemment, n'a pas voulu qu'on arrête. Sous l'appentis, le père et le fils voient tout de suite la deuxième machine terminée. M. Eugène la regarde avec attention, puis avec admiration. Il la met en marche, l'arrête et ne se lasse pas de la flatter amoureusement des mains comme un cheval. C'est qu'il est du métier et, pour la première fois de sa vie, Pierre ne se sent plus intimidé devant lui. Les compagnons ont arrêté le travail et sont venus à la porte de la forge pour voir ce que le fieu en pense. Il dit : C'est la perfection. Faire ça, sans machine et dans ce petit atelier, c'est un tour de force ! Alors, les regards des ouvriers croisent celui de l'enfant et il y a, autour de la machine, des hommes qui sont contents. Mais déjà M. Eugène s'est détourné et se dirige vers la maison. Il n'a pas vu, il ne verra jamais le visage de son fils quand il est heureux.

Pierre entre derrière ses parents dans la chambre aux volets mi-clos où on ne distingue d'abord que la silhouette blanche et noire de la religieuse. Puis, sous les draps, des volumes affaiblis, une face étrangement blanche où les ouvertures, les aspérités, les ombres, en se creusant, ont formé entre elles des relations différentes. Les yeux agrandis, fiévreux, humides, ont gardé leur pâleur de métal et sont encore ceux du père Pierre, peut-être ceux du capitaine Pierre. Il esquisse, en voyant son fils, une sorte de sourire : « Tu l'as vue ? – Oui, je l'ai vue. » M. Eugène sourit, répète : Une perfection, un tour de force ! Geste vers lui du vieillard : Elle est à toi, maintenant. Vaine protestation du couple : Mais vous allez guérir ! Il dédaigne de répondre, puis fait un autre geste, impatient, et prononce quelques mots inintelligibles. La religieuse traduit, il leur demande d'aller s'installer dans leur chambre et de lui laisser l'enfant.

Ils sortent avec elle, montent l'escalier dont la troisième marche grince un peu. Pierre s'approche du lit, se colle contre la puissante épaule du forgeron qui fait encore saillie sous les draps. L'unique main, amaigrie et calleuse, glisse péniblement vers lui, saisit les siennes. Les yeux du vieil homme disent : Ne pleure pas, surtout ne pleure pas. Si on commence, on ne sait pas jusqu'où on peut aller avec les larmes. Son regard interroge : Est-ce que ça va à Sainpierre ? Est-ce que tu es heureux ? L'enfant murmure : Je voulais revenir, je voulais tellement revenir... Sa voix s'étrangle, mais il ne pleure pas et pose seulement sa joue sur la forte main, marquée de taches brunes. Il relève son regard, celui du père Pierre signifie : Tu nous as manqué, tu nous as beaucoup manqué. Sa voix dit : Je vais mourir, qu'est-ce que tu vas faire quand tu seras grand ? La réponse jaillit très claire : Comme toi. Le regard gris s'immobilise : C'est impossible. On va fermer la forge. Fabriquer nos machines à Sainpierre. Ton père...

L'enfant n'a pas prévu ce coup et son regard s'affole un instant. Il dit : Alors officier, comme toi. On entend à l'étage au-dessus les pas de Mme Henriette, qui vide les valises et tente de rendre les chambres glacées un peu plus confortables. Le père, assez pâle, en grand deuil, doit se réchauffer devant le poêle de fonte que l'on vient d'allumer. Le regard du vieillard fléchit, tombe dans une mortelle lassitude, puis d'un mouvement se ranime : C'est une idée... des batailles... je vois de grandes batailles... Ta hausse... tes hommes... toujours savoir le nombre... le nombre de coups qui te restent. Les yeux pâles chavirent, semblent s'éteindre.

Le père et Mme Henriette entrent dans la chambre en portant les prie-Dieu qui sont dans le corridor à côté du bahut. La religieuse vient de leur dire que le grand-père pouvait mourir d'un instant à l'autre. Les signes sont là.

Ils s'agenouillent en face du lit et Pierre pense qu'il devrait lui aussi se mettre à genoux et prier, mais la main du vieillard le maintient debout et il s'aperçoit qu'il ne se souvient plus d'aucune prière. Alors il dit très vite et très bas : Comme toi, comme toi, et cela fait l'effet d'une prière.

À grand-peine, les yeux gris s'ouvrent à nouveau, retrouvent ceux du garçon, veulent intensément lui communiquer quelque chose que, malgré tous ses efforts, l'enfant ne peut déchiffrer.

Alors la main se détache de celles de Pierre, s'élève, s'avance, esquisse un geste vers la bouche. Quelle bouche ? La bouche du cheval. Sous le feu... rends la main... Comme ceci... La main fait un dernier effort pour indiquer la position juste... pour dire que le cheval sait mieux... oui, sait mieux... puis elle retombe doucement sur le drap.

Mme Henriette lit en remuant les lèvres les psaumes de la Pénitence dans son paroissien romain. M. Eugène, la tête baissée, les coudes sur l'appui de la chaise, pense à son père, aux deux machines et sans doute à ses affaires. La religieuse est sortie. Le père Pierre est mort et personne ne le sait. Un immense sanglot s'élève de la gorge de l'enfant, réprimé aussitôt par un sec : Ne pleure pas ! Le choc entre les deux mouvements produit un cri, une sorte de rire et de hennissement convulsifs. Epouvanté, Pierre s'élance vers la porte, descend vers l'escalier à la volée en faisant un bruit affreux avec ses bottines et cette trace de rire qui lui sort de la gorge et s'acharne derrière lui. Mme Henriette veut poursuivre son fils, l'arrêter, mais son mari la retient par le bras. La religieuse entre. Elle a entendu le rire de Pierre et le bruit qu'il a fait dans l'escalier. Elle s'approche du corps avec M. Eugène. Elle se signe et dit : Il a passé, le petit l'a vu. Elle lui ferme les yeux très soigneusement et lui fixe la mâchoire avec une bande. M. Eugène est ému mais ferme. Mme Henriette pleure et récite des bribes de prière. Elle embrasse son mari : C'est si dur, si peu de temps après votre mère. Puis elle pense : Où est Pierre ? Pierre a couru jusqu'à la forge. Il est resté sur le seuil, la poitrine gonflée de sanglots, incapable de dire un mot. Ils ont posé leurs outils, ils ont enlevé leurs casquettes. Puis François s'est approché et a serré Pierre contre lui. La figure contre la ceinture de cuir et le pantalon de velours à grosses côtes, il demeure là un long moment à étouffer ses sanglots et à reprendre son souffle. Quand il se redresse, il est calme. Les hommes ne disent rien, mais ils ont toujours la tête découverte. François et Martin le prennent par la main pour retourner à la maison et les deux autres suivent. Ils coupent une branche de buis et versent dans un bol le contenu de la demi-bouteille d'eau bénite restée après la mort de la grand-mère. Mme Henriette est rassurée en les voyant entrer avec Pierre. L'ordre est rétabli et chacun trace, avec le buis trempé d'eau bénite, le signe de la croix sur le corps du mort. Puis tous attendent en silence le curé qui a promis de venir dire les prières convenables.

Mme Henriette se demande pourquoi son aîné, au lieu de venir s'agenouiller près d'eux, se tient obstinément debout au fond de la chambre avec les ouvriers. Le soir, elle et son mari n'ont pas faim et refusent de dîner. Pierre descend à la cuisine avec François et la religieuse. Mme Henriette s'étonne de le voir manger normalement et parler avec eux, alors qu'elle se sent incapable d'avaler une bouchée.

Elle ne saura pas que Pierre s'est fait éveiller pour la deuxième veille et ne s'est endormi qu'au matin, la tête sur les genoux de François. C'est ainsi que M. Eugène le trouve quand il entre, à sept heures, dans la chambre du mort. Il y a ensuite les funérailles, le repas funèbre, des heures, des jours qui ressemblent à un cortège de malheur. Il y a les deux dalles de pierre bleue avec leurs inscriptions toutes fraîches sur lesquelles la pluie ruisselle. Il y a la décision de fermer la forge, de vendre la maison grise, et la dispersion des compagnons. Pour la première fois, Pierre entend des cris de fureur dans la forge. C'est Martin qui ne se contient plus. Oui, Josse et toi, le fieu vous embauche pour son usine. Mais nous pas. Il nous aurait bien pris, mais la garce ne veut pas. Je le sais par Irma qui l'a entendue de la cuisine. Pas d'ouvriers d'ici, qu'elle a dit, tous des têtes dures. Eugène a dit qu'il avait absolument besoin de François et de Josse. Bon pour ceux-là, qu'elle répond, mais pas les autres. Ton père leur a donné de mauvaises habitudes, ils n'ont pas le respect de leurs supérieurs. Alors, il est venu nous proposer de bonnes places. Vous savez où ? À Ougrée, où ils sont déjà des milliers à crever la faim. J'ai dit : J'aime encore mieux partir en Amérique. À votre aise, qu'il fait. À votre aise, eh bien oui, à mon aise ! Et voilà un marteau qui file, qui brise les vitres noires et va s'abattre dans le bief. Pierre pousse la porte, il a l'impression qu'un voile vient de se déchirer. Martin, qu'est-ce qu'il y a ? Martin ouvre la bouche, on va savoir, on va comprendre. Mais il s'arrête, il dit seulement : Bon, j'irai en Amérique. Dans ce pays, on a sûrement besoin de forgerons. Tu viens avec moi, René ? Et ma femme ? Moi, je n'ai pas de femme, pas de mômes, rien que mes outils, et même je n'ai plus de marteau. Pierre décroche celui du grand-père qui ne servira plus et le lui donne. Martin le prend, le fait sauter dans sa main. Il pense que le marteau du père Pierre va lui porter chance là-bas. René et lui rangent leurs outils dans de gros sacs de tapisserie, ils serrent la main des deux autres, soulèvent Pierre très haut dans leurs bras, l'embrassent et s'en vont pour toujours en agitant leurs casquettes.

M. Eugène apprend à son fils que son grand-père, par testament, lui a fait un legs. Qu'est-ce que c'est un legs ? C'est un cadeau qu'il t'a fait pour que tu puisses avoir un cheval. Il te lègue aussi ses éperons. Ce sont les éperons que le père Pierre a forgés lui-même avant de partir à l'armée et qu'il a portés durant toutes ses campagnes. Dans la douleur et le désarroi de ces journées, les éperons sont comme une promesse d'avenir et de rémission. Mais il comprend vite que le legs du grand-père a blessé Mme Henriette. En montant se coucher, il l'entend dire à son mari : C'est bien une idée de ton père, pourquoi est-ce qu'il favorise un de nos fils aux dépens des autres ? C'est une injustice, une de plus. Jamais il ne s'est intéressé aux plus jeunes qui valent pourtant Pierre. Pierre comprend très bien qu'elle pense : qui valent mieux que lui. Peut-être ? Peut-être qu'il n'est pas capable de lutter avec eux pour garder sa part de l'amour maternel. Ce n'est plus de cela qu'il s'agit maintenant, mais de retourner à Sainpierre, à l'école, et de travailler pour satisfaire M. Eugène qui va fabriquer nos machines.

Le temps s'est remis au beau, le départ pour Sainpierre a lieu ce matin. Il y a beaucoup de bagages et M. Eugène a retenu pour descendre à la gare les deux voitures louées pour les funérailles. Mme Henriette est déjà installée dans la première. M. Eugène donne à Josse les dernières instructions pour la vente de la maison qui doit avoir lieu la semaine suivante. Il regarde sa montre : Il est temps de partir, où est Pierre ? Le voilà qui sort de la forge avec un objet volumineux. Mme Henriette crie : Laisse ça, nous allons rater le train. Il se presse mais sans lâcher son fardeau qui lui a déjà sali les mains et les genoux. Heureusement qu'il a des vêtements noirs. Mme Henriette relève son voile : Je ne veux pas de cette saleté à Sainpierre. Pierre trébuche en arrivant à la voiture et tombe avec son enclume sur les jambes de sa mère. Elle crie, la douleur lui emplit les yeux de larmes et le bas de sa robe est abîmé. Je t'avais dit... jette ça tout de suite ! Il la regarde : C'est mon enclume... Ton enclume ! François, jetez-moi ça ! François sort l'enclume, la donne à Josse. M. Eugène entre par l'autre porte, s'assied à côté de sa femme. Le cocher s'impatiente, le cheval part. François ferme la porte et saute en courant sur le siège.

Qu'est-ce qu'il y a, dit M. Eugène, stupéfait, en les voyant tous les deux. C'est sa fameuse enclume avec laquelle il m'a écrasé les jambes. Mais enfin, dit M. Eugène, tu l'as eue pour tes sept ans, elle est trop petite maintenant. Pourquoi est-ce que Pierre ne dit pas : C'est grand-père qui me l'a donnée. Comme d'habitude, il ne dit rien. La tête sur les genoux, il est incapable de retenir ses larmes. Le père est touché de sa détresse : Je demanderai à François de t'en faire une autre, plus grande. Non, je n'en veux plus ! Mme Henriette, qui a repris son calme, pense que ce sont bien des simagrées pour un vieux morceau de fer. Mais son mari prend le désespoir de son fils au sérieux. Il avance la main pour caresser la tête de Pierre, l'attirer à lui, le prendre sur ses genoux. Une étrange timidité le retient et puis ce sont les femmes qui savent consoler les enfants. Il lui fait un signe, elle se penche en avant et, de sa main soigneusement gantée, caresse la tête de Pierre. Il ressent la douceur du geste, ses sanglots redoublent, ce qui est bon signe. Elle l'entoure de ses bras, met sa tête contre la sienne. Ils restent un instant ainsi, suivant ensemble le mouvement de la voiture et parfois poussés plus fort l'un vers l'autre par un cahot. Elle dit très bas à son oreille : Je ne savais pas. Je ne savais pas que tu y tenais tant. On la fera venir. Ils approchent de la gare, elle pense qu'il faut en finir et veut soulever son visage pour lui essuyer les yeux. D'un regard, elle a demandé au père de lui donner son mouchoir, un grand mouchoir blanc, très fin, qu'elle déplie. Mais à ce moment, l'enfant qui peu à peu s'est détendu et abandonné dans ses bras, se crispe et résiste. Elle insiste avec des petits mots tendres qui ne font que le durcir. Soudain la colère la prend, elle veut voir le petit visage tuméfié et larmoyant, ce visage qui lui appartient. Elle veut l'essuyer, l'embrasser, lui rendre la paix. Pierre est éperdu. Ne pleure pas, a dit le regard gris, ou au moins ne montre pas tes larmes. Mais sa mère est forte, elle est la plus forte, d'un mouvement doux et irrésistible, elle soulève le petit menton volontaire, elle voit les yeux rougis, pleins d'une terreur qu'elle ne comprend pas. C'est fini, c'est fini, murmure-t-elle, la joue contre ses cheveux. Elle sent, sous son bras, la nuque raide de son fils se détendre, consentir. C'est à ce moment que Pierre, d'un brusque mouvement, happe entre ses dents la main bien-aimée. De toutes ses forces, à travers le gant noir, il mord. Il y a un cri, il y a un long gémissement de femme. Quelques jours plus tard, on le met en pension chez les jésuites. Il y restera dix ans.

Passent les années monotones où la vie coule, lente et sans saveur. Cours grises, corridors béants où le désir erre et bouillonne sans objet. Grammaire, syntaxe, saisons noires où parfois, du cuveau des textes, émerge un scandaleux soleil. Mais l'histoire est plus violente et les mathématiques plus certaines. C'est là qu'il excelle, se contentant pour le reste de demeurer dans le groupe de tête afin de satisfaire M. Eugène. François vient le voir une fois par trimestre, le voyage est long et coûteux depuis Sainpierre. Pendant les vacances, c'est lui qui le fait monter à cheval et qui lui enseigne tout ce qu'il a appris durant les dix années où il a été sous-officier dans l'artillerie légère. Pierre ne devient pas un cavalier brillant, les demoiselles de Sainpierre n'écartent pas leurs rideaux pour le voir passer, mais il a une assiette naturelle, la main juste et il ne fait qu'un avec son cheval. Dans les courses et les concours hippiques de la ville, il remporte des succès qui étonnent. Il méprise ce cirque, mais François tient pour assuré qu'un officier d'artillerie doit être aussi un homme de cheval.

Vient la dernière année où le père demande : Qu'allez-vous faire l'an prochain ? Pierre se trouble sous le regard froid et toujours un peu ironique qui le scrute.

Officier. Si la réponse étonne M. Eugène, elle ne lui déplaît pas. Il est en train de tailler, à la tribu dépossédée, un nouveau fief industriel, mais il connaît bien ses actionnaires, il pourra faire entrer dans l'affaire un de ses fils, deux peut-être, sûrement pas trois.

« Vous voulez être artilleur, comme grand-père ? – Comme lui ! » Le garçon rougit d'avoir répondu avec tant d'élan.

Le père est touché, un sourire très jeune monte à ses lèvres. Pierre croit sa cause gagnée, il lance : Vous êtes d'accord ? Du ton de quelqu'un qui ne peut pas y croire. Le sourire s'efface des lèvres du père. Il ne fallait pas aller si vite car nous avons à nouveau devant nous M. Eugène qui dit, comme on s'y attendait : Je vais y réfléchir et en parler à votre mère.

C'est ici que Pierre devrait s'écrier : Vous savez bien que maman ne comprendra pas. Mais il ne réagit pas, il a un petit sourire navré et sort sans mot dire du bureau paternel.

La résistance de sa femme surprend M. Eugène. De tout son passé de bourgeoise flamande, elle déteste l'armée et méprise les officiers, ces bons à rien, ces trousseurs de jupes, ces coureurs de dots. Notre fils aîné ! Quel exemple pour les deux autres ! Et pour lui, pensez à ce caractère renfermé, à ce fond de violence, souvenez-vous de ma main blessée.

Jamais M. Eugène n'a heurté sa femme de front, jamais il n'y a eu de conflit entre eux. Il l'aime et il a bâti sa fortune grâce à l'argent et aux puissantes relations qu'elle lui a apportés. Il sait qu'à moins de risquer une rupture il ne peut pas d'emblée dire non à son fils. La solution qu'il trouve est dans la ligne de celles qui, jusqu'ici, ont assuré son succès. D'abord mettre le temps de son côté, ensuite ne pas prendre l'adversaire de front et le tourner, sans qu'il s'en aperçoive, à l'aide de ses propres arguments.

Pierre est autorisé à présenter le concours d'entrée à l'École militaire l'année suivante, mais il prend l'engagement, s'il échoue, de renoncer définitivement à l'armée pour devenir ingénieur.

Il le savait bien, M. Eugène, qu'il fallait deux années de mathématiques supérieures pour préparer le concours d'entrée aux armes spéciales. Il savait que Pierre n'avait aucune chance d'y arriver seul, en un an. Il avait bien mesuré le caractère de son fils, son obéissance à la loi et à la parole donnée. Pierre a tout le temps, pendant que les jours passent et qu'il s'épuise sur une matière trop vaste, de mesurer l'étendue du piège qui lui a été tendu. Quand, pris de frayeur dans les derniers mois, il demande un répétiteur, son ton froid : J'ai toujours préparé mes examens tout seul. M. Eugène ne prend pas de risques.

Dans la cabine du *Flandria*, il revoit les mois de préparation intense, calfeutré dans sa chambre, les nuits passées couché sur le plancher afin de ne pas s'endormir. Finalement, il lui manque deux points pour être reçu.

Le bateau monte sur la houle atlantique, redescend. Que son mouvement est loin de Sainpierre, des carillons qui sonnent à la tombée du jour, de l'usine qui est au pied de la colline du camp César, et de l'autre qui est plus loin, le long du canal.

Quand il revient après la publication des résultats, il est à la fois effrayé et désespéré. Son échec. Il faut avouer à M. Eugène le premier échec de ses études. Le père a bien tenu son rôle. Son air grave et un peu attristé : Je sais que vous avez fait tout votre possible. Le concours est difficile, incertain comme tous les concours. Mais vos efforts ne sont pas entièrement perdus, ils vous serviront dans une autre voie, plus moderne, plus adaptée à vos possibilités.

Là, il a protesté : Mais tous ceux qui ont réussi ont fait deux ans, trois ans de mathématiques.

Son air qui redevient froid, sa voix nette, abstraite : Nous avions un accord, n'y revenons plus.

Il faut y revenir ! Nous sommes là, ses enfants, tous les six peut-être, à le pousser en avant, à le guider vers la colère. Car voici que Mme Henriette s'approche, elle a du chagrin, elle a une sorte de chagrin à le voir revenir maigre, pâle, après tant d'efforts et sans rien dans les mains. Elle lui ouvre les bras : « Oui, n'en parlons plus, mon chéri, car nous le savons vous avez tant travaillé. Nous vous entendions la nuit vous coucher sur le tapis pour étudier. Vous n'avez rien à vous reprocher. Et ce jour où vous vous êtes endormi à table devant votre tante. Ne soyez pas triste, vous avez votre conscience pour vous. » Elle enserre tendrement ses épaules, en ce moment elle l'aime, d'un vrai mouvement de compassion. Et lui est pris de doute. Se peut-il qu'elle l'aime autant que les autres, qui sont restés près d'elle, qui n'ont pas passé dix années en pension. Il respire, dans le creux de l'épaule, son léger parfum, tendre et honnête, provincial. Sa joue maigre s'appuie sur la belle courbe de la sienne. Il connaît un bref moment de bonheur qu'il se rappellera toute sa vie. Car c'est là que j'interviens, là que je guide son regard vers le mur où pend la pesante, la détestable glace de Venise qui a opprimé notre enfance. Il peut y voir son corps mince, enlacé par la mère et qui semble émerger de son énorme jupe. Il voit leurs visages embrassés. Oui, ses lèvres sont sur mes joues, mais son regard est tourné vers lui. Le long regard admiratif est dédié au père et lui dit : Tu as eu raison. Une fois de plus, tu as eu raison, c'est comme cela qu'il fallait faire. Et lui sans doute, au fond de la pièce, dans le lieu que je ne puis voir, lui répond par un sourire presque semblable qui signifie : Tu vois, avec ton aide, il ne sera pas trop malheureux. Tout cela s'arrangera, tout s'arrange toujours.

Oui, c'est moi qui le force à penser : Ils m'ont eu et, sous leurs airs de bonté, ils se réjouissent de ma défaite. Ils ont arrangé cela à deux, dans leur amour l'un pour l'autre, au sein duquel moi, l'aîné, celui qui n'est pas un monsieur, pas un vrai, celui de la maison grise et du vieux sang qu'ils renient, je ne dois pas être un sujet de trouble et de désunion.

Ils ont pris pour cela tout un an, oui, trois cent soixante-six jours – car l'année est bissextile – où ils se sont dit : Pierre échouera et ainsi nous ne serons pas divisés, nous ne serons pas dérangés dans notre union. Trois cent soixante-six jours où M. Eugène m'a peu à peu encerclé, comme il fait dans ses conseils d'administration. Parlant peu, ne refusant jamais rien, se contentant de faire durer le débat et lorsque tous ont beaucoup parlé et commencent à regarder leurs montres, amenant son idée, qui paraît si semblable aux leurs qu'ils ne peuvent la refuser – car alors aussi ils manqueraient leur train – ni la reconnaître lorsque, plus tard, il la met en action. Et maintenant, pour finir, il m'encercle ici dans les bras de Mme Henriette. Ce qui est agréable, bien rare et bien agréable, mais je ne suis pas un actionnaire et je n'ai aucun train à prendre.

Pierre se dégage d'un mouvement brusque, il défait, sans douceur, les bras noués autour de son cou. Il voit, avec une sorte de joie, dans le miroir, la stupeur, la colère monter dans les yeux de Mme Henriette, son visage s'enflammer. Puis ses efforts pour apaiser sa colère, réprimée par le regard de l'autre : Sois calme, sois calme, n'en faisons pas une histoire.

Oui, il faut, à travers les années, regarder dans le miroir et voir enfin monter sur les lèvres de Pierre ce léger sourire sombre et insultant qui veut dire : Vous m'avez eu, je sais, je sais. Vous avez eu votre fils, eh bien, vous êtes très forts, tous les deux. Et je sais ce que vous vous dites le soir en allant vous coucher : Quel étrange garçon, toujours si brusque, si sec, parfois je pense qu'il n'a pas beaucoup de cœur. Et vous qui répondez : Si, il a du cœur mais c'est un grand timide et, peut-être à cause de toutes ces années chez mon père et ensuite au collège, il manque d'aisance, il ne trouve jamais le geste à faire. – Dites plutôt qu'il trouve toujours celui qui blesse, vous avez vu tout à l'heure quand j'ai voulu le consoler. J'aurais pu cependant être fâchée, toute la ville va parler de son échec. Et lui : Si on en parle, vous direz... Il y a toute une vie que M. Eugène lui explique ce qu'elle doit dire et que de sa jolie voix elle commence : Eugène dit, Eugène pense, votre père désire... C'est à ce moment que j'entends Pierre crier : Assez ! J'ai vu, j'ai entendu, je connais votre parole, votre fausse parole, votre instrument à dire une chose pour cacher la vraie. Il quitte l'abîme du miroir, plus jamais il ne connaîtra les bras de sa mère autour de ses épaules, plus jamais il ne sera enveloppé dans ses jupes avec sa tendresse sur son visage.

Maintenant je l'ai mordue, je l'ai mortifiée pour la deuxième fois, celle qui est irréparable, mais qu'importe puisque sa vraie tendresse est pour lui, pour eux, et non pas pour moi. Que je n'y suis compris que par un mouvement qui m'englobe à sa famille, à sa maison, à l'ensemble de ses possessions. Assez ! ce n'est pas là que je puis vivre. Il se retourne, il se détourne, il court vers la porte en faisant le même bruit scandaleux qu'à la mort du grand-père. Il se précipite dans l'escalier tandis que, derrière lui, un autre pas s'élance à sa poursuite. Elle est outrée, Mme Henriette, et cette fois sa colère déborde, elle se jette vers la porte, vers l'escalier. Elle va le battre, comme il le mérite, ils vont se battre, car elle se doute bien qu'il ne se laissera pas faire. Eh bien, on verra ! De tout son corps, de toute sa masse en mouvement, elle désire heurter son corps au sien. Que jaillisse entre eux violence, coups et larmes. Oui, son corps, son ventre lui dit cela : C'est ta dernière chance, c'est votre dernière chance. Frappe-le, bats-le et que lui te frappe à son tour et t'écrase, s'il le peut. Mais il y a une voix nette, sage, raisonnable qui dit : Henriette !... Une main qui retient la sienne, déjà prête à la bataille et toute tremblante sur la poignée de la porte. Laissez, il se calmera, laissez-le faire. Elle se laisse tomber dans un fauteuil et elle embrasse en pleurant cette main savante qui la tient toujours sur le mors sans jamais la blesser. Comment pourrait-elle comprendre la désolation qui la submerge ? Personne ne lui a appris à écouter son corps qui sait que le moment est passé et ne se renouvellera plus. Non, elle n'entourera plus jamais de ses bras le fils jeune, le premier-né, celui du jour glorieux qui, inexplicablement, s'est terni.

Entre ses larmes et celles de Pierre, il y a un silence où je suis. Où les mots vont leur propre chemin, prennent la parole et s'engendrent dangereusement les uns les autres. Tout est cassé, brisé, et la belle mécanique du sens est au diable. C'est de nouveau l'univers sombre, mouvant, insensé peut-être, de la Sibylle. Celui où l'on vit la honte, rien que la honte absurde d'être sans armes pendant que Mme Henriette cherche en vain à reprendre son calme et que Pierre descend l'escalier quatre à quatre, traverse le jardin et court se réfugier dans l'écurie. Il y avait une écurie ? Oui, M. Eugène avait une voiture et des chevaux. Il était connaisseur et on disait qu'il avait le plus bel attelage de Sainpierre. C'est là qu'était le cheval de Pierre ? Oui, dans un box au fond de l'écurie. Comment s'appelait-il ? Je ne sais pas mais, pour vous, je l'appellerai Carabine. Carabine que j'ai tant aimée, avec ses flancs clairs et ce visage semé de taches blanches, qui lui donnait parfois un air de Pierrot et plus souvent de vierge folle.

Les bras autour des épaules de Carabine, Pierre pleure la trahison du père et l'impossibilité d'atteindre, maintenant que la forge est fermée, le seul état noble qu'il connaisse, celui de soldat et celui d'artilleur. Il est sans armes et je le suis avec lui. Je ne sais pas ce que cela veut dire, mais j'en ressens la honte. Les mots, l'armée des mots va son petit chemin de larmes. Ici le cœur tombe en arrêt : Ce n'est pas moi, c'est Pierre qui est sans armes. Je peux me défendre et même attaquer par l'écriture. Pour Pierre, il n'y a que les armes ou rien.

Ce rien qui n'est ni mort ni néant. Qui est lent, qui est mou, rien qu'échec et qui dure toute la vie. Vous voyez bien qu'il fallait que j'intervienne.

Nuit de Pierre. Il est sorti, il a erré longtemps dans les rues vides où tombe la pluie fine de Sainpierre. Il revient, traverse la cour, voit le cocher qui finit une bouteille de bière à la cuisine. Il est à nouveau dans la chaleur de l'écurie. Les bêtes ne sont plus que présences sombres, mouvements, odeurs et souffles. Il prend sous la selle la couverture de Carabine et entre dans le box où elle est couchée. Il s'enroule dans la couverture et se glisse entre ses pattes, la joue contre son ventre chaud. Parfois Carabine s'étire dans son sommeil, rêve d'espace et de galop, alors il lui caresse l'épaule et l'apaise en lui parlant à voix basse.

Il ne faut pas la déranger dans cette nuit où elle retrouve sa sauvagerie native. C'est une jument, mais c'est aussi une femme-lion. Il s'agit de ne pas l'oublier, de respecter ses droits, de ne pas opposer son rythme au sien. De la suivre au contraire, de se mêler à sa chaleur, à son odeur mais sans se laisser dominer. Carabine est comme la mer, l'océan où nous serons bientôt, elle vous porte, elle fléchit, elle vous soulève, à vous de trouver votre voie.

Qu'est-ce qu'il y a au bout de la mer ? Il se souvient de cette question qu'il a posée au vieux sur le seuil de la maison grise. Le père Pierre a réfléchi un moment, frottant de sa main valide l'endroit où aurait dû être son bras coupé, il a répondu : Au bout de la mer, il y a l'Amérique. Du ton de quelqu'un qui y avait souvent pensé, qui savait bien que pour lui aussi, au bout de la mer, aurait pu se trouver l'Amérique et le chemin des émigrants. S'il n'avait pu, à force de travail et d'économie, garder sa forge. S'il n'avait pas inventé et construit, pièce à pièce, ses machines. Le grand-père, Pierre l'a toujours senti, a vécu toute sa vie le dos au mur. Et ce mur c'était l'Amérique. Finalement, il a tenu. Comme à Eylau, comme en Russie, dont il a ramené un des canons de sa batterie. Un seul, mais qu'il a traîné, avec trois canonniers, de Smolensk jusqu'à Varsovie. C'est pour cela qu'il a eu la croix, à la demande de Ney.

Nuit de Carabine. Avec le garçon mêlé à elle, avec son poids, sa chaleur, et l'habitude qu'elle a de ses genoux sur ses flancs, de sa main légère ou dure sur sa bouche. Pierre ne lui est pas étranger, elle sent le puissant mouvement de révolte qui l'anime, qu'elle reçoit dans son sommeil et lui restitue amplifié. Pierre dort au milieu des eaux, au milieu des vagues de plus en plus fortes et voici maintenant la houle, l'immense respiration, au bout de laquelle il y a l'Amérique et sa guerre qui se prépare.

Un peu avant l'aube, la pluie s'arrête. Pierre, en érection, rêve qu'il est merveilleusement ouvert à toutes choses, comme s'il n'avait plus de peau, plus de défense et en même temps, au-delà du sommeil, il sent dans son corps chaque muscle prêt à se contracter et à bondir. Dans cet état sauvage, il n'a plus de parents, plus de famille, rien que des géniteurs, mais les saisons d'allaitement et de protection viennent de se clore. Il n'a plus d'attache, il est libre. À ce moment, d'un seul mouvement, Carabine se lève et cela signifie l'Amérique.

Plus de doute, la décision est formée, il n'y a qu'à la mettre en œuvre. Hier, tout était cassé, bouché. Aujourd'hui tout est clair, il suffit de se retourner. Puisque je ne puis être officier, au moins je serai soldat et j'irai me battre là-bas. Il donne de l'avoine à Carabine qui se cabre d'excitation. Puis il l'étrille, la brosse, lui lave les sabots et les paturons, et part avec elle en forêt.

Au retour, après l'avoir bouchonnée, il se risque pour la première fois à lui offrir un sucre qu'il tient entre ses dents. Carabine le saisit avec adresse et c'est un contact viril et tendre que celui de son écume avec les lèvres du garçon.

Il entre dans la maison pour le petit déjeuner, les frères officient en silence. Mme Henriette, avec de jolis mouvements précis, découpe des mouillettes pour son œuf à la coque. Il lui en faut six, pas une de plus, pas une de moins, depuis trente-neuf ans.

Il se penche vers elle pour l'embrasser. Elle recule vivement : Vous empestez le cheval, encore plus que d'habitude.

Il n'est pas blessé, il ne se referme pas. Il saisit sa main, l'embrasse et s'assied en face d'elle : Eh bien c'est une bonne odeur, il y en a qui sentent plus mauvais. En regardant les deux frères, dont l'un, méprisant, ne répond pas, tandis que l'autre, le beau, s'écrie, furieux : Je prends un bain deux fois par semaine. Là-dessus s'éclipsent au collège. Elle le regarde : « On dirait que vous êtes consolé. – Je ne vais pas gémir parce que vous m'avez fait présenter ce concours dans des conditions où personne ne l'a jamais réussi. – Qu'allez-vous faire ? – Puisque je suis en vacances, partir quelques jours chez Jacques à Anvers. – C'est une bonne idée. Vous partez en train ? – Non, je veux y aller à cheval avec Carabine. Nous nous entraînerons pour le concours hippique. J'aimerais partir demain. »

Elle est rassurée, sourit : Quelle passion pour ce cheval. Mais c'est vraiment une bonne idée. Oui, partez demain, cela vous distraira.

Il est parti, il n'a parlé de son projet qu'à François et maintenant qu'il est en Amérique avec Carabine, qui a supporté gaillardement le voyage, il se dit que ce sera une longue, oui, une très longue distraction.

STONEWALL JACKSON

Dans ce pays, les arbres ont toujours l'air d'être en marche vers l'aventure qui est dans l'air. Ils n'en finissent pas d'activer leur sève, de pousser leurs branches et leurs feuillages en avant et de se saisir à bras-le-corps pour s'élever enlacés. Les arbres, en Amérique, semblent respirer un air plus natif, se nourrir d'une terre plus originelle. Ils connaissent tout ce qu'il faut connaître, ils disent tout ce qu'il y a à dire. Parmi ce vert et ce rouge, sur la violence souterraine, je découvre que je suis blanc et que la couleur de moi-même offusque. Je découvre qu'être blanc n'est qu'une des façons d'être homme mais que nous ne possédons pas le mode d'emploi des autres. Ce que les arbres savent, c'est pourquoi ils résistent à notre façon de conquérir et de posséder. Ils nous prennent sous leur regard et nous impriment ce mouvement venteux et sauvage et cette agitation de tout l'édifice qui est à leur ressemblance.

Les arbres tiennent la profondeur, nous n'occupons que des surfaces, nous glissons, nous faisons un rêve – le rêve des surfaces – mais nous n'épousons pas. Un jour peut-être, ou peut-être jamais.

Je suis soldat, fantassin dans le régiment étranger de New York. J'ai eu beau expliquer que, grâce à François, je connaissais le maniement des canons, rien à faire, plus de place dans l'artillerie. J'aurais pu, avec Wolf, le garçon d'Anvers qui a partagé ma cabine sur le *Flandria*, aller dans un autre État. Mais tout le monde dit que la guerre sera courte et qu'il faut s'engager tout de suite.

Nous nous sommes laissé faire. On nous a donné un uniforme brillant, trop brillant à mon goût et on nous a envoyés, avec une compagnie de renfort, rejoindre le régiment qui se forme près de Washington. Il a fallu laisser Carabine dans une ferme et le voyage a été long sur les lignes encombrées.

Washington, sa touffeur, la masse blanche des édifices au milieu des grandes allées vides. Le camp, les baraques de rondins, brûlantes et enfumées, l'inaction. Il y a l'exercice bien sûr mais pas assez. On s'aperçoit que les officiers et les sous-officiers élus n'en savent guère plus que nous. Les marches d'entraînement et les exercices de nuit se font sans rigueur. Je suis déçu. Je déteste le vague, les contours indécis de l'action dans ce régiment constitué trop vite et mal instruit. Avec Wolf, je vais voir s'entraîner les compagnies de l'armée régulière. Nous admirons la précision et la mobilité de leurs mouvements, mais elles ne comptent que quelques milliers d'hommes. Ce sont les volontaires qu'il faudrait aguerrir.

Il y a eu un orage, je ramasse un peu de poussière mouillée, je la roule dans mes mains, je la pétris et parviens à la forme grossière d'un canon. Du doigt et de la pointe d'un crayon, je lui donne une âme. Wolf me regarde faire, son grand-père est briquetier et il connaît bien la qualité des terres. Wolf dit que si, après l'avoir pétrie, on expose celle-ci suffisamment au soleil, elle deviendra dure comme pierre.

C'est à ce moment que vous vous rappelez que votre père relisait avec passion, tous les trois ou quatre ans, les nombreux volumes d'une interminable *Histoire de la guerre de Sécession* qui vous paraissait alors le comble de l'ennui. Vous avez retrouvé ces livres, ce sont les sept premiers volumes consacrés à la guerre civile par le comte de Paris, ancien aide de camp du général McClellan. Ils ont été recouverts d'un insolite papier rose et on peut voir les passages qui ont retenu l'attention du père car c'est là que le brochage a cédé. Lui, qui était un merveilleux conteur, ne vous a jamais soufflé mot de cette guerre et il n'y a situé aucune des somptueuses histoires qu'il inventait pour vous au temps de votre enfance. Vous avez lu à votre tour la moitié du premier livre, vous êtes parvenu au chapitre huit dont les pages fatiguées attestent de nombreuses lectures, des rêves peut-être. Derrière la rumeur de ces pages consacrées aux préliminaires de la bataille de Bull Run, il y a un silence, le mystère du silence du père. Celui qui vous force à parler.

Il fait chaud, je transpire et j'ai peur, d'une petite peur du corps bien cachée, mais tenace. Nous sommes partis, mal partis, tout le monde le sent, même les arbres qui regardent ironiquement nos uniformes de perroquets, nos épaules blessées par le sac et cette multitude de chariots et de voitures qui nous étouffent de leur poussière. Ce n'est pas une armée, pas une marche de guerre, c'est une partie de campagne avec ses calèches, ses chars à bancs portant des femmes empanachées qui vont à la bataille comme à un pique-nique. Elles ont emporté des longues-vues, ma parole, pour mieux nous voir trouer la peau. Et là-dedans des journalistes, des sénateurs, des membres du Congrès qui veulent voir en famille et de leurs yeux la victoire de la vaillante armée McDowell. Les copains m'ont élu caporal, ils ont insisté, mais cela ne sert à rien dans cette pagaille. Je leur ai dit de ne pas trop charger leur sac, rien à faire, et maintenant qu'ils ont mal au dos, mal aux pieds, ils sont en train de tout jeter.

Rangez-vous ! Artillerie ! Il faut une fois de plus descendre dans les fossés, en risquant de se faire accrocher par les caissons, car les conducteurs sont malhabiles. Ils feraient mieux, au lieu de tant de saccades, de laisser un peu respirer leurs chevaux et de les tenir de moins près par cette chaleur. Que dirait le père Pierre en les voyant. Malgré tout ils ont une autre allure que nous. L'infanterie, pour comprendre, il faut avoir vécu ça, à pied, dans cette chaleur et cette poussière. Avec tous ces gens qui vous bousculent et ces arbres qui vous contemplent comme des fourmis. Comme des vers de terre que le canon va couper en deux d'un coup de bêche.

Le soir, on l'a désigné pour un poste de guet qu'il doit occuper avec Wolf. Bien leur chance d'être de garde la veille du combat. L'ennemi est de l'autre côté de la rivière. Naturellement l'endroit indiqué n'a aucune vue. Pierre y laisse Wolf et s'avance avec précaution vers la rive. Tout près, il y a un creux, abrité par un buisson et d'où la vue s'étend loin. La rivière est proche. Tout son corps, altéré par la longue marche et couvert de sueur, demande l'eau. Il n'y a personne, il pose son fusil contre un arbre, se couche sur la berge et plonge avidement la tête dans l'eau fraîche. Il relève son visage ruisselant. En face de lui et couché sur la berge, il y a un homme. Un homme en gris ! Du gris épouvantable de l'ennemi. Mon fusil, je suis fait ! Il bondit sur la berge, saisit l'arme, épaule. L'autre est en face dans une sorte de buée d'effroi qui empêche de viser. Soudain un cri, un rire : Ne tire pas ! C'est moi, Martin ! La voix, l'accent, le nom de Martin. Il jette son fusil, il est un petit garçon mouillé qui retrouve l'aîné et qui rit de plaisir comme autrefois dans la forge. « Tu es seul ? – Avec un homme. – Amène-le, qu'il ne me tire pas dessus. J'ai une barque, j'arrive. »

Pierre court chercher Wolf. Qui est stupéfait de voir un uniforme gris. Qui est rassuré en voyant que c'est Martin, son air carré, son énorme poignée de main. Martin qui embrasse Pierre, qui engloutit ses deux mains dans la sienne : « Tu es devenu un de ces sacrés ingénieurs aux mains douces ? – Je voulais être officier, mon père m'en a empêché. Je suis parti. – Ne m'étonne pas d'Eugène, il est fort ce garçon, mais pas franc. M'a tout de même rendu un fier service. Sans lui, je ne serais pas parti, je serais toujours compagnon au lieu d'avoir ma forge à moi. Et quelle forge, la plus belle du pays, qui est un fier pays, ça je peux le dire. Il t'a rendu service aussi en te faisant venir en Amérique, tu verras. »

Il les regarde en riant : Vous avez du café ? Déjà Pierre et Wolf ouvrent leurs sacs, sortent tout ce qu'ils ont.

« Minute ! Pas de cadeau. Café contre tabac, et du meilleur. Et des poissons que j'ai pêchés. »

Ils s'asseyent tous les trois, fument une pipe, le tabac de Virginie est bien le meilleur.

« Tu as eu peur en me voyant. Moi aussi ! Toujours comme ça la première fois qu'on voit les autres. Tu as été rapide pour un bleu.

— Je n'y voyais plus, je n'aurais pas pu tirer. Tu as déjà fait la guerre, Martin ?

— Le Mexique. Vilain métier, ne te fais pas d'idées là-dessus mais, comme disait le père Pierre, si on reste calme et si on fait attention à ce qu'on boit et à ce qu'on mange, on peut sauver sa peau.

— Martin, que je suis content, tout a été si mal après...

— Oui, j'ai souvent pensé que tu avais dû en voir de dures. Moi aussi je suis content, mais ça me fait de la peine de te voir dans cet uniforme. »

Pierre est surpris, l'idée ne lui est jamais venue – à Wolf non plus – qu'ils pourraient être dans l'autre camp.

« Pourquoi venez-vous chez nous, vous battre contre des gens que vous n'avez jamais vus ?

— Mais Martin, les esclaves ! Les esclaves qu'on vend... parents et enfants séparés, que l'on poursuit avec des chiens...

— Bêtises ! Les esclaves, tu penses que j'en ai rien à foutre. Que ça me dérange ces gens qui travaillent pour rien. Les trafiquants, les propriétaires, nous leur ferons leur affaire, mais nous ferons ça nous-mêmes et nous ne voulons pas que les Yankees viennent fourrer leur nez chez nous.

— Mais Martin... – Il n'y a pas de mais, tous ces gens-là se tiennent. Ton père aussi. – Mon père ? – Naturellement. Pour qui est-ce qu'il est, Eugène ? »

Pierre est surpris. C'est vrai qu'en commentant son journal au petit déjeuner, M. Eugène marque une préférence pour le Nord et croit à sa victoire. Lui, et tous les industriels de Sainpierre.

« Tu penses bien qu'Eugène se fout des esclaves, mais il est du parti de ceux qui lui achètent des machines et vous, vous êtes comme lui. Dans le Sud, nous voulons seulement être libres et nous le serons, car les gens chez nous ont le poil rude et vous allez voir trente-six chandelles. »

Demain, bientôt, dans quelques instants, Martin sera l'ennemi, celui qui tire sur vous.

« Martin, on n'est tout de même pas ennemis ?

— Oui, on est ennemis... enfin jusqu'à la fin de la guerre. Tiens, voilà les poissons. Faites-les griller sur vos baïonnettes avec les herbes qui sont autour. »

Il s'en va sans adieu. Se retourne au bord de l'eau : « Tâche de ne pas être devant nous demain, pas devant Jackson. – Qui c'est Jackson ? – Mon général, celui des Virginiens. Là où il sera, il fera trop chaud pour toi. »

Il fait un pas vers Pierre, qui aussitôt court vers lui. Tombent dans les bras l'un de l'autre. Pour faire bonne mesure, embrasse aussi Wolf. Il est dans la barque, ses larges épaules courbées sur les rames. Crie : Après, viens à Peace River, à la forge, il y a une place pour toi et un marteau. Celui qui m'a porté chance. Son rire éclate dans l'obscurité, puis il n'est plus là et le cœur se serre.

Martin, notre ennemi ! Ce n'est pas possible et c'est ce qui est. Ce qui est la guerre. Il ne reste qu'à faire un petit feu dans un trou, à griller les poissons que les herbes de Martin ont rendus savoureux. La nuit est tombée, ils prennent la garde l'un après l'autre. Entre les arbres, on devine la lueur des feux de campement de l'ennemi. On entend le cri d'une sentinelle. Un officier passe faisant sa ronde. Est-ce que Martin dort ou veille de l'autre côté ? Demain nous nous battrons peut-être l'un contre l'autre. Il a dit : Tu ne connais pas les gens du Sud. Je ne connais pas non plus Jackson. Je vais cependant me battre contre eux. Il fait plus froid, l'aube approche. On entend passer un rapace. C'est l'heure de garde de Wolf et je devrais dormir au lieu de me creuser la cervelle. À quoi bon, je suis dans la mécanique et il est trop tard pour se poser des questions. Il y a quelque part une machine qui s'est mise à produire des soldats, des fusils, des canons. Une machine qui fait la guerre et qui sort, on ne sait comment, mais de façon certaine, de la maison grise et de la grande roue de la forge. M. Eugène y tient une place dans son bureau de Sainpierre et moi une autre ici dans mon uniforme. C'est une machine que rien ne peut arrêter, à moins que le Sud ne puisse lui en opposer une autre, plus puissante. C'est impossible, M. Eugène l'a compris qui sait lire les bilans d'un œil sans passion. C'est pourquoi il est du parti du Nord, comme moi. Je suis du côté du plus fort. Je suis là, je suis cela. Dans le Sud sont les esclaves et les esclavagistes.

Le matin, les clairons sonnent, les tambours battent, le café glisse, fade et brûlant, dans la gorge. L'aube a la couleur d'un lit malpropre après une nuit de sueurs et de fièvre. C'est le jour de l'épreuve, tout le monde le sent, l'armée est blême et l'air pénètre avec peine dans les poumons crispés. Soudain l'idée jaillit, tout à l'heure, bientôt, ils vont tirer sur moi. Qui ? Les gris ! Ils vont me tirer comme un lapin, m'abattre comme un bœuf. On se cramponne nerveusement à son fusil, on tâte de la main la cartouchière pleine, on les serre contre soi comme une protection, comme un talisman. Mais il n'y a pas de protection, le visage, le cœur, le ventre sont sans défense. Il faut viser soigneusement, tirer le premier, descendre l'homme. Contractions, spasmes, sueurs, envie de crier et de vomir. Le buisson, vite le buisson, vaste décharge des intestins. Je ne suis pas le seul, pas le plus atteint, il y en a qui gémissent, qui se salissent, qui gueulent. D'autres et d'autres encore sortent des rangs en courant. Quelques-uns plaisantent, mais personne ne rit, chacun sait que cela peut le prendre dans l'instant qui suit. Est-ce que c'est ça la vraie peur, la frousse, celle qui fait courir ? Est-ce que tout à l'heure devant Martin, devant Jackson... Je me sens mieux, je bois un peu de café, le soleil perce la brume et commence à nous réchauffer. Des cris, des ordres, les tambours battent. On se forme par pelotons, par compagnies, un autre bataillon vient s'accoler au nôtre. Plus loin il y a le colonel à cheval et un général. Un second régiment se forme derrière nous. La brigade, la division sont rassemblées, nous sommes nombreux, les plus nombreux. Le sentiment de notre force nous prend au ventre, nous monte au visage. Comment les Sudistes osent-ils ? Les hommes épuisés, qui se couchaient hier n'importe où, se redressent, se rassurent, le choc des armes les excite, le mouvement des ordres et le martèlement des pas les entraînent. Nous ne sommes plus dix, plus cent, plus mille. Nous sommes dix mille, vingt mille, trente mille qui allons dans le même sens, qui voulons la même chose. Matin, masse, puissance, le chant est sur le bord des lèvres, la plaisanterie jaillit. Les intestins s'apaisent, le cœur est riche et rapide. Sur le seuil de la caverne, l'esprit blessé hésite encore un instant entre le doute et l'impatience. Le corps tranche cet état insupportable, d'un coup de masse il jette son poids dans la balance. La gorge profère sourdement des sons, des cris : En avant, à la baïonnette et autres fariboles, mais sous ces manifestations de détresse, Pierre entend que le corps en a pris son parti et qu'il y a longtemps, oui, très longtemps, qu'il est intérieurement en marche. Pour aborder l'ennemi, le mordre, l'abattre, lui couper son phallus. Et le cœur étreint déjà cette grande nature, blanche et carnivore, que le couteau devine pleine de sang.

On marche, on ne s'arrête pas au pont de pierre où une autre division a pris position. On continue le long de la rivière, avec des arrêts brusques qui font jurer. La chaleur se lève, la poussière couvre les visages, pénètre dans les narines, dessèche les gorges. On la mâche dès qu'on ouvre la bouche et elle crisse entre les dents. Nous tournons l'ennemi par sa gauche, dit le capitaine qui a une carte. Hier la 3e division a été surprise par des batteries cachées dans les arbres de la rive. Le 12e de New York, pris sous le feu et pressé par les gris, s'est débandé. Cette fois c'est nous qui allons les surprendre. Voici le gué, on descend une forte pente et on marche dans l'eau avec ses souliers, comme des enfants qui jouent à un jeu défendu. En passant, on se mouille le visage et on boit, car le soleil est fort. Soudain, sans raison apparente, on fait halte. Pierre et Wolf se couchent à l'ombre en sacrant comme les autres. Pourquoi s'arrêter si l'on veut les surprendre. Puis la marche reprend sous bois, écrasant le taillis mince ou sinuant entre les troncs.

On sort de l'ombre verte et on est devant une petite plaine découverte, coupée de buissons. Au fond, il y a un plateau qui descend vers nous par deux pentes, coupées d'un replat flanqué de deux petits bois. Au sommet de la première pente, les gris sont en train de se former en ligne. Leur position est bonne, mais ils sont bien moins nombreux que nous et semblent surpris.

Un peu au-dessus de leurs lignes, il y a des canons autour d'une petite ferme qui s'appelle la maison de la veuve. Nous suivons la brigade Burnside qui, en entrant dans la zone de feu, ralentit. Un général gueule pour nous faire presser le pas. Je vois à ma montre qu'il est dix heures, nous approchons de l'ennemi. Je ne sens plus la soif, ni la chaleur, quelque chose s'agite en moi, je ne savais pas que mon sang pouvait devenir aussi remuant. L'attaque a commencé et je ne vois plus rien, j'avance guidé par les dos qui sont devant moi. Ils s'arrêtent, ils tirent et je fais de même. Idiots ! crie le capitaine, vous êtes trop loin, gardez vos cartouches ! Il a raison mais peut-on supporter que les autres tirent sur nous sans leur répondre. Il y a des sifflements de balles, ce n'est pas d'elles que j'ai peur. J'ai peur des autres, ceux qui tiennent le fusil et qui peut-être sont en train de m'ajuster. Le capitaine hurle parce que les rangs flottent et que nous allons trop lentement. Les obus commencent à tomber. Deux hommes par terre, fauchés. Pas de la compagnie. En avant !

Nous sommes au bas de la pente. Mais bon Dieu, comment voulez-vous que nous franchissions tout cet espace, avec eux qui sont là-haut et qui nous tirent dessus. À côté de nous, il y a une compagnie de réguliers qui nous dépassent. Leur officier crie : Courez, courez, ou nous sommes tous foutus. Je cours mais je n'ai plus de forces, plus de souffle. On entend des voix qui crient : Ils reculent, en avant, tirez ! Je tire dans le tas, pas le temps de viser. Je m'arrête pour recharger, le capitaine me bouscule, me pousse en avant. Nous sommes les plus nombreux, nos cris sont plus fournis, plus puissants que les leurs. Pourquoi est-ce qu'ils tiennent, les salauds, pourquoi est-ce qu'ils ne se sauvent pas ? Avec Wolf, j'ai dû courir trop vite, car nous sommes en première ligne et il y a des gris, postés derrière des buissons, qui nous canardent. Celui-là, je l'aurai, mais il se sauve, il court. Je l'aurai dans le dos d'un coup de crosse. Il se retourne, il pare, il me regarde avec des yeux furieux, il a la bouche ouverte avec un filet de bave qui coule. Il redescend vers moi, je plonge, il tombe sur moi. Il gueule : Mon fusil ! Il se relève, il m'a oublié, il s'enfuit sans arme. Wolf m'aide à me relever, il triomphe : J'ai le fusil du type ! Mais le voilà qui jette le fusil et court en avant. Un gris l'épaule, je cours aussi, le coup part. Wolf pousse un cri, il est blessé, non, il rit. Sa manche a été déchirée par le coup, il saigne un peu mais ce n'est qu'une éraflure. La ligne des gris recule lentement, le deuxième rang doit être en train de recharger ses armes. Il faut les empêcher de tirer sinon nous sommes faits, facile à comprendre. Les réguliers repartent, le capitaine, loin derrière, crie : En avant ! En avant, oui, mais c'est nous qui sommes en tête. C'est sur nous qu'ils vont tirer. De tous côtés, il y a des hommes, des fusils braqués, il faudrait s'en aller, c'est idiot d'être là. Mais on ne peut fuir qu'en avant.

Ils ne tirent pas, il y a des obus qui s'abattent au milieu d'eux. On en voit tomber, les autres se mettent à tourbillonner sur place. Les réguliers avancent en criant comme des sauvages. Les gris se débandent, se mettent à courir vers le sommet de la pente. Wolf recharge son fusil, je fais de même. Pendant ce temps, les autres nous dépassent et cela fait du bien de les sentir devant nous.

Derrière, on entend crier les officiers qui poussent les nôtres en avant. De l'autre côté, on entend les leurs qui veulent arrêter la fuite de leurs hommes. Il y a beaucoup de fumée maintenant, on ne voit que ceux qui sont tout proches. Il me semble que nous rampons sur cette pente comme des fourmis et, au-dessus de nous, il y a d'autres fourmis qui reculent mais qu'il faudra bientôt refouler de nouveau. Verts, rouges, dorés, les arbres dans le ciel regardent ces insectes se battre.

Je me sens seul, je ne vois plus Wolf, mais il est là, un peu à droite, le visage fixe, tendu, qui avance en proférant des injures. Ils sont tout près, leur ligne grise paraît mince, mouvante comme le sable humide et déjà taché d'écume qu'une nouvelle vague va recouvrir. Elle ne fait plus peur, on voudrait saisir cette matière féminine, la pétrir, l'ouvrir. On voit, sans les distinguer les uns des autres, leurs yeux qui nous regardent et il y a un silence où ils doivent entendre nos respirations haletantes. Quelque part, il y a un colonel qui lève son sabre, mais son bras désarticulé retombe, fauché par une balle. Tout le monde crie : Hurrah ! On se heurte, on se pousse pour en finir avec eux, mais il y a d'abord un moment d'arrêt solennel où je distingue, au-dessus de la tête de Wolf, un grand platane dont les feuilles pendent languissamment dans la chaleur. Depuis que nous avons débouché dans la plaine, il s'est écoulé toute une vie, pourtant ma montre n'indique pas encore onze heures. À Sainpierre, à cette heure-ci, Mme Henriette a donné ses ordres et monte en voiture pour aller déposer quelques cartes, envoyer des fleurs à une jeune cousine qui vient d'accoucher ou acheter un cadeau pour une communion solennelle.

Il n'est pas onze heures et nous tenons la victoire. Leurs yeux, devant nous, forment un seul regard très pâle et singulièrement immobile. Un regard qui s'enfonce, qui se cache de plus en plus, dans on ne sait quelle cavité. Au moment où nous allons enfin l'atteindre, nous enfoncer en lui, il se dérobe, il glisse le long de la joue comme une larme et il n'y a plus que des dos gris et courbés, des culs de lapins qui détalent.

On entend les cris des officiers sudistes qui tentent d'arrêter les fuyards. Puis une voix forte : Jackson est là... Jackson est là, comme un mur de pierre !

Ceux qui sont devant nous avancent de plus en plus lentement. Il se passe quelque chose. Les premiers rangs s'arrêtent et nous, qui avançons encore, nous pouvons voir. Les officiers derrière nous ne crient plus : En avant ! Ils ont vu, eux aussi. À cent mètres, il y a un mur de pierre. Est-ce qu'il y a réellement un mur de pierre ou seulement des hommes ? Deux rangs à genoux et un autre debout. Ils forment une série de rectangles entre lesquels ceux que nous avons vaincus se retirent. Ils ne courent plus, ils marchent et parfois se retournent pour nous lâcher des coups de fusil. Ceux qui sont derrière le mur ne tirent pas, mais ils ont déjà le fusil à l'épaule et s'apprêtent à tirer à bout portant. Au milieu d'eux, il y a une voix, une voix qu'il nous faut absolument entendre et qui nous contraint au silence. Une voix qui dit : Attention, laissez-les venir. Et, comme elle le veut, nous sommes obligés d'avancer.

J'ai déjà entendu cette voix, mais où et quand ? Cette interrogation me déchire pendant que je me traîne sans force vers le mur de pierre, les yeux fixés sur la maison de la veuve qui s'éloigne à perte de vue et qui signifie la victoire. D'un dernier effort, les réguliers se jettent en avant, mais notre ligne ne suit plus. Je savais bien, j'ai toujours su qu'il y aurait ce mur de pierre. Les autres m'entourent, les autres me poussent, je roule avec eux sous la vague.

La voix s'élève : À mon commandement, premier rang ! Je cours à nouveau, je cours de tous mes muscles. C'est mon ventre qu'ils visent.

Il n'y a plus de regards, plus d'hommes devant nous. Rien que des fusils pointés. On va me fusiller. On me fusille. Nous courons encore, mais nous savons bien que nous n'arriverons pas. Feu ! Il y a un cri de douleur dans nos rangs. Des formes tombent partout à côté de moi. Est-ce que je tombe ou est-ce que je cours encore. Deuxième rang... Feu ! Ce ne sont plus seulement les fusils du mur, ce sont aussi les canons de la veuve qui nous mitraillent. Je cours dans l'autre sens, je suis touché, je tombe. Je n'ai pas mal, pourquoi est-ce que je suis couché ? Wolf, le visage contre terre, a perdu son képi. Je l'aide à se relever. Il se précipite en courant sur la pente. Nous courons, nous tombons ensemble. Là-haut, la voix commande : Troisième rang. Feu ! Je la reconnais, enfin. Je me rappelle le père Pierre disant : La voix de Ney, en l'entendant, on savait qu'on n'était pas mort, qu'on n'était pas gelé, on se relevait, on tirait sur les cosaques, on ne savait plus qu'on avait peur. Je fuis, cramponné à mon fusil. Moi non plus, je n'aurais pas peur si cette voix me parlait, mais naturellement elle est de l'autre côté et je cours. Je cours en aveugle et je me jette de tout mon long sur le sol, asphyxié.

Je halète comme un poisson sur la rive, puis mon souffle se calme un peu, j'ose ouvrir les yeux. Je suis étendu sur le sol derrière un buisson. On n'entend plus que quelques coups de feu. À côté de moi, il y a deux réguliers qui mangent tranquillement, tout en surveillant du regard le côté de l'ennemi. Un des deux remarque : Ça se calme, ils sont comme nous, ils ont faim. Et l'autre, un caporal, en me tendant sa gourde : Alors, petit, plus de peur que de mal ? Toujours comme ça la première fois. C'est que ça chauffait là-haut, jamais vu ça. (Son visage rouge et luisant, sa veste à demi ouverte qui laisse voir une chemise sale, un torse rassurant et poilu.) Bois un coup et mange, ça remet en place. Et puis c'est qu'il est presque midi.

Je bois un peu de café, je trouve un biscuit dans ma poche, Wolf est là aussi qui commence à pouvoir respirer. Il a perdu son fusil, il est nu-tête. Les réguliers nous font signe de les suivre et se faufilent, courbés en deux, jusqu'à un bouquet d'arbres où leur compagnie se reforme.

Il paraît qu'on va repartir à l'attaque, appuyés par une division fraîche. Le capitaine des réguliers ne sait pas où est notre compagnie. Restez avec nous, couchez-vous, mangez. Il montre à Wolf un mort et lui dit de prendre son fusil. Wolf ramasse le fusil. Il prend aussi le képi, hésite, l'essaie. Il lui va bien.

Le capitaine dit que la conquête de la première pente est un beau fait d'armes. Dès que les renforts arriveront, on attaquera de nouveau ce damné Jackson. Il faut prendre la maison de la veuve, c'est la clef de la position.

Pierre, couché avec Wolf au pied d'un érable, mange lentement du biscuit et un reste des poissons d'hier. Il est submergé par la masse des événements. Il est midi vingt. Il retrouve sa pipe. Il a dans son sac le tabac de Martin qui est excellent. Couchés à l'ombre, la veste ouverte, ils fument. Le corps est encore en alerte, mais l'esprit, traversé de lentes images, flotte paresseusement au milieu des anneaux de fumée. Le capitaine rit en les voyant : Le grand confort ! Il n'y a que des réguliers ici. Ils savent ce qu'il faut faire, il suffit de les imiter.

Les renforts arrivent, ils se massent le long de la pente, hors d'atteinte du feu de l'ennemi, mais au moment où ils traversent la route en courant, ils sont exposés aux canons de la veuve et on voit tomber des hommes.

Les tambours battent, les clairons rallient les hommes dispersés, ou égarés. Les réguliers se regroupent. Le capitaine demande deux éclaireurs pour reconnaître les fourrés à gauche. Le caporal qui m'a donné à boire se propose, je demande à l'accompagner. On peut avancer, couverts par de hautes fougères. Ensuite une pente boisée. À quelque distance de la lisière, il y a deux canons. Le caporal fait la grimace : Ces deux-là vont nous faire mal.

« On pourrait les prendre par-derrière, en partant d'où nous sommes. Ensuite, on pourrait tirer d'enfilade sur toute la ligne de Jackson. Le caporal est étonné : « Tu crois qu'on y arriverait ? » Le capitaine se met à jurer en apprenant qu'il y a deux canons en face de nous. Il est intéressé par la proposition de Pierre : « Mais nous n'avons pas de pointeur. – Moi, je sais pointer. – Alors allez-y tous les deux avec dix hommes. Attendez le signal à la lisière. Quand je ferai battre le tambour, nous commencerons l'attaque. Pendant ce temps-là, essayez de vous emparer des canons. Vous avez vingt minutes. » Le caporal approuve. Nous filons à travers les fougères.

J'ai ouvert ma veste et ma chemise, j'ai la poitrine à l'air, je me sens bien. Est-ce que je joue encore à l'Indien, derrière la maison grise ?

Nous sommes à la lisière. Les canons sont à deux cents mètres. Il y a quelques arbres pour nous cacher et protéger notre course. Un des canons a été atteint par notre artillerie, il est affalé sur le sol, les roues brisées. L'autre tire, servi par quatre hommes. Derrière une haie, quelques fantassins les protègent. Les gestes précis des artilleurs sont beaux et la brusque détente du canon, son mouvement colère quand il tire.

Tambour, son du tambour qui me retentit dans les tripes. On entend crier les réguliers qui montent à l'attaque. Le caporal me regarde et dit à voix basse : Allons-y ! Je cours, je fonce vers le canon, je dépasse les autres. J'entends le caporal : Pas trop vite, gardez votre souffle ! Je vois ou je sens à côté de moi une forme noire et blanche qui court très vite, m'attend, gambade. Il y a du vert et du gris par-devant, le peuplier, le contourner, rester dans la ligne sombre de l'arbre rouge. Après cela, il y aura l'espace découvert jusqu'au canon. À droite, il y a du rouge et du bleu, Wolf. Plus loin, deux formes bleu foncé, le caporal et un homme. Tout près de moi, à gauche, cette forme noire qui me dépasse sans effort, qui se retourne, qui est sans armes. Un Noir ! Qu'est-ce qu'un Noir fait ici ? L'arbre rouge est dépassé. Le caporal crie : Foncez ! Ils ne nous voient pas, ils tirent sur les réguliers qui doivent monter vers eux, car on entend leurs cris et la voix du capitaine qui jure. Nous arrivons sur les gris, Wolf en renverse un, les autres s'enfuient. Le caporal les poursuit avec ses hommes. Arrêtez, ne partez pas tous, il faut tourner le canon. Il n'y a plus que le Noir. Je lève l'ancre du canon. Il faut tourner les roues. Heureusement il est fort, il est merveilleusement fort. Le canon tourne. Vite la charge, l'obus, l'écouvillon.

Les nôtres débouchent sur le plateau, les gris fuient, le capitaine crie : Tirez ! L'obus tombe au milieu des lignes de Jackson. Les hommes hurlent, le Noir saute de joie, moi aussi. Je l'embrasse, je suis ivre de bonheur.

Heureusement le capitaine a gardé son calme : Continue. Plus court, c'est là qu'est le paquet ! Je tasse la charge. Je tire. Le capitaine crie : Attention, et il se met à courir en avant avec Wolf, le caporal et les autres. Je ne peux rien voir, j'observe la courbe, encore un coup un peu long.

Le Noir crie aussi : Attention, en me donnant la charge. Il y a des hurlements. Je vois une masse de gris qui foncent vers nous, il y a un choc. Je vois le capitaine renversé et les nôtres qui courent vers la pente. Bouge la roue ! d'un quart, vite ! Le Noir le fait. Je tire sur ce qui arrive. Je vois quelque chose de jaune qui file en l'air. Le Noir... ils vont le pendre. Fous le camp ! Sauve-toi, je crie. Mon fusil, où est mon fusil ? Est-ce qu'ils pensent qu'ils vont me prendre mon canon ? La colère submerge Pierre. Il sent ses dents grincer. Plus de fusil ! Il saisit l'écouvillon, il s'élance vers ce qui arrive. Il renverse la première masse grise qui le charge, l'écouvillon se brise, l'homme tombe sur le sol en riant. Est-ce possible ? À ce moment arrive sur lui la voix qui criait : Feu ! Il voit un beau front découvert et qui saigne, il lève le tronçon d'écouvillon qui lui reste mais, avant qu'il ait pu l'abattre, l'homme le frappe de sa main nue avec une force incroyable. Pierre fléchit sur les genoux et s'écroule sur le canon. Un reste de pensée profère encore confusément : Ils n'ont pas le droit...

On lui lave le visage avec un mouchoir imprégné de café. Il est sous le hêtre rouge, Martin penché sur lui. Devant eux, là où était le canon, il y a une compagnie de gris qui élève un retranchement.

Il a reçu un coup sur le front, il sent une énorme bosse. Et le nez ? Martin dit : Le nez n'a rien. Mais quel coup ! Pierre se souvient, se soulève : Où est le Noir ? Martin dit : « T'en fais pas pour lui. – Et les autres ? – Tous les tiens ont filé, sauf un qui y est resté. »

Celui qui a été tué, c'est le caporal. Il est étendu dans l'herbe, avec ses pieds nus d'une pâleur insupportable.

« Ses godasses me vont, dit Martin. Tiens, bois encore du café, c'est celui que tu m'as donné hier, il est fameux. »

Pierre boit, se redresse un peu.

« Je ne te croyais pas un tel furieux, c'est moi que tu as renversé avec ton damné écouvillon. Je crois que tu m'as cassé une côte. Mais Jackson ne t'a pas raté. Quel coup de poing. Je t'avais dit de ne pas te frotter à lui. – Et mon canon ? – Ton canon, eh bien, il l'a repris et ramené au centre. On attend une nouvelle attaque, mais vous êtes fichus, les nôtres débarquent du train par bataillons. Les premiers arrivent déjà. »

Il se lève, Pierre, en vacillant un peu, fait de même : « Tu peux marcher ? – Je peux. » Il ne se demande pas où Martin le mène, il sait que c'est près de Jackson et cela suffit.

Jackson est au centre de la ligne. Un peu derrière l'infanterie il y a une batterie de quatre canons. Parmi eux, le mien.

Jackson, on ne voit d'abord qu'un regard clair qui, à mesure que le vôtre insiste, semble peu à peu déborder sur tout le visage. Un bleu qui est celui de l'intelligence, de la compréhension peut-être, mais sur un fond de froide intensité. Un bleu biblique qui œuvre dans la mort. Quand on découvre ce bleu, on voit aussi son ombre qui est rouge. Rouge, d'un sang très pur et répandu avec détermination. Sous le regard, le corps n'existe pas beaucoup, on sent qu'il n'a été endurci et fortifié que pour servir. Le corps est un bon fils, rapide, infatigable, soumis par amour et par admiration. Le regard est père. Le regard et la voix parcourent les lignes et donnent à tous une singulière image de calme et de résolution.

Ils vont attaquer encore. Visez bien, ne tirez qu'au commandement. C'est leur dernière chance ! Et à entendre Jackson on sait que cette chance est déjà perdue.

Le regard saisit Pierre, l'évalue, sourit d'un souvenir et la voix dit : Toi, tu aimes les canons. Pierre se sent heureux, percé à jour, compris. Il aime Jackson comme il n'a jamais aimé personne.

Les bleus attaquent. Il y a eu beaucoup de pertes chez Jackson. Ce ne sont plus trois rangs qui composent sa ligne, mais deux et parfois un seul. Cette ligne est si mince qu'on ne voit pas comment elle pourra résister à la masse des régiments du Nord qui avancent. Peut-être faudra-t-il reculer jusqu'aux renforts que l'on entend pousser des hurrahs sur la route qui vient de Manassas. Mais si les bleus passent, la bataille est perdue pour le Sud car les renforts seront pris de flanc. La victoire tient à la résistance de cette longue et légère file d'hommes. Je ne veux pas que les bleus passent, je ne veux pas que Jackson soit vaincu.

Derrière Jackson, il n'y a que Martin et Pierre qui le suit. Les soldats de la section de protection ont été envoyés en renfort aux points faibles.

Les bleus approchent. Pourquoi ne tirons-nous pas, bientôt il sera trop tard. Les bleus tirent, les balles sifflent de partout. Beaucoup d'hommes tombent, Martin est blessé. Ils ne sont plus qu'à cinquante mètres. Alors la voix et le bras de Jackson s'élèvent. Une seule décharge. Un hurlement de douleur chez les bleus, un mouvement de chute, une foule qui ne sait plus où elle va, qui hésite, qui piétine sur place. La voix de Jackson, son élan en avant. Toute la ligne s'ébranle. Martin a reçu une balle dans la joue, elle est ressortie mais il a la bouche pleine de sang. Il ne peut plus parler. Il donne son fusil à Pierre, il lui indique Jackson. Pierre court déjà. Il n'y a plus que moi pour protéger Jackson. Quel bonheur !

Sur la pente, gris et bleus courent mêlés. Les troupes nordistes qui sont sur la deuxième pente ne peuvent tirer. Elles commencent à recevoir les premiers coups de feu des tirailleurs qui viennent de Manassas. Elles sont brusquement entraînées par la déroute de celles que Jackson poursuit.

Au bas de la pente, Jackson retient ses hommes et, avant d'assigner son objectif à chacun des bataillons, il observe le champ de bataille. Les bleus fuient, mais des groupes de réguliers continuent le combat avec acharnement. Certains ont reconnu Jackson et lui tirent dessus. Pierre épaule son fusil, vise le plus proche. Au moment où il tire, Jackson d'un coup relève le canon de son arme et la balle part en l'air.

« Tu es fou, tu tires sur les tiens ! » Pierre tombe du ciel. Les miens sont là où vous êtes. Stonewall voit son visage, comprend. Oui, le plus dur c'est qu'il comprend et qu'il dit cependant : Tu es prisonnier, jette cette arme.

Le fusil est jeté. Il tombe dans l'humiliation de l'amour méconnu, repoussé du lieu où est Jackson et renvoyé dans le pays d'exil.

Est-ce que je pleure ? Est-ce qu'il faut encore porter la honte d'avoir pleuré devant l'objet d'amour ? Jackson regarde la face de Pierre, gonflée par le coup reçu, noircie par la poudre et traversée par le ridicule sillon des larmes. Il n'a pas pitié, il dit : Tu es mon prisonnier personnel, reste avec moi. Mais essuie-toi, prends la veste d'un mort, un képi et vivement. Ce n'est pas un fusil qu'il te faut, c'est un canon. Eh bien, on te donnera un canon.

Fin de bataille. Ce n'est plus un combat, c'est une déroute, un reflux, un écoulement chacun pour soi des bleus. Seuls une partie de l'artillerie et les bataillons de réguliers sont restés groupés. Formés en carrés, les réguliers reculent lentement en couvrant la fuite des autres. L'artillerie, par des tirs adroits, empêche les batteries sudistes d'approcher à bonne distance. Les rebelles sont victorieux mais épuisés et la plupart des hommes n'ont plus de munitions.

Au loin, les réguliers reculent toujours en bon ordre, passent le pont en courant et se regroupent de l'autre côté pour couvrir la ligne de retraite vers Centreville.

Un homme long et sec arrive, gonflé de joie et comme prêt à faire explosion. « Général Jackson, c'est vous qui avez gagné la bataille. »

Et Stonewall : Ce sont nos soldats, monsieur le président, ils sont braves, il faut les féliciter. Mais il faut leur dire, en même temps, qu'ils ont encore beaucoup à apprendre.

Jefferson Davis a l'air étonné, il s'en va avec un officier. On apporte du café chaud à Jackson, il le savoure par petites gorgées. Puis il tend un gobelet à Pierre qui l'avale précipitamment. Jackson le regarde : Il ne faut avaler les bonnes choses que Dieu fait que lorsque leur goût s'est totalement exprimé dans la bouche. Puis le regard clair s'abaisse, semble rentrer en lui-même : « Pourquoi voulais-tu tirer sur les tiens ? – Ils tiraient sur vous. – Personne ne peut protéger personne. Dieu appelle chacun à l'heure juste. D'ailleurs, tu es nordiste, pourquoi m'as-tu protégé ? » Pierre voudrait répondre : Parce que je vous aime, mais cela ne peut se dire. Se sent rougir un peu, veut dire : Parce que vous êtes si brave. Profère d'une voix étranglée : Parce que vous êtes si grave. Rougit alors violemment comme en ce jour de son enfance où il a dit un mot très tendre à sa mère, qui l'a regardé d'un air surpris, sans répondre.

Jackson rit joyeusement : Ce n'est pas moi, c'est la guerre qui est grave.

Pierre pense : Général, gardez-moi près de vous. Et en même temps : Je sais bien que c'est impossible.

« Pourquoi t'es-tu engagé ? »

La réponse est celle que Jackson veut. Celle que Pierre ignorait : Les Noirs. Il y a de nouveau sur lui l'étendue bleue du regard. L'espace méditatif avec, au centre, l'objet funeste qu'il faut connaître d'une pensée sans lassitude.

« Le Nord se bat à cause de sa puissance, il se bat pour une idée. Tout le monde peut se battre pour une idée. Nous, nous combattons pour une terre. C'est pourquoi nous nous battons seuls et personne ne peut nous aider. »

L'heure se ralentit, il n'y a plus de regard, plus de présence, rien que le sommeil dans lequel Pierre est brusquement tombé, debout, appuyé contre un arbre. Jackson est parti donner des ordres, il revient. Pierre entend son pas rapide qui s'approche, fait un effort inutile pour s'éveiller. Semble, la tête retombant sans force sur l'épaule, crucifié sur son arbre. Jackson lui secoue le bras, lui tend un autre gobelet de café. Il y a là un clairon à cheval, avec un fanion blanc et un cheval de main.

Tu sais monter à cheval ? Alors tu iras avec le clairon à l'état-major du général Richardson. C'est lui qui commande les troupes de l'Union à Centreville. Tu lui donneras ce pli qui contient les propositions du général Beauregard pour l'échange des prisonniers et des blessés. Le général Richardson est un de mes amis, je lui envoie un mot à ton sujet. Lis-le. Pierre lit : Celui qui te portera ce message est mon prisonnier personnel. Je le libère sans condition. Il nous a pris un canon en plein combat. Il aime les canons, il faut lui en donner un.

Pierre remercie, salue, va jusqu'à son cheval, met le pied dans l'étrier, revient en courant.

Jackson est remonté à cheval. Pierre lui saisit la jambe de ses deux mains et se cramponne au puissant genou.

Stonewall se penche, lui entoure un instant les épaules de ses bras : Je voudrais te garder, mais nous devons aller chacun de notre côté avec courage. Tout le temps que Dieu voudra.

Pierre, sans lâcher le genou, imprime dans son esprit la courbe du front et le regard de celui qui connaît Dieu. Mais moi qui ne connais pas, moi qui n'ai pas vu, comment pourrais-je... Jackson relève sa haute taille, la voix brève martèle : Je t'ai donné un ordre !

Pierre se redresse, monte en selle, prend son cheval en main. Salue le général Jackson d'un geste froid, les yeux dans les yeux. Et quand le général lui a répondu, part. Les mains basses, bien en ligne, au trot d'ordonnance.

Pierre a remis les lettres au général Richardson. Le général lui propose de passer la nuit à l'état-major, mais Pierre est intimidé par les officiers qui occupent la maison. Il préfère revenir se présenter au général Washington. Il rend le cheval au trompette et, comme il n'y a plus un coin de libre à Centreville, il quitte le village et prend un sentier en direction de la route de Washington. Il a le sentiment confus d'être suivi, mais il est trop fatigué pour y faire attention. Il y a peu de lune, assez cependant pour voir au coin d'un champ une grande meule de paille. Il se traîne jusque-là, tire deux gerbes, se glisse dans la place restée vide, enlève ses bottines, éprouve un instant sur son front la fraîcheur de la nuit et plonge dans le sommeil profond.

Nuit déchirée. Sur les pavés de l'enfance, Pierre entend les chariots qui se rendent au marché. Bientôt du clocher de Saint-Antoine une note esseulée annoncera l'aube. Le cœur se gonfle du désir et de la haine de Sainpierre. Il s'éveille un instant, étire ses membres fatigués, se rendort. Il sent près de lui une présence qui est effroi et chaleur. Celle du grand fauve, le long duquel il faut pouvoir s'étendre sans crainte.

Le soleil est déjà haut quand l'éveillent les clairons de la 2e division qui se met en marche pour Washington. Il jaillit brusquement de son abri de paille et manque tomber sur le garçon noir. Quel Noir ? Celui du canon. Qui est là, pieds nus, dans son pantalon blanc à larges rayures bleues surmonté d'une chemise ouverte aussi sale que celle de Pierre. Ils ont tous les deux de la paille dans les cheveux et ils se regardent en riant. Le garçon est éveillé depuis un moment, car sur un petit feu il y a une gamelle qui répand une odeur de café.

« Tu as du café ? – Je l'ai pris dans ton sac. » C'est le sac du mort que Pierre a pris en même temps que la veste et le képi. Il entreprend de le fouiller, y trouve encore un demi-pain, du sucre et un peu de tabac.

« Comment t'appelles-tu ? – Johnson. – Moi, Pierre. »

Johnson le mène jusqu'à un petit abreuvoir où ils se plongent la tête dans l'eau et se lavent.

Pierre n'a jamais eu aussi faim de sa vie. Il y a deux quarts dans le sac. Johnson les emplit de café. Pierre partage en deux le pain et le sucre. Il est heureux de n'être plus seul. Qu'est-ce que Johnson a fait après la contre-attaque de Jackson ? Il a grimpé dans un arbre. Si les maîtres l'avaient pris, on l'aurait pendu, n'est-ce pas ? Ils savourent le café et mâchent lentement le pain pour le faire durer plus longtemps. Johnson dit : Nous avons pris le canon et nous avons tiré sur les maîtres. Ce qui le fait rire aux éclats. Pierre est étonné, il pensait que c'était lui qui avait pris le canon et qui avait tiré. Mais il est vrai que sans Johnson il n'aurait jamais pu le tourner ni le mettre en position de tir. « Johnson, c'est ton nom. Et ton prénom ? »

Il n'en a pas. Le pasteur a oublié de lui en donner un parce que le père, vendu deux mois auparavant, n'était pas là. Et ta mère ? Très malade la mère, morte quelques jours plus tard. C'est une tante qui l'a élevé. Le père n'avait qu'un prénom : John. Alors le pasteur l'a appelé Johnson. Il y a un autre Johnson à la plantation, il est plus âgé, il est le cocher du maître et il sert à table. On l'appelle Johnson Maison. Alors moi, quand je suis devenu grand, on m'a appelé Johnson Village.

« Mais ton vrai nom, ton nom d'avant ? – D'avant quoi ? – Ton nom d'Afrique, dans ta langue ? – Oubliés les noms d'Afrique, envolée la langue. »

Il éclate à nouveau de rire en frappant ses mains l'une contre l'autre. Rien, nous n'avons plus rien à nous que le vrai Dieu. Il rit si joyeusement que Pierre ne peut s'empêcher de rire avec lui. Est-ce que Johnson se moque ? Non il ne se moque pas, il n'a plus rien que le vrai Dieu et il donne libre cours à sa joie. Il risque vers Pierre un regard soudain timide : « Est-ce que je peux rester avec toi ? – Et ton père ? » Son père a été vendu à un planteur de l'Ouest. Il ne l'a jamais vu. Il ne le verra jamais. On ne revient pas de ces grandes plantations où il y a des centaines d'esclaves, gardés par des chiens et des surveillants armés.

Est-ce que Johnson était content chez son maître ? Ici il a un drôle de rire. Oui, il était content. Il est venu à cheval à l'armée porter une valise à M. Maître jeune qui est lieutenant. M. Maître jeune a gardé le cheval et lui a dit de retourner à pied. Il s'est caché dans les bois et il est resté pour voir la bataille. Des maîtres l'ont vu prendre le canon avec Pierre. Il ne peut plus retourner à la plantation maintenant. Il faut qu'il ait un nouveau maître.

Pierre ne peut pas être son nouveau maître puisqu'il fait la guerre pour qu'il n'y ait plus d'esclaves ni de maîtres. Johnson a l'air étonné. Pierre demande : « Pourquoi as-tu couru vers le canon ? – Je voulais le prendre. – Sans armes ? » C'est Pierre cette fois qui est étonné.

Il est défendu aux nègres d'avoir des armes. Sauf à Johnson Maison. Et le voilà qui mime Johnson Maison et son air important quand il accompagne le maître à la chasse.

« Tu aimes les armes, tu aimes les canons ? »

Johnson saisit vigoureusement son sexe dans sa main à travers le pantalon de toile : Les canons, je les aime comme ça !

Il faut enrôler Johnson dans l'armée, c'est la seule solution. Il y a des Noirs dans l'armée, des conducteurs, des ouvriers, des magasiniers. Il n'y a pas d'artilleurs, mais pourquoi n'en recruterait-on pas ?

Aux abords de Centreville, des fuyards ont abandonné du matériel. Pierre trouve capote, képi, sac, fusil pour Johnson. À part les pieds nus et le pantalon de toile, il fait un soldat très passable.

Il y a peut-être des cavaliers sudistes sur la route, ils prennent à travers champs. Dans un petit bois, Pierre tue un faisan. Il est déchiqueté par la balle de guerre, mais Johnson trouve du maïs dans une grange et prend deux poissons dans une petite rivière. Ils font un feu et le repas leur paraît délectable. C'est Pierre qui est le cuisinier. Après le café, Johnson lui montre comment fumer à la manière des Noirs de Géorgie une pipe en terre, frottée d'herbes aromatiques.

Libres, seuls, couchés sous un arbre, ils n'ont jamais vécu heure plus agréable. Pierre n'a pas remarqué que Johnson lui a laissé faire presque tout le travail et a trouvé normal d'être servi le premier.

Quand les Sudistes sont revenus à l'attaque, Johnson s'est sauvé. Il s'est caché dans l'arbre rouge. Il a vu Pierre renverser un soldat, puis être terrassé par le coup de poing de Jackson. Ensuite, deux hommes ont arraché Pierre aux roues du canon auxquelles il se cramponnait encore. C'est à ce moment que sa veste s'est déchirée. Ils ont pris tout ce qu'il avait dans ses poches. Alors le soldat que Pierre avait renversé est arrivé, il a crié et il leur a repris ce qu'ils avaient volé. Il a lavé le visage de Pierre, puis il a voulu le porter à l'ombre. Alors Johnson est descendu de l'arbre et l'a aidé. Quand Pierre a été étendu sous l'arbre et soigné, le soldat a demandé : Tu es un ami du petit ? Johnson a répondu que oui. Le soldat a dit : Moi aussi. Les Nordistes sont battus, ils reculeront par ce village que tu vois là-bas. Reste dans les environs et tu verras Pierre arriver. Il m'a montré la forêt et m'a dit : Et maintenant cours, garçon, ou gare à la corde. Alors j'ai couru et je suis resté caché dans le bois. Le soir, je t'ai attendu le long de la route de Centreville. Quand je t'ai vu, j'ai couru de nouveau. Pierre raconte comment il a rejoint Jackson et a assisté près de lui à la fin de la bataille. Il dit combien il admire et aime Stonewall Jackson qui lui a donné l'ordre de retourner chez les Nordistes.

Johnson croit que Stonewall Jackson est le vrai père de Pierre. Pierre sait que ce n'est pas vrai, mais il rit de plaisir. Ensuite, il n'est plus tout à fait sûr que ce ne soit pas vrai et pense qu'il est très dur de devoir tirer sur l'autre camp, celui où est son véritable père.

Johnson regarde de tous ses yeux le visage de Pierre qui pense à Stonewall Jackson et se met avec son fusil à faire une danse d'hésitation. Puis la danse décide et Johnson amène les canons au galop, les met en position, tire un coup, tire deux coups. Pierre rit, c'est ainsi qu'il faut faire. Puis, comme cet idiot-là, emporté par son jeu, s'apprête à continuer à tirailler en l'air, il saute sur Johnson, saisit le fusil et gueule : Si tu gaspilles encore comme ça les cartouches du gouvernement ! Là s'arrête, car de quoi peut-il bien menacer Johnson, et de quel droit ? Alors l'autre, toujours riant : Si je tire encore comme ça, tu me retireras mon uniforme. Bon, je ne le ferai plus, je préférerais que tu m'arraches la peau. Là-dessus ils fument une pipe et sentent qu'il est temps de se remettre en marche.

Ils s'approchent prudemment de la route, il n'y a pas de cavalerie sudiste, mais beaucoup de traînards de l'armée McDowell et des blessés légers. Il y a aussi des soldats ivres et des pillards. Plusieurs des belles voitures amenant au spectacle les notables de Washington ont versé et on trouve de tout dans les fossés, bouteilles vides, paniers défoncés, armes, équipements, mais aussi des valises et des sacs de voyage crevés dont le contenu s'est répandu dans la poussière.

Johnson fourre beaucoup de choses dans son sac, mais Pierre l'empêche d'arborer les foulards de soie et surtout un grand chapeau de femme, garni de plumes, qui est l'objet de son désir et de son hilarité. Pierre veut qu'il ait l'air aussi soldat que possible, ce qui n'amuse pas Johnson.

Près d'un convoi de chariots qui fait halte au bord de la route et d'où s'échappent les gémissements des blessés, ils retrouvent Wolf. Wolf que les réguliers ont renvoyé à son unité, qui s'est perdu et qui, pour n'être pas seul, fait route avec un hôpital de campagne. Wolf croyait que Pierre avait été tué en même temps que le caporal et voilà qu'il n'a rien qu'une grosse bosse bleuâtre au milieu du front.

Il est content de retrouver Pierre, mais il est étonné de voir Johnson et est un peu jaloux de leur intimité. Tu as un nègre maintenant. Pierre se fâche, Johnson rit, puis il est étonné. Pierre ajoute : Je vais devenir artilleur, le général Richardson me l'a promis. Johnson aussi. Et moi, pense Wolf, qui voudrais bien être artilleur, mais qui n'ose rien dire. Wolf regarde avec un certain respect Johnson qui respire la force et la gaieté et qui va devenir artilleur. Johnson est franchement jaloux de Wolf, qui est un ami de Pierre et qui l'a connu avant lui. Johnson voudrait avoir Pierre pour lui tout seul.

Ils marchent pendant plusieurs heures, s'arrêtant quand il y a de l'eau pour faire la pause et se rafraîchir. Dans la soirée, ils trouvent un canon abandonné dans le fossé. Il a versé et les canonniers ont coupé les traits pour filer plus vite. Pierre l'examine avec attention. Rien ne lui manque, il est en état de tirer. C'est même un canon rayé, d'un modèle récent, parmi les meilleurs de l'armée fédérale. Pierre pense au grand-père et au canon qu'il a ramené de Smolensk : Il est honteux d'abandonner une pièce en bon état. Nous allons emmener celle-ci. Wolf pousse des cris, mais Johnson est content. Il est déjà en train de remettre les traits en état. Pour que les cordes ne coupent pas, il fabrique un collier avec les foulards, les étoffes et le chapeau de la dame. Pierre dit à Wolf que le moyen le plus sûr pour lui de devenir artilleur, c'est de ramener un canon à Washington.

Ils sortent le canon de l'ornière, il est plus lourd et plus difficile à tirer dans la poussière qu'ils ne s'y attendaient. Qu'importe, ils avancent lentement mais ce canon est leur canon et ils ne sont plus trois mais une seule force qui tire. Johnson est au centre, c'est naturel car il est le plus fort. Il chante, car c'est lui qui a la plus belle voix et qui connaît les plus beaux chants. Le jour est tombé et ils sont seuls à marcher encore, tous les traînards sont couchés. Ils sont éreintés, ils sont heureux. La nuit est noire avec seulement un mince croissant de lune. C'est à ce moment qu'ils entendent le pas des chevaux de Burlington.

Burlington c'est un mètre quatre-vingt-dix de haut et cent dix kilos de muscles avec des épaules et des poings en proportion. C'est une barbe blonde, descendue tout droit d'un tableau flamand, au bas d'un visage énergiquement solaire. Il y a encore en Flandre des fermiers Van Burling dont il descend, mais de nom, de cœur et de dimension il est devenu tout américain. Il a de grandes fermes à la frontière de l'Ouest, des centaines de bêtes, des champs à perte de vue. Tout cela est l'œuvre de son père et la sienne.

Burlington est un ami de jeunesse du président. Il affectionne comme lui les histoires de la Frontière. Ils aiment tous deux le grand air, l'espace libre, la justice. Quand, vers leurs vingt ans, ils ont descendu ensemble le Mississippi, Lincoln, toujours le nez dans les livres, a plusieurs fois fait s'échouer le bateau, mais Burlington a remarqué qu'il était aussi le plus habile à le remettre dans le courant. Lorsque la guerre a commencé, Burlington est arrivé à Washington avec une centaine de costauds, recrutés dans ses fermes et dans les environs. Il s'est montré bon officier et on vient de le charger de former un régiment d'artillerie légère.

En apprenant la défaite de Bull Run, le président, qui n'a qu'une médiocre confiance dans les rapports de ses généraux, lui a demandé d'aller voir comment s'effectuait la retraite. Burlington est parti avec quelques cavaliers, dix chariots de l'Ouest et une cinquantaine de mules. Tout ce qu'il trouve d'utilisable : armes, obus, équipements, est chargé dans les chariots et sur les mules. Il charge aussi les blessés, les traînards ou les fuyards n'ont qu'à continuer à pied. Ceux qui essaient de monter de force, et ils sont nombreux, s'aperçoivent que Burlington est un éleveur et que ses hommes manient leurs longs fouets de cuir avec une redoutable habileté.

À la lueur de la lune, il voit déboucher d'un tournant des silhouettes courbées et la forme d'un canon. Amis sans doute, mais précaution inutile vaut mieux que mauvaise surprise. Il voile sa lampe et crie : Halte... Jetez vos armes et avancez ! Les gens sont déjà cachés derrière leur canon et une balle siffle près de lui. Il pense qu'il a eu tort et crie à nouveau : Colonel Burlington des troupes fédérales. Ne tirez pas et avancez !

Une voix jeune à l'accent étranger répond : Éclairez votre uniforme.

Burlington s'exécute et un jeune fantassin du régiment de New York, assez propre et l'air fatigué, s'avance, salue et dit son nom : Caporal Pierre, puis appelle les deux autres. Tous trois ont leurs fusils et leurs cartouchières pleines.

Qu'est-ce qu'ils font ? Ils ramènent un canon. Ils ne sont pas artilleurs pourtant. Non, mais ils ne pouvaient pas laisser un canon intact entre les mains de l'ennemi. « Et vous pensez que les cavaliers sudistes ne vous tomberont pas dessus demain ?

— Nous marcherons toute la nuit pour arriver au Potomac.

— Vous crèverez avant ! » Le caporal répond tout sec : Non !

Non, quand il affirme, est un mot qui plaît à Burlington. Qu'est-ce qu'ils penseraient tous les trois s'il leur prêtait deux mules ? Trois sourires naissent alors en même temps sur des visages épuisés. Est-ce qu'ils aimeraient devenir artilleurs ? Tous les trois ? Non, seulement les Blancs, rien n'est encore prévu pour les Noirs. Le caporal remercie le colonel Burlington, ils voudraient devenir artilleurs mais ne veulent pas se séparer. J'en parlerai au président, en attendant venez boire un coup. Le Noir l'arrête : Merci, sir, mais d'abord donnez-nous les mules, s'il vous plaît.

Les bêtes sont attelées. Rendez-vous, demain, au camp, bloc est K2. Avec notre canon ? Oui, avec le canon. Et toi, Johnson, ne va pas trop vite. N'achève pas, en les faisant trotter, mes pauvres vieilles mules.

Johnson éclate de joie et de fierté en mettant en route les deux magnifiques mules du colonel Burlington. Des bêtes luisantes, musclées, de vraies gales, pleines de feu et de méchanceté, comme il les aime. Des bêtes de maîtres.

Bloc est K2. Les cabanes de rondins se remplissent peu à peu d'hommes et les écuries, de chevaux et de mules. On n'a encore que trois canons, dont celui de Johnson et de Pierre qui sert pour l'entraînement.

Le recrutement n'est pas rapide, car Burlington n'accepte les engagements que pour la durée de la guerre. Ailleurs on les accepte encore pour six ou douze mois. Burlington a raison. Raison aussi de rechercher surtout des hommes de la Frontière. Des gars difficiles, mais solides et qui veulent la bagarre.

Avec ces gens-là, on peut travailler : manège, évolutions, démontages, tirs et marches de nuit. Ils sont arrivés avec l'habitude de manger trop et de beaucoup boire mais, en quelques semaines, ils sont devenus durs comme cuir. Toute l'armée d'ailleurs, depuis que McClellan a pris le commandement, se met en forme et travaille sans arrêt.

Pierre est sergent et chef de la pièce, il suit de plus les cours organisés pour les chefs de batterie. Il a tant de choses à faire qu'il lui semble souvent que c'est un autre qui agit en lui.

Johnson s'occupe des chevaux et des mules, il suit aussi l'instruction mais hors cadre. Il n'a pas d'uniforme régulier, ni de solde. Il commence à s'inquiéter et se demande s'il sera un jour artilleur. Chaque fois que Pierre en parle à Burlington, celui-ci s'écrie : Encore ton sacré Noir. Mais il aime Johnson et s'occupe activement de son cas.

Le président a dit : S'il y a des Noirs qui veulent se battre pour leur propre cause, qu'ils se battent. Les mesures d'exécution dépendent du quartier général et les ordres du jour des réunions sont très chargés. Enfin Burlington annonce un soir que c'est fait. Le général

McClellan veut former à l'essai un régiment d'infanterie noir et une section d'artillerie. Si celle-ci marche, on formera une batterie. « Toi, Pierre, tu commanderas la batterie et Johnson la section noire. – C'est trop vite, mon colonel, nous n'en sommes pas capables. – Vous le deviendrez. » Il se gratte la tête : McClellan a rappelé que tous les artilleurs doivent savoir lire, écrire et compter.

« Ils ne savent pas. On empêche les Noirs du Sud d'apprendre. Il nous faut un instituteur. – On n'en a pas. Toi, tu feras l'affaire pour commencer. »

Cette fois Pierre se rebiffe, il n'est pas venu ici pour apprendre à lire aux Noirs. Et puis il n'a pas le temps, surtout s'il commande une batterie.

Burlington s'amuse. Pierre se croit encore à Sainpierre. Ici, il faut savoir tout faire et, quand on n'a pas le temps, il faut l'inventer. Oui, tu seras instituteur, moi aussi. Je leur apprendrai à lire, toi, tu leur apprendras l'écriture et le calcul.

Pierre est stupéfait. Le colonel Burlington, l'ami du président, va consacrer une partie de son temps à apprendre à lire à Johnson et à une section de fugitifs noirs.

Tu t'occuperas de les recruter. Avec Johnson. Quand vous en aurez vingt, vous me les présenterez.

Les candidats se présentent chaque jour. Johnson les examine des pieds à la tête, comme des mules. Puis il leur fait faire des exercices d'adresse, de force et de mémoire.

Enfin, il les interroge : Qui est le président ? Ils savent tous qu'il y en a un, mais beaucoup prennent Davis pour le vrai et Lincoln pour le faux.

La dernière question de Johnson est : Pourquoi est-ce que tu veux te battre ? Si le garçon répond : Pour la liberté, ou contre les maîtres, il est content. Mais s'il répond : Pour l'Union, il hausse les épaules. Pierre s'aperçoit que Johnson, à la différence du président, ne s'intéresse pas du tout à l'Union.

Il y a déjà vingt-deux recrues qu'ils sont en train d'équiper et d'instruire. Wolf leur apprend les rudiments de l'exercice, Johnson le soin des bêtes, Pierre le maniement et l'entretien des canons. Un soir, en vérifiant ses listes et en préparant les livrets matricules, il relève un fait curieux. Toutes les recrues sont des hommes du Sud, des esclaves fugitifs. Pas un seul Noir du Nord parmi eux.

Comment cela se fait-il ? Personne ne répond. Wolf ne s'est aperçu de rien et Johnson s'affaire à remettre un harnachement en état. C'est pour cela que le recrutement est si lent, quelqu'un les élimine. La tête de quelqu'un se penche de plus en plus sur le harnais abîmé. Soudain le rire fuse, le rire frais d'enfant pris en faute et assuré de n'être point puni. Surgissent en foule les explications : les hommes du Sud soignent mieux les bêtes, sont habitués à vivre à la dure, travaillent plus fort...

Pierre éclate : « Dis-la ta vraie raison.

— Ils ne se rendront pas, ils savent que s'ils sont faits prisonniers ils seront pendus. Et puis ils sont plus en colère, ils veulent retourner chez nous. »

Ça, Pierre n'y avait jamais pensé. Le Sud, c'est chez eux, c'est leur patrie, dont les autres se sont emparés pour eux seuls. Johnson et ses recrues ne veulent pas se battre pour le Nord contre le Sud, mais pour le Sud contre ses maîtres.

Pierre commande une batterie de quatre-vingts hommes dont une section de quarante Noirs. Entraînement de l'aube à midi. Puis théories et leçons. Les soldats blancs ont ri lorsqu'ils lui ont vu donner ses premières leçons aux Noirs. Mais quand le grand Burlington est venu lui-même leur donner, devant tous, son premier cours de lecture, ils ont compris. Les Noirs ont double travail car, en plus de tout le reste, il leur faut apprendre à lire, à écrire et surtout à calculer. On les voit à tous les moments libres en train de répéter ou d'écrire maladroitement sur leurs ardoises.

Beaucoup de soldats blancs les aident, pourtant Burlington reçoit une pétition. La section blanche de la quatrième batterie demande à n'être plus sous les ordres de Pierre. Les soldats reconnaissent qu'il est bon chef de batterie, mais ils articulent trois griefs : Il est étranger. Il partage sa chambre avec un caporal noir et prend souvent ses repas avec les artilleurs noirs. Il s'occupe plus des Noirs que des Blancs. Le colonel est furieux, mais Pierre trouve qu'ils ont raison. Les Noirs ont plus besoin de lui, il serait préférable qu'il leur consacrât tout son temps.

Le lendemain, Burlington inspecte en détail les deux sections. Les Noirs sont meilleurs cavaliers, soignent mieux les bêtes, montent et démontent aussi vite les pièces. Les Blancs pointent mieux, et sont plus précis dans les mises en batterie et les dépannages. En théorie, Johnson égale les meilleurs Blancs, les autres Noirs ont bien du mal à dire ce qu'ils savent, mais se rattrapent dans la pratique.

Burlington décide de séparer les deux sections et d'en former deux batteries. Pierre commandera la batterie noire. Il reçoit une commission de sous-lieutenant. Wolf et Johnson sont nommés sergents. Ils continuent à loger ensemble tous les trois.

Pierre se rend à New York pour aller chercher Carabine. À son retour, Johnson et tous les hommes sont en admiration devant la jument, mais il sent une gêne planer sur l'unité. Wolf lui dit qu'il y a eu une querelle entre deux chambrées de Noirs. Elle a évolué en bataille, il y a eu plusieurs blessés. Il a fallu l'arrivée de Burlington pour les calmer. C'est très grave, l'affaire a fait scandale dans tout le camp, le quartier général est au courant. Le colonel t'attend à six heures pour le conseil de guerre.

Le bureau de Burlington, des cartes, des plans de canons, deux selles fixées au mur, une odeur de cheval et de whisky. Le conseil de guerre est formé du colonel, du capitaine Cowell et de Pierre. Six hommes sont accusés d'avoir suscité la bagarre. Deux témoins : Johnson et le plus ancien des caporaux, Gauvain.

Le colonel expose les faits, les accusés les reconnaissent. Les témoins n'ont rien vu, ils dormaient quand cela a commencé, ensuite ils ont tenté de s'interposer. Burlington sait bien que l'affaire est moins grave qu'il ne semble mais, en l'absence de Pierre, c'est le capitaine Cowell qui l'a instruite.

Maintenant, il faut juger. Pierre est mal à l'aise. Juger six Noirs. Avec qui ? Avec deux Blancs. Il lui semble que ce n'est pas lui mais son père qui occupe sa place. Il voit M. Eugène, haut col raide et cravate noire, entouré de deux autres messieurs. Faire comparaître et juger qui ? Des inconnus. Car ce sont des inconnus. Devant lui, six regards, au milieu de visages noirs et fermés, le fixent et attendent. Leur sort dépend de moi, ce n'est pas possible. Que puis-je savoir, moi qui suis du Nord, moi qui n'ai pas été esclave, des raisons pour lesquelles ces hommes se sont battus entre eux. Il se lève : Mon colonel, ceci est une affaire entre soldats noirs. Je ne suis pas assez sûr de comprendre leurs mobiles et leurs pensées pour pouvoir les juger. Je puis par contre vous certifier que ce sont de bons soldats. Je propose qu'ils se jugent entre eux et vous soumettent eux-mêmes les peines à infliger. Le capitaine proteste : Ce n'est pas réglementaire. Burlington tranche : Puisque nous constituons un tribunal, votons. Par deux voix contre une, les accusés sont invités à régler le problème entre eux et à proposer les sanctions nécessaires au colonel.

Le soir, les accusés proposent une peine sévère pour quatre d'entre eux, les deux autres devront affronter en cinq rounds Gauvain, le meilleur boxeur du régiment. Les combats ont lieu sur-le-champ et ce n'est qu'à la fin de la dernière reprise que Gauvain leur accorde le knock-out libérateur.

Ensuite, devant la section réunie, Johnson dit : Nous, les Noirs, laverons dorénavant notre linge sale en famille. Si nous avons des affaires avec les Blancs, que le colonel ou les tribunaux tranchent. Mais entre nous tout sera réglé par nous-mêmes. Compris ? Johnson et Gauvain balancent dans la pénombre de la chambrée leurs épaules souples, leurs poings rapides. Tous ont compris, très bien compris. Pierre et Wolf comprennent aussi en voyant sortir les hommes en silence. À ce moment commence la batterie noire.

Entraînement, exercices, leçons. Pendant une classe de calcul, Johnson dit : Dans le Sud il y a cinq millions et demi de Blancs et trois millions et demi de Noirs mais on ne peut en faire l'addition. Le Sud c'est une soustraction qui laisse un solde de deux millions de Blancs qui ont tout. Les autres et les Noirs sont égaux à zéro.

Pierre s'étonne, puis s'entend répondre : Ici, les Noirs ne sont plus égaux à zéro. Vous formez une unité et l'unité vous ajoute des zéros. Quarante hommes et quatre canons bien servis, ce n'est plus une soustraction, c'est une multiplication. J'ai connu quelqu'un qui avec trois hommes et un canon a arrêté cent cosaques. Alors Johnson applaudit et tous les autres avec lui. Qu'est-ce qu'ils applaudissent ?

Burlington, au terme de ses leçons de lecture, leur apprend le fonctionnement des institutions américaines. Il les fait répéter. Quand c'est le tour de Gauvain, celui-ci dit que la Cour suprême est le tribunal qui dit la loi pour les Blancs. Burlington croit à une erreur : Non, la loi pour tous les Américains. Gauvain docilement répète : C'est le tribunal qui dit la loi des Blancs pour tous les Américains.

Burlington raconte l'histoire à Pierre : Cette question noire est une grande affaire, la grande affaire de l'Amérique. Peut-être que la solution n'est ni blanche ni noire, mais café au lait. Est-ce que nous aimons le café au lait ? Toi, Pierre, tu l'aimes ? Pierre est distrait, il voit arriver entre les blocs la petite voiture de Lucinda Burlington, la nièce du colonel. Il répond machinalement : Moi, je préfère le café noir.

C'est bien ce que je pensais, dit Burlington, mais Pierre ne l'écoute plus. Il aide Lucinda, qui est blonde et mince, qui a un joli sourire et un regard franc, à descendre de voiture. Burlington entre dans son bureau pour ne pas déranger les jeunes gens.

Entraînement, manœuvres, cours de l'école de perfectionnement. La batterie noire, qui a doublé son effectif, commence à prendre forme. Le soir, Pierre rencontre parfois Lucinda qui travaille à l'hôpital, puis plus souvent, presque chaque jour. Elle arrive au bureau de Burlington, l'embrasse, lui raconte les nouvelles de la ville et demande : Pierre est là ? À ce moment il y a toujours un des hommes de la batterie qui traîne dans un coin et qui court comme un fou pour le prévenir. Si Pierre a un travail en train, Wolf ou Johnson sont toujours là, à point nommé, pour le remplacer.

Quand Pierre revient joyeux d'une soirée avec Lucinda, toute la batterie est de bonne humeur, s'il revient pensif, elle grogne. Pourtant il y a une attente et même une impatience. Ils le regardent en connaisseurs monter légèrement sur Carabine sans faire souffrir ses reins sensibles mais à ses retours ils sont déçus. Clive, le petit pointeur au visage si beau, lui dit en sellant Carabine : Tu lui passes doucement le mors sans qu'elle s'en doute, tu l'enfourches, tu la rassembles, et il ajoute de nombreux détails précis sur les endroits où il convient de mettre ses mains, ses jambes, sa bouche pour réduire la jument ou la fille à merci. Pierre l'écoute sans mot dire et Clive, le regard sur le mors, s'échappe de justesse au moment où Carabine bondit en avant, en ruant comme elle fait au moment où il lui rend la main.

Promenade à cheval avec Lucinda. Elle parle musique et Pierre entend la voix des canons. Lucinda parle poésie et Pierre écoute le chant des hommes le soir dans les chambrées et le souffle rythmé des chevaux qui vont prendre position au galop. Lucinda parle de l'avenir, elle décrit la maison de son désir, le jardin, les enfants, leurs joues rouges. Pierre pense à la prochaine entrée en campagne, à ceux qui seront blessés, à ceux qui seront tués. Il pense à Stonewall Jackson qui est dans l'autre camp. Le camp sur lequel nous allons tirer. En revenant, Lucinda est très tendre, mais à la porte de l'hôpital Pierre ne se déclare pas.

Au retour, il trouve une dizaine d'hommes qui feignent de nettoyer les harnais. En voyant son air, ils s'éclipsent l'un après l'autre en faisant claquer leurs doigts.

Dans la chambre, Wolf travaille aux inventaires de la batterie et Johnson est plongé dans un exercice d'arithmétique. Pierre enlève ses bottes. Qu'est-ce que vous avez tous à me surveiller ?

Wolf ne se laisse pas démonter : « On ne te surveille pas, mais ça dure.

— On ne veut pas te partager, tu es toujours avec cette fille, c'est Johnson qui relève la tête.

— Baise-la, mon vieux, dit Wolf, et finissons-en. »

Avant la promenade suivante avec Lucinda, Pierre a fatigué Carabine. Elle est douce et tranquille. Lucinda parle. Pierre approuve, il arrête les chevaux devant un paysage qu'elle trouve romantique, il la prend dans ses bras pour mettre pied à terre. Lucinda chante, elle s'émeut à sa propre voix, la main de Pierre l'attire doucement à lui, elle a la tête sur son épaule. Il lui passe le mors comme ils disent, il met sa main, ses jambes, ses lèvres aux places que connaissent les Noirs. Il la soulève comme ferait Johnson, l'emporte dans ses bras comme ferait Clive.

Ensuite elle est heureuse, elle est un peu confuse et elle parle beaucoup. Elle fait une multitude de projets de maison, de chambres, de vie à deux. Elle ne voit pas que le seul projet c'est la guerre et que, dans sa chambre à lui, il y a déjà Johnson et Wolf et dans sa vie toute la batterie noire.

Quand ils arrivent à l'hôpital, elle l'embrasse avec tendresse et confiance, elle dit : À demain. Mais il n'y aura plus de lendemain pour eux, demain ce sera la guerre. Elle ne peut le croire, elle n'a pas eu le temps de lui répondre, de le supplier, de pleurer. Il est déjà loin, il a lancé Carabine au galop. Il a une envie irrésistible de retrouver Wolf et Johnson et tous les autres.

Clive l'attend à l'écurie. « Je fais boire Carabine, mon lieutenant ? – Oui, et baigne-lui les jambes. » Clive est si content de ce qu'il voit sur le visage de Pierre, qu'oubliant ses reins sensibles il bondit à cru sur le dos de Carabine. Elle se cabre plusieurs fois, pique en avant, balance Clive sur une litière et se rue à travers les blocs dans l'obscurité au risque de se casser les jambes. Pierre est furieux, ils arrivent à la ressaisir mais Clive se fait incendier de belle manière. Dans les chambrées de la batterie, toutes les fenêtres sont ouvertes, tout le monde rit. Le lieutenant a recommencé à jurer, ils sont contents. Pierre entre dans la chambre en claquant violemment la porte derrière lui. Wolf et Johnson rient doucement parce que Carabine a fait des siennes et que Pierre s'est remis à jurer. Il peut claquer la porte tant qu'il veut, ils s'en foutent. C'est Lucinda qui ne supporte pas que l'on claque les portes. Toute une vie à ne pas faire claquer les portes. Cela fait penser aux mouillettes de Mme Henriette. Six mouillettes chaque matin, depuis quarante ans, tu te rends compte.

Il y a les jours, il y a les nuits, il y a Burlington qui ne parle plus de Lucinda, mais qui s'étonne de voir tant de Noirs fugitifs arriver à Washington et si peu s'engager dans l'armée. Qu'est-ce qu'ils deviennent ? Est-ce que Johnson et Pierre veulent s'occuper de cela ? Johnson reprend ses vieux habits, se présente aux avant-postes comme un esclave en fuite et suit les instructions qu'on lui donne. Pierre en civil fréquente certains bureaux de la police. Il y découvre que les esclaves en fuite doivent prouver à la police qu'ils sont libres, par le témoignage d'un citoyen blanc. Ils ne connaissent personne à Washington et ne peuvent naturellement pas fournir cette preuve. Alors, vous allez dans un certain bureau et vous certifiez que cet esclave est à vous. En général le fugitif est si abattu par une semaine de prison préventive qu'il ne proteste même pas. Vous passez dans la pièce à côté et vous partagez le bénéfice avec la personne compétente. Ensuite vous vendez votre esclave dans un des États de l'Union où l'esclavage est encore admis. Ou vous le réexpédiez vers le sud, comme s'il n'y avait pas la guerre.

Quand Pierre a réclamé de cette façon son esclave Johnson et posé sur la table le prix convenable, Burlington entre. Si les gens de ce bureau ont envie de se défendre, Burlington leur signale qu'il y a dans la rue deux cents artilleurs qui ont une forte envie de se battre.

D'ailleurs, on les entend déjà faire sauter les vitres et enfoncer la porte. Il vaut donc mieux, sans autre délai, accompagner Burlington chez le juge.

Johnson était sans armes à Bull Run. Cela ne l'a pas empêché de prendre le canon avec Pierre. Qu'est-ce qui s'est refusé en moi à donner tout le canon, toute l'unité à Pierre ?

Un jour qu'ils parlaient ensemble de Sainpierre, Burlington a fait remarquer que M. Eugène avait créé ses usines avec l'argent de sa femme et que c'était le père Pierre après tout qui avait inventé les machines. Pierre est choqué. Est-ce que tu l'admirerais autant si ton père était seulement un brillant ingénieur ? Mais je ne l'admire pas tellement, dit Pierre. Burlington rit et l'on comprend qu'il était sage de laisser la moitié du canon à Johnson, dont l'enfance n'a pas été troublée par le récit des campagnes de Napoléon et qui ignore la nostalgie des grands siècles. À Johnson qui n'a pas d'Histoire, pas de langue maternelle et qui, par droit de naissance, n'a rien reçu, rien que l'obscur avenir.

Le jaune, le sol jaune du champ de manœuvres et des chemins qui entourent les blocs. L'hiver boueux qui est devenu la saison jaune. La présence froide des canons muselés sous les hangars. Les soirs où les hommes chantent et ne forment plus qu'un grand corps indistinct dans la chambrée. Leur voix qui monte plus haut et qui descend plus bas que celle des canons. L'élan, l'envol, le fléchissement, l'instant poignant de la reprise, du sursaut de leur voix. La douleur et la joie mêlées et toujours cette innocence fondamentale. L'innocence de ceux qui n'ont plus rien à perdre et qui sont faits de la matière immédiate de la terre. Seul silencieux, au milieu de la voix multiple, Pierre aime à se perdre dans ce chant inaccessible. Il ne porte pas en lui tant d'ombre, tant de soleil, ni cette prodigieuse végétation. Il a été défini par le ciel brouillé de Sainpierre, ses maisons de briques roses, la voix des tours la nuit au milieu des jardins. Il appartient à ces collines, à ces champs clairement dessinés, à l'acte de ceux qui mettent la terre en travail et fabriquent un autre monde en faisant tourner les machines. Les Noirs ont l'innocence dans la peau et nous seulement dans les mains.

Pierre pense jour et nuit à la batterie, il vit et dort en elle. Huit pièces, parfaitement connues selon leurs qualités et leurs défauts, les caissons pleins, les chevaux et les mulets qu'il a maniés un à un. Quatre-vingts hommes qu'il a auscultés, soudés, travaillés comme le père Pierre travaillait ses métaux. Quatre-vingts hommes dont il a composé les gestes, formé les réactions et dont il sait tout, sauf comment ils se comporteront au feu.

Le capitaine Cowell dit qu'il perd son temps. Les Noirs peuvent faire des fantassins peut-être, pour les actions de surprise et le combat de près. Ils ne sont pas faits pour se battre de loin, ils ne résisteront pas à un tir de contrebatterie précis. Ils sont trop nerveux, ils foutront le camp.

Pierre n'a rien répondu mais cette certitude a jailli : Johnson tiendra et, avec lui, tous les autres. En attendant, il faut travailler, oui, labourer sans répit les automatismes.

L'armée s'apprête à partir pour attaquer la capitale du Sud, Richmond. McClellan est venu inspecter le régiment, il a félicité Burlington et la batterie noire a eu sa part d'éloges. Le général a interrogé quelques hommes, certains se sont troublés mais il leur a ordonné d'exécuter ce qu'ils ne pouvaient dire et Pierre et Johnson, qui suaient à grosses gouttes, ont eu leur revanche. McClellan a dit : On voit que vous avez étudié et beaucoup travaillé. Burlington, toujours rayonnant dans sa barbe blonde, a eu l'air content. Il a donné un demi-jour de congé aux hommes. Oui tout cela est bien, mais ce ne sont encore que des mots, en attendant l'épreuve du feu.

Entrée en campagne. Avec l'action, une immense gaieté s'empare de l'armée. Tout ce qui se cachait dans les bois et dans les camps se met en train. La machine, si longuement assemblée et huilée, est enfin une machine qui marche. Cela s'accompagne d'une boisson d'angoisse, qui descend de la gorge vers le ventre à mesure que l'on quitte les collines connues pour s'engager en territoire adverse.

Longue marche de jour, occupée à contrôler les hommes, les chevaux, l'état des essieux et l'arrimage des munitions. Le soir, c'est l'organisation des gardes, la distribution, les feux, la soupe. Au milieu de la nuit, Pierre se lève. Johnson s'éveille aussi et ils font un tour de ronde. On entend dans les bois les cris des nocturnes en chasse, on regarde le ciel, les arbres qui ont ici pouvoir de silence. Les arbres qui nous survivront.

Avec une colonne de cavalerie, Burlington et trois batteries remontent une vallée latérale. Le chemin, à flanc de coteau, est dominé par des forêts épaisses, à gauche, au fond de la vallée, la rivière roule ses eaux gonflées par les pluies de la nuit. La colonne fume au soleil. Les cavaliers qui sont en tête vont vite, est-ce qu'ils ont vraiment battu tous ces fourrés ? Les arbres ne sont pas avec nous ce matin et les chevaux sont agités. On entend dans les bois des cris d'animaux, on dirait qu'ils nous précèdent. Les hommes sont soucieux et scrutent les fourrés. Que disent-ils ? Pierre appelle Wolf et Johnson. J'ai l'impression qu'il y a des chasseurs dans la forêt et que nous sommes le gibier. Ils approuvent, ils sont en alerte eux aussi. Augmentez les distances entre nos pièces et la 2e batterie. Faites armer les mousquetons des convoyeurs. Que les conducteurs tiennent leurs chevaux très serré. S'il arrive quelque chose, mettez en position et tirez au shrapnel en arrosant la forêt. Je vais voir le colonel.

Burlington fume tranquillement à la tête de la 2e batterie, il devise avec Cowell qui, en écoutant Pierre, hausse un peu les épaules. Pour lui, Pierre est un excité.

Burlington rit : Chacun son métier, celui des cavaliers est d'aller un peu vite, mais si on s'arrête tout le temps on n'arrivera jamais. Et il faut arriver. À ce moment deux grands arbres tombent sur les dernières pièces de la 1re batterie, les chevaux font un bond en avant et on entend sortir des bois les longs cris par lesquels les gardiens de troupeaux de chevaux poussent les bêtes en avant. Une fusillade éclate, plusieurs hommes tombent. Les attelages se précipitent en avant. Pierre sent Carabine se cabrer et piquer sous lui. Burlington crie : En avant ! Pierre et Cowell le suivent au galop. On entend derrière un grand tumulte de chevaux et les cris des gradés. Devant les arbres tombés, Burlington fait volte-face, Pierre arrache la bouche de Carabine qui résiste et la force à tourner. Trop tard, les conducteurs de la 2e batterie ont perdu le contrôle de leurs bêtes. Burlington et Cowell sont renversés et les premiers attelages vont s'écraser au galop dans les arbres. Pierre, au dernier moment, a rendu la main à Carabine qui a évité d'être renversée en bondissant dans le taillis.

Les balles sifflent, les canons dévalent à toute allure et leurs servants sont vidés. Un caisson, la roue brisée, va s'écraser dans la rivière. Les rebelles continuent leur fusillade et leurs cris qui affolent les chevaux. Toute la 2e batterie se précipite dans les arbres et s'y mêle dans un désordre inextricable. Si les nôtres suivent, nous sommes fichus, pense Pierre. Mais il entend des coups de feu, ce sont les mousquetons de la 5e batterie. Puis un coup, deux, quatre coups de canon ? Est-ce qu'ils n'ont pas réussi à mettre en position la 2e section ? Que la 2e batterie se tire du guêpier où elle s'est fourrée, je rejoins la mienne. Heureusement l'ennemi n'a pas de canons. Deux nouveaux coups, c'est la 2e section qui tire. Johnson est là qui fait recharger ses pièces. « Les fusées sont mauvaises, les shrapnels éclatent trop haut. – Tire à mitraille, ils sont tout près. » Il y a un blessé et deux chevaux morts. Chez Wolf, pas de pertes. Pierre fait encore tirer deux salves, les cris des ennemis et la fusillade s'arrêtent. On entend, dans la forêt, les plaintes d'un blessé et le bruit de cavaliers qui s'en vont.

Pierre envoie Wolf avec quelques hommes et des chevaux de main à l'aide de la 2e batterie. Comment les deux chevaux morts ont-ils été atteints à la tête ? C'est Johnson qui, voyant qu'on ne pouvait les retenir, les a abattus. Pierre sait que Johnson a une passion pour ses chevaux, mais il n'y avait pas d'autre moyen. Gauvain va inspecter les sous-bois, il trouve des traces de sang, les rebelles ont eu des blessés mais ils ont pu les emporter.

Chez nous, le bilan est lourd, six morts, une trentaine de blessés, des chevaux et des caissons perdus. Le détachement de cavaliers revient, il a été attaqué également. Il a eu plusieurs blessés, les rebelles lui ont fait trois prisonniers avant de se retirer sans pertes.

Sans ta batterie, ça tournait mal, dit Burlington. Ces rebelles sont sacrément forts. Cela va être une longue guerre.

Le soir, près du feu, les ordres sont donnés et Wolf dort déjà. Pierre se chauffe avec Johnson et Gauvain. Ils ont tenu, c'est un fait, ils ont mieux tenu que les autres. Pourquoi ? Ils se taisent. Pierre répète : Pourquoi ? Ils se taisent encore. Les hommes disent que les prisonniers blancs sont envoyés dans un camp, tandis que les Noirs sont pendus. C'est ce que vous pensez ? Pourquoi ne le dites-vous pas ? Parce que vous voulez me forcer à le penser moi-même ? Ils rient, ils s'excusent, ils sont fatigués et partent se coucher. Pierre, seul en face du feu, s'exerce à penser noir.

Dans le tome II de l'*Histoire de la guerre de Sécession*, on arrive aux pages souvent feuilletées de la campagne de la vallée de Virginie. De Washington est partie, vers l'est, la grande armée du Potomac avec laquelle McClellan tente de s'emparer de Richmond. Vers le sud et vers l'ouest, on a envoyé trois petites armées d'observation qui doivent barrer la vallée de la Shenandoah et empêcher les attaques de flanc contre Washington.

Tout le pays est semé de partisans rebelles. Dans chaque maison, il y a des hommes et des femmes aux visages fermés qui, dès que vous avez le dos tourné, courent prévenir les espions sudistes de tous vos mouvements. Tout est hostile, dans chaque buisson, derrière chaque arbre, il peut y avoir un rebelle prêt à tirer sur les traînards et les estafettes isolées. Les cartes sont rares et sommaires et nous sommes liés aux routes alors qu'ils connaissent tous les sentiers de traverse par lesquels ils nous surprennent ou nous échappent.

Nous gardons la vallée de Virginie. En face de nous, Jackson. Il n'a que quelques milliers d'hommes et peu d'artillerie. Que va-t-il faire ? Pour Pierre, la réponse ne fait aucun doute. Stonewall Jackson va attaquer.

Les généraux sont persuadés qu'il a trop peu de forces et qu'il va se contenter de surveiller le sud de la vallée pour protéger Lee qui vient de prendre le commandement des troupes rebelles devant Richmond.

Les généraux ont concentré les dépôts et les approvisionnements à Winchester, sous la protection d'une des armées. Pierre, Wolf et Johnson, qui s'efforcent chaque soir de penser à la façon de Stonewall Jackson, sont persuadés qu'attirés par cette proie les Sudistes ne vont pas tarder.

Le 22 mars, la cavalerie rebelle apparaît. Pierre, qui est officier observateur ce jour-là, est frappé de la rapidité d'évolution des cavaliers sudistes qui contraste avec la lenteur des nôtres. Ils dessinent une attaque, tâtent nos lignes, sentent la résistance et s'évanouissent derrière les arbres aussi subitement qu'ils sont arrivés. Ils n'ont vu qu'une de nos brigades, ils ont pu se tromper sur le rapport des forces et nous avons des chances de les surprendre.

Il redescend faire son rapport au quartier général. Au moment où le général Shields va le congédier, il se risque à dire : Les rebelles n'ont vu que la moitié de nos troupes, s'ils attaquent demain et si nous cachons sur leurs flancs une partie de nos forces, ils pousseront leur attaque et nous pourrons les encercler. Nous serons à deux contre un.

Shields est surpris : Les cacher, mais où ? Pierre indique sur la carte les vergers coupés de haies qui s'élèvent à l'ouest de Winchester. Shields est intéressé et Pierre en sortant l'entend dire : L'idée est peut-être bonne, allons voir ces vergers.

Les cavaliers gris reviennent le lendemain avec quelques canons, la moitié de l'armée est cachée. Shields malheureusement veut ranger lui-même les unités qui défendent la ville et il est blessé par un éclat d'obus. Il se passe un long moment avant que Banks reprenne le commandement et durant ce temps l'armée est sans directives.

Stonewall arrive avec son infanterie. Pas plus de trois mille hommes et nous en avons le double. Il avance vers notre front, mais, au lieu de marcher vers ses arrières, les régiments cachés sur ses flancs se contentent de tirer.

Il continue d'avancer, avec une audace inouïe, pensant pouvoir refouler nos troupes et entrer dans Winchester avant d'être menacé sur sa gauche. Sur un signe de Burlington, nos batteries se mettent à donner et ses troupes doivent s'abriter derrière un mur. Il faut pousser nos canons en avant et prendre le mur en écharpe, mais nous dépendons de la brigade d'infanterie qui n'a pas d'ordres. Bientôt, nous sommes contrebattus par les batteries sudistes qui ont une meilleure position que la nôtre. Pendant ce temps, les troupes de Jackson décrochent avec une rapidité et un ordre admirables, ses hommes sont aussi habiles à se mettre à couvert que les Indiens.

Partout on se congratule à Winchester. Peu de morts, peu de blessés, un seul canon hors de combat et nous avons fait reculer Stonewall Jackson. Un communiqué de victoire est envoyé à Washington. Quelle victoire ? Jackson n'a laissé que deux morts entre nos mains. Nous avons gardé Winchester, mais nous avons laissé échapper Jackson qui, un jour, nous reprendra la ville.

Pierre le dit avec colère à Burlington. Burlington en convient, mais le moment n'est pas venu de prendre des risques, il faut d'abord aguerrir l'armée, lui donner confiance. Pierre et Johnson pensent que Burlington et les généraux sont si contents du grand corps qu'ils ont formé avec tant de peine qu'ils répugnent à l'utiliser. Burlington est un fermier qui ne sait pas que les machines sont faites pour produire et que leur usure et leur renouvellement doivent être compris dans le prix de revient. Shields, Banks, Burlington ne savent pas établir un bilan objectif. Pour eux, Jackson est un général comme un autre. Pour M. Eugène, il serait un poste majeur dans l'actif des rebelles. Mon cœur s'est mis à battre quand, tout à l'heure, je l'ai saisi dans mes jumelles, dirigeant l'attaque, puis décidant la retraite, d'un seul geste et sans tergiverser.

Avril, mai, les floraisons sont passées, l'armée du Potomac est toujours à proximité de Richmond, mais elle est affaiblie par une bataille indécise. Les rebelles ont pu envoyer des renforts à Jackson. Il y a trois armées pour protéger Washington, Jackson n'en a qu'une et pourtant c'est lui qui va attaquer. Jackson est un admirateur de Napoléon, il a toujours un récit de ses campagnes dans ses fontes. Pierre, Johnson et Wolf se plongent dans l'étude de la campagne d'Italie. Puis ils s'efforcent de regarder leurs cartes avec les yeux de Stonewall Jackson. Qu'a fait Bonaparte en Italie, au milieu de plusieurs armées autrichiennes ? Que ferait-il dans la vallée de Virginie ? D'abord tenir les armées ennemies divisées, ensuite se mettre en mesure d'être toujours plus fort que chacune d'elles séparée.

Plan que Jackson va suivre, si on le laisse faire, comme on est en train de le laisser faire. En parler ? En parler à qui ? À une réunion des officiers du régiment, Pierre dit : Le plan de Jackson est inscrit sur la carte. Il remonte au nord, il franchit la montagne et repousse le général Frémont. Puis il revient dans la vallée et nous tombe dessus. Il est le plus nombreux, il nous force à reculer vers le Potomac. Alors Washington prend peur, retire des troupes du front de Richmond où Lee devient le plus fort.

Après le punch, Burlington l'entraîne amicalement : Tu commandes une batterie, tu es le plus jeune commandant de batterie de l'armée. Tu es étranger, tu es responsable de la seule batterie noire. C'est bien, c'est beaucoup. Ne fais pas le stratège en chambre. Si tu continues, on dira que tu n'as pas le sens de l'humour.

Pierre convient que Burlington a raison. Quand il raconte ce qui s'est passé, Johnson rit : Nous autres esclaves de la campagne, nous n'avions pas non plus le sens de l'humour, tandis que ceux de la maison des maîtres en avaient à revendre. Il fallait voir comment Johnson Maison faisait rire les maîtres en racontant ses histoires de nègres.

Stonewall Jackson a franchi les montagnes par des routes inconnues, il a surpris une partie des troupes de Frémont, les a désorganisées et s'est emparé de leurs approvisionnements. Il va bientôt nous tomber sur le poil, mais Banks n'y croit pas, il dit que les routes sont impraticables pour une armée. Pour la nôtre, oui, mais pas pour celle de Jackson. Banks a envoyé en observation le régiment du Maryland, dont la moitié des hommes sont sympathisants des rebelles, et une de nos batteries. Le régiment est surpris en pleine marche et mis en fuite, alors qu'on croyait encore l'ennemi de l'autre côté des montagnes. Une partie des hommes passe aux Sudistes, le reste arrive en piteux état à Winchester. Quant à notre batterie, elle a perdu trois pièces sans avoir pu tirer un seul coup de canon. Jackson suit les fuyards de près. Il est d'abord reçu fraîchement et nos canons arrêtent sa première attaque. Mais il sonde nos lignes avec vigueur, discerne vite notre point faible et comme ses troupes sont plus nombreuses, il nous déborde sans peine. La nuit tombe, il ne pousse pas son avantage, il sait bien que nous n'avons qu'une route de retraite et que nous allons devoir décrocher.

Banks ordonne la retraite dans la nuit. Il abandonne à Winchester ses blessés et d'énormes approvisionnements. Pierre est désigné pour l'arrière-garde que commande Burlington.

Dès qu'ils sortent de Winchester, les cavaliers rebelles d'Asby se déploient derrière eux. Il ne reste que deux escadrons nordistes en état de combattre. Sous la direction de Burlington, ils font face bravement, mais on voit bien qu'il ne faudra pas longtemps pour qu'ils soient enfoncés. Les rebelles sont trois fois plus nombreux, ils manœuvrent mieux et leurs chevaux sont meilleurs. De la ville, on entend monter les acclamations des habitants qui saluent l'entrée de Stonewall Jackson.

En regardant les escadrons ennemis qui commencent à déborder ceux de Burlington, Pierre entend la colère du père Pierre quand il parlait des uhlans et des cosaques. Sa voix qui devient rauque et cassante, son souffle bref, son pouls qui s'accélère : À cinquante pas, nos dix-huit pièces ensemble, nous les avons fauchés. Oui, fauchés, paf, comme un champ de blé. Son bras valide qui fend l'air pour dire feu, le rire cruel qui s'élève d'un ton dans la bouche à demi édentée : Ils ont eu mon bras, mais moi, avec mes canons, j'en ai descendu des cavaliers, j'en ai descendu ! Comme s'il n'avait combattu, durant ces longues guerres, que contre des cavaliers, comme s'ils étaient ses seuls, ses vrais ennemis. Marchant de plus en plus vite, forçant Pierre à courir : Un canon qui peut encore tirer, ne jamais le livrer, jamais ! C'est ce qui va nous arriver pourtant car, sur le point d'être encerclés, les escadrons de Burlington se sont retirés sous la protection du bataillon d'arrière-garde. Celui-ci n'a pu arrêter les cavaliers rebelles et il va être sabré, il recule en désordre, il a perdu beaucoup de prisonniers. L'ordre va venir, c'est clair, celui d'abandonner les pièces pour sauver les hommes.

Que faire ? Burlington tente une charge de diversion, mais il va être ramené sur nous. Il faut sauver mes hommes, ceux qui vont être pendus parce qu'ils sont noirs. Non, il faut sauver les hommes par les canons. Le père Pierre savait, oui, lui aurait su comment faire. Me rappeler, me rappeler à tout prix sa voix et ce qu'il m'a dit un jour, dans la forêt.

C'était après Varsovie, nous avions de nouveau des chevaux et six pièces. Il ne s'agissait pas de les perdre, il n'y avait plus rien dans les dépôts. Un grand parti de cosaques qui nous tombe dessus, l'infanterie à ce moment, après la retraite, il suffisait qu'on crie : Cosaques et ça vous décampait, fallait voir. Alors j'ai fait un feu continu, chaque pièce cent mètres derrière l'autre. Cinq pièces protégeant toujours celle qui tirait. Chacune tirant et décrochant à son tour. Une retraite lente, mais sans pertes. Les cosaques, après avoir été arrosés quelques fois, se contentaient de suivre. Ne sont pas affamés de mitraille, les cosaques !

La seule chance qui nous reste. Les chefs de pièces ont bientôt compris. Pierre prend la première, Gauvain la seconde, Johnson la troisième. Burlington recule avec ce qui lui reste de fantassins et de cavaliers. Pierre lui demande de poster ses hommes autour des canons.

Il faut les laisser venir tout près, nous ferons feu à cinquante mètres, pas avant. Les rebelles approchent, un peloton charge. Terrible, cinquante chevaux et cinquante hommes qui vous arrivent dessus en hurlant. Rester calme, être aussi calme que Stonewall. Ils sont à distance : Feu ! Il y en a plusieurs qui tombent, les chevaux se cabrent, les fantassins font une salve. Il y a un temps d'arrêt et voilà le tour de Gauvain. Maintenant on décroche, pas au galop, au trot et, après la troisième pièce, au pas. Il faut ménager les chevaux, il faut aussi ménager son calme. En passant à côté de Johnson, il l'entend dire en frappant le canon du poing : C'est ça ou la corde ! Chaque pièce tire et décroche à son tour, les rebelles essaient de les prendre de flanc, mais tombent toujours sous le feu d'une des pièces. D'autant que Banks a envoyé une seconde batterie en renfort et que les canons tirent par deux maintenant, entourés par les fantassins et les cavaliers de Burlington.

Les rebelles se contentent de suivre à distance. Ils essaient encore parfois de nous surprendre, mais c'est sans conviction. Burlington, qui ne fait pas souvent de compliments, dit : Vous avez sauvé l'arrière-garde et nos canons, Banks m'avait déjà envoyé l'ordre de les faire enclouer.

Il raconte partout le coup de la 5e batterie et l'échec d'Asby. Toute l'armée rit. L'armée rit, mais en reculant et ce sont Asby et Jackson qui avancent. Est-ce que la 5e batterie rit aussi ? Non, les hommes ne rient pas, ils ont tous les yeux tournés vers la cavalerie rebelle qui se tient soigneusement hors de portée. Ils la regardent avec un grand sérieux, avec circonspection, avec une haine froide et méthodique. Comme le père Pierre devait regarder les cosaques.

Banks décore Pierre et Johnson de la médaille du Congrès, mais Stonewall nous fait reculer jusqu'au Potomac et nous perdons en route dix pour cent de notre effectif. Pierre apprend qu'il est nommé lieutenant et la 5e batterie pousse des hurlements étonnants, mais Jackson nous force à repasser la rivière en toute hâte, en abandonnant nos bagages et la moitié de nos munitions.

L'ombre de Stonewall Jackson s'étend sur Washington où l'on forme à la hâte une nouvelle armée avec les renforts qui devaient être envoyés à McClellan pour prendre Richmond. Cette nouvelle armée, d'accord avec celle de Frémont, a pour mission de prendre l'offensive, de poursuivre et d'encercler Jackson.

Jackson nous a chassés vers le nord, maintenant c'est nous qui le poursuivons vers le sud. Il a été meilleur chasseur que nous, maintenant il est meilleur gibier. Chaque fois que nous espérons l'intercepter, Jackson, avec ses milliers de prisonniers et son immense convoi de butin, parvient à nous précéder.

Nos effectifs fondent ainsi plus vite que dans une bataille, un quart de l'armée doit s'arrêter, malade ou épuisé. Parfois, on entend le canon, c'est Frémont que Jackson repousse et nous sommes trop loin pour intervenir. Parfois, c'est Frémont qui, sans pouvoir rien faire, entend au loin Jackson écraser notre avant-garde. Burlington réunit ses officiers et ses chefs de section. Cela ne peut durer, il faut proposer quelque chose au général. Tout le monde se tait. Burlington a perdu le sens de l'humour, il assène son énorme poing sur la table et regarde Pierre, Wolf et Johnson d'un air furieux. Pierre dit : Une colonne légère, des cavaliers et une batterie. Wolf ajoute : « Pas de bagages, rien que des munitions. – Et qu'est-ce que vous boufferez ? » Johnson répond : Si vous voulez Stonewall, laissez-nous faire.

On fait une colonne, mais avec un colonel, un homme très méthodique, qui a voulu emmener des fantassins. Comme ils retardent la marche, on les prend en croupe ou on les entasse sur les affûts et les caissons. D'ailleurs les jeunes lieutenants qui sont en pointe ont bien compris. Tant pis pour les éclopés et les traînards, l'armée qui suit les ramassera. Il s'agit d'arriver au pont avant Jackson et cette fois nous y sommes, il est pris.

La colonne installe son PC près de la rivière, qu'attend-il pour la passer et faire sauter le pont ? Pierre se concerte avec les officiers de cavalerie, le plus ancien va aux ordres. Il revient consterné. Les ordres sont de prendre position en avant du pont. Le colonel, messieurs, demande vos états de personnel, et de matériel. C'est une plaisanterie, il est impossible de tenir devant le pont. Jackson nous balaiera en quelques minutes. Ils vont en délégation chez le colonel. « J'ai ordre de laisser ce pont intact pour le passage de l'armée et je le garderai.

— Mais Jackson a au moins cinquante canons et nous, huit.

— Il y a des risques, je le reconnais, espérons que l'armée arrivera à temps, mais ce sont les ordres, messieurs. J'attends vos états pour préparer mon rapport. »

L'armée n'arrive pas à temps. Jackson bouscule la colonne en douze minutes. Le colonel se fait bravement blesser, il en a pour quinze jours d'hôpital, deux mois de convalescence, ensuite il sera nommé général. Pierre essaie alors de détruire le pont au canon. Il ne lui reste plus que trois pièces. Il met deux coups au but, mais le pont tient. Les Sudistes concentrent leurs feux sur la batterie et toutes les pièces sont mises hors de combat. Dix morts et plus de vingt blessés dont Johnson qui a pleuré de rage en voyant les rebelles défiler sur le pont. Après le passage de l'arrière-garde, ils ont fait sauter le pont et sont partis tranquillement renforcer l'armée de Lee à Richmond.

Burlington arrive avec le reste de l'armée. Il dit : Ce pont est un incident stupide parmi les milliers d'incidents de cette guerre. Ce n'est pas une catastrophe. Tu recevras de nouveaux canons, meilleurs, ils sont prêts. Il est peut-être plus nécessaire pour l'ensemble de la guerre que les ordres soient exécutés strictement que de voir un officier hardi remporter un succès en ne les respectant pas. La réussite de Jackson va coûter cher aux rebelles. Washington a eu peur. On a voté une levée de cinq cent mille volontaires. Bientôt, on votera la conscription. On va doubler l'artillerie. Nous allons former un groupe de trois batteries noires. Wolf et Johnson seront nommés officiers. Tout cela est plus important que de battre Stonewall Jackson.

Sur le plan de la pensée froide, en dessous du degré zéro, Pierre pense que Burlington a peut-être raison. Jusqu'ici, M. Eugène, dans un bilan objectif, aurait équilibré la moitié de l'armée fédérale par le seul Jackson. Avec les chiffres actuels, cinq cent mille recrues, cinq cents millions de dollars pour la guerre, il ferait peut-être figurer les exploits de Jackson au passif plutôt qu'à l'actif des rebelles. Cela prendra du temps, mais l'issue est certaine. Pierre voit déjà en action les usines, les fonderies, toute cette immense famille industrielle qu'aucun génie, aucune victoire ne pourra finalement arrêter. Il ressent une grande souffrance, car il suffit d'attendre, de durer et la terre d'enfance, la mère et l'épouse de Stonewall Jackson, sera forcée par les machines.

La blessure de Johnson suppure, il a la fièvre, il délire. Il lance son nom comme un appel : Johnson ! Johnson Village...

Parfois, il gémit et il dit : Jane. Est-ce qu'au-delà de la guerre, des canons, des amis et des ennemis, il garde au fond du cœur l'image d'une Jane dont il ne parle jamais ?

Il doit y avoir, il y a une petite place à demi envahie par l'herbe, de grands arbres et, à leur ombre, un puits de pierre avec une margelle sur laquelle on peut s'asseoir. On y puise une eau adorablement fraîche, on y échange des paroles, des regards. Les dents et les yeux brillent de jeunesse. Parfois on chante, parfois on danse. Dans la pénombre verte, rien n'est jamais dit, rien n'est vraiment vu, tout est deviné dans la chaleur du cœur. Regard de Jane, qui plie soudain sous le choc, qui chavire dans la profondeur noire. Sa cruche presque tombée qu'une main vigoureuse saisit. Voix de Johnson qui monte et dévale d'un mouvement puissant toute l'étendue de la gamme amoureuse. Courbes de Jane, mouvements de gazelle, longue soirée qui s'étire doucement sur le seuil de la cabane au milieu des rires et des chants. Où est Jane, maintenant que Johnson est ici, blessé sous la tente, maintenant qu'il est un soldat du Nord ? « Johnson, est-ce que tu aimes encore le Sud ? – Oui, je l'aime. – Est-ce que tu crois que Stonewall l'aime comme toi ? – Oui, je crois. – Mais Jackson est notre ennemi, c'est un puritain qui défend des esclavagistes. – Ça n'empêche pas d'aimer. – Johnson, je ne comprends pas. – On ne peut pas comprendre le Sud. On le respire... »

Pierre s'éveille en sueur, Johnson ne roule plus d'un côté à l'autre de la tente en gémissant. Il dort paisiblement. Pierre lui humecte les lèvres, lui passe un linge mouillé sur le visage. Le docteur dit que si nous parvenons demain à l'hôpital, Johnson sera sauvé.

Quartiers d'hiver. La valse des généraux continue, cette fois c'est Hooker qui prend le commandement. Il comprend qu'il faut donner du repos à l'armée, remettre en ordre et entraîner les unités, organiser les cantonnements. Pierre et Johnson sont logés dans une ferme appartenant à une veuve. C'est une jeune paysanne, au visage plein et grave. Une vraie Sudiste qui les reçoit sans mot dire et leur fait montrer les chambres par sa servante noire. La servante s'appelle Dinah, elle est jolie et elle sent bon. Pierre pense que Johnson ne va pas tarder à s'occuper d'elle et à la croquer à sa façon.

Il y a deux portraits dans la salle de la ferme, l'un est celui du mari de la veuve, un homme à l'air gai et solide, en uniforme de sergent de l'armée rebelle, l'autre est celui de Stonewall Jackson.

La veuve est belle, Pierre, qui a apporté du vin et des provisions, l'invite à manger avec eux. Elle ne répond pas et Pierre, blessé, part rapidement à un exercice auquel Johnson ne paraît pas. Le soir, la veuve tout en noir et Dinah se mettent à table avec eux, mais demeurent silencieuses. Johnson explique à sa manière les causes de la guerre. Il parle des Noirs, du travail sur les plantations, des familles séparées, des ventes aux enchères, des chiens qui poursuivent ceux qui tentent de s'échapper.

La veuve reste impassible, mais Dinah, qui est une fille d'affranchis et n'a pas connu l'esclavage, se met à pleurer. Elle se cache la tête sur l'épaule de sa maîtresse qui lui essuie les yeux. Si Mme Henriette avait une servante noire, elle ne la ferait jamais asseoir à sa table et ne la consolerait pas ainsi. Les deux hommes continuent à parler, les deux femmes ne leur répondent pas, mais écoutent très attentivement.

Les jours suivants, chaque fois que Pierre entre ou sort de la maison, il voit Johnson parler à la veuve, près du grand foyer où elle coud en surveillant ses marmites. Un soir, il l'entend lui répondre d'une voix hésitante, au moment où il pénètre dans sa chambre, Johnson fait sans doute une plaisanterie car il entend fuser le rire de Dinah.

Quelle que soit l'heure de son départ ou de son retour, Pierre voit accourir Dinah qui lui apporte son petit déjeuner ou du thé. Il plaisante un peu avec elle chaque matin et quand, au sortir de l'écurie, il rend la main à Carabine pour son temps de galop, il est sûr de voir à la fenêtre un joli visage sombre et souriant, car cette Dinah, décidément, adore les chevaux.

Un soir, il n'y a plus seulement la voix de Johnson, il y a aussi celle de Dinah et, chaude, profonde, toute changée par l'animation, celle de la veuve. Johnson l'appelle et Pierre entre dans la salle qu'éclaire seul un grand feu de bûches. Il ne distingue d'abord, dans la pénombre, que le sourire et la robe rouge de Dinah, debout à côté de la cheminée. Puis, assis de l'autre côté, Johnson qui a le bras autour de la taille de la veuve et tient ses mains enlacées dans les siennes.

Il y a un long silence, Johnson embrasse doucement la joue de la veuve et elle lui répond avec tendresse. Pierre est bouleversé, c'est en Amérique qu'il a senti pour la première fois qu'il était blanc. Depuis, Johnson est devenu son meilleur ami, il y a un an et demi qu'il vit avec des Noirs et il ne se sent plus différent d'eux. Mais en voyant cette femme blanche entre les bras de Johnson, il sent, avec tout son corps, que Johnson est un Noir et qu'il veut le lui faire sentir. Il regarde Pierre en embrassant la veuve, en répétant très bas son nom qui est Rachel. Il lui caresse les seins, elle cherche à se dégager mais Johnson la maintient fermement sous le regard de Pierre et de Dinah. Alors elle cède, se renverse en arrière, enfouit son visage dans le cou de Johnson.

Pierre voudrait s'en aller, mais il est trop tard, il est prisonnier des doigts de Johnson qui ouvrent le corsage de Rachel et font jaillir un sein blanc et ferme. Johnson embrasse le sein de Rachel et ses doigts glissent doucement, soulèvent la jupe noire, séparent ses beaux genoux, caressent la face interne des cuisses. Rachel supplie, elle dit : Non, non, très faiblement, mais Johnson continue et l'ouvre tout entière, blanche et noire, aux regards de Pierre et de Dinah. Dinah se tord les mains, se mord les lèvres. Pierre est éperdu, il se demande : Pourquoi, pourquoi ? De vieilles phrases du temps de Sainpierre remontent en lui : On fait ça à l'hôtel, dans une chambre à coucher ! Mais Johnson ne veut ni hôtel ni chambre à coucher, il lui faut le consentement de nos regards. Il faudrait partir, s'arracher à la fascination de ses gestes, mais quelque chose alors serait brisé entre lui et moi. Le salaud, ce qu'il joue maintenant, c'est notre amitié.

Le plaisir commence à prendre Rachel car la tête renversée, les jambes ouvertes, elle pousse un gémissement rythmé qui fait monter sur mes lèvres cette crispation douce et cruelle que je vois sur le visage de Johnson. Je suis brûlé par mon propre regard, pétrifié par mon insoutenable immobilité. Je voudrais crier, frapper, mais comment faire un geste, proférer un son devant ce visage de Johnson tourné vers moi et ces grandes lèvres ouvertes, déchirées, sur lesquelles s'abandonne la main noire. La main que la femme saisit, qu'elle embrasse et étend amoureusement sur son visage.

À ce moment, Dinah pousse un cri, fait quelques pas comme pour s'enfuir et se laisse tomber en sanglotant à mes pieds. Je m'agenouille à côté d'elle, je prends sa tête dans mes bras, je caresse ses cheveux, j'approche mes lèvres de ses joues qui sentent bon. Tout en continuant à sangloter, elle s'abandonne, répond à mes baisers, s'apaise. À mon désir et à ma joie naissante, son bonheur déjà répond. Johnson console doucement Rachel qui s'est mise aussi à pleurer, il la soulève, il l'entraîne dans la danse qui naît peu à peu de sa voix.

Pierre qui ne sait pas danser prend dans ses bras Dinah, qui est si souple et si folle qu'elle peut faire de lui un danseur. Soudain il se souvient de sa longue journée dans le froid : Savez-vous que j'ai très faim ? Ce sont les premiers mots prononcés depuis qu'il est dans la salle, depuis qu'ils sont entrés dans le temps du désir, et ils éclatent de rire tous les quatre.

Première nuit de Pierre et de Dinah. Ils ne savent pas très bien qui ils sont, l'un et l'autre, mais ils sentent leur désir. Celui qui s'ignorait et qui aurait pu n'être que quelques sourires, quelques paroles banales, une fenêtre qui s'ouvre, un cavalier qui part ailleurs. Celui que l'acte de Johnson, le pacte de force et d'amitié les ont forcés à reconnaître. Il y a en eux toute une étendue, un espace du cœur et des sens qui ne demandait qu'à s'ouvrir et qui s'ouvre. Le bonheur est là, tout simple quand ils s'endorment, tout neuf quand ils s'éveillent et qu'ils entendent Johnson qui chante dans la salle en allumant le feu, car Dinah n'est plus jamais, comme autrefois, la première levée.

Il y a alors des jours, des semaines de bonheur. Quand Pierre et Johnson reviennent le soir, rompus par un jour d'exercice, il y a toute une journée d'attente qui se libère dans l'accueil et dans la présence. Il y a des nuits naïves et d'autres qui sont adorantes ou passionnées. Il y a la pénétration de l'inépuisable enfance de Dinah, de son corps mince, de ses fusées de gaieté, dans la nature sévère et sevrée de Pierre. Il y a le respect de Pierre pour la pensée ondoyante de Dinah, pour ses mains travailleuses et adroites. La tendresse, la patience de Johnson qui commence à cicatriser les blessures du corps et de l'esprit de Rachel. Il y a la lettre de menaces que Rachel reçoit et dont elle ne fait que rire. Le départ pour huit jours des deux hommes, avec un corps d'observation. Leur tristesse à tous les quatre, en ce petit matin glacial de février. Il y a le caporal Jephté, qui tousse et que Pierre met de garde dans la ferme, pour protéger les deux femmes.

À leur retour, il y a les ruines encore fumantes de la maison brûlée par les partisans rebelles. Avant d'être tués, Jephté et Rachel en ont abattu deux, alors ils sont entrés dans la ferme, ont pendu Dinah et ont brûlé les trois corps avec la maison. Ils ont collé sur un arbre deux jugements du tribunal des partisans. L'un condamne à mort Rachel et Dinah et menace de mort toute femme blanche qui oublierait sa dignité avec un Noir. Le second condamne Pierre et Johnson à la mort par pendaison. Au-dessus des deux arrêts, ils ont suspendu les portraits du mari de Rachel et celui de Jackson.

Ils ont décroché les deux jugements, chacun en a pris un et l'a mis dans son portefeuille, soigneusement plié. Puis Johnson, avec les débris d'une bêche, a enterré le portrait du mari de Rachel et a mis au-dessus une petite croix faite de deux bâtons. Ils sont partis chercher leurs chevaux, mais Pierre est revenu sur ses pas. Après un moment, Johnson l'a suivi. Il a vu Pierre décrocher le portrait de Jackson et l'enterrer à côté de l'autre. Pendant qu'il faisait cela, Johnson a fait une croix et Pierre l'a plantée sans un mot sur la tombe de Jackson, comme s'il était déjà mort.

Ils couchent ce soir-là dans un abri de rondins près des canons. Toujours plus près, jamais assez près dorénavant. Pierre s'endort avec peine. Au milieu de la nuit, la perte, le refus lui sont signifiés par un cri sinistre. Il s'éveille tremblant de froid. Le cri existe, à côté de lui. Il faut surmonter l'effroi, allumer la lampe et voir, à la lumière vacillante de la mèche, Johnson qui a rejeté ses couvertures et qui grince des dents en regardant dans le vide. Pierre sort, allume le feu qu'on a préparé devant la porte de l'abri. Dès que la flamme jaillit, il traîne devant elle la paillasse de Johnson, entasse sur lui toutes les couvertures et le force à boire un peu d'alcool. Peu à peu la chaleur le pénètre, il cesse de trembler, sa peau est moins grise et voici des larmes qui coulent sur son visage. Johnson s'est endormi d'un sommeil paisible. Les trompettes sonnent, on entend dans l'ombre le pas lourd des hommes mal éveillés qui se rendent au pansage. Pierre, dans la lumière aiguë du matin, soupèse une dernière fois le poids de l'existence de Stonewall Jackson. C'est une réflexion singulièrement froide et méthodique, à la façon de M. Eugène. Tout est analysé, pesé, évalué à son plus juste prix. Puisque le cœur est compté pour mémoire, le bilan indique la mort.

Les trompettes sonnent pour l'abreuvage, Johnson ouvre les yeux et sourit. Le soleil se lève, il y a de nouveau la guerre, le régiment, les batteries noires pour lesquelles il faut prévoir dans l'après-midi une vérification détaillée des pièces et des caissons. Il y a de nouveau le jour, les canons, leurs bouches froides et parfaites qu'il faut animer et servir et défendre jusqu'à la mort.

La routine des cantonnements continue dans la boue de l'hiver virginien. Hooker réorganise l'armée, Burlington est nommé général. Il commande un corps d'intervention rapide, composé de notre régiment et d'un groupe de cavalerie. Cowell commande le régiment, c'est un officier capable, mais trop enfermé dans son PC au milieu de ses cartes et de ses calculs.

La campagne débute bien. Hooker trompe la vigilance de Lee et nous franchissons successivement deux rivières sans rencontrer de résistance. Les équipages de pont sont là où ils doivent être, les marches se font suivant l'horaire prévu, les bagages et les munitions suivent. L'armée se sent bien dirigée. Sans avoir eu à se battre, elle a remporté un premier avantage et elle voit que, si le mouvement continue, elle va menacer le flanc des positions sudistes. Nous avons surpris l'adversaire, c'est manifeste car, pour la première fois, notre marche n'est plus épiée et entravée sans cesse par la cavalerie rebelle. Toute l'armée respire la confiance au moment où nous parvenons sur les collines et dans les fourrés épais du Wilderness. Avec de grands efforts, nous parvenons à faire passer les pièces et les caissons par les chemins étroits. Au début de l'après-midi, nous atteignons l'orée et nous débouchons des bois. Enfin des vues, le champ libre. En face de nous un corps d'armée, Stonewall Jackson.

L'occasion est là de battre Stonewall Jackson, il est en face de nous et n'a guère de possibilités de manœuvre, nos positions sont meilleures que les siennes et il est évident que nous sommes les plus nombreux. Au fur et à mesure que nos régiments débouchent des bois, le même cri se répand sur toute la ligne : En avant ! La situation est simple, qu'attend Hooker pour sortir de son quartier général de Chancellorsville et venir diriger la bataille ? Johnson, qui dirige la tête de colonne du régiment, a déjà mis ses pièces en batterie, les troupes avancent, les soldats sont pleins de confiance. Les Sudistes se contentent de riposter à nos coups, au lieu d'attaquer les premiers comme ils en ont l'habitude. Le soleil est encore haut, nous avons le temps de saisir la victoire.

C'est à ce moment que l'ordre de retraite parvient aux chefs de division. Hooker a pris peur en apprenant la présence de Jackson et n'est même pas venu voir le terrain.

Les soldats, découragés, retrouvent le Wilderness, ses fourrés, ses bourbiers, et la demi-obscurité qui y règne en plein jour. Nous sommes là à proximité de l'ennemi, mais sans pouvoir l'observer car nous sommes presque sans vues et avec de mauvaises liaisons entre les unités. Le régiment campe dans une clairière, à côté des fourgons de toute l'armée. Quelle pagaille si nous étions attaqués. Cowell soutient que c'est impossible, car l'armée est formée en hérisson dans la forêt et nous sommes au centre, il faudrait la percer tout entière pour parvenir jusqu'à nous. Peut-être, mais Stonewall Jackson a-t-il la même notion que nous du possible et de l'impossible ? Dans le dos, nous avons tout le 11e corps, qui est en réserve. S'il nous protège, pourquoi ses canons et ses épaulements sont-ils tournés vers nous ? C'est que l'ennemi ne peut venir par là. Peut-être, mais Jackson est-il jamais arrivé du côté où nous l'attendions ? Assis à côté de lui sur un tronc, Johnson suit le cheminement des pensées de Pierre, il vide sa pipe contre l'arbre : Le seul moyen d'empêcher Stonewall d'attaquer c'est de prendre, nous-mêmes, l'offensive.

Cowell, en haussant les épaules, autorise Pierre à faire des abattis pour ouvrir les champs de tir. Pierre fait préparer des épaulements au nord et au sud du mur qui traverse la clairière. Cela amuse Burlington : « Tu crains d'être attaqué par le 11e corps ? – Je me méfie de Jackson. – D'après nos renseignements, Lee l'a rejoint, mais ensemble ils n'ont pas cinquante mille hommes et nous en avons soixante-quinze mille. Hooker pense qu'ils sont en mauvaise posture et qu'il suffit d'attendre un peu. Ils seront obligés de faire retraite sur Richmond et, à ce moment, nous les poursuivrons. »

Pendant que l'armée s'enferme et s'installe tant bien que mal dans le Wilderness, a lieu la rencontre de ses deux principaux ennemis. Je la retrouve au début du tome V de l'*Histoire* dont les pages froissées attestent que le père les a lues et relues bien des fois : « *Assis, côte à côte, sur une couverture, près d'un grand feu, Lee et Jackson – silhouettes noires que les aides de camp et les soldats regardent se pencher tour à tour vers la flamme pour mieux consulter la carte – voient arriver Clebb Stuart, le chef de la cavalerie rebelle. Il vient annoncer à Lee que l'aile droite des Fédéraux, qu'il vient d'observer, se trouve sans appui à Dowdalls Tavern. Stuart est certain que des chemins détournés débouchent sur ce point. Alors Jackson a une inspiration de génie, la plus brillante de sa carrière. Il propose à Lee de faire un grand mouvement autour de l'armée ennemie pour l'aborder à revers. On ne peut imaginer manœuvre plus hardie, mais Lee comprend que Hooker, en s'enfonçant dans la forêt, s'est condamné lui-même à l'impuissance et à l'immobilité. Il décide de confier à Jackson pour l'exécution de son mouvement les deux tiers de son armée. Lui-même, avec deux divisions seulement, occupera l'ennemi en feignant de l'attaquer, sans s'engager à fond. Le sort du Sud est une fois de plus entre les mains de Jackson et dépend de la rapidité de sa marche.* »

Nuit pénible, traversée de sensations d'étouffement et suivie par une journée d'angoisse. Les positions du régiment sont aussi mauvaises que possible et c'est à grand-peine que Pierre parvient à les améliorer un peu.

Dès la matinée, s'ouvre un combat entre notre artillerie et celle des Sudistes, mais nous sommes gardés en réserve. Au sud, des régiments sudistes attaquent les nôtres, leur attaque n'est pas poussée à fond et de notre côté nous ne les pressons pas vigoureusement pour profiter de notre supériorité numérique. Pierre fait monter des veilleurs dans de grands arbres, mais les fourrés épais dérobent les mouvements de l'ennemi. Johnson et Gauvain dirigent les abattis, malgré leur travail le champ de tir est réduit et les vues insuffisantes.

Pendant ce temps la colonne ennemie tourne par de petits chemins autour de l'armée. Vers quatre heures de l'après-midi, Jackson arrive, avec un groupe de cavaliers, en vue des campements du 11e corps, en plein dans ses arrières. Comme il s'y attendait, nos troupes ont leurs gardes, leurs épaulements, leurs canons de l'autre côté. Les armes sont en faisceaux, les hommes autour des feux préparent le repas du soir. Jackson dispose ses divisions sans bruit dans la forêt. Un mètre par homme pour avancer à travers les troncs et le taillis. Lui-même, au centre, sur un chemin étroit, avec ses officiers et les deux seuls canons qu'il a emportés pour ne pas retarder sa marche. Au 11e corps, où l'on entend le bruit du canon et de la fusillade entre les troupes de Lee et celles de Hooker, personne n'imagine que les Sudistes puissent apparaître par-derrière. Ce sont les animaux sauvages qui sont le signe annonciateur du danger. Les daims, les chevreuils, les dindons sauvages, délogés de leurs abris par l'avance des lignes de Jackson, font irruption à proximité des campements, s'effraient en voyant les feux et, affolés, s'efforcent de bifurquer vers la gauche ou vers la droite.

Malgré cela, personne n'entend venir les troupes de Jackson qui s'avancent en silence. Le bruit de leur marche est couvert par la canonnade lointaine et par l'animation habituelle du bivouac à cette heure.

Quand la première ligne débouche des taillis en courant, il est trop tard, la surprise est complète. Quelques hommes tentent de se défendre, mais la plupart n'ont ni fusil ni cartouches. D'un élan, les Sudistes dépassent les tentes, s'emparent des centres de munitions et des canons qui sont braqués de l'autre côté. En quelques minutes près de deux mille hommes sont faits prisonniers. Le reste s'enfuit pêle-mêle avec les wagons, les ambulances et des troupes de chevaux effrayés, en direction de la grande clairière. Les officiers les suivent, ils comprennent que dans cette déroute il n'y a qu'une seule chose à faire, tenter de regrouper les fuyards sur une autre ligne de défense.

La voix de Stonewall Jackson les poursuit, amplifiée par trente mille poitrines. Sa voix, accompagnée par le geste mécanique de son bras gauche qui s'élève, qui ne donne qu'un seul ordre : En avant ! En avant ! Les cris des officiers au milieu des rangs répondent : Suivez Jackson ! Laissez les armes et les prisonniers. En avant, suivez Jackson !

Les rebelles, en avançant, crient son nom de toutes leurs forces et les nôtres, en fuyant, le répètent à voix basse : Jackson, Stonewall Jackson. Et ils courent, comme ils ont déjà fait. Pierre entend le tumulte qui vient des bois, il voit arriver sur le chemin des troupes de chevaux affolés, suivies de soldats sans armes. Il n'a pas d'hésitation, c'est le désastre, celui qu'il attend depuis ce matin, depuis hier, depuis toujours peut-être.

La moitié des canons seulement est en direction de l'ennemi. Que Johnson fasse tourner les autres, heureusement les épaulements sont faits. Que Gauvain fasse chauffer des boulets rouges pour incendier les lisières. Un messager à Cowell, un autre à Burlington qui sont à l'arrière et ne savent rien sans doute.

Devant eux, dans les bois, il y a la brigade d'infanterie Buschbeck. Elle a eu le temps de s'armer et de prendre position, mais elle est submergée par les fuyards et beaucoup d'hommes, saisis par la peur, lâchent pied. Pierre dit à Wolf : « Donne le commandement de ta batterie à Buck et essaie de regrouper, derrière le mur, les officiers et ceux qui ont des armes. »

« J'ai cinq batteries en ligne, trois noires et deux blanches. Cowell n'est pas là, je prends le commandement : Préparez les tirs. » Carver qui commande la 4e batterie se précipite vers lui : « Nous n'allons pas tirer sur les nôtres ? – Nous tirerons devant la brigade Buschbeck pour la soutenir. – Mais les autres, et les blessés ? – Si nous ne tirons pas tout de suite pour retarder Jackson, nous sommes fichus et les munitions de l'armée seront prises. » Carver est pâle : « C'est un ordre ? – C'est un ordre ! » Les chefs de batterie sont autour de lui : Hausse à douze cents mètres. Première salve à mon commandement.

Derrière les cris désordonnés des fuyards et la fusillade faiblissante de la brigade Buschbeck, on entend se rapprocher la clameur, l'unique parole de Stonewall Jackson, proférée par trente mille voix. Johnson, dont la batterie est au centre, est resté à côté de Pierre. Il le voit, il l'entend, les yeux obstinément fixés sur la forêt, penser tout haut d'une voix blanche, entrecoupée par la colère : Qu'est-ce qu'il croit, qu'est-ce qu'il croit, Jackson ? Que nous allons encore filer devant lui ? C'est assez, cette fois c'est assez ! Johnson scrute le visage de Pierre, et il y lit quelque chose qu'il n'a jamais vu jusqu'ici. Il se tourne vers les canonniers qui attendent l'ordre de tirer. Il élève son képi au-dessus de son bras et sa voix, qui domine le tumulte, crie : Victoire ! Tous les yeux sont tournés vers lui, il éclate de rire et crie une seconde fois : Victoire ! Cette fois le rire et la voix unanime des hommes lui répondent. Pierre joint sa voix aux leurs et tous ensemble ils crient plusieurs fois : Victoire ! On n'entend plus que ce cri, que ce rire, qui effacent un instant dans le ciel l'énorme voix de Stonewall Jackson hurlant à la mort dans les bois.

Le moment est venu, Pierre abaisse le bras comme faisait le père Pierre et il y a sur son visage le sourire cruel de celui qui veut abattre le cavalier – oui, le cavalier Jackson – et les quarante canons, de leurs bouches encore froides, lancent la première salve. Wolf est parvenu à regrouper une centaine de fantassins derrière le mur. Les deux canons de Stonewall Jackson essaient de répondre aux nôtres, mais la 5e batterie en une salve les réduit au silence. Les survivants de la brigade Buschbeck, formés en tirailleurs, reculent lentement et en bon ordre vers nous. Peut-être pourra-t-on les regrouper autour des hommes de Wolf. Bientôt entre Stonewall Jackson et nous il n'y aura plus que des fuyards et des blessés. Quand l'ennemi sera à huit cents mètres, tir à boulets rouges pour tenter de mettre le feu aux lisières. Les hommes, absorbés par le tir, sont pleins d'entrain et Carver, admirable de calme, ne pense plus qu'au combat, comme les autres. Derrière nous, il y a un grand tumulte de chevaux et une voix gaie qui donne des ordres, celle de Burlington. Il est là : « Où est Cowell ? – Il est parti à l'état-major ce matin. – Courage, nous allons vous aider. – Mon général, il nous faudrait surtout de l'infanterie pour nous soutenir. – Elle arrive, le général Sickles amène deux divisions, mais il faut tenir trois quarts d'heure au moins. Fais arrêter les tirs, nous allons charger. – Vous ne les arrêterez pas. – Nous vous gagnerons un peu de temps, c'est une question de minutes. – Dès que vous aurez passé, pouvons-nous mettre en feu les lisières ? » Il veut des témoins, il appelle Carver et Johnson. « Oui, tirez à boulets rouges. – Malgré les blessés ? – Oui, et si Cowell revient, garde le commandement. »

Sabres, commandements, élan des chevaux excités auxquels on rend la main, clameur des hommes, la charge des cavaliers de Burlington s'ébranle dans un formidable tumulte. Mais avant qu'elle parvienne à l'orée, un tiers des hommes a déjà été abattu par les feux de salve des Sudistes qui, poussant devant eux les dernières résistances de la brigade Buschbeck, sont sur le point de déboucher des bois. Burlington se sacrifie, bientôt ce sera notre tour. Les rangs sudistes sont coupés en deux par les cavaliers qui s'engouffrent dans le chemin et y balaient tout sur leur passage. Mais les rangs, un moment troublés, se reforment derrière eux et ils se font fusiller de tous les côtés. Déjà on voit refluer vers le mur des chevaux sans maîtres et des cavaliers démontés que Wolf s'efforce de rassembler. Pierre ordonne de reprendre le feu, cette fois à boulets rouges. Oui, il faut tirer sur nos blessés, il faut tirer peut-être sur Burlington, nous sommes la dernière ligne de défense et si l'ennemi s'empare de l'immense pagaille du train des équipages, l'armée, sans munitions, n'existera plus. Heureusement le soir va bientôt tomber et l'infanterie est proche. Il s'agit de gagner des minutes, rien que des minutes. Un aide de camp de Sickles arrive au galop : Nos régiments de tête seront là dans quarante minutes... C'est dix de plus que n'a dit Burlington, mais nous tiendrons, si nous sommes encore vivants.

Cowell est là, à cheval. Le moment vraiment de nous tomber dessus ! Se lance dans des explications sur son absence. Croit-il qu'on a le temps de l'écouter. Envie soudaine de crier, comme une fois dans un rêve : Je m'en fous. D'une voix si forte qu'elle m'a éveillé. Je rêvais de Mme Henriette, j'entendais le bruit de ses clefs. Non, non, autre chose qu'à penser à elle et à lui. Qui, le visage congestionné par la colère, crie : Vous êtes fou, vous tirez sur nos lignes. Comme si nos lignes existaient encore. Me dégager de ce furieux : Les tirs sont organisés selon les ordres du général Burlington. Déconcerté, il se tait et descend de cheval. La clameur qui porte le nom de Jackson semble faiblir un peu. Huit cents mètres, sept cents mètres. Rectifiez les hausses. Les dernières lignes de la brigade Buschbeck sortent de la forêt et se mettent à courir en désordre vers le mur.

Cowell revient : « Pourquoi à boulets rouges ? – Pour les arrêter aux lisières. – Vous empêchez nos troupes de faire retraite. – Nous n'avons plus de troupes là. » Il n'entend pas votre réponse ou il est si stupéfait qu'il ne peut y croire. Il crie : Faites arrêter le tir à boulets rouges ! Alors on s'approche de lui, on lui saisit brutalement l'épaule : Jackson est à sept cents mètres, essayez de comprendre. Avec plusieurs divisions et le 11e corps n'existe plus. Entre lui et nous, il n'y a plus rien. Il pâlit, il a compris enfin. Hausse à six cents mètres. Batteries trois, quatre, cinq, à boulets rouges. Les autres, feu accéléré. Il y a une pièce qui ne tire plus à la 6e batterie, vous courez voir. Vous avez tort, durant ce temps, Cowell agite les bras et donne l'ordre : Cessez le feu. Préparez-vous à atteler. Il veut faire retraite. C'est lui le colonel et les hommes s'arrêtent interdits. Si cela dure, nous sommes fichus. Où trouvez-vous cette voix formidable, qui couvre celle de Jackson et la sienne : À mon seul commandement, reprenez le feu ! Les hommes retrouvent leur animation méthodique, un feu d'enfer s'abat à nouveau sur les lisières où l'on voit des flammes s'élever. Mais cette fois c'en est trop, vous courez vers ce fou, avec une seule idée dans la tête, en finir. Heureusement Johnson, plus proche de lui, vous a précédé avec deux hommes : Le général Burlington a confié le commandement au capitaine Pierre. Il m'a ordonné de vous arrêter, si vous prétendiez donner des ordres. Si vous résistez, vous serez fusillé. Départ de Cowell vers l'arrière, entre les deux soldats.

Johnson vous a évité de faire une terrible folie, il retourne en courant à ses pièces en criant : Victoire ! Toute l'unité lui répond, oui, ce sera, ce doit être une victoire. Les boulets rouges sont épuisés, mais les abattis et les taillis des lisières commencent à flamber. Le bois est vert, les flammes ne sont pas hautes, mais le feu dégage une épaisse fumée qui va aveugler l'assaillant et rendre le passage difficile. Wolf a rassemblé près de huit cents hommes, dont beaucoup d'officiers. Bien protégés par le mur, ils pourront prendre l'ennemi de flanc s'il parvient à proximité des batteries.

Le cri de Stonewall Jackson se rapproche, chassant devant lui les derniers fuyards et les blessés. Il y en a qui se jettent comme des fous au milieu des taillis qui brûlent. Ils tombent, ils crient, on les voit se relever, courir avec leurs vêtements en feu et se rouler en hurlant dans l'herbe. On ne peut s'empêcher de les voir, mais en a-t-on le temps, en a-t-on le droit ? La meute de Jackson répond d'un seul aboi que l'on n'a plus le choix. Ni décision ni indécision, plus rien que la colère du corps et celle des canonniers qui s'affairent autour des pièces, les yeux brûlés, rapides et violents, comme des loups dans la fumée. Wolf et les commandants de batterie sont autour de Pierre. Que Wolf répartisse ses hommes par groupes le long du mur, chaque groupe soutiendra une des batteries. Qu'il garde une centaine d'hommes en réserve pour intervenir en cas de besoin.

Quant aux batteries, dès que l'ennemi sortira du bois, il faut qu'elles tirent à mitraille, c'est notre dernière chance. Si les assaillants arrivent à proximité des canons, il faut coûte que coûte continuer à tirer et laisser les fantassins vous défendre. Il faut tenir encore vingt-cinq minutes.

L'aboi de la meute victorieuse emplit à nouveau l'horizon, chassant devant lui les misérables restes de la charge de Burlington, des chevaux fous, des chevaux en feu, qui se précipitent dans nos lignes ou se font faucher par nos tirs. À travers la fumée, Pierre guette avidement la lisière où va s'élever, au milieu des cimes, la crinière géante de Stonewall Jackson et sa bouche qui profère l'insupportable cri.

Comme des rats, on voit soudain sortir des couverts des centaines de petits êtres gris, aux vêtements déchirés, qui courent vers nous, avec de longs fusils et de misérables clameurs d'hommes que les canons vont écraser. L'angoisse de l'attente se dissipe, une joie insensée envahit Pierre : Ils sont à nous ! Les chefs de batterie ont les yeux fixés sur lui et, quand il abaisse le bras, les quarante pièces crachent à mitraille sur leurs visages épouvantés. Beaucoup d'entre eux tombent et les autres reculent en courant. Ils ne s'attendaient pas à une telle densité de feu et n'ont pas attaqué sur un front assez large. Ils vont faire mieux car, derrière eux, les trente mille poitrines de Jackson crient toujours : En avant ! De nouvelles vagues grises s'élancent vers nous pendant que nous rechargeons et c'est à Wolf de commander une décharge qui leur coûte beaucoup de monde. Mais il y en a d'autres, toujours d'autres qui arrivent, ils ont ouvert leur front, ce qui nous force à diluer notre tir et ils commencent même à déborder notre gauche. Il faut que Carver ait le temps de faire faire un quart de tour à ses pièces et que Wolf lui envoie ses hommes de réserve. Encore un aide de camp : Les têtes de colonnes de nos régiments seront là dans dix minutes. « Faites-les courir, faites-les crier, que l'ennemi et nos hommes les entendent. Vous aurez dix minutes... »

Une nouvelle vague se prépare à l'attaque, ils se sont fait des passages à travers les lisières en feu et sont beaucoup plus nombreux, mais nous avons eu le temps de recharger. Nous ferons une dernière salve, puis chaque batterie tirera à volonté. Ils sont là, la mitraille fauche une partie des premiers rangs, mais ceux qui suivent se sont adroitement dilués, ils avancent, ils vont être sur nous si nous ne parvenons pas à recharger pour tirer à bout portant sur eux. Cette fois je vois Jackson. Stonewall Jackson tout rouge, tout noir, absolument sans visage et qui avance à travers le ciel avec ses bottes de pierre. Tirez, tirez, n'arrêtez pas, tirez aussi sur leur deuxième ligne qui avance en tirailleurs et qui déjà nous abat du monde. Partout nos hommes tombent et beaucoup ne se relèvent pas. Il faut sauter sur Carabine, la pousser en avant et passer d'une batterie à l'autre en criant : Tirez, n'arrêtez pas, l'infanterie arrive ! Il faut résister à l'envie de sauter de cheval pour prendre la place de ce pointeur blessé. Une balle m'atteint au bras gauche, pas grave, mais l'odeur de mon sang, le goût du sang de M. Eugène m'écœure. Ils n'avancent pas au centre, mais nous débordent à gauche où les fantassins de Wolf, qui ont tenté de les charger de flanc, reculent en courant. Ils vont nous déborder à droite où nous n'avons plus de réserves. Il faut crier, d'une voix très calme : Les nôtres sont là !

On entend enfin les clairons, les hurrahs des nôtres. Mais la nuit qui tombe n'arrêtera pas Stonewall Jackson. Il nous submerge, les gris sont parmi nous. Seuls, au centre, quelques canons de la 5e batterie tirent encore et je vois Johnson qui crie : Victoire et tire à bout portant sur des cavaliers dont les chevaux font une culbute fantastique. Sickles n'a pas tenu parole, les dix minutes sont passées et il n'y a plus qu'une mêlée confuse et inégale entre les nôtres, l'infanterie rebelle qui nous encercle et sa cavalerie qui nous sabre. Tout est perdu et il n'y a plus en vous qu'une haine aveugle pour les cavaliers gris. Si vos canons sont pris, au moins que ce ne soit pas par eux. Vous avez prévu ce moment et vous avez gardé en dernière réserve une cinquantaine de convoyeurs bien montés. Vous vous lancez avec eux dans le flanc des escadrons gris. À quelques mètres, vous rendez la main à Carabine, vous tirez, un ennemi tombe mais vous perdez votre pistolet. Choc épouvantable des chevaux, vous abattez votre sabre sur une chose dure et molle qui doit être une épaule. Au-dessus de vous, il y a un énorme sabre rouge et un visage crispé qui semble plonger sur le vôtre. Plus le temps de parer. Carabine se cabre en hennissant et tombe en arrière, de tout son poids sur vous. Haine et colère s'engloutissent, il n'y a plus que peur, misérable peur de mourir. Seul, au fond, tout au fond. Sans personne et sans fond...

Apparaît le ciel presque noir, je respire avec peine, je vois très loin la branche d'un arbre, il y a un poids qui m'étouffe. Je vois le visage de Johnson, puis celui de Wolf. On me dégage, je respire mieux, mais j'ai mal. On me prend par les épaules et par les pieds, on m'étend sur le sol. J'étais écrasé sous deux chevaux morts. Est-ce que Carabine... ? La tête trop lourde pour y penser. Je veux me lever. Je n'ai rien de cassé, je le sens, je veux marcher, je veux voir. Johnson me soutient sous le bras, je sens l'odeur de sa sueur, comme lui doit sentir la mienne. Il y a contre moi son corps puissant, ses vêtements déchirés. Je suis vivant, je respire, c'est incroyable, je sors vivant de cette chute et de cette terreur de mourir. C'est Carabine qui, en se cabrant, m'a sauvé, oui, c'est elle qui a reçu le coup. Johnson m'adosse contre un arbre. De tous côtés, il y a des soldats bleus qui prennent position. Ils sont arrivés à temps pour obliger Jackson à s'arrêter. Bleus et gris, côte à côte, gisent en grand nombre sur le sol. Des blessés crient. Johnson dit que Wolf et Gauvain sont en train de regrouper nos hommes et que les infirmiers du corps d'armée évacuent les blessés. Nous n'avons jamais eu tant de morts, ni tant de blessés. Chez les officiers, Buck a dû être évacué, quant à Carver... Qu'est-ce qu'il a Carver ? Il est mort. Pierre soupire : Et les canons ? Presque tous en état. Les rebelles nous en ont pris deux mais ils ont dû les enclouer sans pouvoir les emmener.

Guidé par Wolf et entouré de plusieurs officiers, voilà le général Sickles qui secoue la main de Pierre et dit d'une voix émue : Vous avez sauvé l'armée. Félicitez vos hommes. Aidé par Johnson, Pierre doit faire précipitamment trois pas de côté pour s'adosser à l'arbre. Il a le front couvert d'une sueur froide et le corps secoué de spasmes. Il croit qu'il va vomir, mais rien ne parvient à sa bouche qu'un peu de bile amère. Wolf explique au général que le capitaine Pierre a été fortement commotionné par sa chute. Deux chevaux et plusieurs hommes entassés sur lui. Non, il n'a rien de cassé, un miracle. Sickles, heureusement, après avoir serré les mains de quelques blessés, repart très vite et Pierre peut s'asseoir au pied de l'arbre. Johnson a trouvé un peu d'eau, il lui lave le visage et les mains, il le fait boire. Il lui enlève sa veste, couverte du sang de Carabine. Il lui en donne une autre, prise à un mort bien sûr, mais ce n'est pas la première fois.

Quand le général Sickles revient de son inspection, il trouve le capitaine Pierre froid et correct comme à l'accoutumée qui lui remet une situation approximative des hommes et du matériel. Le général lui apprend qu'on a retrouvé Burlington et l'emmène le voir à l'ambulance. Burlington a eu la jambe brisée par une balle, elle a mauvais aspect, il se peut qu'on doive l'amputer. « Garde le commandement du régiment, je demanderai une autre affectation pour Cowell. Johnson a bien fait, je le couvrirai. » Soudain la joie envahit Pierre : Mon général, nous avons arrêté Stonewall Jackson, pour la première fois ! Burlington parvient à sourire : J'ai toujours dit que nous gagnerions cette guerre. Il pâlit, son visage se contracte sous l'effet de la douleur. Des infirmiers arrivent et soulèvent sa civière pour l'emmener dans la tente des chirurgiens.

La nuit est tombée sur la plus belle manœuvre de Jackson. On songe à manger et à dormir avant de reprendre le combat. Dans le livre que lisait le père on voit que les mêmes soins occupent à ce moment les Sudistes. « *Fiers de leur succès, les soldats se reposent croyant leur tâche accomplie pour la journée, mais Jackson ne partage pas cette illusion. Prévoyant une attaque des Fédéraux il passe dans ses lignes pour y rétablir l'ordre. Apprenant que les épaulements qui traversent le bois demeurent inoccupés entre les deux partis, il décide de reconnaître lui-même cette position qui lui ouvre la porte de tout le système de défense de Hooker.*

Du côté des Nordistes, le général Sickles a fait avancer une ligne d'éclaireurs qui repousse celle des rebelles et pénètre dans le bois. Ces éclaireurs aperçoivent le groupe de cavaliers formé par l'état-major de Jackson et ouvrent le feu. Jackson, reconnaissant son erreur, se replie brusquement vers le bois pour rejoindre sa ligne formée de ce côté par le 18e de Caroline du Nord. Hill se joint à lui. Les soldats sudistes, sous l'influence de la fatigue et du combat, n'avaient pas leur sang-froid habituel. On leur avait recommandé d'ailleurs de se tenir en garde contre des attaques possibles de la cavalerie fédérale. Non prévenus du retour de leur général, les soldats du 18e, en voyant Jackson arriver, croient à une attaque. Le premier rang met un genou en terre et quand l'état-major n'est plus qu'à vingt pas d'eux ils le saluent par une formidable décharge. Celle-ci fut plus funeste à la cause du Sud qu'une bataille perdue. Jackson est grièvement atteint par trois balles. Autour de lui gisent hommes et chevaux. Il parvient néanmoins à arrêter son cheval, puis il s'évanouit et glisse dans les bras de ses aides de camp, le capitaine Wilbourne et le lieutenant Martin, les seuls qui n'aient pas été atteints autour de lui. Le bras gauche est fracassé près de l'épaule, l'artère coupée, le sang coule à flots. Heureusement, Hill, demeuré en arrière, arrive à cet instant et parvient à arrêter l'hémorragie.

Les Fédéraux, qui ne se doutent pas de ce qui se passe à quelques pas d'eux, avancent à tâtons, fort lentement. Mais déjà leurs tirailleurs approchent du point où Jackson est tombé. Les éléments du 18e ne sont pas en force pour leur résister. Il faut à tout prix que Jackson échappe à leur avance. Faisant un suprême effort, soutenu par ses aides de camp, il se dirige à pied vers la ligne confédérée, où il trouve un brancard sur lequel on le place. »

À neuf heures, Pierre apprend que deux divisions du corps d'armée de Sickles vont tenter une attaque de nuit pour reprendre aux Sudistes une partie du terrain perdu. L'attaque ne portera que sur la droite des rebelles, là où le bois est le plus épais. Leurs positions sont trop fortes sur la gauche pour être abordées avec succès. Un ordre de Sickles lui enjoint d'effectuer, durant le combat, des tirs sur ces positions et sur la route qui traverse le bois, pour empêcher les troupes de la gauche sudiste de porter aide à celles qui seront attaquées.

Pierre a envoyé Gauvain avec une patrouille reconnaître les lisières aux environs de la route. Il a alerté les quatre batteries formées avec ce qui reste du régiment. Deux sont en position de tir aux ordres de Wolf. Les deux autres, aux ordres de Johnson, sont attelées et prêtes à se porter en avant.

La contre-attaque nordiste se développe. Après des coups de feu isolés, une violente fusillade se déclare dans tous les points du bois. Les ennemis, qui se cherchaient, doivent être maintenant au contact car le feu s'intensifie et on entend s'élever, dans la nuit, les cris des bataillons qui se chargent.

Wolf reçoit l'ordre de commencer le feu et ses batteries balaient de leurs salves le front gauche de l'ennemi qui demeure silencieux.

À dix heures vingt, la patrouille revient. Gauvain ramène un prisonnier légèrement blessé. À la lumière du feu, Pierre voit que le visage de Gauvain est profondément troublé, celui du prisonnier ne l'est pas moins. Cet homme raconte que Stonewall Jackson est blessé. Pierre reçoit le choc : « Comment le sait-il ? – J'étais là, ce sont des hommes de chez nous, du 18e, qui lui ont tiré dessus par erreur. – Il a pu garder le commandement ? – Non, ses blessures sont mauvaises, il est parti sur un brancard. – Où sont vos ambulances ? – À Wilderness Tavern. »

Le cœur, saisi par l'image qui se forme, s'arrête un instant de battre, le front se couvre d'une sueur froide. Wilderness Tavern est de l'autre côté de la route qui nous fait face. Sur un brancard, à travers bois... Ils n'ont pas pu encore traverser la route...

Il fait appeler Johnson, qui est en train de contrôler ses pièces : « Avance avec tes batteries, jusqu'à cent mètres de la route. Fais-toi précéder par des éclaireurs. Mets les pièces en position de tir, sauf deux que tu garderas attelées, en réserve. – À cent mètres de la route, sans soutien d'infanterie ? – Ils ne croiront jamais que nous ayons osé avancer jusque-là sans soutien. Dans l'obscurité, ce sera comme si nous l'avions. – C'est un risque. – Oui, c'est un risque. Pars tout de suite, je te rejoins. » Il revient au prisonnier : « Tu as faim ? » L'homme ne répond pas mais ses yeux disent qu'il est affamé. Gauvain lui donne du café et du pain.

« Qu'est-ce qui arriverait si Jackson mourait ? » L'homme s'arrête de manger et le regarde d'un œil hostile : « Vous en faites pas pour lui, Stonewall est solide. – On dit ça, qu'est-ce qui arriverait s'il mourait ? » Le prisonnier s'arrête à nouveau, saisi par cette insistance : « Vous avez entendu quelque chose ? » Pierre fait non de la tête. « Bon, alors vous verrez qu'il s'en tirera. Lee et lui, c'est poing droit et poing gauche. »

Déjà Pierre ne l'écoute plus, il a pris un cheval et, avec Gauvain, il s'avance dans les ténèbres en direction de la route. Ses yeux, peu à peu, s'habituent à l'obscurité. À gauche, on entend des tirs d'infanterie. À droite, le front est toujours silencieux. Il arrive aux pièces de réserve, les fait avancer avec lui et rejoint à pied la batterie qui fait face à la route. Les lisières ennemies sont toutes proches. Johnson lui souffle : S'ils nous attaquent, après le premier tir, nos canons seront pris. La réponse est formelle : Ils n'oseront pas !

On entend un bruit de troupes en marche et de charroi sur la route. À gauche, les combats dans la forêt sont toujours vifs. Pierre se penche vers Johnson : Tu peux commencer le tir. À mitraille. Après la première salve, allonge le tir. J'essaierai, pendant ce temps, d'atteindre avec mes pièces le coin de la route et du bois. Si j'y parviens, laisse Gauvain ici et viens me rejoindre. Il y a de l'angoisse dans la voix de Johnson : Que veux-tu faire ? La réponse est seulement : Commence ! Pierre s'enfonce dans l'obscurité avec les deux pièces. Johnson commande la première salve. La flamme des canons éclaire confusément des troupes grises en marche. On entend des cris de surprise et de douleur et une fuite éperdue vers les bois. La deuxième salve met le feu à une voiture de munitions, abandonnée sur la route. L'explosion des cartouches, qui fusent dans tous les sens, montre la route vide sur laquelle quelques corps demeurent étendus.

« Au bruit de la fusillade, dit le livre du père, *qui opposait dans les bois les brigades de Sickles aux unités sudistes, des batteries du régiment Burlington s'avancent hardiment à proximité de la route et, à moins de cent mètres des bataillons rebelles, ouvrent sur eux un feu terrible. La mitraille qui balaie la chaussée porte la mort et le désordre dans la division Hill qui se regroupait sur la route pour porter secours aux troupes attaquées. Le général Hill est blessé et l'un des brancardiers qui portaient Jackson est touché au moment où il atteignait la chaussée. Les aides de camp de Jackson le déposent dans le fossé, heureusement assez profond, qui borde la route et se couchent à côté de lui pour éviter la pluie de projectiles qui a fait disparaître en un instant la colonne confédérée. Les soldats se sont jetés dans les bois à droite et à gauche et la route serait déserte si l'on n'apercevait à peu de distance les Fédéraux qui avancent. En réalité il n'y a que quelques éléments du régiment d'artillerie Burlington mais les Sudistes ne peuvent à bon droit imaginer que des artilleurs se soient avancés si loin sans soutien et les prennent, dans l'obscurité, pour de l'infanterie.*

Pour leur échapper, Jackson fait un suprême effort et tente de se relever. Mais il a perdu trop de sang et ne peut y parvenir. Grâce à son extraordinaire vigueur, le lieutenant Martin le prend sur son dos et en quelques bonds franchit l'espace découvert, échappant au feu des Nordistes. Le capitaine Wilbourne le suit en portant le brancard du blessé. »

Pierre s'avance sans encombre jusqu'au coin du bois, il a déjà fait mettre les deux pièces en position quand Johnson le rejoint. Le brancard de Jackson n'a pu encore traverser. Il doit être caché dans le bois au bord de la route ou peut-être dans le fossé. Il désigne cinq hommes pour le suivre. Johnson demande : « Que vas-tu faire ? – Essayer de faire Jackson prisonnier. – Et moi ? – Tu nous couvres en cas de besoin et tu tires sur tout ce qui tente de traverser. – Pas sur lui ! Je ne vais pas tirer sur un blessé... » Il faudrait répondre, expliquer, mais Pierre a la gorge trop serrée et il se contente de se lancer en avant. Gauvain a cessé le tir, l'obscurité est totale. L'éclaireur qui précède Pierre montre une masse sombre dans le fossé : Là ! Et il se met à courir. Un coup de feu éclate, l'éclaireur tombe, Pierre trébuche sur le blessé qui hurle. Il se relève, il veut tirer, mais il ne voit plus personne dans le fossé et tire au jugé sur des formes qui bougent. Crie à Johnson : Tire ! Rien ne répond. Trop tard pour le faire prisonnier, il est de l'autre côté de la route, près des siens. Crie encore : Tir à cent mètres ! Une voix s'élève du bois, une voix connue qui confirme l'endroit : Ne tirez pas, blessé ! De droite et de gauche on commence à tirer sur la route. Il faut que Johnson comprenne et tire, il le faut ! Pierre court vers lui en haletant, suivi par les hommes qui portent l'éclaireur blessé. Johnson est là, à côté du premier canon, qui le regarde venir sans faire aucun mouvement. Pierre est à bout de souffle et presque sans voix, à cause de la course et du poids de la chose secrète. Il se cramponne à la roue du canon, croit qu'il va s'évanouir, parvient à dire : Entre cent et cent cinquante à droite. Johnson ne bouge pas. Pierre souffle : Tire... Et il s'affaisse sur la roue du canon, le corps secoué par des spasmes. Johnson est incapable de refuser l'ordre mais il se tait et ne bouge pas. Terrorisés, les canonniers voient alors le capitaine s'efforcer de braquer son pistolet sur son frère Johnson. Le pistolet tombe et le capitaine s'écroule, lui aussi, sur le sol. Il a le visage contre la terre et personne n'ose aller à son secours, car on l'entend gémir misérablement : Il faut... il faut, d'une voix que l'on ne peut supporter. Soudain le lieutenant pousse un cri de douleur et on comprend qu'il ne peut plus résister. Il n'a pas besoin de donner d'ordre, tous savent ce qu'il faut faire : cent, cent vingt, cent cinquante à droite. Il faut se presser car on commence à nous fusiller de partout. Cent soixante ! Alors il y a une voix formidable qui s'élève du bois et qui crie dans la langue étrangère : Salauds... Salauds ! Le lieutenant nous fait signe d'arrêter le tir et d'atteler. Gauvain arrive au galop : L'infanterie recule, il faut filer. Le capitaine est évanoui sur le sol. Le lieutenant soulève son corps et le balance sur un caisson. Nous partons à toute allure, car il y a déjà trois blessés. Tout en pressant le mouvement, Johnson répète entre ses dents : Salauds, salauds. Gauvain demande ce que cela veut dire. Johnson répond : Les Blancs !

« La route traversée, Jackson est remis sur son brancard, porté cette fois par ses deux aides de camp. Ceux-ci avancent avec peine dans l'obscurité, en trébuchant entre les troncs. Des canons du régiment Burlington, témérairement avancé jusqu'au coin de la route, lancent encore quelques salves à courte portée. Le malheur veut qu'un éclat atteigne le lieutenant Martin qui a la jambe droite brisée. Il tombe, entraînant dans sa chute le malheureux blessé qui, roulant sur son bras cassé, subit à ce moment des lésions intérieures qui furent la cause déterminante de sa mort. Ses souffrances ne l'empêchent pas de s'occuper du combat qui se livre autour de lui. Le général Pender venant lui dire que ses soldats en désordre ne peuvent plus tenir dans leurs positions, il répond, retrouvant la fermeté célèbre de sa voix : Il faut rester !

De nouveaux porteurs lui font atteindre enfin l'ambulance de Wilderness Tavern où il trouve un peu de repos et reçoit les premiers soins. »

Il revoit d'abord les flammes du feu. Puis, penchés sur lui, les visages de Wolf et de Gauvain. Pense obscurément : Où est Johnson ? Reconnaît peu à peu le goût amer du café que Wolf le force à boire et qu'il avale avec difficulté. Qu'est-ce que j'ai ? La gorge ne peut encore proférer aucun son, mais Wolf comprend : Tu t'es évanoui, parce que tu as faim, tu n'as rien mangé depuis ce matin, ta blessure s'est ouverte et tu as perdu du sang. Il faut manger et nous laisser refaire ton pansement. Pierre pense encore : Où est Johnson ? Il boit à nouveau mais cette fois avec plaisir, il étend ses jambes sous la couverture. Quelqu'un lui a retiré ses bottes, est-ce que c'est Johnson ? Il parvient à prendre en main la gamelle que Wolf lui apporte et il commence à manger lentement. Il a encore la tête vague, mais le café et la soupe le raniment. Parvient à dire : Je voudrais voir Johnson. Gauvain se lève, il y a bientôt, derrière lui, un bruit de pas familier et une grande ombre qui s'étend sur le lieu où il est couché. L'ombre s'arrête et demeure là, immobile. Johnson ne veut pas, ou ne peut pas parler. Pourtant il faut parler, coûte que coûte, sans cela il sera trop tard : Je suis un salaud, Martin l'a crié et il a eu raison. J'ai fait tirer sur un blessé, oui, c'est moi qui l'ai fait, moi qui t'ai forcé. Martin a raison mais il pense blanc, comme il a toujours fait... J'aimais cet homme, Stonewall Jackson, plus que lui, plus qu'aucun autre... à part toi. À cause de vous, j'ai pensé noir. Jackson vaut une armée, le prisonnier l'a dit : Lee et Jackson, c'est poing gauche et poing droit. Lee va devoir se battre d'une main et il faut gagner cette guerre. Je suis un salaud pour ceux qui pensent blanc, mais si c'était à refaire, je le referais.

Pierre a fini de manger le contenu de la gamelle, il s'étire, il se sent mieux. L'ombre de Johnson, à côté de lui, est toujours immobile. Il étend son bras valide et pose sa main droite sur l'épaule de l'ombre : Veux-tu refaire mon pansement ?

Johnson s'agenouille derrière lui, enlève la veste et la chemise et d'un geste rapide décolle le pansement de la plaie. Pierre crie et jure. Johnson nettoie la plaie, fixe un nouveau pansement et met le bras blessé en écharpe. Pierre prend encore un quart de café, Wolf lui allume une pipe. Le repas et la chaleur l'ont ranimé et sans doute a-t-il un peu de fièvre. Gauvain chantonne en regardant le feu. Wolf, allongé, la tête sur une selle, fait des ronds de fumée. Johnson est encore accroupi derrière Pierre, mais il n'y a plus entre eux aucune onde d'hostilité. Johnson est apaisé, on le sent très bien, même si l'on ne peut pas du tout prévoir ce qu'il va faire.

Il se met à parler, très bas et très vite : Ce n'est pas beau de renverser un grand arbre, mais parfois il le faut. Maintenant il n'y a plus de masques, personne ne pourra plus se cacher derrière le chevalier Jackson. Aujourd'hui nous avons fait reculer notre adversaire et ce soir nous l'avons abattu. C'est le jour le plus affreux, c'est le plus heureux de cette guerre. Il faudrait faire une fête... Pierre souffle : Faisons une fête. La voix de Johnson est saisie par l'angoisse : Une fête pour la mort de Stonewall Jackson ? – Une fête. Johnson et Gauvain se lèvent d'un bond, ils jettent d'énormes brassées de branches sur le feu qui produit d'abord une fumée grise puis se met à mordre et à grandir. Ils partent en courant éveiller les hommes de la 5e batterie. Ils sont bientôt une cinquantaine, leurs couvertures sur les épaules, encore écrasés de fatigue, qui font cercle autour du feu, devant lequel Johnson chante. Sa voix parfaitement nue monte d'abord avec peine, élevant vers le Seigneur noir le corps de Stonewall Jackson, étendu sur le lit d'ambulance. Elle s'élance, elle occupe dans le système obscur tout l'espace où va se célébrer la chute du mur de pierre renversé par les canonniers. Ils reprennent en chœur ses paroles, ils se mettent à tourner autour du feu. Ils s'animent, rejettent les couvertures, les vestes, les chemises et dansent de plus en plus vite, leurs torses nus brillants de sueur au-dessus des pantalons bleus.

Les Noirs des autres batteries, attirés par le bruit, se joignent à eux et le cercle s'élargit autour des feux. Les artilleurs blancs sont d'abord éberlués, mais un grand gaillard, un ancien marin, jette sa veste et entre dans la danse. On voit sur son dos un cœur tatoué autour d'un trois-mâts fuyant à pleines voiles. Wolf le suit et tous les Blancs font de même aux acclamations des Noirs.

Les rebelles sont tout proches, ils entendent ces chants, ces cris, ils s'éveillent et voient à travers les arbres les flammes gigantesques des feux. Ils sont en train de reconnaître la voix des Noirs, en train de comprendre la raison de cette fête. Des lignes ennemies on entend s'élever des coups de feu, des huées, qui se soudent pour former une puissante clameur : *Remember Jackson !* Les hommes se sont arrêtés pour écouter, puis sous la conduite de Tumbolo Jones ils répondent par deux cris puissamment scandés : *Remember slavery !* Ils reprennent la danse, lancent au-dessus d'eux leurs torches qui entrecroisent leurs tracés dans l'air avant de retomber dans le feu.

Les bras de Johnson se tendent vers moi, je ne veux pas être seul à rester immobile. Il faut jeter ma veste, apparaître le bras en écharpe au milieu de leurs torses mouvants. Danser sans savoir, sans vouloir ce qui doit arriver. Je danse en face de Johnson, lisant ses mouvements, prononçant ses paroles. Quelles paroles ? Celles du Sud et celles du corps. La danse s'empare de moi et cinq cents voix la soutiennent : Merci, Seigneur, pour Lincoln et pour Burlington. Merci pour celui qui nous a combattus. Oui, merci Seigneur, pour Stonewall Jackson qui nous a nourris de sa force.

Moi qui ne savais pas danser, mon corps obéit aux rythmes et aux puissances de l'Afrique. Mon corps invente des mouvements plus simples, ceux des branches, ceux de l'herbe et d'autres plus ardents qui ont des griffes, des dents et des narines ouvertes. Johnson se laisse tomber à la renverse sur le sol. Sa voix me soutient encore un instant et je danse sur le fil, à la limite de mes forces, avant de me laisser tomber à côté de lui sur cette terre du Sud que Stonewall Jackson ne défendra plus.

Johnson apporte à Pierre sa veste, sa couverture et son sac. Il se recouche, se retourne sur lui-même cherchant sa place et tombe endormi comme un enfant. Etendu au milieu de ceux qui chantent encore en sourdine, Pierre, l'esprit merveilleusement vidé de toute pensée, regarde le ciel qui commence à pâlir. Un peu avant l'aube, Wolf, infatigable aujourd'hui, lui apporte du pain et du café chaud. Il se lève et demande à tous de regagner leur poste. Mangez, remplissez les gourdes, vérifiez les munitions. La journée sera dure. Il se lave et remet ses vêtements en ordre. Il retrouve sa colonne vertébrale, là où l'ont formée des générations de batteurs de fer, et monte à cheval avec Wolf pour aller examiner le terrain.

À son retour, les premiers rayons du soleil commencent à percer le brouillard. Il y a de grands signes d'activité chez les Sudistes, la reprise du combat est proche. Chez nous, les hommes sont en place, nourris, les rations de réserve distribuées. À cheval au milieu de sa batterie, le lieutenant Johnson attend, calme, fraîchement rasé, dans son uniforme noirci par la poudre.

On entend dans les bois les premières colonnes sudistes qui s'ébranlent. Un cri s'élève en face de nous et s'étend bientôt à tout le front rebelle : *Remember Jackson !* Pierre regarde le lieutenant Johnson, celui-ci se lève sur ses étriers et, comme Tumbolo Jones cette nuit, il crie : *Remember...* Toute l'unité, Noirs et Blancs mêlés, répond d'une seule voix : *slavery !*

Remember Jackson. Quarante-quatre mille Sudistes attaquent et soixante-quinze mille Nordistes reculent. Hooker, fasciné par l'audace de Lee, ne croit plus à la victoire, il abandonne les hauteurs que nous avions défendues hier et sur lesquelles l'artillerie rebelle se précipite pour nous canonner dans un espace toujours plus réduit. Nous sommes les plus nombreux mais nous laissons les autres attaquer, nous avons les meilleurs canons mais on nous empêche de nous en servir correctement. Dès le matin, Wolf est blessé gravement, il faut l'évacuer. Vers dix heures, Hooker est commotionné par un obus et, durant toute cette journée, l'armée n'a plus de chef.

Ma blessure se rouvre à nouveau, j'ai la fièvre, je pense à Sainpierre. Est-ce que Sainpierre existe vraiment ? Il est clair que cette journée se terminera par une défaite, mais qu'importe puisque Jackson agonise qui valait mieux qu'une victoire. Hier, Carabine n'est pas morte sur le coup, pour me dégager il a fallu l'abattre. Johnson n'a pas pu et c'est Gauvain qui s'en est chargé. Depuis le début de la guerre, que de chevaux j'ai dû faire abattre. Ils le sentent et quand on s'approche d'eux leurs beaux yeux s'affolent, ils s'efforcent vainement de se relever, puis leur tête se détourne et tombe comme celle d'un arbre. Comme tombera celle de Stonewall Jackson, comme est tombée celle de Wolf. S'il est inguérissable, avec ses deux poumons troués, est-ce qu'un cheval bai, est-ce qu'un cheval noir s'approchera de lui pour le délivrer de la douleur ? Wolf mourra, comme Carver est mort, comme tant d'autres mourront encore aujourd'hui. La mère de Wolf et Mme Henriette seront-elles là, le moment venu, pour recueillir ce souffle difficile qu'elles nous ont donné ? Elles seront là, mais plus grandes. Pourquoi plus grandes ? C'est ta fièvre qui est plus grande.

Le soir est là, nous avons à nouveau cédé du terrain et perdu beaucoup d'hommes et de prisonniers, mais les Sudistes ne sont pas assez nombreux pour transformer notre défaite en désastre. On dit que le général Sedgwick est en route pour nous secourir, mais les généraux du Nord sont toujours trop lents pour saisir la chance. Demain, je reprendrai le cheval de Wolf, il lui a fait la bouche un peu dure, mais il est rapide et résistant. C'est un alezan et je continuerai à l'appeler Carabine.

Le troisième jour, Sedgwick se prépare à attaquer pour nous dégager. *Remember Jackson !* Lee risque encore le tout pour le tout et divise son armée pour l'attaquer le premier. Pendant qu'il refoule Sedgwick, nous ne faisons rien. Le Nord est lent, le Nord est froid, mais ses machines ne cessent pas de tourner et Stonewall Jackson, après avoir paru reprendre des forces, est mort à l'hôpital. Le général Lee est allé se recueillir longuement devant son corps. Il est reparti en silence. Lui, dans son camp, Johnson et moi dans le nôtre, sommes peut-être les seuls à savoir que la victoire du Sud est morte avec Stonewall Jackson.

On a amputé le pied de Burlington. Le commandant en chef lui a dit : Votre charge a sauvé l'armée. Il a cessé de sourire dans sa barbe blonde et il a répondu d'un ton fort sérieux : Je vous ai gagné dix minutes, les artilleurs vous en ont gagné cinquante. Il a obtenu le déplacement honorable de Cowell et c'est Pierre qui commande le régiment. Ce qui reste du régiment.

Étrillée, fourbue, découragée, l'armée est en retraite. De nouveau c'est le spectacle des charrois qui s'embourbent, des ponts et des approvisionnements que l'on fait sauter derrière soi et des tombes que l'on abandonne. Burlington convoque Pierre à l'hôpital : « Je suis fichu pour l'armée, le président veut que j'assure la liaison entre lui et le général en chef. Tout va changer, bientôt la conscription va quadrupler nos effectifs. – Alors dédoublez le régiment et faites un régiment noir. – Pourquoi ? – Pour que les Noirs sachent qu'ils ne peuvent compter que sur eux-mêmes. Et quel effet sur les rebelles. – Qui commanderait ce régiment noir ? – Johnson. – Et toi ? – Je l'aiderai, sous ses ordres. » Burlington saisit soudain la main de Pierre : « Pourquoi aimes-tu tant les Noirs ? »

Pierre est surpris. Les aimer tant ? Jamais il n'a ressenti les choses ainsi. Le mot aimer lui-même, mot femelle qui ne convient pas à la situation. J'ai aimé Carabine, j'ai aimé Dinah, mais le régiment c'est autre chose. Son visage se crispe, ce visage que Burlington a vu depuis deux ans se creuser et s'affermir chaque mois. Une douleur, une candeur enfantines s'y manifestent. « Je ne sais pas, peut-être que je ne sais même pas ce que vous voulez dire. Avec les ordres, les hommes, les approvisionnements, pas le temps vous comprenez. C'est en dessous que ça se passe, je ne peux aller regarder là maintenant. Ce qu'ils veulent, ce dont ils ont besoin, les canons et les Noirs, c'est que je sois à eux tout entier. C'est simple, la seule chose à faire. » Burlington comprend, il lui fait signe de partir car c'est l'heure où sa fièvre monte.

Un régiment noir, l'idée prend Johnson aux tripes, elle le fait sourire et elle lui fait peur. « Pourquoi ? Les Blancs ne font pas tant d'histoires. – Ils n'ont pas, comme nous, deux cents ans de coups de pied au cul. Ça ne s'efface pas comme ça ! – Johnson, il y aura un régiment noir et tu dois le commander. – Pourquoi pas toi ? – Je suis blanc. – Ce n'est plus vrai, nous t'avons changé. Les autres Blancs ne nous voient pas. Toi, tu nous vois sans illusions et tu nous crois capables de faire tout ce que les autres font. Nous avons encore besoin de toi. »

Dans le mouvement intérieur qui pousse Pierre à donner la première place à Johnson, il y a un arrêt. Johnson refuse, mais Pierre l'associe de plus en plus à toutes ses décisions. Dans l'armée, le bruit commence à se répandre que ce sont Pierre et Johnson qui, en s'avançant sans soutien au milieu des lignes ennemies, ont causé la mort de Stonewall Jackson.

S'avancer seuls au milieu de l'infanterie rebelle, c'est un trait de folie digne d'un Sudiste, a dit Sickles. Mais beaucoup de jeunes officiers commencent à penser sudiste dans l'armée. Et on parle beaucoup de Pierre et de la création d'un régiment noir.

Vous, est-ce que vous auriez tiré sur Jackson blessé ?... Il ne pouvait pas savoir qu'il était là... Mais si, les journaux rebelles l'ont dit... Pure calomnie sudiste... Pourquoi veut-il un régiment noir, car l'idée est de lui... Toujours entouré par des Noirs, d'ailleurs... Des officiers noirs, moi, je ne pourrais pas avoir confiance... Oui, je sais, se sont bien comportés, mais je ne suis pas convaincu... Et l'histoire de cette danse africaine, la nuit... Une scène digne de sauvages et on dit qu'il a dansé, lui aussi... Pas prouvé ? Tout le monde le raconte et il ne dément rien... Trop orgueilleux, un régiment à vingt-trois ans, le protégé de Burlington, bien sûr, l'ami du président... Il faut dire qu'il les fait marcher... Belle troupe, mais fanatique... Fanatiquement noire, exige l'égalité absolue... Tout de même, on ne peut pas vraiment les mettre sur le même pied. Le fond de civilisation qui manque chez eux...

Et Johnson pense : Causez, causez, mais pas devant nous. Sans nous, l'armée était coupée en deux. Sans nous, Stonewall Jackson serait toujours là pour vous faire courir.

Johnson, Gauvain et les autres officiers noirs s'entraînent chaque jour au sabre, depuis des mois. Parlez de Pierre, dénigrez les batteries noires, riez de nos danses africaines si vous voulez, mais tout bas. Sinon il vous faudra répondre de vos paroles. Au sabre ! Et Pierre, qu'ils ne laissent jamais seul, ressent avec étonnement ce cercle de silence qui se forme autour de lui, porté sur les sabres des Noirs. Il voudrait parfois prendre un verre, discuter, s'amuser avec d'autres jeunes officiers. Mais il n'est pas un jeune officier, les Noirs ne le permettent plus.

Repos, refonte des unités, remise en état du matériel, entraînement. L'unité s'est scindée et les batteries blanches forment un nouveau régiment. Il faut mettre sur pied, chez nous, trois nouvelles batteries. Pierre est dorénavant le seul Blanc du régiment. Wolf est mort durant son transport à l'hôpital de Washington. Le coup est dur, le dernier lien qui rattachait à Sainpierre est coupé.

Une lettre aux parents de Wolf à Anvers, l'envoi de ses vêtements, de sa croix, de ses citations. Un article plein d'erreurs qui paraît dans un journal. Puis plus rien que la tristesse et sa tombe, au cimetière de Washington que j'irai voir, avec Johnson et Gauvain, si nous obtenons une permission avant d'être tués.

Somptueuse pensée de la mort qui s'élève de la terre au cours des longs après-midi de repos où l'armée fait la méridienne. Où Pierre et Johnson, couchés dans l'herbe près des canons, pensent et vivent en eux. Fumant lentement leurs pipes, s'enfonçant peu à peu dans la bouche luisante, suivant tout le chemin de l'âme jusque dans la chambre où, tapis dans les ténèbres, ils contemplent le cercle pâle et bleu et lumineux de l'ouverture. Repliés sur eux-mêmes, dans le lieu secret, le lieutenant-colonel Pierre et le capitaine Johnson emplissent et vident leurs poumons suivant le rythme originel, en attendant la mise à feu, le forçage tout le long des rayures et l'expulsion dans l'air brisé. À ce moment le temps de repos est terminé, ils n'ont pas besoin de parler, chacun sait d'où il revient et où a été l'autre. L'idée de la mort se casse sur la nécessité de l'inspection, du compte rendu d'exercice ou de la convocation à l'état-major. Il faut penser aussi à la soirée, aux cours pratiques à donner et aux travaux à faire faire aux jeunes officiers récemment promus et qu'il faut initier avant la prochaine campagne.

L'armée se renforce rapidement, les hommes, les chevaux et le matériel affluent. Le régiment compte à nouveau huit cents hommes, lorsque les blessés seront revenus nous serons plus de mille.

Lee s'échappe et prend l'initiative. Il descend la vallée de la Shenandoah en direction du Potomac et menace ainsi Washington et la Pennsylvanie. Nous le suivons par la vallée latérale. Il faudrait tenter de couper ses colonnes, mais l'armée est trop lente et trop lourde.

Hooker confie à Pierre une colonne légère, cinq cents cavaliers et quatre batteries, avec mission de contrebattre la cavalerie sudiste qui protège les flancs des rebelles et retarde notre marche par de continuelles escarmouches. Nous franchissons de nuit les gorges qui nous séparent de la vallée de la Shenandoah et nous surprenons, avant l'aube, deux escadrons sudistes cantonnés dans un village. Nous ramassons trente prisonniers et les autres filent à demi nus, sur leurs chevaux non sellés. Voilà qui va attirer le beau Clebb Stuart, l'idole des femmes du Sud et le chef de la cavalerie rebelle. Le plan est simple : cacher les canons dans le petit bois près du village, creuser devant une large tranchée, puis camoufler le tout.

Nous nous portons lentement à la rencontre de Stuart qui arrive avec deux régiments. Il ne nous a pas vus et nous en profitons pour infliger à son avant-garde une légère correction. Puis, sans insister, nous tournons bride et fuyons de manière à garder les Sudistes sur nos talons. À proximité du bois, nos cavaliers exécutent brusquement deux obliques – soigneusement répétées le matin –, l'une à droite, l'autre à gauche, et les dix-huit canons de Johnson envoient, à deux cents mètres, une décharge au milieu des escadrons ennemis. Stuart crie à ses hommes de foncer sur les canons, pour sabrer les artilleurs avant qu'ils n'aient le temps de recharger. C'est ce que nous attendions et la tranchée grouille bientôt d'hommes et de chevaux renversés. Johnson tire sur eux à mitraille, pas de pitié pour les cavaliers qui sont le plus souvent des planteurs. Des maîtres ou des enfants de maîtres.

Stuart, malheureusement, a pu tourner à temps et file avec ceux qui restent. On ramasse les morts et les blessés qui prennent peur, croyant que les soldats noirs viennent pour les achever. Le major Campbell, qui commande nos cavaliers, revient tout fier après la poursuite : Nous les avons bien manœuvrés. C'est la première victoire de la cavalerie fédérale. Une idée de Johnson, dit Pierre. On étend les morts sur la place et on fouille les officiers pour voir s'ils n'ont pas sur eux des ordres ou des cartes. Quelques hommes se troublent devant ce spectacle et s'esquivent. Qu'est-ce qu'ils ont ? Ils ont reconnu leur ancien maître, dit Gauvain, ou quelqu'un de sa famille. Dur de revoir son maître, difficile à avaler.

On apporte un jeune officier blond au corps affreusement déchiqueté par la mitraille. Pierre est sûr de ne l'avoir jamais vu et il a pourtant l'impression de le reconnaître.

Le sergent qui le fouille ne trouve sur lui qu'un médaillon qu'il tend à Pierre. C'est l'image très conventionnelle d'une jeune femme, blonde elle aussi, portant un bébé dans les bras. Où ai-je pu les voir ? Il cherche Johnson du regard. Le capitaine Johnson, appuyé au mur d'une maison, est en train de vomir. Il revient, le visage fermé, il s'agenouille à côté du mort, il lui ferme les yeux : Plus d'ordres aujourd'hui, plus de colère, la mort n'a pas été polie, elle n'a pas reconnu M. Maître jeune, M. Charlie qui a le bras long et qui est porté sur la cravache.

Il se lève, il regarde les Noirs qui font cercle autour d'eux et commence à chanter :

Petit Blanc que j'aime
Ah, ah, ah, si blanc, si doux...

Oui, il chante cette ridicule chanson de nourrice que M. Maître vieux fredonnait toujours le matin en se rasant devant la fenêtre de sa chambre. Tirant sur la peau de ses joues, fronçant ses épais sourcils, agitant dangereusement le rasoir dont il faisait mine de menacer en riant les enfants noirs qui le regardaient d'en bas, avec terreur et admiration. Les canonniers, d'abord interdits, reprennent en chœur le refrain avec Johnson :

Il n'est rien sur la terre
D'aussi joli que vous.

Le major Campbell n'a jamais vu scène plus extravagante, d'autant que ce n'est pas tout, le capitaine Johnson danse maintenant sur un pied en formant des cercles toujours plus étroits, autour du cadavre. Il a l'air de souffrir, il me regarde, que veut-il de moi ? À quel ordre s'efforce-t-il en vain d'obéir ? Johnson ! Pierre a crié et Johnson s'arrête. Le visage gris et buté, il recule en regardant Pierre et les Noirs reculent avec lui. Pierre, avec un inexprimable dégoût, s'avance, il lève le pied, il écrase de sa botte le sexe du mort. Au moment où il pense : Que m'ont-ils forcé à faire ? un ah ! – rien qu'un long ah ! de soulagement – s'échappe de la gorge des Noirs. Puis, sans transition, les ordres fusent, Gauvain fait porter les blessés dans les maisons et enterrer les morts, tandis que Johnson rassemble les pièces et le matériel pour le départ.

Le major, son visage rouge, puis blême et suffocant, sa voix que Pierre n'entend que par bribes, comme si elle venait de très loin : Inadmissible, mon colonel... je proteste. Protestez, Campbell, faites mieux, rédigez un rapport ! Sa voix plus haute : Un Blanc, comme nous, un mort... manquer de respect à un mort... civilisation... vous vous abaissez... Sa voix soudain qu'on ne peut plus supporter et Pierre – l'autre, celui de Chancellorsville – qui le saisit par le bras, qui le secoue : Avez-vous été esclave, Campbell ? Eux l'ont été. Le capitaine Johnson, cet homme, c'était son maître, vous comprenez. Droit de battre, droit de mort, droit de vendre, oui, de vendre le capitaine Johnson. Celui qui a conçu cette victoire, la première, dites-vous, sur la cavalerie rebelle. Ce geste ignoble, je le sais, eh bien, il signifie qu'on n'engendrera plus de maîtres en Amérique ! Campbell pense que Pierre est devenu fou. Une colère si froide et cette main comme un étau sur mon bras. Et il passe pour un homme terrible. J'ai senti qu'il aurait pu me tuer là, sur place. J'étais tellement sidéré que je me serais laissé faire. Et autour de nous rien que ces visages noirs qui buvaient ses paroles. Qui aurait pu se douter de cela, après une si belle victoire, et si bien préparée.

Gauvain ordonne aux trompettes de sonner le rassemblement. Johnson désigne un peloton pour former l'arrière-garde et veiller à un retour possible des Sudistes. Pierre commande : En selle !

Ne pas s'attarder, ne pas expliquer. Appeler près de moi Johnson et Campbell pour parler service. Nous aurons terminé au moment de franchir le col. Alors Johnson, détendu sur sa selle, racontera des histoires de nègres. Campbell finira par se dérider et les hommes, dans la descente, se mettront à chanter.

Lee continue à remonter vers le nord la vallée de la Shenandoah. Il surprend Milroy à Winchester et repousse ses troupes de l'autre côté du Potomac, qu'il franchit sans opposition. Il entre en Pennsylvanie, d'où il menace à la fois Baltimore, Philadelphie et Washington. Hooker réclame alors le commandement des troupes qui protègent Washington, mais le président n'a plus confiance, il refuse et Hooker démissionne. C'est le général Meade, un bûcheur et un ami de Burlington, qui reçoit le commandement de l'armée.

Le 1er juillet, les troupes sudistes rencontrent une de nos colonnes et, après un combat très vif, prennent l'avantage et s'emparent de la ville de Gettysburg. L'armée fédérale, arrivée à la rescousse, s'établit en position défensive sur les collines qui entourent la ville. Après une longue série de succès, l'armée sudiste est pleine de confiance, les soldats désirent la bataille qu'ils escomptent décisive.

Pendant la journée du 1er juillet, Johnson, qui était en réserve avec deux batteries, est légèrement touché par une balle perdue. Après avoir reçu l'ordre de se replier, il va s'étendre un moment sous sa tente. Il a mal, il a de plus en plus mal aux poumons. Il est attaqué par deux chiens à esclaves, l'un à droite, l'autre à gauche. Ces molosses sont dangereux, mais il est bien armé et, tout en cédant du terrain, il se sent capable de leur résister et peut-être de les chasser. Un troisième molosse surgit de face, suivi de beaucoup d'hommes gris, qui crient : *Remember Jackson !* Johnson, qui a les deux mains occupées, se croit perdu, mais voici qu'il a des canons sous sa veste. La bête l'ignore et, quand elle bondit pour le saisir à la gorge, les canons tirent. Johnson s'éveille en criant, il est en nage et peut à peine respirer tant ses poumons sont douloureux. Pierre, assis à côté de lui sous la tente, le fait boire, puis écoute, avec une attention extrême, le récit du combat. « On dirait que tu as rêvé de ton corps. – Oui, ce doit être ça. » Pierre cherche la question que Stonewall Jackson aurait posée, c'est celle-ci, il en est sûr : Qu'est-ce que c'est ton corps ? Il y a deux réponses successives, la première jaillit comme une évidence : C'est le régiment. La seconde se manifeste à contrecœur, après une vive recrudescence de la sueur et des spasmes : C'est... l'armée ! Pierre, lui aussi, a la gorge serrée et respire avec difficulté. Il sort de la tente, s'assied sur une caisse et, tout en regardant les rebelles installer leurs positions, dessine, au dos de sa carte, le rêve de Johnson. Fasciné, Johnson regarde Pierre achever son croquis. Les trois flèches, qui représentent les trois chiens, semblent venir des lignes de Lee et le torse musculeux de Johnson est figuré par les pentes, en partie déboisées, de Cemetery Hill. Ils comprennent en même temps, mais qui les croira ? Burlington peut-être, qui vient d'arriver de Washington avec des messages pour Meade. Allons lui parler ! Burlington dans sa tente, avec ses forts cheveux et sa barbe blonde qui signifient la joie de vivre, malgré le pilon de bois de son pied amputé. « Vous allez nous croire fous. – Des fous, enfin, dans cette armée ! Prenez un verre et racontez-moi ça. – Nous savons ce que Lee va faire demain. – Vous avez intercepté un ordre ? – Non, Johnson a fait un rêve qui nous l'a fait comprendre. » Cela n'a pas l'air d'étonner Burlington et Pierre lui montre la carte et son dessin : L'armée de Lee est la meilleure, elle veut venger Stonewall Jackson et finir la guerre par une victoire. Lee n'a pas le choix, il doit prendre l'offensive demain. Il n'a plus Stonewall, il ne peut plus porter le gros de ses forces sur une aile et tout miser sur elle. Il attaquera à la fois à gauche et à droite, comme Johnson l'a rêvé et, quand toutes nos forces seront engagées, il lancera sur le centre une unité gardée en réserve. « C'est possible, cela se dessinera au cours de la bataille et Meade y parera le moment venu. – Il sera trop tard, c'est avant le combat qu'il faut cacher des canons sous notre veste et tendre notre piège. – Quel piège ? – Une grande batterie, bien camouflée, au centre de notre dispositif, et qui restera cachée jusqu'à l'attaque finale de Lee. – Et alors ? – Alors, nous les écraserons. – Comme vous y allez. Et si Lee a un autre plan ? – Il n'en a pas. – Qu'en savez-vous ? – Nous avons mal. – Vous n'êtes pas le médecin. – Nous sommes les malades, c'est nous qui savons où est la maladie. » Johnson se tourne vers lui : « Et vous aussi, vous êtes malade, général, vous avez la poitrine encore plus en compote que nous. Est-ce que ce n'est pas vrai ? – C'est vrai, aussi vrai que vous êtes deux jeunes démons. Mais comment le faire comprendre à Meade ? – Racontez-lui l'histoire de Brunelleschi. – Quelle histoire ? – Brunelleschi avait presque achevé le dôme de Florence quand il s'éveille la nuit avec de grandes douleurs qui lui traversent le torse. Il ne pense pas à lui, mais au dôme. Il prend une lampe, il y court. Jusqu'au matin il l'ausculte de la main et du regard. Puis il demande à être reçu par le Conseil de la Seigneurie : « Le dôme ne tiendra pas. – Tes calculs ne sont pas justes ? – Ils sont justes, mais il ne tiendra pas. – Comment le sais-tu ? – Je ne le sais pas mais (il se frappe la poitrine du poing) je le sens là. » Ils l'ont cru sans autre explication, on a mis un corset de fer au dôme et il tient toujours. »

Burlington se lève : Vous avez raison, puisqu'il faut que Meade comprenne, il comprendra.

Burlington est l'ami du président et il a une grande force de conviction. Meade, avec son air appliqué ou un peu souffrant – mais peut-être respire-t-il lui aussi avec difficulté –, l'écoute exposer son plan. Il lui pose quelques questions, puis il l'approuve et lui en confie l'exécution. Avec l'aide d'un régiment de sapeurs nous installons et nous camouflons durant la nuit une grande batterie de soixante pièces, au centre du dispositif de l'armée, aux deux tiers de la pente de Cemetery Hill. Pour nous soutenir, Burlington nous donne deux brigades d'infanterie qui, le moment venu, prendront l'ennemi de flanc. Pour mieux tromper Lee, il fait placer sur la pente, en avant de nos positions, quatre batteries d'un autre régiment qui devront faire ostensiblement retraite quand la bataille approchera de sa phase décisive.

Premier jour de bataille, les Sudistes prennent l'offensive, Longstreet à gauche, Ewell à droite, mais tous deux perdent du temps et leurs attaques, mal coordonnées, commencent trop tard. On voit bien que Stonewall Jackson n'est plus là. Nos deux ailes perdent beaucoup de monde, reculent, mais ne sont pas enfoncées. Vers le soir, notre aile droite est en position difficile et Meade, pour la soutenir, ramasse du monde partout où il en trouve. Il nous prend une des brigades de soutien et il ne nous la rend pas. La situation est à l'avantage des Sudistes mais sans aucun succès décisif, lorsque la nuit tombe. Elle est traversée par les appels des blessés, les passages des brancardiers et des escouades de ravitaillement et entrecoupée par de brusques rafales de fusillades déclenchées par la nervosité des sentinelles. Les deux armées dorment face à face, étroitement mêlées l'une à l'autre sur les espaces disputés, comme deux grandes bêtes qui lèchent silencieusement leurs blessures avant de reprendre la lutte. Pour ne pas dévoiler notre présence, les feux et les torches sont interdits dans les redoutes de la grande batterie et c'est dans une obscurité complète que se passe cette longue nuit d'attente. Dès que les brumes du matin se dissipent, trois cents canons, la plus grande concentration jamais vue en Amérique, font entendre leurs voix et le corps tout entier s'émeut. Le cœur lui répond, ses battements rapides oppressent la respiration et emplissent la bouche d'un goût de sang. C'est maintenant surtout qu'il est dur de demeurer inactifs et de voir l'ennemi nous porter des coups sans pouvoir les lui rendre. Certains hommes, et des plus braves, ne supportent pas cet état, leurs nerfs craquent, ils se mettent à sangloter et à crier en frappant les canons du poing. Il faut les asperger d'eau, les étendre sur le sol jusqu'à ce qu'ils retrouvent leur calme et, si c'est impossible, les emmener de force à l'arrière. L'épreuve est d'autant plus rude que Meade a pris d'habiles dispositions pour laisser d'abord un certain avantage à l'artillerie rebelle. La bataille reprend sur les ailes où les nôtres, vivement pressés, cèdent encore du terrain mais en reculant toujours en bon ordre. Quand Lee est sûr que toutes nos grandes unités sont engagées et que nous n'avons plus de réserves importantes, il laisse faire son infanterie aux deux ailes et concentre le feu de presque tous ses canons sur notre centre. La position des batteries, placées devant nous à mi-côte, est très vite intenable et, sur un ordre de Burlington, elles se replient laissant sur le terrain presque toutes leurs pièces et beaucoup de morts. Alors le tir des rebelles s'allonge et les pentes de Cemetery Hill sont systématiquement battues. Le feu remonte lentement vers nous, Johnson a fait se coucher tout le monde et reste seul en observation, avec Pierre. Plusieurs salves tombent dans nos positions, on voit le sol et les pièces sauter tandis que les redoutes s'emplissent de fumée et que les cris des blessés s'élèvent. Le feu s'allonge encore, il nous dépasse, il crible et défeuille les arbres, il abat l'un de nos observateurs qui n'a pas eu le temps de descendre et qui hurle au moment où il est projeté dans le vide. Le feu se déplace sur les côtés, va semer la mort parmi les fantassins qui nous soutiennent et revient vers nous. Quatre fois le tir rebelle, comme un râteau géant, remonte et descend les pentes de Cemetery Hill.

De l'autre côté, Lee est sans doute en train de scruter, avec sa lunette d'approche, les pentes que son artillerie vient de labourer. Devant les arbres en feu, le désordre et le silence de nos lignes, il doit penser qu'il ne reste plus là qu'un peu d'infanterie décimée. À moins que le rêve ne soit faux, car on entend sur la droite la bataille se rapprocher. Il n'est pas faux : derrière les lignes d'arbres qui dérobent à la vue le centre sudiste, on entend battre le tambour et voici que débouchent des troupes rebelles. Pierre et Johnson croisent leurs regards : c'est une troupe d'élite, la division Pickett, qui s'avance. On la croyait plus au nord, mais Lee a dû la faire revenir en secret cette nuit et l'a gardée en réserve pour l'assaut final. La division Pickett entame la côte dans un ordre stupéfiant et seules ses flancs-gardes mobiles répondent aux tirs latéraux de nos lignes. Bien en rangs, ménagers du souffle des hommes, ses bataillons s'avancent sans tirer un coup de feu, ni proférer aucun cri. Ils parviennent à mi-côte et, précédés par ce formidable silence, ils s'enfoncent comme un coin au milieu de l'armée fédérale qui n'a plus aucune troupe à leur opposer.

Ils sont aux deux tiers de la côte et Pierre, du créneau où il les observe, voit leurs compagnies de tête atteindre les repères qu'il a placés la veille. Il lève le bras, l'abaisse, Johnson reprend l'ordre de la voix et la mitraille de quarante canons s'abat sur leurs bataillons. Le désordre se met dans leurs rangs, mais c'est en vain que leurs chefs croient avoir le temps de les rallier pour reprendre la progression. Cette fois, c'est au tour de Gauvain et une seconde salve, envoyée par les vingt pièces du second groupe, les cloue au sol pendant que nous rechargeons. Une troisième salve tombe sur leur deuxième ligne de compagnies qui s'efforce de doubler la première pour nous charger. On voit au-dessus d'eux les mouvements des drapeaux qui se cabrent avant de s'écrouler en arrière. Ils sont complètement surpris, d'autant que notre brigade de soutien les prend sous ses feux. À la quatrième salve, beaucoup commencent à se coucher pour tirailler en vain sur nos redoutes. Ils sentent bien à la concentration et à la cadence de notre tir qu'ils n'ont plus aucune chance de parvenir jusqu'à nous. Et voici que, contre toute attente, ils en ont une. Nos fantassins, croyant déjà la victoire assurée, entreprennent prématurément de les charger. Amis et ennemis sont bientôt confondus dans une inextricable mêlée qui nous force à arrêter le tir. Plus nombreux et meilleurs manœuvriers, les Sudistes reprennent très vite l'avantage. Débordant hardiment à gauche et à droite, ils refoulent nos fantassins vers le centre et recommencent à avancer en les poussant devant eux pour nous empêcher de tirer. Il ne nous reste qu'une chance, profiter de l'avantage du terrain pour tenter une sortie. Johnson et Gauvain à la tête d'une centaine d'hommes chargent les plus avancés des rebelles. Surpris par la violence du choc, ceux-ci lâchent pied et entraînent nos fantassins dans leur fuite. Pierre, penché avec Buck à un créneau, suit passionnément le combat et, le bras levé, s'apprête à donner l'ordre de reprendre le tir.

Entraîné par un officier qui élève son képi au bout de son sabre, une petite colonne rebelle, remontant le long des lignes sudistes déconcertées, vient attaquer la nôtre. L'officier fond sur Johnson qui ne le voit pas arriver et Pierre, du créneau, crie son nom de toutes ses forces. Johnson se retourne, pare le coup avec un mousqueton qu'il tient par le canon. Le képi du Sudiste file ridiculement en l'air. Johnson lève son arme, il est le plus rapide, il va l'écraser sur l'autre. Mais son geste ébauché s'arrête à mi-course et c'est l'officier qui le frappe. Johnson titube un instant et tombe. L'officier lève encore le bras, il va l'achever. Pierre crie : Non !

Buck, à bout de nerfs, croit que c'est l'ordre et hurle le commandement. Une salve, à bout portant, fauche tout sur son passage. Celle des canons du second groupe suit immédiatement, sans qu'aucun ordre ait été donné. On entend les cris des hommes touchés, ceux des officiers rebelles qui tentent de rallier leurs hommes, la voix de Gauvain, qui crie aux nôtres de filer à droite pour libérer le tir. Pierre a repris son sang-froid, il faut par des ordres méthodiques calmer les hommes et assurer des tirs d'ensemble. Les débris des premiers bataillons rebelles refluent et commencent à semer le désordre parmi ceux qui suivent. Sous nos salves successives, ils accélèrent leur recul et commencent à dévaler la pente en courant. Nous allongeons le tir, nous les poursuivons impitoyablement dans leur course, dans leur fuite et bientôt dans leur déroute. Pierre se refuse à penser à Johnson, il s'agit maintenant de changer les hausses, de régler le tir, de veiller à la cadence accélérée de la transmission des obus. Il faut être calme, de plus en plus calme pour traquer les rebelles sur la pente, dans la vallée et jusque sous les couverts dont ils débouchaient si fièrement il y a une heure à peine. C'est là que Lee, prenant sur lui toute la responsabilité du désastre mais ne pouvant retenir ses larmes, accueille et tente de réconforter les misérables débris de ce qui fut la division Pickett.

Les hommes tout en continuant à tirer crient : En avant ! En avant ! et ils regardent dans la direction de Pierre, attendant l'ordre imminent. Il est vrai que, devant nous, l'ennemi n'est plus capable de se défendre. Mais il n'en est pas de même ailleurs et un aide de camp apporte un message de Burlington qui nous ordonne de rester sur nos positions car l'infanterie est épuisée et les munitions manquent. Qu'importe cette chance qui passe et que seul un homme bien plus audacieux que Meade pourrait saisir. Les rebelles, pour la première fois, sont vaincus. Le temps et les usines feront le reste.

Pierre ordonne à Buck d'espacer progressivement le tir et de ne pas quitter la redoute. Il sort en courant des retranchements, à cent mètres d'eux le sol est jonché de corps bleus et gris. En frappant tant des nôtres, avons-nous au moins sauvé Johnson ? L'angoisse aveugle Pierre et c'est un appel de Gauvain qui le guide. Johnson était évanoui, un brancardier vient de le ranimer et de l'étendre sur une civière. Sa blessure est peu profonde mais l'entaille est large et il a beaucoup saigné. Gauvain lui a déjà dit que nous sommes vainqueurs, il ne manifeste aucune joie. Qu'est-il arrivé, tu l'avais sous ta crosse ? Johnson regarde Pierre : Je n'ai pas pu, avec les canons c'est plus facile, on est loin... Pierre sait qu'il doit refuser de comprendre, mais Johnson a déjà lu dans son regard. Il se tourne vers Gauvain : Et l'autre, qu'est-ce qu'il a ? Gauvain montre son torse nu : « Je l'ai recouvert de ma veste. – Pourquoi ? – Pas joli à voir. La tête... » Johnson gémit faiblement, il tire la couverture de la civière sur ses yeux, il demande qu'on l'emmène à l'ambulance. Pierre, demeuré seul, s'agenouille au milieu des cadavres pour vomir. Autour de lui, les brancardiers et les soldats se détournent pour étendre leurs toiles de tente et leurs vêtements sur les morts. Il se relève avec peine, il enlève sa veste et sa chemise, il en recouvre soigneusement deux mains noires, les débris d'un uniforme bleu et l'absence épouvantable d'un visage.

De gauche et de droite, montent les hurrahs des troupes victorieuses mais ici, où la victoire a été remportée, on n'entend que les gémissements des blessés. Il faut se hâter, se hâter comme toujours et même ainsi il est trop tard. Un rire démentiel, celui qu'on n'a pas su prévenir, s'élève et on voit l'homme se jeter la tête la première contre les rondins d'une casemate. Inondé de sang, il se roule sur le sol en hurlant. Vous avez beau faire, vous n'y arriverez pas. Heureusement Gauvain est déjà là, il le relève, il l'assomme. Il porte, dans ses bras, le corps du lieutenant Buck en vous cherchant des yeux.

Les journaux annoncent que l'établissement de la conscription dans le Nord a provoqué des troubles à New York. Les émeutiers ont brûlé les bureaux de conscription et on raconte même qu'ils ont pillé la ville, hissé le drapeau des rebelles et molesté les Noirs.

Le régiment apprend peu après que le capitaine Johnson est nommé major pour services exceptionnels. Le président le lui a fait savoir, lui-même, par un télégramme. Tous les journaux publient son portrait et parlent longuement du rôle du régiment dans la victoire de Gettysburg. L'unité est au repos quand Johnson revient de New York. Les hommes lui font fête, il est acclamé et porté en triomphe mais malgré la joie du retour on voit bien que le cœur est amer. Pierre invite tous les anciens de la 5e batterie à venir passer la soirée devant sa tente. Quand le feu est allumé et que les boissons circulent, il se tourne vers Johnson : « Et maintenant, raconte. – Que je raconte quoi ? – Ce qui est arrivé à New York. »

Johnson hésite un moment : « Le matin de la révolte, James, le sergent de la 8e qui était avec moi à l'hôpital, est venu me dire que l'orphelinat des enfants de couleur, oui, le seul bâtiment public existant à New York pour les nôtres, était en train de brûler. Nous avons couru jusque-là pour aider les pompiers. Il n'y avait pas de pompiers, rien que des Noirs sans échelles ni pompes qui faisaient de leur mieux pour sortir de là les enfants. Des petits tout nus ou en chemise, à demi éveillés. Des petites filles qui pleuraient en serrant contre elles des bouts de chiffons qu'elles appelaient leurs poupées, d'autres avec de graves brûlures. Ce n'était pas un accident, des gens étaient venus mettre le feu en plusieurs points de l'immeuble. Je pensais que la police et les pompiers allaient arriver. Mais la police protégeait les magasins des Blancs et les pompiers s'occupaient sans doute des bureaux de conscription. Ceux qui sont venus, ce sont les incendiaires qui en voulaient encore. Ils avaient pillé les boutiques des Noirs et beaucoup bu. Ils étaient plusieurs milliers, qui avaient des armes, des cordes pour nous pendre et qui brandissaient des drapeaux sudistes.

Nous n'étions qu'une centaine et sans armes, que pouvions-nous faire ? Nous avons couru, frères, nous avons détalé comme des lapins et ceux qui n'ont pu courir assez vite ont eu droit à la corde et au réverbère. En courant, ma blessure s'est rouverte, ils étaient sur mes talons à crier comme mille diables, j'ai cru que c'était la fin. Je me suis jeté dans une petite rue obscure. Là une fille m'a brusquement ouvert sa porte et m'a fait entrer. Ils ont perdu ma trace. Elle m'a fait monter sur les toits et m'a montré comment aller jusqu'à l'Arsenal. Je l'ai embrassée en la quittant, elle a dit : J'ai la peau blanche mais, pour eux aussi, je suis une Noire.

Le soir nous sommes revenus dans la ville avec des canons. L'ordre a été vite rétabli, mais nous avons dû décrocher vingt-trois pendus et l'un des corps était celui de James qui avait été blessé à la jambe à Gettysburg. Dans les ruines de l'orphelinat, on a retrouvé les corps de trois femmes et de dix-huit enfants qui ont été brûlés vifs. La police avait bien travaillé, aucun magasin blanc n'avait été pillé.

Après cela, j'ai reçu le télégramme du président et j'ai lu dans les journaux que j'étais le major Johnson, en caractères grands comme ça. Mais ils n'ont pas dit que James et cinq autres soldats noirs avaient été pendus en uniforme aux réverbères de New York. Ni que le major Johnson avait dû courir pour sauver sa vie devant une bande d'assassins et d'incendiaires et qu'il aurait été pendu lui aussi, sans le secours d'une fille. »

Il y a un long silence que rompt la voix de Gauvain : La guerre n'a rien changé, les Blancs du Sud veulent de nous comme esclaves et ceux du Nord ne veulent pas d'esclaves, mais ils ne veulent pas de nous. Pierre se lève, jette du bois et des branches de pin sur le feu, les flammes s'élancent très haut en projetant autour d'elles des brindilles enflammées qui brillent un instant avant de s'éteindre. Une voix avec l'accent du vieux Sud demande dans l'obscurité : Que pouvons-nous faire ? Il répond : Des soldats, des soldats noirs et des canons qui défendront nos droits après la guerre. Les hommes de la 5e batterie approuvent de la tête, mais Johnson demeure amer et n'a pas l'air convaincu. Alors Pierre en quelques phrases brèves raconte l'histoire de Spartacus et de ses compagnons. Qui n'étaient que vingt au début, qui ont soulevé les esclaves et ont battu trois armées romaines. Qui ont été écrasés et crucifiés pour finir mais qui vivent toujours dans la mémoire des pauvres. Ce qu'ils ont fait, nous pouvons le faire. Johnson sourit, on voit son soleil briller de nouveau. Il dit : J'aime quand tu dis nous. Et, sans transition, il commence à chanter. Des voix se joignent à la sienne, d'autres leur répondent venant des tentes et bientôt c'est le camp tout entier qui chante dans le grand été d'Amérique, tandis que Pierre pense noir. Tandis qu'il pense canon. Toujours, toujours plus...

Pierre et Johnson, dans la maison de Burlington, pour y rencontrer le président. Jamais jusqu'ici je n'ai pu voir Abraham Lincoln et je n'y parviendrai pas non plus ce soir. On devine seulement, à contre-jour, une haute présence, maladroite et méditative, avec de courtes flammes d'amusement. On reçoit les rayons de cette native chaleur tout en éprouvant sans cesse une très vive pression du réel. Qui produit peut-être cette douleur, si unie au grand corps et à sa forte façon d'écouter qu'elle est devenue une seconde nature, un peu en retrait de la première, celle qui connaît la joie.

Pierre et Johnson reçoivent la lumière de face, mais il est entendu qu'ils ne sont pas devant un juge et ils répondent sans hâte à des questions posées lentement. Je n'entends pas ce qu'ils disent. Burlington allume une lampe et, dans l'ombre derrière le président, on entrevoit le visage du cinquième personnage. Un homme maigre et rocailleux qui a l'air d'être en cuir de semelles, avec beaucoup de clous. Sa bouche est mince, sèchement découpée dans le métal, et ses yeux, actifs et durs, vous font penser à ces boutons noirs et brillants que vous regardiez enfant, avec une sourde frayeur, sur les hautes bottines de Mme Henriette.

Dans mon armée, je n'ai pas l'emploi de chevaliers, énonce le général Sherman. Et l'on se prend à penser que M. Eugène, dans ses usines, n'en a pas l'emploi non plus.

Il y a un silence, il y a, dans le cercle d'ombre autour de la lampe, un rameau d'or qui se balance, la chevelure de Burlington peut-être. C'est la fin d'un jour couvert et humide. Au camp sur le bord du Potomac, les hommes préparent le repas du soir ou chantent à mi-voix sous la tente. Il me tarde d'être près d'eux, j'entends dans la profondeur une voix – on dirait celle du père Pierre – qui s'efforce avec des mots usés, avec des mots qui résistent, de dire la chose qui importe. Quelle chose ? Celle qui est là, tout près, que je puis dire ou presque : Dans l'unité, il y a un état plus parfait. Je puis la dire, mais la chose elle-même m'échappe, les mots sont trop bien réglés comme ceux d'un canon qui n'a pas encore servi, alors que c'est la connaissance du défaut, de la faille et la longue familiarité avec elle, qui permet de tirer juste. La forme grise et sans doute assez noire, la pensée animant de son jeu délié les plans frustes du visage, la voix blessée – Abraham Lincoln peut-être – se penche vers Johnson : Et vous, major, dans le régiment noir, avez-vous l'emploi de chevaliers ?

Johnson rêve un instant, couché peut-être sur le tapis, où il feint de dormir, comme il fait lorsque la joie ou le malheur débordent. J'aime les chevaliers, dit sa voix, vous savez bien qu'il n'y a pas si longtemps le colonel Pierre et moi, nous étions encore de petits garçons. Tout le régiment noir était un régiment de petits garçons qui voulaient jouer aux chevaliers. Mais, monsieur le président, les petits garçons eux-mêmes peuvent voir que les chevaliers ne refusent jamais d'avoir des esclaves, ou de défendre ceux qui en ont. Comme ce grand monsieur, c'est ainsi que vous dites, n'est-ce pas, ce vrai chevalier : Stonewall Jackson. Celui que le colonel Pierre admirait plus que tout et qu'il a condamné à mort au mépris des lois de la chevalerie, lois qu'il avait élaborées lui-même à l'âge de sept, de six ou peut-être de cinq ans, en écoutant les histoires du père Pierre.

À Chancellorsville, je n'avais pas encore compris ce qui se passait et j'ai longtemps refusé de tirer sur Stonewall Jackson blessé, mais finalement Pierre a été le plus fort et le chevalier Jackson est mort. Sont morts avec lui un certain Pierre, un certain Johnson et tous les petits garçons du régiment noir. Oui, ce fut un nouveau massacre des Innocents et, depuis, nous avons interdit chez nous l'emploi des chevaliers, car nous devons gagner cette guerre, monsieur le président, et celle qui suivra. Qui sera une longue guerre, une guerre de cent ans et plus, à moins que vous ne vous décidiez à l'écourter en nous donnant une armée noire.

Il n'y a déjà plus là qu'une image, une image d'époque en longue redingote grise. Une autre sagesse dit : Il y a des guerres que l'on ne peut abréger, major Johnson, des guerres qu'il faut soutenir jusqu'au bout, peut-être jusqu'à ce que les hommes changent. Vous avez démontré qu'un régiment noir était possible. Pour une armée noire, il est trop tôt.

Johnson voit dans les yeux de l'homme vieillissant que, s'il est trop tôt pour une armée noire, il n'est pas trop tôt pour mourir. Pas beaucoup trop tôt. Le temps ne sera pas raccourci, ce sera une très longue guerre.

Ensuite l'homme aux yeux en boutons de bottine propose à Pierre et à Johnson d'affecter le régiment à l'Ouest, qui va devenir, selon lui, le théâtre principal de la guerre. Il veut faire l'expérience d'une colonne mobile, rapide et indépendante, capable de battre les rebelles par leurs propres moyens et sur leur propre terrain. Si l'expérience réussit, toute l'armée de l'Ouest sera organisée sur ce modèle. Pierre et Johnson acceptent et Burlington approuve.

L'image du président, celles de Sherman et de Burlington lui-même se sont effacées dans l'ombre. La nuit est tombée, la lampe s'est éteinte et il n'y a plus dans le foyer de cuivre que quelques tisons rougeoyants. Il n'y a plus que Pierre et Johnson, et ce peu de conscience éclairé parmi l'obscurité des pulsions. Il est tard, il est beaucoup plus tard qu'on ne pensait, l'heure est venue de retourner à l'unité.

CHEVAL ROUGE

La répression d'une révolte d'Indiens fut la première tâche que Sherman leur confia dans l'Ouest. Habituée aux lenteurs de l'armée, la tribu attaqua la petite ville à l'aube, assurée de n'y trouver que quelques miliciens mal gardés, éparpillés dans les maisons. Johnson y était arrivé dans la nuit avec deux batteries. Quand les Indiens voulurent fuir, Pierre leur barrait la route. Il les laissa s'échapper, ne faisant prisonniers que leur chef et les guerriers qui l'entouraient. Le chef, qui déclara se nommer Ti-Kou, plut à Pierre et à Johnson par la beauté de ses mouvements et son air d'orgueilleuse indifférence. Johnson dit que les Indiens étaient les vrais Américains et que si on parvenait à se les concilier ils seraient pour le régiment d'excellents guides. Ils décidèrent de libérer les prisonniers et de leur accorder la paix sans compensation. Au moment du départ du chef, Pierre lui demanda de lui envoyer quelques guides et offrit de lui fournir des munitions et des armes de chasse en échange.

Ti-Kou revient quelques jours plus tard avec quatre guerriers. Il propose d'être lui-même le guide de Pierre. Il amène avec lui quelques squaws. Ces jeunes filles sont gracieuses comme des biches et habiles à tous les travaux du camp. De leur ombre et de leur gaieté, elles entourent la sœur du chef qui les éclaire de son image. Johnson est transporté lorsqu'il la voit. Pierre aussi, mais il le cache et comme elle est la plus belle chose qu'il n'ait jamais vue, il la donne à Johnson avec l'approbation de Ti-Kou. C'est une vallée, dit Johnson. Johnson a l'amour des vallées. Pierre, celui des rivières. Comme Ti-Kou et ses compagnons refusent de révéler son nom indien, ils la nomment Shenandoah, qui est une vallée, une rivière et le lieu de leur amitié.

Johnson pense que Shenandoah est la reine de Saba, du temps de l'ancienne vie et de l'âge d'argent. Sous son regard, il est celui qui vient à sa rencontre, le roi Salomon qui va la faire entrer dans Jérusalem. Qui va lui faire partager son trône terrestre et sa sagesse de courte durée. Car que signifie l'amour, dit Johnson Village au roi Salomon, oui, que peut-il signifier pour une princesse de sang indien qui n'a jamais entendu parler de l'existence de la Bible ?

Shenandoah est heureuse de chevaucher aux côtés du roi Salomon, toujours gai, toujours puissant, sur son grand cheval noir, avec son uniforme rehaussé d'une écharpe éclatante. Elle rit quand elle voit ses canons déchirer la chair ou la maison de l'ennemi. Elle s'égaie de voir la terreur qu'il inspire aux rebelles, lorsqu'il entre dans leurs villages et leurs plantations, à la tête de ses hommes noirs. Elle ne refuse pas de sentir sur elle le désir de mille canonniers qui la célèbrent dans leurs chants, sans jamais oublier qu'elle est le trésor et la couronne du frère aîné, du frère Johnson en qui réside, sous sa forme joueuse, l'esprit ou le rêve du régiment noir.

Le régiment a pénétré profondément en territoire ennemi et l'unique et patiente manœuvre, chaque fois réinventée, est celle-ci : Johnson s'empare d'un centre sudiste dont il chasse les défenseurs sans les poursuivre. Il a caché à quelque distance la plupart de ses pièces et le gros de ses forces. Il se garde mal et semble pouvoir être facilement surpris par un coup de main. Personne ne sait que les Indiens qui rôdent dans les bois, les esclaves qui travaillent dans les champs, le renseignent constamment sur le moindre mouvement adverse. Durant ce temps, Pierre, que Ti-Kou guide par des itinéraires tenus pour impraticables, se poste sur les arrières des Sudistes. Selon la situation, il les surprend et les pousse devant lui vers Johnson ou il les aborde, quand assurés déjà de tenir la victoire, ils se heurtent en attaquant Johnson à sa seconde ligne camouflée. Alors les canons se mettent à parler et les deux mâchoires de l'étau se referment. Une fois les unités ennemies encerclées, Pierre arrête le combat, il se contente de faire prisonniers les gradés et de prendre les armes et les munitions. Il libère les hommes et les renvoie semer chez eux un ferment de doute et de démoralisation.

C'est au moment de la victoire que Shenandoah voit apparaître Pierre et elle s'étonne que le vainqueur soit ce petit homme gris, sans insignes ni décorations, qui ressemblerait à n'importe qui, n'étaient ces yeux très clairs, qui pâlissent encore devant elle. De coups de main en petits combats, le régiment est en train de couper en deux un des États rebelles. Ses détachements qui font sauter les ponts, les centres d'approvisionnement et les voies ferrées, lui causent des dommages irréparables. Trois colonnes sudistes sont à notre poursuite, mais c'est nous maintenant qui sommes les plus rapides et les mieux renseignés. Nos poursuivants s'épuisent, sans pouvoir nous atteindre, et bientôt nous les détruirons.

Pierre a constitué, sous les ordres de Rufus dont le père est noir et la mère indienne, deux escadrons d'éclaireurs qui ont pour tâche de surveiller sans cesse l'ennemi, de l'engager sur de mauvaises pistes et de répandre des fausses nouvelles. Il consacre beaucoup de temps à former les éclaireurs et à préparer les opérations. C'est Johnson qui, dans chaque localité traversée, réunit les Noirs, enrôle les plus hardis et annonce à tous leur libération.

Johnson est heureux mais inquiet, Shenandoah disparaît parfois brusquement et il sait que c'est pour aller retrouver Ti-Kou. Elle est la reine de Saba mais elle est aussi la sœur de Ti-Kou, qui est aujourd'hui notre allié, mais qui un jour nous trahira. Ce que Pierre sait, car il fait coucher Ti-Kou dans la tente à côté de la sienne, avec Jimmy qui a le sommeil aussi léger et l'oreille encore plus fine que lui.

En opération, Pierre et les éclaireurs ne portent plus que le képi et la veste d'uniforme, tout le reste de leur vêtement est indien. Ils ont appris à se déplacer presque sans bruit et Gauvain trouve que leurs pensées, elles aussi, sont devenues silencieuses. Johnson dit qu'à force de penser noir, Pierre est remonté jusqu'au lieu où l'on pense – à moins que l'on ne soit pensé – indien.

Jim n'a que quatorze ans, il était l'esclave du meilleur chasseur du comté qui s'en servait comme chien de chasse. C'est ainsi qu'il a appris les habitudes et les ruses des animaux. Son corps est couturé par les griffes et les dents des bêtes sauvages et son dos lacéré par les coups de fouet que Vieux Joe lui distribuait libéralement si la chasse avait été mauvaise ou s'il avait trop bu. Lors de la prise du village, Pierre chargeait les défenseurs avec un groupe de cavaliers. À soixante pas, Vieux Joe le tenait au bout de sa mire, il en riait déjà. Jim a détourné le coup, le vieux s'est jeté sur lui et, pour la première fois, Jim a osé se défendre. Au moment où le couteau commençait à lui entrer dans la gorge, il a senti l'immense corps du chasseur se convulser puis s'aplatir sur lui. Il s'est dégagé tout sanglant pour voir Pierre essuyer son sabre avec les feuilles d'un saule. La première image que Pierre en se retournant a eue de lui est celle d'un enfant noir, couvert de sang, qui dansait sur le corps de son ennemi mort. Jimmy a pris le fusil de Vieux Joe. Pierre s'est penché sur lui et l'a hissé sur son cheval. C'est ainsi qu'ils sont arrivés sur la place du village. Johnson a ordonné une prise d'armes et le régiment, par acclamations, a incorporé Jim comme son plus jeune soldat. Depuis, il est l'homme de Pierre, il loge à côté de sa tente et ne reçoit d'ordres que de lui. Johnson est un peu jaloux, mais Jim surveille Ti-Kou et les guides indiens, il peut suivre une piste ou la brouiller aussi bien qu'eux, il tire mieux et, dans les combats, il se tient toujours derrière Pierre, prêt à intervenir. Ceci est important car il est manifeste que Pierre s'expose de plus en plus. Quand Johnson le lui reproche, il voit monter, sur les lèvres de son ami, le sourire énigmatique et fermé de Ti-Kou.

Cette vie errante et combattante est bien celle qui convient à Shenandoah. Johnson lui demande comment Ti-Kou a pu se résoudre à la lui donner. Elle rit, parce que personne ne peut donner Shenandoah. Ti-Kou m'a dit de vous servir, toi et le colonel Pierre. Le colonel Pierre ne veut pas que je le serve, il préfère Jimmy. Jim ne trahira jamais, pense Johnson. Est-ce qu'il a pensé tout haut ? Shenandoah répond : Non, Jim ne trahira jamais. – Et toi ? Elle ne répond pas, ceci n'entre pas dans le service qu'elle lui doit. Elle s'approche de lui, belle et impénétrable, prête à l'amour, à la chasse ou au silence, selon les formes de son service.

Johnson, qui sait que, selon les règles de la sagesse indienne, il devrait maintenant se taire, ne peut s'empêcher de lui demander : « Pourquoi le colonel Pierre est-il devenu si triste ? – Le colonel Pierre est pris entre l'amour de la mort et l'amour de Shenandoah. S'il choisit la mort, il perdra le régiment noir qu'il aime plus que tout. – Et s'il choisit Shenandoah ? – Il ne l'a pas choisie et il est triste. – Si le colonel te prenait dans sa tente, est-ce que je te perdrais ? » Elle rit, elle ne répond pas, comment lui dire que personne ne peut perdre Shenandoah.

Jim est venu tout à l'heure porter un message, il doit être en train de manger. Johnson se précipite vers la cuisine. Assis près du feu, au milieu des hommes qui rient et qui plaisantent, Jim, immobile et silencieux comme toujours, est en train d'achever son repas. Johnson l'entraîne : Est-ce que le colonel aime Shenandoah, est-ce pour cela qu'il est triste ? Jim est jaloux du major Johnson, mais il sent qu'un danger plane sur Pierre : « Oui, le colonel aime Shenandoah. – Pourquoi ne la prend-il pas ? » En disant cela Johnson sent une grande douleur traverser son corps. Il croit que Jimmy va répondre : À cause de vous. Mais il dit : Le colonel a peur de Shenandoah.

Il est vrai que Shenandoah est terrible. Johnson le sent à ses jambes qui fléchissent et à sa bouche qui sèche. Il part avec Jimmy, une petite pluie se met à tomber au moment où ils franchissent les collines et aperçoivent le camp de Pierre. C'est un vrai camp indien, beaucoup plus près du sol et plus minéral que le nôtre. Pierre et Ti-Kou, comme s'ils attendaient leur arrivée, viennent à leur rencontre. Pierre ne manifeste aucune surprise de la visite inattendue de son ami et l'emmène dans sa hutte. Johnson ne peut plus retenir sa question : « Tu aimes Shenandoah ? » Pierre acquiesce du regard. « Alors, prends-la ! – Shenandoah n'est à personne, dit Pierre, elle est la véritable Amérique, bien plus ancienne que nous. – Tu as peur d'elle ? – Shenandoah est le plus grand risque. – Elle est le plus grand bonheur. – Elle est aussi le malheur indien. »

Et voici que Ti-Kou est présent, sans qu'on l'ait entendu approcher. Il est beaucoup plus grand et plus vaste qu'on ne croyait, extrêmement nu, superbe d'épaules et de genoux. Il tient à la main une hache de pierre, d'une forme si cruelle que Johnson, en la voyant, ne peut s'empêcher de reculer. Il semble occuper tout l'espace de la hutte et pourtant il ne cesse de danser légèrement autour de Johnson et de former des courbes et des courants qui l'assaillent et qui l'étreignent de plus en plus. À ce moment, on reconnaît en Ti-Kou le roi. Le roi-Bison et le Bison-roi de qui procèdent les échanges de sang, de force et de méditation perpétuelle qui règlent, le long des pistes qui vont tout droit, la vie du peuple chassé et celle du peuple chasseur. Ti-Kou qui est le vrai roi du fleuve et de la Prairie, le roi de Saba, dont Shenandoah est la sœur épouse, rit en regardant Johnson qui n'est que le roi Salomon dans l'espace étriqué qui va de la Bible jusqu'à nous. Johnson sent qu'il a peur et que Ti-Kou le sait. Il appelle à lui toutes les énergies de l'esclavage renversé, il remembre sa colère, il concentre sa haine et son espérance. Il oppose à Ti-Kou tous ses muscles tendus, sa voix qui sait animer les canons et toutes les ressources de sa profondeur noire. Au combat et armé, sans doute pourrait-il affronter victorieusement Ti-Kou. Mais celui-ci n'a que sa hache de pierre et ainsi, dans la bataille des yeux, Ti-Kou est le plus fort, le mieux soudé à cette terre d'Amérique qui n'est encore que ténèbres pour Johnson.

Ti-Kou jongle avec sa hache, il la fait bondir d'un côté à l'autre, il la multiplie entre ses mains et il rit en regardant le major Johnson dont la poitrine et le dos se sont couverts d'une sueur froide. Ti-Kou hait Johnson de toutes ses forces et il l'aime et le révère pour la mort, ainsi qu'il désire et sacrifie le bison et l'ours gris. Il pourrait, de sa hache, lui fendre le crâne, sans qu'il soit capable d'un mouvement de défense. Johnson, fasciné, suit des yeux les mains qui jonglent maintenant avec deux, avec dix, avec une infinité de haches. Ti-Kou est rouge et bleu, il est beau, il est de plus en plus beau, il brille. La sueur le fait reluire et le frange d'écume, comme un cheval. Johnson devient gris, sa poitrine s'affaisse, ses muscles sont mous. Il ne sent plus, comme il l'éprouve presque toujours, qu'il suffirait d'un son, d'une mémoire, d'une odeur pour le faire s'ériger. C'est cela que Ti-Kou veut. Avec ses haches, il est en train de le maîtriser, de le baiser et de le châtrer sans rien faire. Il redevient l'esclave Johnson à qui le Vieux Maître donnait des coups de pied si la sangle de son cheval n'était pas au juste cran, ce cran que personne ne pouvait connaître et qui hante encore maintenant sa colère. Ti-Kou lui reprend Shenandoah et les nuits où il l'a menée jusqu'à l'excès – comme personne, il en est sûr, ne l'a fait avant lui. Il efface la semence de joie qu'il a déposée en elle. Il nie son premier sourire du matin et sa fierté lorsqu'elle chevauche à ses côtés dans le désir de mille cavaliers.

Il y a un cri, un long gémissement douloureux qui se forme en lui : Est-ce que cela a un sens ? Un sens de former, avec d'anciens esclaves, un corps, un régiment, avec des règles, une valeur combative, un honneur semblables ou peut-être un peu supérieurs à ceux des Blancs ? Est-ce la peine de posséder ses tables de tir et de connaître la balistique pour violenter la chair et le sang de l'adversaire avec le sexe des canons ?

Ti-Kou rouge ou bleu, ou peut-être d'or, avec ses gestes de bête sauvage, avec son formidable buste tatoué, repousse Johnson, rejette Pierre et le régiment noir et, avec l'idole de Shenandoah, il est le maître de leur désir.

Johnson sue sous ses vêtements qu'il arrache, ses dents tremblent comme celles d'un nègre qui a peur d'un fantôme. Il va supplier Ti-Kou d'arrêter sa danse. Il va mettre sa tête sous son pied, il va devenir son esclave parce que Ti-Kou est le plus ancien. Parce que les dieux qui habitent dans le corps des bisons, les dieux des forêts et des fleuves, avec leur lave encore dormante, sont plus puissants que ceux du régiment noir, les nouveaux dieux, ceux qui n'ont encore que leur âme de canon.

À ce moment, Pierre, qui est resté immobile au fond de la hutte, pousse un long cri modulé et son visage, pour le former, est devenu un visage indien. Ti-Kou s'arrête, rit triomphalement en voyant le visage de Pierre et celui de Johnson, puis s'écroule écumant sur le sol. On voit alors que Pierre, durant toute la danse de Ti-Kou, n'a jamais cessé de suivre tous ses mouvements avec son fusil chargé. Jimmy entre, lave les lèvres de Ti-Kou, le fait boire. Il se ranime très vite, il recouvre d'une couverture son corps peint que le dieu a quitté, il sort sans un regard.

« Cet homme te tuera, dit Johnson. – Ou nous le tuerons. Ou peut-être l'alcool dont il abuse. Son temps et le nôtre ne sont pas accordés. Les Indiens auraient dû être les alliés des Noirs, mais quand vous vous éveillerez, ils auront disparu. – Pourquoi ? – À cause de leur gloire qui exige la liberté tout de suite et tout le temps, dans le plus grand espace. – Pourquoi Ti-Kou est-il avec nous ? – Il espère que nous passerons du côté des siens. Sa tribu connaît un lieu où il y a assez d'or pour acheter toutes les consciences et tous les canons de l'Europe. Il croit qu'avec ces canons nous pourrions mener les Indiens à la victoire. – Shenandoah est le prix ? – Les Indiens ne peuvent pas vaincre. – Pourquoi ? – À cause de leur gloire, jamais Ti-Kou ni les siens ne serviront les canons. – Alors Shenandoah est condamnée ? – C'est pour cela qu'elle est la reine. »

Voilà qu'ils sont au-delà des paroles. Ils aiment tous les deux Shenandoah qui est la fantastique liberté rouge, condamnée à mort par les Blancs. Johnson serre

Pierre dans ses bras et celui-ci est heureux de sentir à nouveau la chaleur de l'autre à côté de la sienne.

Vient l'heure du départ, Johnson est beau sur le grand cheval noir. Pierre lui remet un plan qu'il a dessiné pour les prochaines opérations, puis il l'embrasse. On dirait un adieu mais le soleil se lève. Johnson retrouve sa joie, il rassemble son cheval et avec de grands cris de chasseur, il lui fait franchir une barrière, un caisson et s'éloigne au galop. Tout le monde rit, car ce qu'il vient de faire est strictement interdit. Avant le tournant du col, il se retourne et on entend, projeté vers nous, son rire. Il va maintenant du petit trot infatigable des chevaux indiens, dont Pierre s'est longuement incorporé le rythme avant de l'imprimer à tout le régiment.

Chacun des groupes ennemis entre lesquels Pierre manœuvre est aussi fort que le sien. Il y a encore une chaîne de collines, de grandes forêts dont on n'a levé aucune carte, un fleuve et une rivière. Pour les approvisionnements, il faut surprendre les avant-gardes ennemies, ses patrouilles ou ses fourrageurs et les rabattre vers les canons de Johnson. Ti-Kou admire la façon dont Pierre devance toujours l'ennemi aux points importants et ne l'attaque que là où il est faible ou surpris. Ti-Kou ne comprend pas pourquoi Pierre passe tant de temps à étudier ses cartes, qu'il rectifie lui-même. Il ne sait pas non plus que Pierre médite sans cesse les manœuvres de Stonewall Jackson qui lui-même étudiait celles de Bonaparte en Italie. Ti-Kou attend Shenandoah qui doit lui donner Pierre pour aider les Indiens. Ceux-ci doivent profiter de la grande guerre entre les Blancs, pour remporter sur eux une victoire décisive et les rejeter à l'est.

Shenandoah est là. Shenandoah verte et rouge sur un mince cheval pommelé. Cette nuit-là Pierre surprend un convoi ennemi qui attendait le jour pour passer le gué. Pendant trois nuits les opérations continuent et Shenandoah, sans fatigue, chevauche à ses côtés. Parfois il se tourne vers elle et la regarde sans mot dire. Shenandoah pense que dans son enfance sa mère ne l'a pas beaucoup caressé.

Il lui demande si elle aime Johnson. Elle répond qu'elle aime les hommes quand ils sont, comme lui, beaux et courageux. Il l'emmène sur la plus haute colline, d'où il veut observer le travail des éclaireurs et les mouvements des rebelles. Jim les attend en bas avec les chevaux et Ti-Kou ne doit pas être loin, mais il ne se laisse pas voir.

Pendant qu'il observe et marque des points de repère sur sa carte, Shenandoah, abritée derrière un arbre, le regarde faire. Elle vit en même temps le balancement des feuillages, le passage de l'oiseau, le bond du chevreuil et le mouvement du soleil. S'il survient un souffle, elle s'y plie et s'incline avec l'herbe. Pierre abandonne parfois sa lunette pour lui jeter un rapide regard. Quand elle ne se croit pas observée, elle ressemble à une plante au premier jour de sa floraison ou à une pluie légère finement tissée de rayons.

Pierre a terminé, ils descendent vers la vallée. Shenandoah se met à courir en sinuant sans effort sur la pente. Pierre croit voir danser un renard, sa fourrure dorée, ses mouvements subtils, en plein accord avec l'humeur enjouée de l'air. Sa pensée se retire du régiment, des cartes, des rapports à transmettre à Sherman, pour s'élancer à la poursuite de Shenandoah qui plonge dans l'herbe haute et émerge de la profondeur. Pierre est repris brusquement par le souci de l'unité. Est-ce que tout est en ordre et surtout en mouvement ? Est-ce que les éclaireurs se camouflent, se déplacent et poussent leurs patrouilles assez loin ? Il oublie Shenandoah, grimpe, se balance au sommet d'un arbre. Le camp est silencieux, tous les feux éteints jusqu'à la nuit, les éclaireurs, couverts de branchages, parcourent sans arrêt les pentes et les sommets des collines, d'autres, bien cachés dans les arbres, observent. Shenandoah est loin maintenant, descendant à bonds légers la pente du ruisseau, il n'est plus possible de la rattraper, mais il aperçoit le lit d'un torrent à sec qui semble rejoindre en ligne droite la rivière où le ruisseau va se jeter. Il se lance sur la pente et parvient avant elle à l'embouchure du ruisseau. La rivière, un peu plus loin, pénètre dans un bief et se heurte à un barrage, à côté duquel tourne la grande roue d'une forge abandonnée. Près du barrage, il devine Ti-Kou qui disparaît dans les fourrés à son approche.

Pierre remonte le bief, revient au ruisseau et cherche la trace d'un passage. Il n'y a rien qu'un léger mouvement du vent dans les graminées hautes. Un cri, une grande statue d'herbe s'abat sur lui, l'entoure de ses bras et de son rire. Shenandoah bondit, rejette l'élément végétal et la voici, avec seulement cette fleur blanche et ces folles graminées dans sa chevelure. « Pourquoi m'as-tu appelée dans un endroit si laid ? – Je ne t'ai pas appelée. – Tu m'as appelée avec ton cœur, Shenandoah sait entendre. »

Elle regarde avec tristesse le barrage, la roue noire, édentée, qui ravage la surface des eaux : Les Blancs ne savent qu'enfermer. Pierre pense que les barrages ont fait les forges et celles-ci les armes et les outils qui vont abolir l'ancienne vie. Il cherche une raison utile de détruire ce barrage. Il n'y en a pas, il n'y a que Shenandoah et son amour des eaux libres. Il envoie Jimmy au camp chercher des explosifs. Il revient avec deux sapeurs qui placent une mine sous le barrage, pendant que Pierre en pose une autre sous la roue. C'est Shenandoah qui allume la mèche, à peine sont-ils à l'abri que l'on voit s'effondrer le barrage et l'eau se précipiter formant une grande vague qui monte sur les berges et rase tout sur son passage. C'est la roue ensuite qui chancelle, brise son axe et se désintègre en morceaux. Jim et les deux sapeurs font sauter les murs de la forge et la maçonnerie du bief. Tout est détruit en une heure, dans un an tout sera de nouveau soumis aux puissances végétales.

D'abord silencieuse, stupéfaite par la force des explosions, Shenandoah est envahie par le plaisir de son pouvoir et la joie de la destruction. Quand tombent les murs de la forge et que le toit s'écrase sur le sol, elle ne peut plus se contenir, elle pousse des cris de bonheur, elle entraîne les hommes, et Ti-Kou lui-même, à entasser les débris de la roue et des poutres pour en faire un grand feu.

Le jour décline, cette fois ce n'est plus seulement Sainpierre qui s'éloigne. C'est la maison grise, la forge, c'est la sagesse du père Pierre et l'héritage des batteurs de fer qui sont en train de se consumer. Buck, Rufus et de nombreux soldats, attirés par le bruit, viennent nous rejoindre. Il faudrait leur donner des raisons valables de la destruction du barrage. Ce serait demeurer dans l'esprit du Nord et sans doute n'en ont-ils pas besoin, car Buck fait un geste de joie en voyant les ruines de la forge et le brasier qui s'élève dans l'obscurité commençante.

Pierre s'assied entre lui et Rufus, au milieu des hommes qui forment cercle autour du feu. Shenandoah, qui avait disparu, revient vêtue d'herbes et de fleurs et c'est une prairie nocturne qui s'avance vers le feu, d'un pas de bête sauvage. Ti-Kou la suit, la tête masquée de feuilles et le corps cuirassé d'écorce. Avant que Pierre comprenne, les Noirs les ont reconnus : elle est Eve et lui c'est l'arbre-serpent. Eve n'est pas tentée par le serpent et elle danse dans l'innocence de l'être. C'est l'arbre qui cherche à la saisir, mais chaque fois qu'il l'atteint, elle se délie par la justesse de son rythme. D'un acte, l'arbre franchit le feu et le cercle des hommes scande de la voix sa victoire, mais Eve lui échappe à nouveau. Alors, dédaigneux de toute proie, l'arbre-serpent, pour son seul plaisir, bondit au-dessus du feu en tous sens et les hommes électrisés se lèvent et le soutiennent de leur force en battant des mains en cadence. Eve, oubliée par le serpent, est attirée par le feu, elle le charme, le soulève et l'attire à elle en dansant toujours plus près de la flamme. Les Noirs éprouvent la chaleur qu'elle produit, ils tendent leurs mains vers elle et les réchauffent à son passage, car Eve est brûlante et plus belle encore quand elle se consume. Lorsque les flammes ne s'élèvent plus qu'à peine au milieu du brasier expirant, Eve, d'un effort ultime, s'élance au centre du feu où les herbes qui l'entourent se mettent à flamber. Tous se jettent en avant, mais bien avant eux Ti-Kou a bondi dans le feu. Il y saisit Shenandoah et se précipite avec elle dans la rivière. C'est une enfant épuisée et haletante, un ange rouge aux ailes brûlées et vêtu de haillons calcinés que Pierre et Jimmy retirent de l'eau. Ses cheveux sont brûlés, ainsi que ses mocassins, mais elle semble n'avoir que des blessures superficielles. Quant à Ti-Kou son action a été si rapide qu'il n'a que des brûlures légères. Shenandoah tremble et claque des dents. Pierre l'enveloppe dans une couverture et la ramène au camp sur son cheval. Pour la première fois, il sent son corps mince contre le sien. Il demande : Pourquoi ? Elle ne répond pas, elle n'appartient pas aux généalogies des causes et des conséquences.

Ti-Kou les attend sous la tente de Pierre, il a apporté des remèdes et des herbes qu'il fait brûler pour attirer les puissances favorables. Il lave Shenandoah avec de l'huile, il lui applique des onguents, il l'entoure d'une toile fine et coupe ses cheveux brûlés avec une habileté de femme. Il met près d'elle un liquide vert qu'elle doit boire fréquemment et de l'eau fraîche. Il sort.

Première nuit de Pierre avec l'image de Shenandoah. Elle dort d'un sommeil agité, des gouttes de sueur apparaissent sur son visage, mais elle ne profère aucune plainte. La rivière coule au fond de la vallée, les débris de la forge ont fini de brûler, on entend d'heure en heure la voix des sentinelles qui se relèvent et parfois le cri d'un oiseau nocturne. Trois cavaliers se font reconnaître, c'est la première patrouille de nuit qui revient des collines, la seconde va partir bientôt. Shenandoah s'éveille, il lui donne à la cuillère, comme à un petit enfant, le remède de Ti-Kou. Avec ses cheveux coupés court, que domine une aile noire épargnée par le feu, c'est un oiseau tombé du nid. Quel est le nid de Shenandoah ? Elle se soulève à demi, prend le gobelet des mains de Pierre, boit et se laisse retomber. Elle referme les yeux et Pierre la voit enfant. Son goût exquis pour les fleurs et pour les couleurs les plus pures. Sa croissance, à l'image de la Prairie qui recèle ses sources, ses animaux exemplaires et ses dieux. Ses épaules faites pour le collier d'or et pour tendre l'arc. Son front pour porter le signe des reines. Longue et subtile, sa course est celle du cerf dont elle se reconnaît la fille. Shenandoah est une vallée et une rivière dont on ne sait si l'on remonte ou si l'on descend le cours et en qui se confondent l'origine et l'embouchure.

Son visage aux yeux fermés ressemble à un masque, mais Pierre voit bien qu'il recouvre des larmes intérieures. Il se penche vers elle et la contemple un long moment. Le temps semble suspendu, elle dit, sans ouvrir les yeux, à voix basse : Cheval rouge... Pierre sent sa voix parvenir jusqu'aux couches les plus profondes et il entend, avec joie, avec frayeur, qu'il vient d'être nommé pour la première fois. Elle se tait longuement, elle demande : Parle-moi de la forge et de la grande roue que tu aimais. Pierre parle des vallées qui descendent vers le fleuve, des batteurs de fer, de leurs outils et du temps où ils ont commencé à aimer les canons. « Comme toi ! – Comme le père Pierre m'a appris à les aimer. »

Il parle aussi de Sainpierre, de M. Eugène, des usines qui fondent les canons et qui vont bientôt construire des bateaux de fer qui transporteront par millions les pauvres de l'Europe affamés de terre américaine. « Est-ce que Cheval rouge ne peut pas faire sauter ces usines comme il a fait sauter la forge ? Est-ce qu'il ne peut pas, avec ses canons, arrêter le malheur qui s'avance ? » Pierre se tait. « Alors, dit Shenandoah, M. Eugène avec ses usines est plus puissant que Cheval rouge avec ses canons. »

Elle se soulève à demi : Nous ne serons jamais comme vous. Nous ne serons pas les esclaves de vos petits champs ni de vos machines qui font que le vieillard dans son usine demeure plus puissant que son fils.

Pierre pense que les Indiens connaissent encore la vie pour la joie, après eux le chemin sera perdu. Mais comment oublier ceux qu'il a vus s'entasser à Anvers dans les bateaux d'émigrants et en descendre à New York. Comment empêcher l'Amérique d'être l'espoir des pauvres ?

Shenandoah a soif, il lui donne à la cuillère le remède de Ti-Kou et lui fait boire un peu de tisane. Il retrouve la petite fille rouge et noire qui courait en chantant dans la Prairie. « Est-ce que ton père t'aimait ? » Elle sourit, les yeux fermés : « Est-ce que cela ne se voit pas ? Il m'asseyait sur ses épaules et ainsi j'arrivais à la hauteur des branches et j'étais heureuse, très heureuse. Il était le chasseur le plus renommé de notre tribu. Il partait dans les Rocheuses attaquer les ours gris des montagnes, ceux qui ne fuient jamais. Il les aimait et son bonheur était, au plus fort de leur colère, d'enfoncer en eux son couteau et de les fendre de haut en bas. Le couteau, un jour, s'est brisé et le courage et la force de mon père habitent la descendance de l'ours gris. Son esprit est en repos car c'est ainsi qu'il désirait mourir. Toute sa vie, il a composé des chants, que nous chantons encore, en l'honneur de l'ours qui le vaincrait un jour et qui dévorerait son corps. »

Shenandoah est épuisée, ses yeux sont cachés sous l'aile noire de sa mèche et ses cheveux brûlés tout autour ressemblent au duvet ébouriffé d'un oisillon qui vient de sortir de l'œuf. « Cheval rouge, tu seras heureux avant le grand malheur. – Quel malheur ? – Celui qui est en train de s'abattre sur nos tribus depuis que les Blancs ont fait de nous le peuple du refus. »

Shenandoah s'est endormie, son souffle s'élève calme et régulier. Pierre s'endort en pensant qu'il faut absolument lui assurer deux jours de repos sans bouger. Pour que l'ennemi ne découvre pas notre camp, il faudra demain le harceler sans trêve.

Dès l'aube, il divise ses troupes en petits groupes qui doivent s'infiltrer entre les postes rebelles et aller inquiéter ses arrières. Il a convoqué Johnson qui vient le rejoindre au milieu des opérations. Demain c'est à toi d'attaquer et de tenir le terrain pour que nous ne soyons pas obligés de lever le camp.

Au retour de Pierre, Shenandoah va mieux. Ti-Kou l'a soignée et elle est assise devant la tente. Les détachements reviennent, l'un d'entre eux a semé un beau désordre dans les arrières d'un des groupes sudistes, les autres ont entraîné fort loin les rebelles. Hommes et chevaux sont recrus de fatigue, mais demain ce sera le tour de Johnson.

Pierre n'a presque pas dormi depuis quarante-huit heures, il a changé deux fois de cheval aujourd'hui et il n'a pas le temps de se sentir céder au sommeil. Il devine qu'on lui retire ses mocassins, qu'on lui masse les pieds à l'indienne. Il s'éveille d'un subit effort, se tourne vers Shenandoah, dit avec ses yeux : Je suis content. Elle sourit, derrière ce sourire s'étend une sombre et superbe nuée que Pierre connaît très bien – c'est peut-être ce qu'il connaît le mieux – mais qu'il ne peut pas nommer. Pourquoi nommer d'ailleurs puisque Shenandoah est d'avant et d'après tous les noms.

Quand il s'éveille, au premier froid du matin, Shenandoah dort d'un sommeil paisible, reposant dans le creux de sa main sa joue encore enfantine. Ses yeux et ses lèvres sont cachés par la longue mèche noire, il embrasse à travers ses cheveux la forme de ce visage sans bouche et sans regard. Troublée dans son sommeil, elle gémit faiblement et lui répond des lèvres.

On entend sonner en sourdine le boute-selle pour les premières patrouilles du matin. Le sentiment du lieu et de l'heure lui revient et il sort donner ses ordres. C'est ce jour-là, qu'en s'infiltrant hardiment en terrain ennemi, Johnson réussit sa plus belle manœuvre et parvient à faire tirer l'un sur l'autre deux partis sudistes. Pour que son plaisir soit parfait, il lui faut la présence de Pierre et ils passent un long moment à observer le combat et à s'amuser silencieusement pendant que les obus rebelles s'entrecroisent au-dessus de leurs têtes.

Le soir, Pierre ramène Johnson au camp. Il offre à Shenandoah un collier d'or et de bronze, d'un beau travail africain, qu'il a trouvé dans les ruines d'une plantation rebelle. Elle tisse autour de lui les graminées et les fleurs que lui ont apportées les soldats, elle attache à son cou, comme un manteau royal, une longue étoffe peinte de couleurs vives et, pour le remercier, elle fait, autour de Johnson, trois cercles incantatoires qui ne sont ni des gestes rituels ni une danse, mais peut-être une musique du corps.

Heureuse soirée, Jimmy a fait un feu, le repas est bon, le ciel peu à peu chavire vers le noir et les étoiles se lèvent. Gauvain et Buck viennent prendre les ordres, Shenandoah est guérie, demain nous lèverons le camp. Après-demain nous rabattrons sur les canons de Johnson la première colonne rebelle. Si la seconde vient à son secours, elle arrivera trop tard et nous remporterons deux victoires en un jour.

Johnson chante, les hommes reconnaissent sa voix et, des autres feux, des chœurs lui répondent. Il y a ce soir-là un moment de joie parfaite où l'on goûte pleinement le bonheur d'être ensemble et celui d'être là. Mais Johnson et Gauvain doivent repartir et Pierre à nouveau sent monter en lui une inquiétude. Où est Ti-Kou ? Captivé par Shenandoah, Jimmy l'a oublié. Pierre l'envoie à sa recherche. Ne pas oublier que Shenandoah est le piège et Ti-Kou le chasseur.

Shenandoah répand sur elle et sur Pierre un suc de pétales écrasés. Ils s'endorment dans une odeur de sève et de floraison. Pierre rêve d'une vallée très verte baignée d'une eau plus limpide que les eaux terrestres. C'est là qu'habite l'ours ou l'ourse qui en défend l'entrée. L'ourse apparaît, elle est debout, elle est haute, aussi haute que Shenandoah. Aussi sombre et peut-être aussi claire qu'elle, mais si on cesse un instant de lui faire face, elle disparaît et c'est le mâle qui surgit avec le regard et les pouvoirs inquiétants de Ti-Kou. Cheval rouge a en main le couteau du père, il se sent de force à s'en passer et le jette. L'ourse est toute proche, d'une beauté si déchirante que l'on donnerait sa vie pour la contempler, et si terrible que l'on est contraint de dérober son regard derrière le tronc de l'arbre. On est sauvagement, on est suavement... Jamais plus ! Tombé au pied de l'arbre, Cheval rouge s'éveille en voyant le mâle fuir au galop, énorme masse terrifiée, au milieu des taillis et de la clameur des torrents.

Le camp est levé à l'aube. Cette nuit, Jimmy n'a pu retrouver la trace de Ti-Kou et il ignore où il a été. Il jure de ne plus le perdre de vue un instant.

Shenandoah est là. La tête et le visage voilés, le regard à peine entrevu, elle commence à gravir la colline. Pierre la suit et il recueille dans son cœur, il inscrit dans l'espace intérieur, l'attaque de la jambe et le déroulement de son pas sur la pente.

Shenandoah glisse à travers l'herbe haute et Pierre a peine à la suivre. Elle pénètre dans un bouquet d'arbres et là, comme on s'y attendait, s'élève une hutte avec, sur un lit de feuilles et de fougères, la peau du grizzly. On domine de là toute la vallée et Pierre peut suivre la progression des colonnes en marche vers le nouveau camp.

Shenandoah s'agenouille sous un arbre, le fait asseoir près d'elle et lui peint le visage. En peignant le nez aquilin, elle dit : Cheval rouge ressemble à un silex. Pierre est surpris en se voyant dans le petit miroir qu'elle lui tend. La longueur, la froideur, l'air mal aimé ont été chassés de ses traits. En surfaces fortement plantées, les couleurs accentuent le profil chevalin qui est la cible préférée des plaisanteries de Johnson. Le bleu fort, cerné de noir, durcit l'arête du silex qui s'éclaire de la chaleur des rouges.

Est-ce qu'il y a alors des minutes, des heures, une journée réelles ? Est-ce qu'il y a ce qu'on appelle le bonheur ? On devine seulement des formes heureuses, des pensées qui suspendent leur cours pour laisser la place à une existence plus précieuse. On est sans regret, peut-être sans désir, on est aussi sans espérance. L'éternité est-elle retrouvée ? Peut-être, mais on ne veut pas le savoir car ce serait encore une pensée et l'on ne veut pas penser Shenandoah, on veut la vivre. Le couteau, qu'elle a posé entre elle et Cheval rouge, rappelle que son enfance a médité et confondu les meurtres et les amours qui sont dans les forêts. On voit qu'à l'image de son père elle a connu l'ancêtre, le grand ours gris, qu'elle l'a suivi dans les montagnes et tué plusieurs fois en combat solitaire. Verte et dorée, on sait que sa couleur est celle du fleuve intérieur qui brasse les signes du futur et les mémoires de l'âge de bronze. De lents nuages traversent le ciel, quand s'éclaire à nouveau le principe de félicité dont elle est l'image ou peut-être l'ombre, Shenandoah le regarde et souffle : Cheval rouge... Ne te plains pas, ne te plains jamais. Tu peux galoper, Cheval rouge...

Ils montent au sommet de la colline, il s'étonne d'être traversé par une pensée : Où est l'ennemi ? Est-ce qu'il y a encore un ennemi ? Son regard est capté par le mouvement de Shenandoah, par l'allègre agencement des muscles et des gestes. Il la salue d'être plus belle que lui, d'une nature plus riche et plus heureuse. En marchant elle lui dit parfois le nom indien d'une plante ou elle lui explique le sens d'une trace ou d'un silence. Soudain elle dit : Shenandoah est fatiguée. Elle fait quelques pas rapides sous les branches basses d'un arbre et se laisse tomber dans l'herbe à côté de la hutte où il est revenu sans s'en apercevoir.

Le temps s'écoule, on le sait, mais rien n'est plus rongé ni détruit. Toute la vie vécue, tout ce qui reste à vivre s'équilibre avec ce qui est. La réalité est là, qui appuie sur ma plume et me signifie que la journée avec Shenandoah, inexplicablement, persiste et dure. Il n'y a pas de Shenandoah, pas de journée, il n'y a rien. Et par l'intensité de ce rien, il y a une image et des mots qui se forment, qui existent, qui me vivent de plus en plus, à mesure que je m'avance et que je me risque en elle et en eux. Dans la journée avec Shenandoah, il n'y a pas de cime, pas de lieu où s'établir mais toujours la confluence des vallées, le glissement des rivières, un acte du songe, du cœur et de la pensée. C'est par ce mouvement perpétuel que je retrouve Cheval rouge et Shenandoah à la place où ils sont assis et regardent le soleil déclinant. De l'autre côté de la vallée, où l'ombre déjà s'étend, on peut voir les feux du nouveau camp, entouré de tranchées et d'abattis. Cheval rouge, avec sa lunette, repère les observateurs postés dans les arbres et les patrouilles qui partent et qui reviennent. Au bas de la colline, il y a une tente basse et un feu où Ti-Kou et Jimmy sont en train de préparer leur repas.

Shenandoah sent le soleil qui s'approche du sommet des collines frôler horizontalement ses paupières.

Demain, pendant que Cheval rouge dirigera le combat, elle pourrait aller pêcher dans la rivière. À son retour, il trouverait sur un lit de feuilles un poisson pris et préparé pour lui. Image d'un autre soir, si demain pouvait exister. Johnson est plus beau que Cheval rouge, mais il croit toujours vous conduire là où votre courant naturellement vous porte. Johnson, qui est tellement inspiré par l'amour, se prend encore pour le cavalier. Cheval rouge est simple et pauvre, parfois votre cœur se serre devant cette modestie de silex. Mais sa main a un poids si vrai que l'on ne peut peser sur le mors. Est-ce qu'il a pénétré le mystère indien ? Est-ce qu'il sait que le cheval est aussi le cavalier et que là où il n'y a plus de mors, on peut retrouver l'unité ?

« Cheval rouge, que veux-tu dire quand tu penses : Je t'aime ? – Je te remercie. Je te remercie d'être Shenandoah. – Cheval rouge, tu connais le secret indien ? » Il sourit, peut-être le connaît-il en effet mais il est incapable de le saisir dans son esprit et de le faire passer à travers le filet des mots.

Shenandoah rit dans les derniers rayons du soleil dont le disque rouge s'enfonce derrière le sommet des collines. Elle rit à une grande profondeur, il est transpercé par ce rire. « Pourquoi ne puis-je pas rire comme toi ? – À cause des canons auxquels tu ne peux pas cesser de penser, à cause de ta tête de silex qui n'aime que ce qui est. Mais si tu te confies à Cheval rouge, tu pourras aimer ce qui arrive. »

Il s'est fait dans le ciel un grand apaisement, au camp les hommes assis autour des feux ont fini de manger et sont en train de nettoyer les harnais et les armes.

Elle se tourne vers lui : Voudrais-tu que je t'aime comme une Blanche ? Cette fois c'est lui qui rit. Dieu merci, elle ne l'aime pas d'amour. De l'amour des femmes de Sainpierre et de Washington.

Dernière nuit avec l'image de Shenandoah. Cheval rouge s'endort en songeant à la reine de Saba et au royaume perdu ou seulement recouvert par les sables de la mémoire. Il s'éveille plusieurs fois éclairé par cette abondance de chaleur qui vient de Shenandoah et traverse le matériau pauvre pour allumer ce feu sourd et entrecoupé qu'il a reçu en héritage avec le fardeau de la race froide.

Un peu avant l'aube, Cheval rouge se lève, il se penche sur Shenandoah endormie, il croit sentir, à travers ses cheveux, des larmes qui coulent silencieusement sur ses joues.

Au bas de la colline Ti-Kou et Jimmy l'attendent. « Est-ce que le colonel prendra Shenandoah sous sa tente ce soir ? » Pierre fait signe que non. « Est-ce qu'il la prendra plus tard sous sa tente ? – Non, jamais. »

Ti-Kou est maintenant un ennemi mortel mais il est le frère de Shenandoah et naturellement, ce matin, il est sans armes. Pierre monte à cheval et part en direction du camp. Jimmy le suit à distance. Ti-Kou prend un arc dans sa tente et attend l'apparition du soleil. Quand le disque solaire est complètement dégagé du sommet des collines, il engage sa flèche et tire sur Cheval rouge qui se lève. Il se retourne, Jimmy a rampé sans bruit dans l'herbe et le tient en joue. Mais Jimmy ne peut pas tirer le premier. Ti-Kou abaisse son arc et monte vers la cabane de Shenandoah.

Un message de Johnson avertit Pierre qu'il est au contact de l'avant-garde ennemie. Celle-ci, forte d'un bataillon, semble faiblement armée et sans artillerie. Conformément à ses instructions il va défendre un moment les accès du village puis se replier sur sa position de résistance. Des estafettes lui confirment que les escadrons d'éclaireurs sont en train de tourner la colonne sudiste par une marche pénible à travers bois. Ils ont déjà fait les deux tiers du chemin, ils doivent arriver à temps pour aider Johnson. Quand la seconde colonne arrivera à son secours, tout sera terminé et elle sera prise à son tour dans la tenaille. Un nouveau message, le peloton de pointe des éclaireurs est en vue des arrières de l'ennemi. Les rebelles ont pris le village et on entend leurs hurrahs, mais Johnson doit avoir terminé son repli car nos canons commencent à parler sérieusement et dominent bientôt le tir sudiste.

À l'aile droite adverse, un régiment s'est formé en carré et résiste victorieusement au tir de Rufus qu'il va empêcher de charger. Johnson ne peut le voir d'où il est, il faut faire avancer une batterie. Il écrit un ordre et se retourne pour appeler une estafette.

Ti-Kou et Shenandoah sont à cheval derrière lui, grands animaux parfaits, armés et vêtus pour la guerre. Cheval rouge a appris d'eux à demeurer impassible : Que veut faire Shenandoah ? C'est lui qui répond : Ti-Kou et Shenandoah sont fatigués des manœuvres de Cheval rouge. Ils veulent attaquer l'ennemi de face.

Ils descendent de cheval, leurs fusils à la main ils glissent déjà en direction des lignes rebelles. Oblique, légère, leur marche est celle du cerf ou de la biche des forêts. À travers les images, à travers la mémoire, est-ce que l'on peut s'empêcher de les suivre, s'ils avancent – comme ils avancent – de leur vol dédaigneux ? Est-ce qu'il faut toujours faire une guerre économe et rentable, à la façon de M. Eugène ? Dans l'armée de Sherman qui n'a pas l'emploi de chevaliers. Sera-t-on toujours celui qui observe et garde la tête froide pour juger et donner des ordres ? Est-ce que l'on ne pourrait pas une fois, une seule, risquer son existence dans un pari téméraire ? Jeter sa pièce en l'air, vie ou mort, et quand elle retombe ne pas daigner connaître le verdict. Comme eux.

Il lance Carabine en avant et, parvenu à leur hauteur, il se laisse glisser de la selle où ses pistolets restent fixés. Sans armes, il marche sur la même ligne qu'eux, se refusant à les regarder. Shenandoah et Ti-Kou tirent en avançant et, parfois, ils poussent un cri bref quand ils ont atteint l'homme. Les rebelles les repèrent et les balles sifflent autour d'eux, mais le terrain, coupé de buissons, les protège.

Une de nos batteries envoie une salve au milieu d'un groupe de Sudistes qui fuyaient dans notre direction, beaucoup sont touchés, les autres refluent vers les unités qui tiennent bon. Cheval rouge est irrité, Johnson se trompe, je lui ai dit de leur laisser une ligne de retraite. Il faut qu'ils filent avant que les autres n'arrivent. Une deuxième salve éclate à cent mètres. Ils allongent le tir, la troisième salve sera pour nous. Il crie : Shenandoah ! Elle ne détourne pas la tête, Ti-Kou non plus, et ils continuent d'avancer tous les deux. Ils veulent jouer le jeu, tenter les dieux, comme si l'on pouvait jouer impunément avec les canons et transgresser les tables de leur loi. Il s'élance de toutes ses forces vers elle. Là-bas, ils ont rechargé, ils règlent la hausse, ils pointent. Il arrive sur Shenandoah, la heurte de toute la vitesse de son corps, et la projette dans l'herbe. Il est déséquilibré par le choc, se redresse d'abord, regarde si elle ne se relève pas, veut se plaquer au sol. Trop tard, l'obus éclate devant lui. Il sent une immense main, une immense douleur, il pense encore : Touché, je suis touché ! Il tombe.

Shenandoah, étourdie par sa chute et couverte de terre par l'explosion, est évanouie. Ti-Kou a eu le temps de s'abriter, il se relève, court vers Cheval rouge. Celui-ci n'est pas mort, mais entre eux le destin s'est prononcé. Il lève son couteau, voit à quelques pas quelqu'un qui le vise et se jette de côté. Il entend le coup, sent qu'il est légèrement blessé et court en faisant de rapides crochets. Jim manque un second coup, Ti-Kou disparaît dans la forêt.

Le colonel perd du sang, beaucoup de sang, Jimmy ne sait que faire. Il faut que Shenandoah vienne tout de suite. Il la dégage, lui donne à boire, l'entraîne vers le blessé. Shenandoah défait et coupe les vêtements, dégage la blessure, un éclat d'obus dans le ventre, il faut arrêter le sang, elle a des herbes pour cela. Jim et les estafettes lui donnent leurs sachets de pansement. Elle fait respirer à Cheval rouge l'odeur d'une plante calmante. « Est-ce qu'il va mourir ? – Il faut un médecin. Fais appeler le major Johnson. »

L'ennemi est en fuite. Johnson fait dénombrer les prisonniers et rassembler les armes et les munitions prises. Il est nerveux et irritable aujourd'hui. Il n'a pas manœuvré aussi bien que d'habitude, il a fait avancer trop vite deux batteries qui ont retardé la fuite des rebelles au lieu de l'accélérer. Il a peut-être contrarié les plans de Pierre alors que le combat peut reprendre d'un instant à l'autre. Il y a une estafette qui arrive à grande allure. Johnson est furieux, combien de fois leur a-t-il dit de ménager les chevaux. La bataille n'est pas finie, ni la guerre : « Doucement ! Doucement donc, il n'y a pas le feu. – Le colonel est blessé ! – C'est grave ? » L'homme ne sait pas, mais on voit à son air que ce n'est pas une petite affaire. Johnson enlève son cheval au galop.

Pierre est étendu dans l'herbe, on remarque tout de suite sa veste tachée de sang sous sa tête. Penchés sur lui, Shenandoah et Jim. Autour d'eux, un cercle d'hommes qui devraient être en train de poursuivre les fuyards. Ils n'ont rien à faire ici, avant tout – comme le ferait Pierre – renvoyer les hommes à leur mission. Pour cela élever la voix, ce qui rassure, puis sauter de cheval pour être près de lui. Shenandoah dit : Si Cheval rouge reste au soleil, il va mourir. Déjà Jim court chercher une toile de tente. « C'est Ti-Kou qui l'a blessé ? – Non, un obus. – Alors c'est une de mes pièces ! »

S'il a été touché ici c'est qu'il a avancé sans me prévenir... Plus tard, pas le moment de penser à cela. Jimmy apporte la toile de tente. Shenandoah dit qu'il faut un médecin. Johnson charge Buck d'envoyer des patrouilles dans tous les villages environnants pour en ramener un. Il envoie un message à Sherman demandant un chirurgien et une ambulance pour emmener le colonel Pierre à l'hôpital. On porte Pierre vers l'entrée du village qui est ombragée par de grands arbres. C'est là que Shenandoah veut faire monter une tente. Un des porteurs trébuche dans un trou d'obus. Il a failli faire tomber Pierre. Johnson prend sa place, Pierre ouvre les yeux, cherche quelqu'un, trouve Johnson. Le regard s'étonne : Que fais-tu ici ? Ta place est là-bas, les autres vont arriver. Johnson supplie : Gauvain est là, ils savent ce qu'ils ont à faire. Le regard de plus en plus pâle de Pierre fait peur. Shenandoah prend la place de Johnson, le repousse doucement de la main. Johnson se met à courir en jurant en direction de son cheval. On entend déjà l'échange de coups de feu entre nos avant-postes et l'avant-garde de la seconde colonne rebelle. Les escadrons d'éclaireurs prennent position pour attaquer, les batteries sont prêtes à tirer. Les hommes savent que Cheval rouge est grièvement blessé. Des cris s'élèvent des positions, s'amplifient, ne forment plus qu'une seule clameur. La clameur dit : Pas de quartier ! Le major Johnson ne répond pas, mais les hommes voient que la bouche de son cheval est en sang.

Shenandoah a fait dresser une haute tente, deux Indiennes font brûler des herbes pour écarter les moustiques et préparent des remèdes. On a placé une porte sur deux tables et avec un matelas et des draps, on en a fait un lit pour Cheval rouge.

Le combat se déroule tout près et soudain Johnson est là, un autre Johnson couvert de sang, d'écume et qui sent la poudre. Avec un air effréné que Shenandoah ne lui a jamais vu et qui la subjugue. « Les patrouilles n'ont pas trouvé de médecin, tous filés vers les villes. Le médecin de Sherman ne sera pas là avant quarante-huit heures. – Si on ne retire pas l'éclat, Cheval rouge mourra. » Johnson hésite : « Et toi ? – Je n'ai extrait que des balles et jamais à un Blanc ! – Fais-le ! » Johnson la regarde d'un air suppliant, veut lui parler, ne peut que dire : Je dois y aller, et sort. Sort pour tuer, Shenandoah connaît ce visage que les hommes ont alors. Aidée de Jim, elle dénude Pierre, lui fait respirer un suc somnifère, pendant que les Indiennes le massent pour maintenir la circulation. Avec la pointe d'une flèche, elle ouvre la plaie. Sous l'effet de la douleur, Pierre revient à lui et voit de très loin Shenandoah toute menue, un bel insecte rouge et noir qui se penche intelligemment sur son corps. Les infirmiers et Jimmy sont là, minuscules eux aussi. C'est ma lunette, pense-t-il, ma lunette que je tiens à l'envers. Lui-même, Pierre ou Cheval rouge n'est plus là où les autres le voient. Il est à côté du corps, plus haut, beaucoup plus haut, séparé enfin de cette chair qui souffre, qui va souffrir plus fort et que l'on entend peut-être crier.

Le corps, où l'on ne veut pas, où l'on ne veut plus jamais retourner, est très loin. C'est à ce moment, entre lui et vous, dans l'espace glissant où plus rien n'a d'assise, que vous voyez Johnson. Ce n'est pas le major Johnson, celui qui commande le régiment noir dont vous êtes enfin déchargé. Ni l'image originelle, celle d'avant Stonewall Jackson, l'apparition du garçon noir qui courait avec vous vers votre premier canon.

Non ce n'est pas Johnson Village, celui-ci, vêtu d'un long vêtement blanc ou peut-être rouge, vous regarde sobrement, comme s'il était certain du résultat de sa présence. Car ce Johnson est celui qui détient le pouvoir. Quel pouvoir ? Celui dont vous ignorez tout, même le nom, et qui manifeste, malgré les étoffes qui l'entourent, son acte nu. Il vous fait glisser de ce point pacifié où vous vous étiez réfugié pour vous ramener vers cette machine à souffrir que vous appeliez votre corps. Est-ce que ce Johnson ne sait pas que vous avez déjà vécu votre journée royale ? Le pouvoir – mais quel pouvoir et sur quelle unité –, le pouvoir nu, vous pousse, ou plutôt vous enfonce dans votre corps, et vous sentez monter en vous l'irréfutable douleur, tandis que se penche sur vous, indifférente et attentive, la grande mouette noire, Shenandoah pour perdre conscience.

Le bruit du combat a cessé et l'éclat d'obus est extrait. Cheval rouge a perdu beaucoup de sang, mais Shenandoah a pu arrêter l'hémorragie. Johnson est là, l'autre, celui dont un infirmier lave le torse nu, couvert de sang et de blessures.

Pierre, très pâle, les yeux fermés, semble évanoui. Pourtant Johnson s'approche du lit : C'est fini, nous les avons encerclés comme tu voulais. Des prisonniers ? Non il n'y en a pas, ce n'est pas conforme à ton plan, je sais. Mais ils le voulaient. Qui le voulait ? Les hommes et Gauvain et Buck et Rufus et, quand nous avons été près d'eux, je l'ai voulu aussi. Il suffisait de continuer à mitrailler à bout portant, nous n'aurions pas perdu un homme. Mais tout d'un coup c'est devenu impossible. Gauvain a crié : Homme contre homme. Oui, c'est Gauvain qui l'a fait mais nous avons tous crié avec lui. Nous avons jeté nos vestes et nous les avons chargés, Noirs contre Blancs, sans les canons. Ils se sont bien défendus, pas un n'a essayé de fuir et cela nous a coûté cher. Aussi cher qu'une défaite, mais il le fallait. Gauvain va les faire brûler tous ensemble, leurs morts et les nôtres, on ne peut plus les séparer. Tu penses que c'est un massacre inutile. Qu'en sais-tu ?

Parfois vous reprenez conscience un instant et vous voyez Johnson, peut-être, en face de vous. Peut-être comprenez-vous ce qu'il dit, mais la douleur est si forte que vous ne pouvez garder ses paroles en vous, vous ne pouvez rien, rien que pousser un cri que personne n'entend. Votre conscience est troublée par une pensée dont vous devez absolument vous souvenir et que vous ne pouvez plus atteindre. Là où votre esprit s'est retranché, se trouve l'objet obscur. Il faudrait le reconnaître et le dire, mais c'est impossible. Vous êtes sans corps, sans voix, vous êtes sans armes, comme vous l'étiez ce matin quand vous marchiez entre Ti-Kou et Shenandoah. Johnson essaie vainement de comprendre ce qui se passe. Il a encore dans les yeux l'image de son ami, le colonel Pierre, celui qui a disparu. Il ne voit pas que vous êtes sans armes. Il ne sait pas ce que c'est que d'être sans armes, il le savait quand le Vieux Maître le cinglait avec sa badine. Il l'a su. Il l'a oublié.

Shenandoah humecte vos lèvres avec une tisane contre la fièvre, elle passe un linge humide sur votre front et sur vos joues, où peut-être des larmes coulent. Elle dit : Il y a quelqu'un qui manque. Vous pouvez fermer les yeux, Johnson a compris. Il sort de la tente et donne l'ordre à Jimmy de retrouver Ti-Kou. Jimmy ne répond rien et part. Gauvain vient rendre compte, les bûchers sont prêts, on voit leurs flammes s'élever dans la nuit, mais il faudra changer fréquemment les équipes, car la puanteur est insupportable et les hommes deviennent malades.

Shenandoah ne sait pas encore si Cheval rouge va vivre : La fièvre, qui a beaucoup monté, le tuera ou le sauvera cette nuit. Assailli par les objets, traqué par les images, Pierre délire. Parfois il tente de se débattre, d'arracher ses pansements, mais les mains de Shenandoah le retiennent. Le retiennent ici, où l'on ne sait même plus si Shenandoah existe. Ni si l'on est le colonel Pierre ou seulement le fils aîné de M. Eugène, celui qui n'a pu entrer à l'École militaire et qui termine ses études d'ingénieur à l'université de Sainpierre. Au plus caché du corps, là où l'issue du combat est déjà décidée, il y a une vérité de résignation qui soupire que Shenandoah, Johnson et le régiment noir n'ont en tout cas qu'une existence incertaine. Qu'il n'y a rien de sûr que Sainpierre, ses maisons de brique, ses maisons de pierre et la vie, un peu tiède, un peu masquée, un peu manquée, qui s'étend encore devant vous pour près de cinquante années, durant lesquelles les usines et les guerres, plus que pendant toute l'histoire apprise au collège, fabuleusement vont grandir. Alors les objets noirs, les objets blancs, qui vous entourent de leur présence sans yeux, deviennent plus menaçants et vous assignent à travers leurs rangs un chemin flasque où vous vous enfoncez lentement. Déjà il n'y a plus que votre visage qui émerge et vous pensez que vous allez pouvoir, suivant les usages de la famille froide, quitter discrètement cette scène où vous avez été jeté par erreur.

Au moment où la matière va vous entrer dans la bouche et vous reprendre la parole, on l'arrête avec un bâton blanc. On vous contraint à sortir de là, à revenir à la mémoire et à la présence du lit trempé de sueur, dont on est en train de retirer les draps maculés. Très haut, impassible, plus redoutable qu'une horloge, Pouvoir nu vous oblige à retourner à ce que vous appeliez moi, à toucher le fond et à reconnaître ce monde où Shenandoah existe plus fort.

À bout de forces, Johnson s'est endormi, tenant serré dans sa paume l'être métallique et griffu, l'éclat d'obus retiré du corps de Pierre. Il a enlevé ses bottes et, au bout de ses longues jambes, on voit, nus et couturés, remuer ses pieds d'esclave. Cheval rouge s'agite et transpire sous l'action de la fièvre, Shenandoah inlassablement lui humecte les lèvres et lui essuie le visage. Quand elle passe devant la lampe, elle projette sur la toile de tente des ombres tentaculaires d'où parfois s'échappent les formes inattendues de sa jeunesse.

Johnson a remonté ses genoux jusque sous son visage, il revient à la douce chaleur ovale, à la case de la tante et au négrillon qui découvrait le monde, dans sa chemise de coton déchirée. Pierre hurle et se débat. Shenandoah lutte avec lui parce qu'il veut ouvrir, ouvrir à tout jamais sa blessure. Johnson entend les cris d'un esclave qu'on fouette et il se bouche les oreilles pour ne plus entendre.

La fièvre est à son paroxysme. Shenandoah lutte avec le démon du feu qui embrase le corps de Cheval rouge et avec le démon de la cendre qui cherche à le disperser et à le dissoudre. Elle aime cette lutte, elle sait que dans le lieu de douleur Cheval rouge connaît sa présence et qu'il s'en fortifie. De tout son être, elle fait glisser le désir du peuple chasseur dans le corps agonisant du peuple bison. Quand la crise est à son sommet et que la sueur ruisselle, elle éveille l'Indienne qui dort assise, enveloppée d'un voile, comme une borne funéraire.

La fièvre est en train de tomber et Pierre est couvert d'une sueur glacée. Les deux femmes le frictionnent à tour de rôle. Shenandoah secoue Johnson : Du feu ! Il s'éveille péniblement et se hâte d'allumer le petit fourneau que les Indiennes ont façonné hier soir. La chaleur se répand, il fait chauffer de l'eau pour les compresses et les tisanes pendant que les femmes massent les extrémités des membres et les environs du cœur. Elles étendent des compresses chaudes mêlées d'herbes sur tout le corps qui perd peu à peu sa rigidité cadavérique. Shenandoah le frictionne encore avec des sucs de plantes et, quand elle est épuisée, Johnson la remplace. Ils luttent tous deux contre les forces de mort en action dans le corps de Cheval rouge et cette complicité leur rend courage. Peu à peu le souffle de Pierre reprend force, le cœur est plus régulier et ils sentent que pour le moment il est sauvé. Ils échangent un regard de soulagement. Elle dit : Ce sera long, mais Cheval rouge va vivre. Johnson lui propose de veiller à sa place, elle surveille encore un instant le souffle de l'homme, puis elle se laisse glisser au pied du lit à côté de l'Indienne et s'endort instantanément.

Johnson va jusqu'au seuil de la tente. Indécise et couleur d'ardoise, la nuit commence à pâlir. Il perçoit autour de lui une présence insolite, mais il est si recru de fatigue que d'abord il ne distingue rien. Assis en rond autour de la tente, il y a des corps qui se lèvent sans bruit et qui s'approchent, attendant anxieusement ses paroles. Soldats et gradés mêlés, ils sont plusieurs centaines, pieds nus, en chemise ou le torse nu au-dessus du pantalon. Tous d'anciens esclaves, comme moi. Le colonel va un peu mieux, Shenandoah dit qu'il ne va pas mourir. Il voit, dans la nuit, leurs visages qui s'ouvrent au fur et à mesure que la nouvelle se transmet à voix basse, de bouche en bouche. Ils se serrent les uns contre les autres, on dirait qu'ils s'incorporent en groupe la bonne nouvelle, puis ils s'écoulent sans bruit comme ils étaient venus.

Johnson rentre dans la tente, Pierre semble dormir. Il éveille l'Indienne, c'est son tour de veille. Il se couche, s'endort, ses pieds d'esclave, crispés par des rêves violents, à côté des pieds sauvages, ceux de Shenandoah, aussi souples que ceux d'un enfant.

Dans la soirée suivante, la fièvre s'empare à nouveau de Pierre mais elle est moins violente que la veille. Shenandoah a passé toute la journée à ses côtés. Elle change souvent la couleur de son visage, afin de renforcer ou d'apaiser les esprits en lutte dans le corps de Cheval rouge.

Au milieu de la nuit, quand la fièvre tombe et que le cœur faiblit, le visage de Shenandoah est d'or et ses épaules sont rouges sous le large collier noir. Le père Pierre, de son bras unique, anime le soufflet de la forge et la flamme s'élève autour du métal rougi que traversent des ondes plus intenses. Ce qu'il n'avait pas compris autrefois, il le voit soudain sur les épaules de Shenandoah. Pour être un batteur de fer, il ne suffit pas de forger, il faut aussi être forgé. Comme on l'est à cet instant où Johnson et Shenandoah vous frictionnent tour à tour et se renvoient, de l'un à l'autre, ce corps où se livre l'incessant combat du métal et du feu.

À l'aube, Cheval rouge repose et Jimmy revient. Il n'a pas trouvé Ti-Kou, il a été surpris dans la forêt et légèrement blessé par une flèche. Dès que Shenandoah l'a pansé, il repart.

À la fin de la matinée, l'ambulance envoyée par Sherman arrive, précédée par deux cavaliers. Johnson pousse un cri de joie en reconnaissant, à son allure, le plus âgé des deux. C'est Burlington. L'autre qui est jeune, ouvert et immédiatement sympathique à Johnson est le Dr Jayne que Burlington lui présente comme le meilleur chirurgien de l'armée de l'Ouest. À côté du cocher, sur le siège de l'ambulance, se trouve Dek, l'infirmier du docteur.

Burlington était en mission chez Sherman, quand il a appris la blessure de Pierre. Il a demandé de pouvoir rejoindre pour quelques jours son ancien régiment. Les nouvelles sont bonnes, Sherman est enchanté de l'action du régiment noir, il a occupé déjà les deux tiers de l'État dont les troupes ont été battues ou désorganisées par Pierre. Il veut que le régiment retourne au camp avec le blessé pour une période de repos avant la prochaine campagne.

Le Dr Jayne examine la plaie de Pierre, il la sonde pour voir s'il n'y reste pas d'autre fragment de métal. Il admire que Shenandoah ait pu, avec une pointe de flèche et seule, extraire l'éclat d'obus sans provoquer d'hémorragie mortelle. Il approuve les soins donnés au blessé, mais il est préoccupé par les chutes de tension qui peuvent, car la piste est mauvaise, rendre le transport difficile. Quand partons-nous ? Demain matin, dit Burlington, avec tout le régiment.

Burlington prépare avec Johnson le mouvement du lendemain : Gauvain commandera l'arrière-garde avec deux batteries et un escadron, le reste de la colonne partira à l'aube avec l'ambulance. Johnson est mécontent de retirer les pièces de leurs emplacements et de renoncer aux patrouilles de nuit, mais Burlington est général et il est vrai qu'il faut concentrer le matériel en vue du départ et laisser les hommes se reposer.

Le soir, les officiers mangent avec Burlington, devant la tente de Pierre. Johnson vient d'inspecter le camp, tout est en ordre mais les hommes, qui subissent la réaction des durs combats de l'avant-veille, lui ont paru très fatigués, beaucoup dorment déjà. Les officiers eux aussi sont las, la conversation languit et dès la fin du repas ils partent tous se coucher. Shenandoah achève de soigner le blessé, qui ouvre parfois les yeux et paraît les reconnaître. Johnson a soudain la tête qui tourne et est obligé de se retenir au piquet de la tente. Shenandoah a l'air anxieuse et semble malade. Il y a un danger : On nous a drogués, où est l'Indienne ? Shenandoah fait signe qu'elle ne sait pas, elle vacille, elle s'assied au pied du lit, lutte en vain pour se reprendre. Elle est étendue sur le sol, endormie. Johnson voudrait... mais il n'est plus temps, le corps exige impérieusement le sommeil, il perd conscience à côté de Shenandoah.

Johnson gémit en dormant. C'est dangereux, très dangereux, Pierre malgré sa blessure est monté dans l'arbre. La branche n'est pas solide, elle commence à casser, il va tomber sur moi qui suis couché. Pourquoi couché, ce qui force Pierre à observer lui-même l'ennemi. Il y a une main, une main sans force qui m'appelle, qui me tire très faiblement de l'eau. D'un grand effort, Johnson s'éveille, reconnaît la main, voit au-dessus d'elle le corps de Pierre, penché au bord du lit et qui va tomber. Il faut soutenir sa main, son bras, me relever très lentement. Johnson est debout, il soulève le corps de Pierre dans ses bras et le recouche au milieu du lit. Le sang a percé son pansement, il a dû faire un effort incroyable pour gagner centimètre par centimètre le bord du lit, d'où il a pu me toucher. Il me fixe de ses yeux pâles, ses lèvres remuent, il veut me dire quelque chose. Je ne comprends pas, j'ai la tête lourde et Shenandoah n'est pas là. Ce n'est pas de Shenandoah qu'il veut me parler, ses lèvres dessinent un mot simple et que je connais. Ce mot est : Canons. Le regard se détend, c'est cela. Les canons, Shenandoah, Ti-Kou ! Ti-Kou nous a pris des canons. Les paupières de Pierre s'abaissent. Ne pas sortir de la tente en criant comme un fou ainsi que j'ai envie de le faire. D'abord prévenir le médecin pour qu'il vienne soigner Pierre, puis Burlington et Gauvain et faire sonner le réveil.

Le médecin et l'infirmier grognent en s'éveillant, le malade allait pourtant bien hier soir. Burlington, le visage congestionné sous sa tente, n'est pas facile à éveiller. Lui apporter un seau d'eau, dans lequel il plonge avidement sa tête de faune. Gauvain et Buck arrivent, les sentinelles ont été surprises et enlevées. Rufus s'est chargé de faire éveiller les hommes et de préparer le départ. Nous partirons à leur poursuite avec deux escadrons, et les hommes des pièces prises qui monteront les chevaux de réserve. Gauvain restera ici avec les forces prévues pour l'arrière-garde et les batteries qui restent. Si à dix heures nous ne sommes pas revenus, tu te mettras en marche avec l'ambulance en direction du camp de Sherman. Burlington approuve les ordres. Partout les trompettes sonnent et les hommes, mal éveillés, sortent en tumulte des tentes.

Johnson retourne à la tente de Pierre. Le docteur est en train de refaire le pansement. Ce n'est pas grave mais cette nouvelle hémorragie affaiblit le malade au moment où il aurait besoin de toutes ses forces. Dans un coin de la tente, Jimmy attend. Il a poursuivi Ti-Kou en vain, mais il pense que les Indiens ont fait alliance avec la troisième colonne sudiste. Ce sont eux qui ont enlevé les canons, ils ont reçu des armes et des munitions des Sudistes et il y a des chances pour que ceux-ci attaquent. Jim a mangé, il est prêt à partir : Pars avant nous et relève leur piste. Nous te suivrons dès que les hommes seront prêts.

Burlington arrive avec une cruche de café et un pain. Johnson n'a pas faim mais il avale le café. Pierre dans son lit a les yeux ouverts et ce regard froid qu'il a dans les combats, quand il devient de plus en plus calme à mesure que sa colère grandit. Le Dr Jayne insiste auprès de Burlington pour participer à la poursuite : Je ne puis rien faire pour le colonel maintenant, Dek restera près de lui, tandis que s'il y a un engagement avec les Indiens vous aurez peut-être des blessés. Burlington ne répond pas et Johnson n'ose prendre sur lui de refuser en sa présence.

On sonne le rassemblement. La poursuite est commencée. En avant, il y a Buck avec deux groupes d'éclaireurs qui se relaient. Derrière, avec Burlington et vous, quatre cents hommes, quatre cents chevaux. On sent physiquement la colère des canonniers auxquels on a pris leurs pièces. Ils sont une centaine derrière vous et leur fureur vous arrive par bouffées de cris et de jurons. Elle monte en vous, elle ranime vos doutes et vos remords. Pierre est blessé, vous commandez le régiment depuis trois jours et on vous a pris un tiers de vos canons.

Là où la Prairie s'arrête et bute sur une grande forêt, Jimmy nous attend. La piste se divise en deux. D'un côté sont partis les canons et la majorité des Indiens. De l'autre Shenandoah, les hommes de garde faits prisonniers et deux chariots remplis de munitions. Jimmy a soigneusement vérifié les deux pistes. Laquelle suivre ? Soudain Shenandoah en gloire, avec son masque d'or penché sur la fièvre de Pierre. C'est elle qu'il faut reprendre pour qu'elle le guérisse.

Mais de l'autre côté, il y a ce mot qu'il fallait comprendre cette nuit quand il m'a éveillé. Ce mot qui n'était pas Shenandoah mais canons. Que ferait Pierre à notre place, lui qui dit qu'il ne faut jamais faire ce que l'ennemi attend. Qu'est-ce que Ti-Kou attend de nous ? Il n'est plus temps de chercher la réponse, car Burlington, lui aussi, pense à Pierre et dit : Pierre aurait pris la piste des canons. Votre esprit est encore engourdi, vous êtes incapable d'une réaction et, devant votre silence qu'il prend pour une approbation, Burlington engage la colonne dans la forêt. Il y a un piège pourtant, mais sur quelle piste ? Heureusement vous avez envoyé Jimmy en avant, vous lui avez dit de grimper sur un arbre à la sortie de la forêt pour vous alerter en cas de danger. Les Indiens ne peuvent plus être très loin, ils ont dû perdre beaucoup de temps en traversant avec des canons ces bois où la piste est étroite et boueuse. Burlington crie : En avant, on va bientôt charger. Et les hommes lui répondent joyeusement par des cris et par des hurrahs.

Pierre se serait arrangé pour trouver la réponse correcte à la question posée par les deux pistes. Burlington la joue aux dés et j'ai la tête trop vague pour faire autre chose que suivre. Nous traversons une rivière, et Burlington arrête la colonne à l'orée de la forêt. Devant nous s'ouvre une profonde vallée dominée de chaque côté par des collines boisées. Au fond de la vallée il y a des Indiens qui s'affairent autour de deux canons renversés dont les chevaux se débattent. En nous voyant, ils coupent les traits et chassent les bêtes vers la forêt où ils courent se réfugier. Plus loin, il y a une centaine d'Indiens, armés de fusils, qui se déploient en faisant de grands bonds. Ils espèrent sans doute nous arrêter pendant que le reste de la tribu emmènera nos canons. Je cherche Jimmy des yeux, il est à quelque distance de nous, perché au sommet d'un arbre énorme. Il nous crie quelque chose que je ne puis entendre à cause du tumulte que font les hommes et les chevaux excités par la poursuite. Il nous l'indique du bras. Ce sont les Indiens, dit Burlington, il croit que nous ne pouvons pas les voir d'ici. Si nous ne les chargeons pas tout de suite, avant qu'ils aient pris position pour nous canarder à leur aise, nous ne rattraperons jamais les canons. Je fais signe à Jimmy de descendre, il se laisse glisser de branche en branche et s'arrête parfois pour nous crier ce que nous ne pouvons entendre. Burlington se tourne vers moi : Alors, on charge avec le tout ? Il me voit hésiter, il dit : Laissons Buck et son escadron en réserve. Il commande la préparation à la charge, les hommes sortent leurs sabres ou leurs pistolets. Je ne sors pas mon sabre, j'ai mal à la tête, j'ai envie de vomir. Burlington me regarde d'un air étonné. Je vois Jimmy à mi-hauteur de l'arbre. Burlington me regarde encore, je sors mon sabre, la tête me brûle, j'ai l'impression qu'elle va éclater. Je ne donne pas l'ordre que tous attendent, Burlington me regarde et jure. Il tire un coup de pistolet en l'air. Les chevaux énervés se précipitent en avant. Les hommes hurlent d'excitation. Emporté par les autres, je vois Jimmy, qui s'est laissé tomber des dernières branches, courir de toutes ses forces vers nous. Il est trop tard, nous sommes partis. Les Indiens tirent quelques coups de feu vers nous, puis ils fuient vers les pentes boisées de la vallée en faisant toujours les mêmes sauts, on dirait d'une pierre à l'autre. Burlington est loin en tête, soudain j'entends sa voix – très calme, admirablement calme – qui crie : Attention... marais ! On entend des hurlements d'épouvante, mais on ne reconnaît plus sa voix. Il doit être tombé ou mort.

Je me suspends à la rêne de mon cheval et je crie : À gauche, à gauche ! Trop tard, les chevaux sont lancés à toute allure, les hommes hurlent et ne m'entendent pas. Je suis bousculé par ceux qui sont derrière. Je parviens à faire tourner mon cheval, mais rares sont les hommes qui comprennent à temps et qui peuvent me suivre. En avant, on entend les cris d'épouvante de ceux qui arrivent dans les marais ou qui s'écrasent sur leurs camarades déjà renversés. Ceux qui essaient de se relever sont piétinés par ceux qui arrivent et les Indiens, postés à l'orée des bois, commencent à les fusiller de tous côtés. Quelques hommes des derniers rangs ont pu arrêter leurs chevaux, ou se sont laissés glisser de leur selle en voyant le massacre. Ils tentent de revenir en arrière vers le petit groupe que Johnson s'efforce de rassembler. À ce moment, des deux côtés de la vallée, éclate la voix des canons. Leur tir se concentre sur cette masse grouillante d'hommes et de chevaux enlisés et sur les fuyards qui cherchent à se replier. Douze pièces au moins, pense Johnson, nous sommes fichus. Il sort son calepin, écrit : Secours impossible. Rejoignez Gauvain, exécution immédiate. Porte cela à Buck et reste avec lui. L'estafette part au galop.

Au tir des canons, s'ajoutent des salves d'infanterie et plusieurs centaines de soldats gris sortent en courant des bois. Que faire avec vingt hommes ? Les charger pour donner à nos derniers rangs le temps de s'échapper. À vingt mètres des gris, Johnson décharge son pistolet, lève son sabre. Son cheval reçoit plusieurs balles et tombe en hennissant. Il cherche en vain à dégager sa jambe, prise sous le corps du cheval qui ne bouge plus. Un coup de crosse lui arrache le sabre de la main, un pied se pose sur sa gorge et lui écrase la tête sur le sol. Il tente, sans y parvenir, de mordre dans le cuir épais et plein de boue. Une voix dit : Et alors nègre, fini de rire ! Il y a au-dessus de lui une baïonnette menaçante et, derrière, un visage barbu, ruisselant de sueur sous un képi gondolé. Dans la bouche haletante de l'homme, il y a le trou noir de deux dents qui manquent, dont on ne peut détacher son regard. Une autre voix crie : Les officiers, ils les veulent vivants. Vivants, la bouche crache de mépris, mais la baïonnette se relève, les mains saisissent l'arme par le canon. La voix dit : Vivants s'ils veulent, mais les nègres d'abord faut les sonner. Toujours les sonner, que je dis ! La crosse s'abat. Quelque part, quelqu'un écrit très bas le mot désastre.

Dek bourre lentement sa pipe d'écume et remet, avec précaution, le surplus dans un sac de fort papier gris. Il faut sortir de la tente pour l'allumer, puis attendre auprès du blessé le moment du départ. Toutes précautions bien inutiles d'ailleurs, le Dr Jayne est un bon chirurgien sans doute, mais il n'a pas eu, comme Dek, dix ans d'expérience dans la salle des agonisants. Les signes sont là, après sa nouvelle hémorragie cette nuit, le blessé va mourir ce soir à cause des cahots de la route. Jayne aura beau faire. Embêtant pour lui, car Sherman et Burlington ont l'air de tenir bougrement à ce petit homme. Il voit sous le lit de Pierre quelque chose qui brille, il se penche et le ramasse. C'est le collier d'or que Johnson a donné à Shenandoah. Dek le soupèse de la main, l'or semble de première qualité et, vu son poids, il doit valoir gros. Qu'est-ce qu'il fait dans cette tente ? Il appartient sans doute à la Peau-Rouge qui s'est enfuie cette nuit. Il n'y a personne, Dek fourre vivement le collier dans sa poche et sort allumer sa pipe.

Pierre a vu le vol, sa gorge se serre, s'ouvre pour un cri, mais ne parvient à proférer aucun son. Ce qui monte avec une vigueur incroyable c'est un mot, une injure puis une autre plus violente, ce sont tous les jurons de la forge, ceux de Sainpierre, ceux de Burlington et tous ceux du régiment noir qui s'égrènent à toute allure et s'entrecroisent dans son esprit. Ce qui vient là, ce qui grandit, c'est la colère ancienne, irrépressible, celle qui vous a arraché aux bras mensongers de Mme Henriette pour vous mener en Amérique et ici, sur ce lit. La porte de la tente s'ouvre et voilà Dek, le front dégarni, la barbe grisonnante, un peu fripé par sa dernière nuit sans sommeil, un peu semblable en somme à un M. Eugène qui n'aurait pas réussi. La colère, à travers le corps, s'ouvre un passage de plus en plus large. La tête de Pierre s'agite sur l'oreiller, ses yeux s'animent et fixent avec fureur Dek qui s'arrête, interdit, devant cette stupéfiante résurrection. Les dents s'écartent et livrent passage à quelque chose qui ressemble un peu à une voix, ou plutôt au grincement de deux morceaux de fer l'un sur l'autre. Exsangue, la main sort lentement de sous les draps et se tend. La peur, le recul de Dek, comme s'il avait vu bouger un mort. La honte, les gestes misérables pour sortir à la fois de sa poche le collier et un mouchoir maculé. La main robuste qui obéit à regret et rend le collier à la main tremblante qu'il faut encore ramener jusqu'au lit, où elle repose épuisée. L'étrange voix se manifeste encore et Dek sursaute. Le regard se pose sur la veste bleue pendue à un crochet.

Dek fouille la veste, dans la poche droite, il y a des coupures vertes. Il les compte, il y a cent soixante dollars, qu'il fourre avec gêne dans sa poche. C'est une somme, mais le collier valait plus. Qu'importe, quand il sera mort, je reprendrai le collier. Il voit dans le regard de Pierre qu'il a été percé à jour. Il y a une espèce de flamme ou de sourire qui danse dans ses yeux. Comme s'il se disait : Non tu ne l'auras pas, je ne mourrai pas, rien que pour te faire chier. Il ne faut pas le provoquer, Dek en a vu et de plus avancés que lui, qui s'en sont tirés par pure haine pour leur voisin de lit ou pour le médecin. Il s'aperçoit que le blessé ne lui est pas indifférent comme il le pensait, et qu'il éprouve une détestation inattendue pour ce baiseur de Peaux-Rouges, ce colonel de nègres qui a osé l'humilier. Il le hait, comme il n'a encore haï aucun de ses malades. Il serait facile de lui serrer un peu le cou, de lui mettre un oreiller sur la figure. Personne ne saurait. Pas sûr car si le Dr Jayne n'y voyait rien, il y a Burlington qui ne plaisante pas et qui a l'œil vif. Il y a surtout ce terrible Johnson et tous ces nègres qui n'arrêtent pas de venir demander des nouvelles du blessé.

Pierre a l'air de suivre pas à pas ses pensées, mais Dek, cette fois, ne s'en soucie plus. Il y a une belle animosité qui est née et qui s'épanouit irrésistiblement entre eux. Chacun pense que l'autre y restera. Dek est sûr d'avoir l'avantage, Pierre mourra ce soir. Mais ce salaud-là doit encore avoir une carte dans son jeu car il a dans les yeux un petit rire tranchant qui fait peur. À côté du manque déchirant de Shenandoah et de la perte des canons, Pierre regarde, avec stupéfaction, croître sa haine pour ce médiocre bonhomme, pour cette image grise de Sainpierre qui lui a rendu la parole.

Un peu après neuf heures, on entend le canon vers l'ouest. Gauvain accourt : Ils ont dû tomber dans une embuscade, ce ne sont pas nos canons. Ça, Pierre le sait déjà, ses yeux interrogent : « Tes ordres ? – Mes ordres sont de partir à dix heures avec l'ambulance. Mais il me reste deux escadrons, trois batteries et une centaine d'artilleurs sans pièces, je pourrais aller à leur secours. » Pierre sait tout cela, il aménage son souffle et l'étrange bruit, fer sur fer, produit quelque chose qui doit vouloir dire : Obéis ! Gauvain devient gris. Lâcher Johnson, Burlington et quatre cents hommes de l'unité ! À travers la toile de tente, on le voit s'ébrouer de colère, puis ses poumons se gonflent et on entend sa voix formidable lancer des ordres et mettre tout le camp en mouvement.

À dix heures, on porte Pierre dans l'ambulance. Avant que Dek y monte, Gauvain lui dit : Si le colonel meurt avant l'hôpital, nous te pendrons. Dek essaie en vain de protester, de l'assurer de son dévouement pour le blessé, il y a, sur les lèvres de Gauvain, un sourire qui l'empêche de répondre.

Burlington et Jayne disparus, il n'y a plus ici que des nègres. Bon Dieu, pourvu que ce salaud-là ne me claque pas entre les mains, pourvu qu'il tienne jusqu'à l'hôpital. Il prend le pouls de Pierre, le cœur heureusement ne flanche pas, la température n'est pas trop élevée. Il arrange des coussins pour diminuer l'effet des cahots du chemin. Il prépare des sels en cas de besoin et lui met des compresses froides sur la tête pour atténuer l'écrasante chaleur. Pierre, parfois, soulève à demi les paupières et Dek sent peser sur lui son regard ironique et méchant.

Après une heure de marche, Buck rejoint la colonne de Gauvain avec son escadron. Il a vu la surprise et l'enlisement dans les marais du gros des poursuivants. Il a vu les survivants tomber sous le feu de l'infanterie sudiste. Il aurait voulu aider les nôtres mais il a reçu du major Johnson l'ordre formel – qu'il donne à Gauvain – de se replier immédiatement. Johnson a vu juste d'ailleurs, car il a trouvé sa ligne de retraite coupée par les Indiens. Il n'a pu passer qu'en chargeant en masse compacte sur la piste étroite. Les Indiens n'ont pu résister à ce coup de bélier mais cela nous a coûté quelques hommes. Il ne sait pas ce qui est arrivé à Burlington, qui était en tête de la charge, il a dû être tué ou pris. Johnson a pu se dégager et rallier quelques hommes, mais il a été entouré par l'infanterie sudiste et on l'a vu tomber avec son cheval. Dans l'après-midi, la température de Pierre monte et Dek lui applique constamment des compresses avec l'eau fraîche que les soldats puisent dans les torrents. Au-delà du désordre de la fièvre, Pierre approche d'un lieu de sérénité. Le présent s'éloigne avec l'ambulance étouffante, les courroies de grosse toile qui l'attachent à la civière, la tête blême et effrayée de Dek et les cavaliers d'escorte qui lui font, par la petite fenêtre, de larges sourires d'encouragement.

On s'arrête un moment pour le repas du soir puis la colonne, faiblement éclairée par quelques lampes, se remet en marche dans le jour qui tombe. Hommes et bêtes sont harassés par le chemin parcouru, mais plus encore par les émotions éprouvées depuis hier. Le vent se lève, on sent qu'un orage approche. L'ambulance roule et tangue dans les ornières, Pierre regarde sur ses parois autrefois blanches les taches ineffaçables du vieux sang. Sa montre, posée à la tête du lit, glisse lors d'un cahot et tombe. Dek la saisit habilement au vol, la remet à l'heure et la suspend à un clou juste en face de Pierre. Celui-ci s'endort ou perd conscience durant un moment qui lui paraît très long. Avant de s'endormir il n'a pu s'empêcher de regarder la montre. Il était huit heures, maintenant il est huit heures six. Cela paraît impossible. C'est Dek qui m'a tendu ce piège, son besoin maniaque de précision ou plutôt un sûr instinct de haine l'ont guidé. La souffrance, fantastiquement, grandit d'être à nouveau mesurée par le temps. À chaque cahot, elle me submerge et je crois qu'elle atteint les limites, mais ce n'est pas vrai, car elle n'a pas de limites et je suis contraint, maintenant que la montre est en face de moi, de calculer la durée de chacun de ses assauts. Cela ramène en moi des bribes. Les bribes d'une scène : le père Thouve à l'hôpital où je lui rendais visite. Un jésuite, son supérieur sans doute, entre et commence à lui parler du sens de la souffrance. Lui, toujours si humble et presque craintif au collège, se lève sur ses oreillers avec un geste d'horreur. Puis, comme pour s'excuser : Nous parlons trop de souffrance, mon père, nous ne savons pas ce que c'est. Quand elle est là – et sa voix se met alors à trembler – on ne peut plus que crier ou se taire. Oui, se taire, si on peut. Le petit père Thouve, ainsi qu'il s'appelait lui-même en souriant, a dû hurler tout un jour et toute une nuit avant de pouvoir s'en aller aux heures froides. Se taire si on peut, mais vais-je pouvoir ?

Dek s'inquiète de plus en plus, Pierre semble aller très mal. Il le frictionne, il lui fait respirer des sels, mais le malade ne réagit plus. Pourvu qu'il ne passe pas brusquement en me laissant seul au milieu des nègres. Il sursaute, il a l'impression que l'autre a dit non. Il lui éclaire le visage, les yeux ouverts, la bouche crispée, Pierre grince des dents, peut-être pour ne pas crier. Dek éclaire la montre, il n'est encore que neuf heures moins dix.

Cela va bien, dit Dek, l'orage a commencé et les gouttes crépitent avec force sur le toit de l'ambulance qui s'est arrêtée. Pierre découvre qu'il s'est soulagé dans ses draps durant son évanouissement. La puanteur emplit la cabine. Dek dit à Zacharias, l'infirmier noir : C'est bien, les intestins fonctionnent. Que Zacharias, que je connais depuis deux ans, soit avec moi dans cette saleté et cette odeur, c'est une épreuve presque tolérable. Mais que Dek y soit aussi, cela révèle dans toute son amplitude la trahison de mon corps.

Un éclair fait voir qu'il n'est que dix heures et quart, la foudre est tombée sur un arbre et la pluie diminue. On repart péniblement, l'ambulance et les caissons s'embourbent sans cesse. Gauvain, qui va et vient le long de la colonne qui s'étire, saute alors de son cheval et d'un coup d'épaule remet le véhicule en marche. De temps à autre, on voit sa sombre figure ruisselante et animée par l'action apparaître à la fenêtre et l'on entend sa voix puissante crier que tout va bien.

La tempête, un moment ralentie, reprend avec une violence renouvelée, les éclairs illuminent la forêt qui s'agite furieusement sous la rafale. Lorsque l'obscurité retombe, on entend plus fort le tumulte des trombes d'eau, le fracas des branches qui tombent et des arbres déracinés.

L'ambulance, jetée de côté et d'autre, semble à tous moments sur le point de verser. La lampe s'éteint, l'eau coule du toit et un brusque sursaut du vent arrache la petite fenêtre. Dek, tapi dans un coin, allume pipe sur pipe, il n'est plus qu'un mince signe de feu ou, dessinée par un éclair, une longue face blême, qui s'interroge anxieusement et qui a peur. De temps à autre, pour se rassurer, il plonge la main dans la poche où sont les cent soixante dollars. De toute façon, dès qu'il fera jour, que ce salaud-là soit vivant ou mort, je file dans la forêt et je rejoins l'hôpital par mes propres moyens. Je vais mieux, sent Pierre, les intestins libérés peut-être, ou cette fureur qui m'électrise.

Le corps de bataille du vent, les arbres qui refusent de s'avouer vaincus, les rivières qui se soulèvent, c'est bien, en vérité, le pays de Shenandoah. Par des nuits pareilles, peinte de noir et d'argent, elle doit danser sous la pluie. Puis couchée sous la hutte, enveloppée de la peau des grizzlys, elle se laisse aimer par de puissants dieux, les titans de la souterraine Amérique qui, à la différence des nôtres, n'ont pas été vaincus par le ciel.

On devine à un dernier déchaînement que bientôt la tempête va faiblir. Il y a, dans la direction du vent, un craquement sourd et majestueux qui se fait entendre et au moment où Dek soupire : Onze heures trente, un arbre s'abat sur le chemin, écrasant à demi l'ambulance et enfermant entre ses branches les conducteurs et leurs chevaux que l'on entend hennir et frapper dans l'obscurité. La pipe de Dek dessine une belle courbe et file par la porte enfoncée. Il y a un choc mou, suivi d'un petit crachotement, c'est tout ce qu'on peut percevoir de la fin de Dek, qui a piqué la tête la première contre la paroi et s'est cassé le cou.

Pierre, attaché à la civière, n'a pas bougé, les branches du grand érable ont défoncé le toit de l'ambulance et il sent les feuilles s'égoutter sur son visage et sur sa poitrine où ses mains sont crispées sur le collier d'or.

On entend les conducteurs appeler au secours et Gauvain donner des ordres pour les dégager. Les chevaux affolés risquent de renverser la voiture. Les conducteurs sont parvenus à les saisir par la bride car ils se calment et l'ambulance ne bouge plus. Gauvain, qui ne peut encore atteindre la cabine fracassée, appelle anxieusement Pierre et Dek. Pierre devine que Dek ne répondra plus, je ne me suis pas trompé, c'était lui ou moi. Quant à moi, même si je le pouvais, je n'aurais garde de répondre. Une large feuille d'érable, déjà touchée par l'automne et toute chargée de pluie, est tombée sur ma bouche, je la retiens entre mes lèvres et je respire le parfum végétal de Shenandoah. Plus tard, il y a de grands feux allumés sur la piste. Les hommes sèchent leurs vêtements et font du café. Près d'un des feux Pierre est couché sur la civière. La pluie a cessé, la forêt fume et on voit que le matin va poindre. La cabine de l'ambulance est en morceaux, mais le train est intact. Est-ce que Pierre supportera de continuer ainsi ? Il fait oui des yeux, il est clair qu'il n'y a pas d'autre solution. Dek est bien mort, on creuse sa fosse, on va l'enterrer en chemise car les hommes les plus mal pourvus ont pris ses vêtements et les autres se sont partagé les dollars.

La pharmacie, les calmants, tout a été écrasé. Il n'y a plus qu'un remède, dit Gauvain, arriver vite. Nous prenons les meilleurs chevaux et nous filons sans nous arrêter. Buck suivra avec la colonne.

On reprend la route, le jour se lève lentement et on retrouve le grand horizon avec la scène où toute la vie est rassemblée. La scène de plus en plus lointaine, à laquelle on n'est plus rattaché que par un fil ténu qu'on doit pouvoir rompre à tout instant. Gauvain ouvre la marche avec deux cavaliers, l'ambulance suit et derrière elle il y a une dizaine d'hommes. L'allure est vive maintenant qu'il fait clair et que l'on redescend vers la plaine. Au milieu d'un tournant, il y a une profonde fondrière. Gauvain crie pour prévenir le conducteur. Trop tard, la voiture descend dans le creux sans casser ses essieux, et remonte par miracle sans verser. Pierre est jeté de tout son poids sur les courroies qui le retiennent. Au second cahot son corps glisse un peu en arrière et c'est son pansement qui donne sur la courroie centrale. La douleur est telle qu'il y répond en quittant son corps. Il se réfugie dans l'horizon pacifié d'où il peut voir sa forme torturée s'abandonner sur la civière. Mais la présence d'un autre Pouvoir l'oblige à rejoindre son corps et à lutter avec lui. Peut-être le colonel Pierre crie-t-il alors de toutes les forces qui lui restent, peut-être demande-t-il grâce d'une voix éteinte, mais ce Pouvoir-là n'a pas l'intention de l'écouter. Il lève mécaniquement son bras gauche en criant : En avant ! En avant ! avec la voix de Stonewall Jackson. Et Gauvain lui obéit, il presse l'allure et refuse de se retourner pour ne pas entendre les cris du blessé. Les hommes d'escorte détournent de lui leurs regards pour ne pas voir les larmes qui coulent sur son visage, ni ses lèvres qui ont lâché la feuille d'érable et qui bredouillent des supplications. Ils écoutent seulement Stonewall Jackson qui crie : En avant ! et qui fouette les chevaux car il faut arriver à l'hôpital très vite et à tout prix. À tout prix ! hurle le corps, vous ne savez pas ce que vous dites. Vous ne connaissez pas ce prix, c'est le prix impossible.

Impossible est une notion relative, répond Pierre, l'autre, celui de Chancellorsville. Ce qui nous paraît impossible ne l'est pas pour Stonewall Jackson. Puisque tu as tué Jackson et occupé sa place, tu paieras le prix impossible. Tu auras beau crier, prier, supplier Shenandoah, Johnson, le père Pierre et même Mme Henriette et ses vingt-quatre clefs, tu paieras le prix jusqu'au bout. En avant, saute sur les cahots, enfonce-toi dans les ornières, essaie d'arracher tes pansements, cramponne-toi aux montants de la civière dans les tournants, laisse le collier d'or glisser de tes mains et tomber dans la boue, nous ne t'épargnerons rien. Tu n'as pas une telle importance, tu n'existes pas tant que tu puisses disposer de ta mort.

Peut-être que Gauvain pleure en entendant Pierre, l'ancien, celui qui semblait forgé de matière dure, crier comme un enfant : Laissez-moi, achevez-moi, je vous en supplie. Oui, il est vraisemblable que Gauvain pleure et jure, mais il accélère encore le train. Les soldats, que tu vois confusément s'élever et s'abaisser au grand trot sur leurs selles, s'indignent en te voyant bringuebaler à toute vitesse sur cette caisse sans ressorts. Mais personne ne peut plus rien t'épargner et tu iras sans t'arrêter jusqu'à l'hôpital et sous le regard de Sherman.

Il y a alors une terrible route aux pavés ronds où chaque tour de roue est ressenti par tout le corps. C'est alors la souffrance dont parlait le père Thouve, celle qu'on ne peut plus traduire ni atténuer avec des mots. Au bout de cette route, il y en a une autre plus douce où il se produit un événement, une sorte de secours qui doit venir de l'intestin mais auquel on n'a plus le courage de donner un nom. Et le Pouvoir, qui n'a cessé de vous pousser en avant, contemple ce fait avec indifférence : Tu te conchies, quelle importance, le médecin sera content. On approche de l'hôpital et du quartier général qui n'est pas loin. Il y a des fils télégraphiques dans l'air et la route est pleine d'estafettes à cheval, de troupes en marche et de convois. Gauvain a envoyé des messagers prévenir Sherman et l'hôpital de notre arrivée. À l'entrée de l'hôpital il y a un médecin et des infirmiers. Il y a aussi Sherman, son corps de lévrier maigre et ses yeux qu'on dirait pointus. Gauvain arrive, avec quelques hommes sur des chevaux épuisés, escortant le châssis sur lequel est fixée sans aucune protection la civière du blessé. Le colonel Pierre, exsangue, les yeux fous, râle sourdement et la bave lui coule de la bouche. Son pansement s'est desserré et son corps, demi-nu, repose sur des linges couverts de sang et de déjections. Il y a Pierre, conscient de son odeur et de la bave que Gauvain essuie, qui regarde sans comprendre le général Sherman dire des mots de l'autre monde : Vous avez fait une rude campagne. Vous nous avez ouvert le chemin de la Géorgie...

Sherman se tourne vers le médecin : Soignez-le bien, nous en avons besoin.

Les infirmiers emmènent Pierre. Sherman se tourne vers Gauvain : « Qu'est-ce qu'il vous reste ?

— Huit cents hommes environ, trente-huit pièces, les chevaux très éprouvés.

— Quelles sont vos pertes ?

— Le général Burlington, le major Johnson, environ trois cents gradés et soldats. Douze canons avec leur matériel.

— Nous saurons, par les journaux du Sud qui vont crier victoire, la proportion des morts et des prisonniers. Les pertes sont élevées, mais elles sont minimes en comparaison des résultats obtenus.

— Puis-je aller à la rencontre de la colonne qui nous suit ?

— Oui, vous viendrez me faire votre rapport ensuite. Vous mettrez vos hommes au repos. J'ai fait préparer un cantonnement séparé pour vous. Un aide de camp vous conduira. »

Gauvain salue : Merci, mon général, et pour nos morts, est-ce qu'il y aura un cimetière séparé ?

Quelqu'un a vu du haut d'un sapin le piège tendu et les canons sudistes cachés dans les bois. Il a crié, on ne l'a pas entendu, il s'est laissé glisser de branche en branche, il a couru mais, avant qu'il soit à portée de voix, Burlington avait lancé la charge. Il est remonté dans l'arbre et il a vu les chevaux s'enliser, les obus s'abattre et le massacre commencer.

On suit de loin la colonne victorieuse. Quand on voit Ti-Kou entrer dans une maison avec des officiers rebelles, le Dr Jayne et la civière de Burlington, on en sait assez et on abandonne le guet. On va, en faisant un large détour, cacher son cheval dans la forêt et on revient se poster à l'orée d'où l'on peut observer tout ce qui se passe dans le hameau. On a appris de Vieux Joe, qui le tenait de sa mère séminole, la méthode des chasseurs indiens. Si tu chasses le bison, il faut te faire bison. Si tu chasses l'ours ou le loup, il faut que tu sois cet ours ou ce loup. Aujourd'hui il faut être Ti-Kou car c'est lui que l'on va chasser, selon l'ordre du colonel, dont l'exécution doit être immédiate.

Très loin, un orage se prépare et toute l'impérieuse matière de l'homme rouge s'aimante déjà vers lui et s'ordonne pour la décharge libératrice. Ti-Kou sortira irrité de son entrevue avec les officiers blancs, car quand un Blanc et un Rouge concluent un traité, c'est toujours la colère et la haine qui en sortent, parce que leurs paroles n'ont pas le même sens. Les Blancs offriront de l'alcool à Ti-Kou. En le voyant boire sans mesure, ils croiront pouvoir renier sans danger une partie de leurs promesses.

Ti-Kou entrera dans une grande colère et de toute façon il ne restera pas au hameau, il n'a jamais passé la nuit dans une maison. Il ne s'éloignera pas beaucoup, car déjà il médite une vengeance. Il ira manger et dormir sous un arbre, assez feuillu pour le protéger de l'orage, pas assez haut pour être atteint par la foudre. Peut-être ce grand hêtre pourpre sous lequel il trouvera du bois pour le feu et la possibilité d'observer facilement le hameau et toute la vallée.

Lorsque Ti-Kou est fixé quelque part il est impossible de le surprendre, il faut donc que ce soit lui qui vienne à l'endroit où vous l'attendez. Je suis Ti-Kou, je le suis de façon si entière que je puis, avec son regard, considérer longuement le hêtre pourpre, puis, par une adhésion rapide de tout l'être, savoir que c'est là qu'il va faire son campement pour la nuit. Pour ne pas laisser de traces, il faut que je gagne le hêtre pourpre en passant, d'un arbre à l'autre, par les branches entremêlées qu'agite le vent précurseur de l'orage. Caché dans une branche creuse, d'où je puis tirer à mon aise, je suis la ruse, la force, la patience inlassable de l'esprit de Ti-Kou qui va susciter sa présence et me livrer son corps. Il faut que, tout revêtu de feuilles, je sois aussi le hêtre pourpre et que, comme chacun de ses rameaux, je sois indéfiniment relié au moindre de ses mouvements.

À la tombée de la nuit l'ennemi sort de la maison, indéchiffrable et altier comme toujours, mais brûlé par l'alcool et par la colère. Les Blancs, une fois de plus, n'ont tenu aucun de leurs engagements et demain avec un arc et une flèche il tuera l'un d'entre eux. Pourquoi Cheval rouge, qui peut vivre comme un Indien et qui tient toujours ses rares promesses, a-t-il préféré l'existence étroite du Blanc à la liberté admirable et à la vie de Shenandoah ? Ti-Kou lance son cheval au galop sur la pente et, d'un regard, il repère ses deux compagnons qui convergent vers lui, l'orage qui approche et le grand arbre pourpre qui va lui offrir un abri sûr et un poste d'observation.

Pendant qu'il allume le feu, ses compagnons fouillent les environs, il n'y a trace d'aucune présence. Une nuit très sombre est tombée, tandis que l'orage gagne sans cesse en intensité. Abrités sous leurs peaux de bison les trois hommes mangent et fument autour de la flamme agitée du feu. Il y a une brusque saute de vent et des trombes d'eau s'abattent sur le foyer qui crépite furieusement et se couvre d'une intense fumée. Un long roulement de tonnerre, un éclair et l'on entend la foudre tomber sur le sommet de la colline. Lorsque suffocants et les yeux brûlés, Ti-Kou et son second se dégagent de la fumée, ils voient leur compagnon étendu sur le sol. Ce n'est pas la foudre qui l'a tué, son visage est inondé de sang et, là où se trouvait l'œil droit, on voit la blessure causée par une balle tirée de près. Il y a un ennemi proche, sans un mot les deux hommes abandonnent le cadavre, saisissent leurs fusils et se postent de chaque côté de l'arbre qui les protège. Un long moment se passe. Ti-Kou a clairement la perception d'une présence mais aucun désaccord dans les sons et les mouvements dont l'orage les environne ne lui permet de la déceler. Un déchirement orageux se développe dans les nuées. Au moment où il est à son sommet, le ciel est strié de nombreux éclairs et l'Indien, avec un cri de rongeur acculé, s'affaisse sur les genoux et pique du nez au milieu du feu. Quand Ti-Kou le retire des flammes, il voit sur le visage affreusement brûlé de son compagnon la trace d'une balle qui l'a frappé au front. En se protégeant derrière le corps du mort, Ti-Kou reprend son guet entre l'arbre et le feu. Il y a encore des coups de tonnerre, mais l'ennemi a éventé le stratagème et ne tire plus. Ti-Kou jette de la terre sur le feu et l'étouffe. L'oreille collée au tronc du hêtre, il attend à travers les sifflements du vent, les gémissements et les détonations des branches entremêlées, le signe qui ne peut manquer de survenir, indiquant une présence étrangère. Il en est sûr, au même instant, une autre oreille en contact elle aussi avec l'arbre, est en train de guetter ses mouvements et d'en chercher le sens. L'attente immobile se poursuit de plus en plus lente, de plus en plus subtile des deux côtés. Aucun Blanc ne pourrait demeurer aussi longtemps sans bouger et pourtant accordé aux mouvements de l'arbre. Un Indien aurait d'abord tiré sur moi, comme l'inconnu aurait pu le faire, assuré après m'avoir abattu d'en finir avec mes compagnons moins habiles. L'ennemi ne veut pas seulement me tuer, il veut le faire d'une certaine façon, il veut me laisser toutes mes chances pour triompher plus complètement. Seul un chasseur aux sens très aigus a pu réussir ces deux coups victorieux et demeurer pourtant insaisissable. Si ce n'est pas un Blanc ni un Rouge, c'est Jimmy. Alors, il n'est pas de force. Deux fois déjà vous avez échappé à sa poursuite et si vous n'avez fait que le blesser légèrement c'est parce qu'il vous suffisait de lui imposer votre marque.

Si l'on écoute le temps voulu et tout le corps épousant l'écorce, une autre vérité peu à peu se fait jour, il y a ici plus que Jimmy. De l'autre côté, caché dans l'arbre, il y a aussi Ti-Kou. On en reçoit la certitude par un sentiment d'angoisse qui vous prend au cœur. Jimmy, par le mouvement de désir et de mort qui unit le chasseur à sa proie, s'est incorporé à vous et il dispose, en ce moment même et avec vous, de votre savoir et de votre force. Chose plus grave, remontant on ne sait comment la chaîne obscure des filiations, il est parvenu jusqu'à celui qui vous a toujours protégé de son naturel et irrésistible dessein. Oui, Jimmy s'est identifié à l'ancêtre, au grizzly des montagnes et, pour la première fois dans le combat des hommes, la balance des forces instinctives n'est plus à votre avantage. Ce n'est donc plus sur silence et patience et foudroyant réflexe que vous pouvez compter aujourd'hui, mais seulement sur les armes de l'homme et la décision dans l'attaque. En un instant Ti-Kou est dans l'arbre et grimpe, ne cherchant plus à cacher son avance par le silence mais à la brouiller en paraissant suivre tour à tour plusieurs voies différentes. Parfois il s'arrête et, l'oreille contre le tronc, il lui semble entendre l'autre oreille – la sienne cependant – qui suit tous ses mouvements. À chaque nœud, à chaque branche nouvelle, il tente, mais en vain, de capter les moindres indications qui pourraient lui venir de son adversaire. Au-dessus de sa tête, du côté opposé à celui d'où sont venus les coups de feu, le tronc est lisse et, sur cette face, apparemment infranchissable. L'ennemi a dû compter là-dessus. À l'aide de deux couteaux enfoncés dans le bois, Ti-Kou, d'un rapide élan, franchit le passage et parvient à une fourche d'où plusieurs branches divergent dans toutes les directions. Protégé par le tronc, il reprend souffle, puis il se penche vers la droite, il croit voir le canon d'un fusil braqué sur lui. Il tire un coup de pistolet et voit, derrière le fusil, la masse sombre d'un corps étendu sur la branche. Un soubresaut de l'homme fait penser qu'il l'a touché. Il secoue violemment la branche, le fusil tombe, on l'entend s'écraser sur le sol. Le corps ne bouge plus. Il ajuste son deuxième pistolet, mais l'amorce est mouillée et le coup fait long feu. Ti-Kou se redresse de toute sa hauteur en criant et lance sa hache. Vous entendez le fer, à travers les vêtements, s'enfoncer dans le bois. Il n'y avait là qu'un simulacre, et Jimmy est toujours caché. Vous vous êtes dévoilé et vous êtes sans armes. Il faut avant tout reprendre les couteaux que vous avez laissés enfoncés dans le tronc.

Pour descendre jusque-là, il faut d'une main saisir le joint de la fourche, de l'autre se retenir à cette forte branche très feuillue. Vous étendez la main vers elle. Alors l'ancêtre, la grande bête, la saisit entre ses dents et de ses griffes, de haut en bas, vous ouvre triomphalement en deux. Vous essayez un instant de vous retenir à la fourche, mais la douleur est la plus forte et une vigoureuse poussée vous précipite dans le vide où vous tentez, de toutes vos forces, de retenir le cri de détresse qui ne doit pas sortir de vos lèvres. Votre corps rebondit de branche en branche et vous percevez encore que le sol, sur lequel vous allez vous écraser, est rouge et vert comme ses couleurs. Celles de Shenandoah, qui n'a pas su retenir Cheval rouge et donner l'existence aux Indiens.

L'ancêtre, là-haut, l'ancêtre nu, rejette sa peau et rugit longuement en se balançant à cent pieds au-dessus de celui qu'il a abattu. Peu à peu il s'apaise, lèche sur la lame du couteau le sang de l'objet d'amour et, détachant la courroie qui le lie à la branche victorieuse, descend rapidement de l'arbre. Arrivé au sol, Jimmy enveloppe le corps fracassé de Ti-Kou dans la peau du grizzly. Il reviendra plus tard, pour l'ensevelir avec le précieux corps qu'elle contient.

Après avoir enlevé les ardoises, Jim, avec son couteau, soulève les planches du toit et se laisse glisser dans la grange. Il entend les gémissements et les râles des blessés et le bruit du sommeil agité des prisonniers. Une forte odeur d'urine et de déjections lui monte aux narines. Les hommes sont donc attachés. Il reconnaît un visage, touche une épaule : « Où ont-ils enfermé le major ? – Il est avec nous. » De main en main car beaucoup, gênés par leurs chaînes ou par la faim, ne peuvent pas dormir, il est guidé jusqu'à Johnson. Assis, adossé au mur, il tient sur ses genoux la tête d'un blessé qui répète, entre deux râles, un nom qui est peut-être celui d'une femme, à moins que ce ne soit celui d'un village. Jimmy est bouleversé, le major Johnson, comme tous les autres prisonniers, est torse nu et vêtu seulement d'un vieux pantalon de toile grise. « L'ordre est exécuté, Ti-Kou est mort. » Le major Johnson ne répond pas, comme si cela ne le concernait plus. Il est penché sur le visage de l'homme qui agonise, il lui caresse la joue en disant : Tu les reverras, mon petit. Il y a un hoquet, on devine qu'un peu de sang a dû sortir des lèvres de celui qui était vivant et qui, maintenant, est mort. Le major Johnson lui ferme les yeux et dit : Cela vaut mieux pour lui. Ensuite il se tait sans poser aucune question à Jimmy. Celui-ci ne comprend pas ce qui arrive au major, toujours si entreprenant et rapide dans ses décisions. « J'ai tué la sentinelle et fait un trou dans le toit. J'ai trois chevaux disponibles. Partons vite, nous reviendrons libérer les prisonniers. » Johnson ne répond pas, il saisit la main de Jimmy, la fait glisser jusqu'à ses chevilles où il y a deux gros anneaux de fer qui l'attachent à ses voisins. « Vous êtes officier. Ils n'ont pas le droit. – Ils le prennent. Pour eux, nous ne sommes que des esclaves fugitifs. »

Jimmy est consterné, car il n'a pas d'outils pour briser ou limer ces chaînes. Johnson a suivi sa pensée : « Je ne m'échapperai pas, les hommes ont besoin de moi. – Que dire au colonel ? – Dis-lui que nous sommes cent quatre, dont vingt-trois blessés. Dis-lui qu'on va nous vendre, mais que nous sommes sûrs, absolument sûrs, qu'il viendra nous délivrer. »

Dans le brouillard nocturne, Jimmy revient seul au hêtre pourpre. Il élève un bûcher, il y place les corps des deux compagnons de Ti-Kou et, un peu au-dessus, celui du grizzly dont il a soigneusement recousu la peau. Il met le feu au bûcher et, quand tout est consumé, il répand les cendres, d'est en ouest, suivant les rites. Sur la terre encore brûlante, il dresse une pierre levée en mémoire de cette nuit du grand homme rouge dont il a été le semblable, l'ancêtre et, par le sacrement du couteau, l'époux.

Il rassemble les chevaux des morts, reprend le sien et, au petit trot régulier prescrit par les ordres du régiment, se dirige vers les lignes de Sherman, en évitant toute rencontre. Personne, sauf le colonel Pierre, ne doit savoir pourquoi ce petit soldat noir, à l'air naïf, est demeuré en arrière ni pourquoi il se déplace seul, avec trois chevaux de main.

Le Dr Orley s'étonne, il a l'habitude de voir des vétérans redevenir faibles et tremblants comme des enfants, sous l'effet de la douleur. Celui-ci, opéré, puis transporté sans anesthésiques par des chemins défoncés, a dû connaître des douleurs atroces. On devine, à son visage ou aux cris qui lui échappent pendant les crises, qu'elles le sont encore. Ce n'est pas cela qui paraît le plus grave à Orley, c'est son silence pendant les périodes de rémission, son refus de répondre aux infirmières et aux médecins, son éloignement de lui-même, comme si ce qui se passait dans son corps ne le concernait déjà plus.

Au cœur de la première nuit, Pierre se retrouve sous le regard et les narines de Sherman qui respirent son odeur. Il se débat vainement contre des masses de fer qui l'entraînent au pied de l'horloge – sous le chiffre d'abomination – et qui l'abandonnent là, au milieu de lessives épouvantables. À demi éveillé, il éprouve une détente, presque un état de bien-être, et prend conscience qu'il a dû à nouveau se salir. Il appelle et c'est l'infirmière de nuit qui dit naturellement : C'est bien, le docteur sera content. Et le lavage recommence et l'odeur qu'il faut supporter avec l'autre. Je ne commande plus à mes tripes, toute l'infection et la misère s'échappent. Epreuve nouvelle, la mémoire me fait retrouver, dangereusement proche de celui que je suis aujourd'hui, le garçon de Sainpierre. Celui qui était un peu morne, un peu sec et que l'on emmenait de temps à autre se faire faire un costume chez M. Fowler, le tailleur anglais de la ville. M. Fowler qui s'avançait la main tendue, un grand sourire sur son visage empourpré : Ah ! monsieur Pierre, cette fois. Pour monsieur Pierre ce sera sans doute du gris, comme d'habitude. Pourquoi du gris ? Parce que M. Fowler l'avait proposé la première fois et que Mme Henriette avait dit oui tout de suite. Depuis on avait continué. Pour les autres, elle regardait les pièces de tissu et les échantillons, elle discutait, elle choisissait avec soin et changeait de couleur suivant les saisons. Pour Pierre c'était toujours du gris, le gris de M. Fowler qui devait dire à mi-voix en prenant les mesures d'un industriel ou d'un banquier : Ceux du Nord ont sans doute raison, mais il faut reconnaître que ceux du Sud sont des gentlemen et qu'ils se battent mieux. Le gris, ce qu'on ignorait alors, était la couleur du coton tissé dans les villages pour les Noirs. Faute de filatures dans le Sud, les gentlemen rebelles ont été obligés de se battre vêtus du tissu gris des esclaves. Je me suis battu contre le gris du Sud, mais aussi contre celui de M. Fowler et contre l'autre gris, plus caché, celui de Mme Henriette.

La nuit s'avance, dans le gris de Sainpierre, vers des mers, des lacs ou des montagnes qui suscitent de grandes figures blanches. Du blanc, jaillit une gloire pauvre et blessée qui recouvre les restes éblouissants d'un rêve de beauté et de toute-puissance paternelle au milieu de draps de lit immaculés. Mais vous ne pouvez plus contenir vos intestins et vous souillez la paternité, la divine, et celle qui ne l'est plus. La beauté révèle alors sa vraie nature et son origine excrémentielle. Elle est celle qui dit à Mme Henriette : Je ferai ou je ne ferai pas, c'est moi qui décide. Et Mme Henriette se tait en regardant ses clefs.

Le matin est là, les blessés tentent de se retourner dans leurs lits et reprennent peureusement conscience de leur existence. Le matin est le moment de la vraie terreur, quand on décide que ce qui se passe est réellement ce qui est.

C'est alors que Jim, que le jeune frère Jimmy est là. Il est accroupi le dos au mur et il attend le réveil de Pierre en regardant ce qui est là. Ce qui est là accepte Jimmy avec le reste, le reste de ce que vous ignorez encore. Ce qui se passe ne s'arrête pas au frère Jimmy et se contente de l'entraîner dans l'accélération de sa machine ou de sa musique astronomique. Or Jimmy n'a garde de résister à ce mouvement, ni de refuser le sourire abandonné qui s'impose. Ses yeux seuls, à demi clos, sont attentifs et prêts à saisir tout ce qui a lieu sur le visage de Pierre. Quand on a été, durant huit ans, l'esclave et le chien de chasse de Vieux Joe, il n'est plus nécessaire de vous apprendre que la mort est très attirante. Le jeune frère Jimmy se laisse donc attirer par ce qui se passe et ses lèvres, un peu durcies, sourient en récitant très vite et très bas – en forme de jeu – les noms de tous les morts du régiment noir. À la fin de la liste il n'y a qu'un nom de Blanc, celui de Wolf, après lequel Jimmy ne laisse aucun intervalle, avant de reprendre la liste aux noms qui commencent par la lettre A. Cette liste ne vous concerne plus, mais vous aviez besoin de cet intervalle que Jimmy a sauté après le nom de Wolf. C'est même lui que vous avez cherché à l'aveuglette toute cette nuit au milieu des ténèbres. Il y a un nom qui manque sur la liste de Jimmy, celui que vous avez oublié, celui que vous deviez écrire vous-même et sans lequel la liste est désormais sans valeur. Jimmy sourit en regardant ce qui se passe et en appuyant sur sa joue les deux sachets d'herbes et de feuilles qu'il est venu apporter. Qui viennent de Shenandoah, mais à quoi pourraient-ils servir puisque Shenandoah est entraînée elle aussi dans le mouvement de ce qui se passe. Qu'elle y est. Qu'elle y a toujours été. Qu'importent les années, la mort de Shenandoah est véritablement l'Amérique et les trois cent douze noms des morts du régiment noir ne sont-ils pas, eux aussi, la réalité de ce qui doit être ? Après eux, beaucoup de Noirs mourront encore, car qui connaît la liberté, connaît la mort.

Jimmy énonce les noms des prisonniers, il les chante et, depuis toujours, on sait qu'ils sont cent quatre, mais le jeune frère n'énumère que cent et trois noms qu'il va répéter indéfiniment. Ce qui produit un arrêt, une blessure dans ce qui se passe où une pensée se forme et fait sécession. Un hublot s'ouvre et quelqu'un dit : Johnson ?

Jimmy rit : Major Johnson a été fait prisonnier.

Il y a naturellement des prisonniers, on ne fait pas la guerre sans cela. C'est inscrit dans la fatalité, mais aussi dans la nécessité de ce qui se passe. Le hublot est refermé. Jimmy sourit en jouant avec un doigt de pied, avec deux, avec cinq, avec les dix. Un jeune garçon noir, assis sur le plancher, peut jouer longtemps avec ses doigts de pied et développer entre eux, derrière le dos de la réalité, de nombreux rapports très captivants. Il peut se rouler en boule ensuite, bâiller et, tout en continuant sa récitation des noms, laisser entendre que Major Johnson et les cent trois autres ne sont pas des prisonniers, mais des esclaves en fuite que les Sudistes ont repris.

L'immense train lumineux de ce qui se passe stoppe brusquement et Jimmy reçoit en plein visage le regard du colonel Pierre. Se lève d'un bond et, les yeux dans les yeux, rend compte au colonel de sa mission et des informations recueillies : Major Johnson a les fers aux pieds, il est attaché aux autres par des chaînes. On leur a retiré leurs uniformes, ils sont pieds nus avec des pantalons d'esclaves.

Le regard interroge : « Tu l'as vu ? – Je l'ai vu. – Qui confirme ? – J'étais seul. – Quelle preuve ? » Le jeune frère Jimmy dépose sur le lit le couteau de Ti-Kou et le petit carnet sur lequel Johnson écrit ses ordres.

Les yeux du colonel sont pâles. Jimmy pense qu'il a des yeux de mouette et il ajoute : Ti-Kou est mort. Le major et les autres seront marqués au fer rouge et vendus au marché d'esclaves. Il n'y a plus sur le lit que cet homme dont le visage a déjà les reflets bleuis et la rigidité d'un cadavre sous les cheveux en désordre. Pierre regarde le jeune frère Jimmy et les deux sachets en peau de bison qu'il serre contre sa joue : Shenandoah ? C'est bien elle qui attendait Jimmy le long de la piste et qui a dit : Porte ceci à Cheval rouge, qu'il mette ces herbes cinq jours sur sa blessure, elle brûlera mais ne pourrira pas. Qu'il prenne ensuite, pendant cinq jours, en commençant à la lune nouvelle, des tisanes faites avec ces plantes et il guérira.

La voix s'élève, trébuchante : Va chercher l'infirmière. Le colonel Pierre, que la garde de nuit croyait voir passer au petit matin, a retrouvé la parole. Il veut voir le Dr Orley. Le docteur examine attentivement le contenu des sachets de Shenandoah. « Les Indiens savent beaucoup de choses. Ils connaissent mieux que nous les plantes de ce pays. Plusieurs de celles-ci sont excellentes, je ne connais pas l'action spécifique des autres. Nous manquons de beaucoup de remèdes, ceci peut vous guérir peut-être, mais je ne puis en prendre la responsabilité. – Si la gangrène commence, la guerre est finie pour moi ? – Oui. – On a besoin de moi, je crois en ces remèdes. Je prends le risque. – Il me faut une déclaration signée. – Sherman signera. »

Les journaux sudistes ont annoncé la victoire de Basses Prairies et la capture du général Burlington et de cent quatre esclaves fugitifs dont Lincoln a fait abusivement des soldats. Burlington sera traité selon son rang et les esclaves en fuite vendus au profit de la Confédération. Sherman agit. À sa demande, le président nomme Johnson colonel et tous les journaux du Nord annoncent que s'il lui arrive malheur un colonel sudiste prisonnier, cousin de Jefferson Davis, sera fusillé.

Le Dr Orley a appliqué la première compresse de Shenandoah. Très vite la fièvre monte et Pierre se cramponne à son lit et aux mains de Jimmy. Gauvain entre dans la chambre, Pierre, le visage convulsé, crie sans aucune retenue, mais il ne supplie plus. Jimmy sourit intérieurement du visage angoissé de Gauvain car, quand le colonel, entre deux crises, soulève un instant les paupières, on voit les yeux de sa colère.

Il y a la fièvre, il y a le feu et parfois il y a aussi Johnson. Johnson pieds nus, en veste et pantalon de toile grise déchirés, enchaîné avec les autres sur la route interminable. Il y a neuf groupes de dix et un groupe de onze. Si l'on monte, au prix d'une grande souffrance, parmi les formes noires qui sont de l'autre côté de ce qui se passe, on peut voir qu'il y a déjà trois blessés qui sont morts le long de la route. On ne les a pas achevés d'une balle, les munitions manquent au Sud et ordre a été donné de les finir à la baïonnette. Les soldats d'escorte sont dégoûtés par la baïonnette qu'il faut péniblement dégager du corps en maintenant celui-ci du pied et essuyer ensuite alors qu'il n'y a ni feuilles ni herbe dans ce pays de cailloux. Mais il y a, le long de la route, de grosses pierres qu'on peut soulever à deux sans trop de peine et qui font en retombant éclater une tête comme une citrouille.

Parfois les prisonniers se mettent à chanter. Presque toujours un chant qui parle d'un cheval rouge, sur une nouvelle musique de nègres, assez entraînante ma foi, et que les hommes d'escorte se mettent à fredonner avec eux. Cela fait rire les prisonniers, car les rebelles, c'est manifeste, ne savent pas qui est Cheval rouge. Ils l'apprendront un jour.

Lors de sa visite du soir, le Dr Orley est satisfait, le malade a beaucoup de fièvre mais la plaie est en meilleur état. Il craint pourtant que la douleur ne soit trop vive et ne brise le peu de forces qui restent à Pierre. Il veut lui donner de l'opium mais il se heurte à un refus. Cheval rouge est indien et peut supporter l'initiation nécessaire. Le docteur ne comprend pas, mais Jimmy lui promet de donner l'opium au colonel et, durant la nuit, il le jette.

Ils sont arrivés le soir à la plantation des Trois Fourches. On leur a détaché les bras et on leur a remis les fers aux chevilles avant de les faire entrer dans la grange. Le fermier les attend devant la porte, énorme, un bâton à la main. Il va en donner un coup à chacun de ces sacrés nègres qui ont osé être soldats comme son Jack, mais dans le mauvais camp. Peut-être est-ce l'un d'eux à Gettysburg qui a tué son fils. Johnson arrive le premier et l'homme lève son bâton. Johnson éprouve soudain une douleur fulgurante dans le ventre, il trébuche, il n'est plus capable de crier ni de se défendre et pourtant il regarde l'homme en riant d'un curieux rire sec et cruel. Le fermier stupéfait laisse retomber son bâton, se retourne brusquement et s'en va. Johnson fait quelques pas, en s'accrochant à son voisin de chaîne, et s'écroule sur la paille. Le fermier entre à la cuisine : Ce nègre, j'ai voulu le frapper à cause de Jack, il me regarde avec une telle figure, j'ai cru qu'il allait tomber mort à mes pieds, et en même temps il se met à rire. Un drôle de rire, jamais vu rire un nègre comme ça. Il bourre lentement sa pipe : Les soldats ne leur ont donné que des déchets, il faut leur porter un peu de pain et de maïs. La femme lève les yeux de son travail : On ne va pas les laisser mourir de faim. Et puis je soignerai ceux qui sont malades. Noirs ou Blancs ce ne sont que de pauvres soldats, comme notre fils que les officiers ont fait tuer. Elle se lève et, derrière elle, il y a beaucoup de mains noires et compatissantes qui portent du pain, du maïs, de l'eau et de pauvres présents qui réchauffent le cœur.

Johnson est toujours couché sur la paille, la maîtresse a promis de garder à la ferme et de soigner les trois blessés qui sans cela mourront demain. Johnson est dans la grange et il est dans un lit d'hôpital, déchiré par la douleur. Devant lui, sur le mur, il y a des fissures où la poussière s'est amassée et qui composent de grands astres noirs. À côté du lit, il y a Jimmy qui vous tient les mains, qui humecte vos lèvres brûlées par la fièvre et vous met des compresses glacées sur le front. Ce qui se passe ne produit plus qu'une seule vie à la fois prisonnière et libre, une seule pensée qui est noire et qui est blanche. Pierre marche enchaîné sur la route et entonne le chant de Cheval rouge et Johnson concentre toutes ses forces sur le lit pour supporter le mal et parvenir à la guérison. On voit deux formes qui changent constamment de couleur entre elles et qui parfois se fondent et deviennent grises. On voudrait bien obtenir le résultat avec moins de souffrance, mais ce n'est pas ce que l'on voit.

Le Dr Orley est surpris et satisfait. Il n'y a pas trace d'infection dans la blessure et le colonel commence à pouvoir s'alimenter un peu. Les herbes de Shenandoah font leur effet et, suivant ses indications, on pourra bientôt laisser la plaie se cicatriser. Étrange malade qui supporte une médication aussi violente et qui semble cependant absent de lui-même. Comment le docteur saurait-il qu'en ce moment Pierre est sur la route avec Johnson, comme autrefois après Bull Run, quand ils tiraient avec Wolf leur premier canon. La ville approche et bientôt ils ne verront plus, dans les champs, les femmes noires qui se signent à leur passage et envoient les enfants leur porter un peu de pain, de l'eau, ou un bouquet de coquelicots. À la ville, il n'y aura que les Blancs, leur haine, leur honte lourde à porter et le lieu sordide où ils seront vendus et dispersés.

Le jour, ils sont sur la route et la nuit ils subissent l'initiation indienne sous le regard des dieux plus anciens. On n'a pas pu les peindre en guerre ni les attacher au soleil entre les poteaux bariolés ou les envoyer sans nourriture et sans eau traverser les espaces déserts. Le seul espace qui demeure est ce lit, hanté par les esprits et qui contient – Shenandoah l'a dit – tout ce qui est nécessaire. On ne leur a pas entamé les muscles des épaules, ceux du ventre feront l'affaire pour les cinq jours que doit durer l'épreuve. Flotte autour de vous, durant ce temps, quelque chose qui n'est pas le corps de Shenandoah voué à la mort, ni son esprit – car peut-être n'a-t-elle pas d'esprit – mais une présence ou des signes presque imperceptibles et pourtant certains, comme ceux que l'on voit sur les galets des torrents ou sur certains bois longtemps immergés que la mer rejette. Il y a parfois un fragment d'algue ou de mousse, une ombre verte, une odeur tenace de forêt, de pierre ou peut-être un souvenir du feu. C'est une trace fuyante, le remous d'un passage entre de hautes graminées, une tige cassée dans un taillis, une feuille tombée avec ce léger et sauvage parfum, qu'une averse ou un souffle de vent devrait suffire à dissiper et qui pourtant, ineffaçablement, persiste. Cette trace, ou cette présence, est mémoire déchirante et première évocation de ce qui sera. Elle est là. Demeure là. Devient soudain fulgurante et le cœur présage que, ne l'ayant pas, il n'a rien et n'a jamais rien eu. Alors durant quelques instants elle scintille dans l'avenir comme au jour où Shenandoah existera.

Ils doivent passer des jours, ils doivent passer des nuits, Johnson et Pierre mêlés, suspendus par leurs blessures sur ce lit, sur ce lieu d'offrande ou bien sur la route, foulés par le soleil et par l'orage. Il faut chanter pour affronter les dieux du temps et ceux de la semence d'hiver. Chanter à voix si basse que le cœur seul puisse entendre. Danser la danse du Bison, mais seulement du bout des orteils sous les draps et de façon si lente que seul Jimmy puisse l'apercevoir et l'accompagner de ses talons nus sur le sol. L'aube voit l'apparition de celui qui sait les lois de la décroissance des troupeaux et de l'abaissement du peuple des Prairies. Est-ce Shenandoah que l'on voit revêtue de la robe de Bison blanc ? Le matin s'élève, s'éclaire et verdoie, il a la couleur de la feuille et de l'oiseau. C'est le début de la longue soif durant laquelle il faut contempler le soleil fixement jusqu'à la troisième heure de son déclin. Alors, devant les troupeaux disparus, l'Indien dit : Père vous m'avez abandonné, mais il ne demande pas pourquoi. Il sait que le père doit vous abandonner. C'est pour cet instant surtout qu'il est le père.

Là où vivait le peuple bison, il n'y aura plus que les barbelés du Blanc, ses champs et ses usines. Le grand massacre a commencé, la nouvelle Amérique tue son père, lui coupe la langue et la dévore par millions. Par cette action elle tue aussi l'homme rouge car, dit la voix du général blanc, le seul bon Indien, c'est l'Indien mort.

L'initiation est achevée, Johnson et Pierre savent que l'on peut traverser la douleur du jour en regardant le soleil et celle de la nuit en soufflant dans l'os de l'aigle.

Ils ont vu que sous son vêtement de blés ou de prairies, sous son chapelet de villes et dans sa ceinture de forêts, la terre de l'Amérique est rouge. Sera toujours plus rouge. Noirs et Blancs, eux aussi, deviendront rouges, car Shenandoah est la plus ancienne, elle est la plus nouvelle et rien en dehors d'elle ne peut durablement s'accomplir. À la mi-nuit du dernier jour, Bison blanc occupe toute l'étendue de ce qui se passe et dit : Réjouissez-vous, car le sang du bison va former un large fleuve et c'est par lui que vous naîtrez.

Le colonel Pierre va guérir, le régiment noir repartira vers le sud portant sur son fanion l'image qui signifie guerre totale. Dans les granges et sur la route où ils ne sont plus que quatre-vingt-sept, quatre-vingt-quatre, quatre-vingt-un, ceux qui sont encore des soldats, sous leurs chaînes et dans leurs habits d'esclaves, lancent toujours le chant de Cheval rouge. Johnson sait que demain il entrera dans la ville où il sera vendu, mais ne sera pas humilié. Ils ne s'éloignent pas l'un de l'autre, mais les nœuds et les joints du grand corps, où ils ont connu l'unité, se défont. Ils ne seront jamais plus ensemble, ils ne seront plus jamais séparés.

Il y a grande agitation dans la ville où vont entrer les prisonniers noirs. Les journaux du Sud ont fait une large place à la victoire de Basses Prairies et l'ont présentée comme une juste revanche de la mort de Stonewall Jackson. Après Chancellorsville, et malgré la victoire, le Sud a été traversé par une onde d'angoisse. Est-ce que les nègres peuvent faire des soldats ? Des soldats capables de s'aligner contre les nôtres, qui sont déjà tellement moins nombreux que ceux du Nord ? Eh bien, nous allons les voir aujourd'hui, ces esclaves en fuite qui ont cru pouvoir jouer aux soldats, mais que nos hommes ont su reprendre et marquer au fer rouge.

La musique municipale est allée les attendre à l'entrée du faubourg et c'est au son de *Dixieland* qu'ils sont entrés dans la ville. Le long des rues il y a des femmes, des enfants, des vieillards. Aux fenêtres des cuisines et des caves, aux lucarnes des écuries et des greniers, derrière les haies et les arbres des jardins, il y a aussi beaucoup de têtes noires et de regards brillants.

Ce sont nos dames surtout qui sont déçues, elles attendaient on ne sait quoi de terrible. De grands loups noirs, peut-être, et carnivores, dans des uniformes effrayants, et voilà qu'il n'y a que des esclaves enchaînés, comme on est habitué depuis toujours à en voir arriver la veille des jours de marché. Des esclaves loqueteux qui refusent pourtant de marcher au pas, malgré les coups de crosse des soldats, aux accents de *Dixieland*. En tout, moins d'une centaine d'hommes, visiblement à bout de forces et qui doivent sentir mauvais, comme les esclaves des champs. Les soldats ne forment pas non plus un spectacle exaltant, maigres et tirant le pied dans des uniformes délavés, ils ressemblent plus à des gardiens de prison qu'à des guerriers vainqueurs. Quant à l'officier, avec son teint cireux de dysentérique et sa barbe clairsemée, il semble plus préoccupé de terminer rapidement une corvée désagréable que de répondre aux applaudissements de ses compatriotes et de se réjouir avec eux.

Au coin de la place de la Confédération, des surveillants, comme il en faut pour maintenir au travail nos esclaves dont le rendement ne cesse pas de baisser, attendent le convoi. Une vingtaine d'hommes jeunes qui, dès que les prisonniers pénètrent sur la place, se mettent à brailler : *Remember Jackson !* À mort ! Lynchons-les ! et tout de suite, il y a des pierres et des cailloux qui volent. Un prisonnier baisse la tête pour éviter une brique et c'est un vieillard, qui mâchonnait son cigare en regardant le spectacle, qui la reçoit dans la figure. Cela provoque parmi les assistants un immense tumulte et des hurlements de fureur, comme si c'était le Noir qui avait lancé la brique. On voit dans le groupe des surveillants des pistolets sortir ostensiblement des poches pendant que s'amplifie le cri : Lynchons-les !

L'officier pousse son cheval vers les plus excités, on entend confusément les mots :... droit... mes ordres... bien de la Confédération. Les soldats se sont groupés en désordre derrière lui et discutent avec les braillards, mais ils ont gardé le fusil à la bretelle et tout le monde voit clairement qu'ils ne vont pas livrer bataille à la population pour défendre des Noirs. Les commerçants et les cafetiers établis sur la place rentrent leurs tréteaux et leurs tables et s'empressent de fermer leurs volets. Dans les caves et dans les cuisines, les esclaves savent que les choses vont se gâter et que, s'il y a assez de corde, les prisonniers vont bientôt se balancer aux branches des arbres et sous les lanternes de la place. L'officier parle, mais il ne menace pas et il ne donne aucun ordre. Les soldats, derrière lui, forment une sorte de chaîne qui sépare encore la foule et les prisonniers, mais leurs fusils ne sont pas chargés et plusieurs hommes, armés de pistolets et de bâtons, sont en train de les contourner. Un coup de feu est tiré, un des prisonniers noirs est touché et tombe. L'officier ne fait rien et les servantes noires commencent à se cacher le visage dans leurs mains pour ne pas voir. Un deuxième prisonnier, frappé d'un coup de bâton dans le dos, tombe sur les genoux et ses camarades doivent l'aider à se relever. L'officier, dont le cheval est entouré par les mutins, ne donne toujours pas l'ordre à la foule de s'écarter, ni à ses hommes de charger leurs fusils. Au milieu des cris des braillards retentit la voix de Johnson. Les Noirs reculent de plusieurs pas, se dégagent de la foule et forment un carré. Un carré où cent soixante pieds se meuvent ensemble et qui est soudain une troupe de guerre. Ils jettent leurs vestes déchirées et leurs chapeaux défoncés. Ils avancent, ils nous font reculer de surprise. Ils laissent tomber tous leurs vêtements et ils sont devant nous quatre-vingts hommes noirs et nus dont on voit à chaque mouvement saillir les muscles inquiétants. Les femmes poussent des cris en les voyant, elles se jettent sur leurs enfants et fuient avec eux vers les maisons. Comment permet-on ? Précisément personne ne permet et les vieillards l'ont vite compris qui ont déjà vu des rébellions d'esclaves. Ils galopent, leurs cannes à la main, pour aller barricader leurs portes, décrocher leurs fusils et se poster aux fenêtres de leurs demeures.

Les soldats ouvrent leurs rangs et les lyncheurs s'élancent en hurlant. Mais leurs clameurs sont cassées par le cri de guerre des Noirs, l'interminable cri indien qui vous brise les genoux, qui vous arrête sur place et suscite d'étranges mouvements tout le long de votre colonne vertébrale. Vous vous trouvez soudain en face de ce carré nu et noir qui s'avance vers vous, frappant en cadence ses chaînes l'une contre l'autre. Vous savez bien qu'ils sont désarmés, mais vous voyez aussi qu'ils ne forment qu'un bloc et qu'ils peuvent vous frapper au visage avec leurs chaînes ou vous défoncer le ventre avec leurs terribles genoux. Et voici que tous ensemble ils se mettent à courir vers vous en poussant ce même cri insupportable qui vous force à tourner les talons et à fuir.

Ce n'est pas cela, pas cela du tout que nous attendions et le retour des esclaves fugitifs dans la ville, comme la célébration de notre victoire, sont définitivement gâchés. Pourquoi est-ce que les soldats ne les ont pas arrêtés ? Ils savaient bien pourtant que c'étaient des vétérans et que s'ils nous chargeaient tous ensemble, comme ils en ont l'habitude, nous serions obligés de courir. Regardez-les, maintenant que nous nous sommes enfuis, ils se sont arrêtés et ils rient. Ils rient ces nègres et vous les avez laissés faire.

Cachés derrière les rideaux des fenêtres, il y a des vieillards qui se sont mis à tirer. Rufus junior tombe, il râle, mais Johnson arrête ses hommes, car il y a des dizaines de fusils aux fenêtres et cette fois l'officier a donné un ordre, les soldats ont armé leurs fusils et tiennent les Noirs en joue. On défait les chaînes de Rufus junior, il est atteint dans la région du cœur, intransportable évidemment. Le soldat qui l'a détaché croit que c'est comme sur la route et lève sa baïonnette. L'officier le voit trop tard : Pas ici, imbécile ! C'est fini, il n'y a plus qu'à peser sur la poitrine du mort et à essuyer le sang de la baïonnette avec un lambeau d'affiche, tout le monde a pu voir comment on achève un prisonnier. Les Noirs sont immobiles et muets, ils remettent leurs habits. L'officier, furieux, envoie un sergent ordonner aux habitants de retirer leurs fusils des fenêtres. Les derniers émeutiers filent en voyant qu'il y a un mort. Quelques vieillards sortent de leurs maisons et viennent voir. On pourrait croire que l'on a rêvé, s'il n'y avait pas ce petit homme noir, couché au milieu de cette flaque de sang.

Quand il est venu au régiment rejoindre son frère, Gauvain lui a demandé son nom. Il a répondu : Rufus. Rufus quoi ? Rufus rien du tout. Il a fait les campagnes contre Stonewall Jackson, Gettysburg et l'Ouest. Il a été plusieurs fois cité, il venait d'être nommé brigadier, mais pour le régiment il était toujours Rufus rien du tout. Qui aurait pu croire que dans ce petit corps affamé il y avait encore tout ce sang sur lequel déjà les mouches pétillent. Les vieillards se rassemblent autour de lui, ils croient qu'ils ont vu, ainsi qu'au bon vieux temps, comment il faut s'y prendre pour mater des nègres. L'officier n'en est pas aussi sûr et il a hâte de terminer sa mission. Il donne le signal du départ en direction de la prison mais, avant que personne ait pu s'y opposer, les prisonniers ont chargé Rufus sur leurs épaules et l'emmènent avec eux. Cette fois, ils marchent au pas, silencieux, respectueux enfin, et toute la ville respire. En arrivant devant l'hôtel de ville où flottent les drapeaux arborés pour la victoire de Basses Prairies, cet homme, cet esclave Johnson dont les Yankees ont eu la folie de faire un officier, élève le cadavre et le place à califourchon sur ses épaules. Ses voisins de chaîne le maintiennent droit en le soutenant par les bras, tandis que sa tête, grotesquement balancée, attire nos regards sur la mâchoire pendante et le sombre orifice. Le corps nu, brutalement barbouillé de sang, ce n'est plus un esclave tué au cours d'une émeute, c'est un dieu africain promené en triomphe, c'est un roi sacrifié par les astres dans une cérémonie des anciens âges. Les ladies sans hommes et les vieux gentlemen sans fils n'en croient pas leurs yeux, ils chassent les jeunes filles et les enfants des fenêtres, tandis que, dans les sous-sols, les domestiques et les souillons retiennent leur souffle, se signent et sentent s'élever en eux un premier espoir de colère.

L'officier hurle des ordres, les soldats bourrent les prisonniers de coups de crosse mais ils ne parviennent pas à desserrer leurs rangs et à les empêcher de dresser au-dessus de leurs têtes, ainsi qu'un drapeau noir barré de rouge, le corps de Rufus rien du tout. Bien plus, ils entament le chant de Cheval rouge auquel ils ont ajouté un couplet qui annonce la prise et le châtiment de la ville. Les Blancs ne comprennent pas les paroles, mais quand les prisonniers scandent le refrain en frappant trois fois de suite leurs chaînes les unes contre les autres, ils sentent la menace suspendue sur eux et ils sont secrètement épouvantés. Des caves, des cuisines, des jardins, il y a des voix, timides d'abord, puis de plus en plus assurées, qui se joignent à celles des prisonniers et les amplifient tout le long de leur passage. Ce soir, il y aura dans la ville un redoublement de menaces, de gifles et de coups de canne, mais pourtant le chant, vainement traqué, reprendra et les Blancs finiront par se lasser.

Ce sont enfin les murs de brique de la prison et l'officier soupire de soulagement en se trouvant délivré de cet indécent carnaval. À peine les portes se sont-elles refermées sur les prisonniers, qu'il file avec ses hommes, pour reprendre la route du retour et aller cantonner plus loin. Quinze hommes sont morts pendant ce convoi et trois qui ne valaient guère mieux ont été abandonnés dans une ferme. Mais que pouvais-je faire d'autre, étant donné l'horaire infernal qu'on m'avait imposé et le manque de médicaments. Mettez-vous à ma place, oui mettez-vous-y un instant avec cette guerre, avec cette dysenterie qu'on traîne depuis trois ans et qui vous met incessamment dans la bouche ce goût d'amertume et de honte.

Lorsqu'ils sont entassés dans les cellules, ils recommencent. Toutes les heures, ils poussent leur cri de guerre qui se propage à travers la ville et ils cognent avec leurs chaînes contre les portes de fer. Les gardiens, éreintés, ont beau courir d'un guichet à l'autre, hurler, distribuer des coups, dès que l'heure sonne, ils reprennent leur cri et de plus en plus nombreuses se font les voix qui leur répondent. Constamment éveillées, les jeunes filles et les dames de la ville se lèvent, elles allument des bougies et elles errent, poursuivies sur les murs de leurs maisons sans hommes par de grandes ombres effrayées. Les vieillards se tournent et se retournent dans leurs lits et ils jurent, parce que plus personne n'est capable de maîtriser ces nègres. Après la victoire, quand nos jeunes hommes reviendront, il s'agira de les remettre au pas.

Le lendemain, il y a beaucoup de monde à la vente et l'assistance est très montée. On fait comme d'habitude défiler les esclaves, un à un, sur la tribune où se trouvent le commissaire-priseur et le procureur de la Confédération. Là, ils sont bien en vue et ceux qui le désirent peuvent venir examiner de plus près le matériel mis en vente. Le premier appelé est le soi-disant sergent Wash, esclave fugitif d'une plantation de la Caroline du Sud où il faisait aussi fonction de pasteur pour les nègres. Après l'examen corporel, le procureur l'interroge : « Alors Wash, que sais-tu faire d'utile ? – Je sais monter à cheval, m'sieu, et tirer au canon sur les rebelles. » Des huées s'élèvent dans la salle, mais le procureur garde son sang-froid : « Ce n'est pas ce que je te demande, Wash, tu ne seras plus jamais soldat, ce que nous voulons savoir c'est ce que tu sais faire à la ferme. – À la campagne, m'sieu, je peux tirer les poulets et les cochons, réquisitionner les chevaux, faire sauter les ponts et les routes, arracher les rails des chemins de fer et les enrouler autour des poteaux du télégraphe, je peux faire tout ça à la campagne, m'sieu, mais surtout tirer au canon. »

Tous les esclaves rient de façon indécente, mais nous nous levons tous pour les huer et leur chef leur fait signe d'arrêter. Le procureur a dit en ouvrant la vente que le gouvernement défendait de battre ou de tuer ces nègres, car des prisonniers du Sud seraient, dans ce cas, mis aux travaux forcés ou fusillés et chacun d'entre nous compte au moins un parent ou un ami prisonnier. Que faire dans ces conditions ? On ne peut que leur cracher dessus s'ils sont à portée, leur lancer des injures ou des mégots de cigares enflammés, mais ces démons noirs ne font qu'en rire. Ils refusent d'ouvrir la bouche pour nous permettre de voir leur gorge ou l'état de leurs dents. Et si vous prétendez leur palper les reins pour voir s'ils n'ont pas la pierre, ou l'anus pour être sûr qu'ils n'ont pas d'hémorroïdes, ils vous pètent à la figure comme de vrais animaux. Un de nos plus notables concitoyens a voulu voir si l'esclave Jeremy, qui avait l'air moins insolent que les autres, pourrait faire un bon reproducteur. Jeremy a refusé de s'approcher en disant : Je veux pas me reproduire, j'ai pas de semence à esclaves. Et comme notre ami avance tout de même avec une belle assurance, il lui balance un jet d'urine sur son pantalon blanc. Ils défilent ainsi sur l'estrade et à toutes les questions du procureur, ils répondent toujours par le même refrain : Non, m'sieu, j'sais pas travailler, j'sais seulement tirer au canon. Sur les rebelles, m'sieu, avec vot'permission. Reste leur fameux Johnson, que le commissaire-priseur appelle le dernier : Johnson, prénom inconnu, esclave en fuite, soi-disant colonel de l'armée fédérale... Un formidable hurrah coupe sa lecture, cet imbécile de commissaire vient de leur apprendre la promotion de leur chef et il leur fournit ainsi la preuve que Sherman et ce minable pantin de Lincoln étendent jusqu'ici leur protection sur eux. Le procureur ne donne pas à Johnson l'occasion de lui répondre de nouvelles insolences, il décide de procéder sans délai à la vente et, pour commencer, fait mettre Wash aux enchères.

Tous nos propriétaires se sont dit à satiété durant leur nuit sans sommeil et ils se le sont encore répété à leur club ce matin : Jamais un de ces gaillards-là chez moi. Des hommes entraînés, habitués aux armes, ils étrangleraient mes surveillants en moins de temps qu'il ne faut pour le dire, puis ce serait mon tour.

La salle bout d'indignation et de fureur sous le regard ironique de Wash mais pas une voix ne s'élève pour proposer une enchère. Après un long moment de silence, le commissaire-priseur déclare que l'esclave Wash demeure propriété de la Confédération et sera affecté aux usines d'armement d'Atlanta. Blessé par le rire insolent de Wash et de ceux qui le suivent, le procureur perd soudain son sang-froid et crie : Là vous n'engraisserez pas, garçon, et on vous apprendra à travailler. Wash entre en transe et se met à vociférer de son ton de prédicant : Oui, procureur, nous savons que dans ces usines les Noirs, avant un an, sont bons pour le cimetière. Mais ce ne sera pas vrai pour nous, car dans six mois nous serons délivrés. Le procureur rougit et réplique avec beaucoup de dignité : « Avec le rapport que je vais faire sur toi, dans six mois tu ne parleras plus si haut, Wash. Et dis-moi, qui pourrait bien te délivrer à Atlanta ? – Dans six mois, Cheval rouge sera à Atlanta et bien avant cela, il aura pris cette ville. Prenez garde alors, car cet homme qui voit tout aura découvert les ossements de nos camarades que vous avez assassinés et si vous ne hissez pas tout de suite le drapeau blanc, il vous prendra sous ses canons et pour chacun de nos morts il y en aura cinquante des vôtres. Quant à toi, procureur, lorsqu'il saura que c'est toi qui as fait vendre des soldats libres, tu seras jugé, condamné et pendu à un de ces arbres auxquels vous vouliez nous pendre. Sauve-toi tant qu'il en est temps encore, avec ta femme et tes enfants, car je vois, oui, je vois que Cheval rouge sera là plus tôt, bien plus tôt que tu ne peux l'imaginer. »

Rien ne saurait décrire le ton et l'air de certitude profonde avec lesquels il prophétisait ces absurdités. Nous nous sommes tous levés de colère et nous avons d'abord crié toutes les injures que nous connaissions et puis seulement : À mort ! Et je crois que nous l'aurions fait, malgré les ordres du gouvernement, si nous avions pu nous approcher d'eux. Mais les prisonniers, rassemblés sur l'estrade, s'étaient, eux aussi, déchaînés. Ils avaient repoussé le procureur et le commissaire-priseur qui avaient dû chercher refuge parmi nous. Ils poussaient leur cri de guerre dont les interminables stridences se heurtaient victorieusement à nos clameurs. Avec leurs chaînes, ils brisaient tout ce qui se trouvait à leur portée, fracassant les carreaux des fenêtres, brisant la table du commissaire et chassant les gardiens de prison qui s'efforçaient de les contenir.

Le procureur, qui était venu s'abriter près de moi, est devenu très pâle. La sueur coulait sur son front, tandis que ses yeux fixes semblaient, en un autre lieu, contempler un spectacle effrayant. Il s'est retourné, il a serré convulsivement les mains du commissaire-priseur sidéré et il est sorti en courant par la petite porte latérale qui s'ouvre au pied de l'estrade. Le tumulte et le désordre sont alors devenus indescriptibles, les gardiens semblaient avoir disparu et quoique nous fussions de beaucoup les plus nombreux j'ai cru que les nègres allaient sauter de l'estrade et nous attaquer. J'ai sorti mon pistolet et à mes côtés plusieurs autres surveillants ont fait de même. Pendant que j'armais mon pistolet sans avoir clairement conscience de mes actes, tant j'étais saisi par cette incroyable scène, j'ai senti se poser sur moi le regard de l'esclave Johnson qui me parut singulièrement triste. Il se tenait un peu en retrait de ses hommes et, de toute l'assistance, il paraissait le seul à avoir conservé son calme. Il a regardé les armes qui sortaient partout de nos poches et, ayant repris l'air rieur qui lui était manifestement habituel, il a donné un ordre bref. En un instant, les prisonniers déchaînés se sont retrouvés en file, immobiles et silencieux. Nous nous sommes tus nous aussi et, ne sachant que faire, nous nous sommes rassis. Sans élever la voix, comme s'il lui revenait de remettre les choses en ordre, il a dit : Commissaire, fais ton office, mais d'abord, fais rentrer ces pistolets. Le commissaire s'est tourné vers nous et nous a fait signe de rengainer nos armes. Un des Noirs a remis en place le petit escalier de bois menant de la salle à l'estrade, le commissaire est remonté avec son registre et son marteau, il s'est éclairci la voix et a appelé le prisonnier suivant. Il n'y a eu aucune enchère et il a appelé très vite tous les autres, les attribuant, tour à tour, aux usines d'armement d'Atlanta. Les prisonniers défilaient devant nous sans nous voir – et nous ne levions pas non plus le regard sur eux – pour aller se masser du côté gauche où se tenaient autrefois, jusqu'au paiement du prix par le nouveau maître, les esclaves vendus. Tout cela s'est accompli dans un silence pesant, personne n'osait plus faire un geste ni souffler mot, comme si entre les nègres et nous, quelqu'un avait renversé la dernière goutte de notre commune humanité. Du côté droit de l'estrade, il n'est plus resté que Johnson. Complètement nu, portant comme les autres sur son bras droit son pantalon et sa veste d'esclave, il avait malgré tout l'air d'un prince et je n'ai pu m'empêcher de penser que, plus qu'aucun autre dans la salle, il était bien un homme du Sud et qui nous faisait honneur. Indifférent en apparence à ce qui allait lui arriver, il nous regardait gravement, comme s'il voyait déjà tous les malheurs qui allaient s'abattre sur ce pays.

Le commissaire-priseur avait, depuis longtemps, renoncé à formuler un prix. Il a demandé comme pour les autres : Y a-t-il une offre ? D'abord personne n'a répondu et nous avons pensé qu'il irait, lui aussi, mourir de faim et d'épuisement à Atlanta, quand, du fond de la salle, une voix a grondé à la stupéfaction générale : Cinquante dollars ! Vers l'estrade s'est avancé un homme plutôt court, aux mouvements imposants, avec un nez écrasé et des yeux largement fendus sous une énorme chevelure fauve. En le voyant, beaucoup d'entre nous sont partis d'un éclat de rire et nous ont expliqué que cet homme était Leeuw, le propriétaire du cirque ambulant qui stationnait depuis une quinzaine de jours aux confins de la ville. Un ancien clown, au passé incertain, qui, devenu dompteur, présentait avec deux lions un numéro de dressage comique très réussi.

Ses billets à la main, il a fait signe au commissaire d'attendre pour achever l'opération et a dit : Je le prends, si l'homme le veut. Johnson a demandé : « Pourquoi me veux-tu ? – Parce que tu es signé du lion, comme moi. » La raison a dû plaire à Johnson car il a répondu : Je le veux.

Le commissaire a demandé : « Avant de vous l'attribuer, Leeuw, pouvez-vous me dire à quel travail vous allez l'utiliser et comment vous assurerez sa sécurité, comme l'exige le gouvernement. – Facile, fut la réponse, l'ex-colonel Johnson sera une attraction de choix pour un de mes numéros comiques. Quant à la sécurité, j'ai trois cages pour mes lions qui s'entourent l'une l'autre. Il sera dans la cage du centre. Pour s'échapper, il devrait traverser celles où se trouvent les lions. Si quelqu'un lui voulait du mal il devrait faire de même. Aucun danger, d'autant que mes lions manquent de viande. »

Le commissaire-priseur a attribué Johnson à Leeuw, il était manifestement soulagé, comme nous tous, de l'heureuse issue de cette séance qui avait failli si mal tourner. Faire du meurtrier de Stonewall Jackson l'esclave d'un saltimbanque, c'était après tout une assez belle revanche et la plupart des nôtres sont sortis bruyamment pour aller colporter cette nouvelle dans la ville. Je suis resté pour voir comment tout allait se terminer. Le commissaire a pris les billets, il a remis à Leeuw son titre de propriété et la clef des chaînes de son nouvel esclave. La première chose que Leeuw a faite a été d'ouvrir le cadenas et de fourrer les chaînes dans une des immenses poches de sa redingote. Le commissaire s'est écrié : Vous êtes fou ! Il a riposté : Permettez, commissaire, je connais mon métier. Cet homme est un lion, regardez ses yeux et ses reins. Les lions ne se mènent pas avec des chaînes mais avec la compréhension et le regard. Il a fixé un moment Johnson et il est vrai qu'ils avaient tous les deux des yeux de lion, et c'est Johnson qui a baissé les siens le premier. Leeuw lui a touché légèrement l'épaule : Va dire au revoir aux tiens. Depuis la fin du tumulte, les gardiens étaient revenus et se préparaient à emmener les prisonniers. Il a dit simplement : Tenez bon six mois et le régiment viendra vous délivrer. Je ne vous dis pas adieu, mais au revoir. D'une voix, ils ont répondu : Au revoir, et les gardiens les ont poussés dehors. Dès qu'ils ont été dans la rue, nous avons entendu résonner à nouveau le chant de Cheval rouge. C'est à ce moment que j'ai senti que nous allions perdre cette guerre et que j'ai décidé de m'engager.

La foule accompagne Leeuw et Johnson jusqu'aux quatre roulottes et à la tente, modeste survivante de ce qui fut avant la guerre le chapiteau royal et les palais adjacents de la tribu des Leeuw. Les gens veulent voir la cage où le colonel Johnson sera enfermé entre deux lions. C'est une cage ronde, en forme de champignon, entourée de deux autres cages circulaires où se tiennent les fauves. On peut voir dans la cage centrale un tapis, une couverture et un pot de chambre à fleurs. Le pot de chambre fait rire et Leeuw, en rabattant les portes des deux premières cages que les lions arpentent nerveusement, crée un couloir par où il fait entrer Johnson. Il referme ensuite soigneusement les portes et prie l'honorable compagnie de bien vouloir se retirer, car il lui faut préparer, dès maintenant, le numéro dans lequel il aura le plaisir de leur présenter le colonel Johnson. La foule se retire, mais quelques jeunes surveillants d'esclaves s'attardent en riant bruyamment sur les gradins. Leeuw sort son énorme pistolet et tire sur la cible qui se trouve à l'autre bout du cirque. Il fait mouche à chaque coup et comme il renouvelle son aimable invitation à se retirer, les jeunes gens s'en vont sans plus se faire prier.

Mme Leeuw a préparé le dîner et elle apporte à Johnson une écuelle de maïs, du pain et de l'eau, puis elle sort promener la girafe qui est assise tout le jour dans la cage d'où émerge sa haute tête atterrée. Les lions se sont couchés, Leeuw entre dans leur cage et s'assied entre eux, appuyant son dos au flanc du mâle. Avec son énorme chevelure et son visage écrasé, il ressemble un peu à un lion diminué par ce qu'il a d'humain. Il parle d'une voix de gorge, soudain grondante et qui semble destinée à d'autres usages que celui de la parole : « J'aime les lions. J'ai vécu déjà une vie de lion, j'espère en vivre encore d'autres. J'ai été en Afrique, les Africains sont en avance sur nous à cause de leur contact avec des lions libres. C'est ce qui vous manque, Johnson, vous avez beaucoup oublié, mais vous êtes resté un lion. J'ai vu ça tout de suite sur la place, quand les autres allaient vous lyncher et que vous avez retourné votre peur contre eux. »

Il s'étend de tout son long entre les pattes du lion et s'arrête un instant pour mieux savourer sa position : « Je n'oublie pas que je vous ai acheté, que vous êtes enfermé dans une cage et que vous n'avez aucune raison de penser que je ne suis pas un ennemi ou un mouchard. Mais les lions se reconnaissent entre eux et j'ai des choses à vous dire. Cette nuit, les surveillants d'esclaves que vous avez mis en fuite vont venir pour vous lyncher. Ils ont repéré votre cage et ils vont d'abord tirer sur vous à travers la toile du cirque. Il y a un mécanisme dans votre cage qui permet de faire descendre le fond, de telle façon qu'en restant couché vous serez à l'abri. Je lâcherai les lions sur les agresseurs et je ne crois pas que la fusillade dure longtemps.

D'autres, pendant ce temps, peuvent arriver à revers pour mettre le feu au cirque et vous faire rôtir au milieu. Je serai occupé ailleurs, mais si vous aviez un fusil dans votre cage peut-être trouveriez-vous amusant d'épingler ces gens qui viennent par-derrière. Si plutôt que de courir ce risque vous préférez prendre celui de vous enfuir et d'être traqué par tous les Blancs de cet État, vous avez des chances, car je suis fort distrait, de trouver tout à l'heure une clef à côté du fusil.

Pour que vous puissiez faire votre choix en connaissance de cause il faut que j'ajoute que pour la représentation de demain je devrai vous demander de mettre une culotte blanche, une veste rouge, un grand chapeau à plumes et de vous montrer aussi ridicule que possible, car c'est ainsi que les Blancs du Sud veulent voir un colonel noir. »

À ce moment, Mme Leeuw ramène la girafe et va se coucher dans la première roulotte. Le clown ferme la porte de la sienne et Leeuw, étendu entre les deux fauves, allume une pipe et la tend à Johnson. Celui-ci, couché sur le tapis, aspire la fumée avec lenteur et félicité. Une pipe, la première depuis la fin du monde dans les marais de Basses Prairies. Leeuw allume une autre pipe et, la tête appuyée sur le dos onduleux de la lionne, il regarde les ténèbres s'approfondir autour d'eux, jusqu'au moment où l'on ne distingue plus que les deux fourneaux rougeoyants. Un peu avant minuit, Leeuw se lève, sa main lourde et poilue saisit celle de Johnson et la guide jusqu'au levier qui sert à abaisser le fond de la cage. Un peu plus tard, un fusil et une clef sont déposés à côté de lui. Il devine que les lions sont sortis de leur cage, il manœuvre le levier et le fond de la sienne s'abaisse. En se couchant le long du bord, il est parfaitement protégé. On entend plusieurs chevaux venir de la ville et bientôt des balles sifflent au-dessus de lui. Le pistolet de Leeuw claque deux fois, puis il y a des cris d'effroi suivis du tumulte d'une fuite éperdue.

Maintenant c'est de l'autre côté qu'est le danger, Johnson arme son fusil. On voit confusément à travers la toile de tente trois porteurs de torches qui courent vers le cirque et qui s'arrêtent au bruit de la débandade des autres. Johnson profite de ce moment d'hésitation pour tirer deux coups et la première flamme chancelle et tombe. Pendant qu'il recharge, on entend le pistolet de Leeuw et le deuxième incendiaire, touché sans doute, jette sa torche pour ne pas se faire repérer. Le troisième tente désespérément de lancer sa torche sur le cirque qu'il ne peut atteindre et deux nouveaux coups de fusil précipitent sa fuite. Il y a, du côté de la route qui vient de la ville, un bruit furieux de ruades, de hennissements et de coups de feu tirés au hasard. Les lions doivent être en train d'attaquer les chevaux et on entend bientôt la galopade effrénée de ceux qui ont pu s'échapper.

Le matin, quand le shérif arrive, il y a un homme mort à quelque distance du cirque avec dans la tête une balle du pistolet de Leeuw. Dans tout le cirque, on voit les traces des balles tirées par les assaillants. La girafe a même été blessée au cou, ce qui fait pleurer Mme Leeuw. On trouve aussi les torches abandonnées par les incendiaires et des traces de chutes. Du côté de la route, on découvre un cheval abattu, à demi dévoré par les lions. Johnson est toujours étendu dans sa cage, il a l'air ébranlé par les événements de la nuit et par la proximité constante des lions qui ne le laissent pas faire un mouvement sans gronder.

Le shérif demande à Leeuw ce qu'il compte faire. Leeuw bourre lentement sa pipe : Est-ce que le shérif n'a pas remarqué la ressemblance entre le cheval tué par les lions et celui de son premier adjoint ? Ceci n'a pas frappé le shérif qui estime inutile de faire une enquête si Leeuw, de son côté, ne porte pas plainte. Leeuw compte quitter prochainement la ville et est disposé à tout laisser en état si le shérif lui garantit qu'il n'y aura pas d'autre incident. Le shérif le lui promet et s'en va d'un air gai après avoir autorisé Leeuw à garder pour ses lions les restes du cheval mort. Quand la représentation commence, à la fin de l'après-midi, les gradins du cirque sont combles. Après des numéros de dressage et d'équilibrisme, Mme Leeuw, assise en amazone sur la girafe au cou bandé, annonce les aventures d'un colonel noir. Les deux lions et Leeuw sont sur la piste quand, par le couloir grillagé des fauves, Johnson débouche en courant, vêtu seulement d'un vieux pantalon d'esclave. Arrivé sur la piste, il tombe en arrêt devant les lions qui lui tournent le dos. Après avoir battu en retraite vers le couloir, il aperçoit au centre de la piste un miroir, avec un uniforme rouge et des culottes blanches. Après deux ou trois fuites précipitées il enfile le pantalon blanc, revêt l'habit rouge constellé de décorations et s'exerce devant le miroir à prendre l'air important et vide qui convient à un grade élevé. Quand il s'est coiffé d'un grand bicorne à plumes et a allumé un cigare, il est l'incarnation du roi nègre tel que les enfants du Sud ont appris à le connaître dans leurs livres d'images. Mais son regard tombe avec désolation sur ses jambes et ses pieds nus. Il y a bien au bord de la piste une belle paire de bottes noires et brillantes, mais elle se trouve entre les deux lions qui regardent le public. Il tente de s'approcher des bottes, à pas feutrés, au moment où il va s'en emparer les deux fauves tournent la tête vers lui et grognent. Johnson fait un énorme bond qui le ramène devant l'entrée du couloir des fauves où le lion l'a déjà précédé. La foule est pliée de rire et sa joie parvient à son comble quand la lionne, aux genoux de laquelle il est allé se jeter pour fuir son redoutable mari, lui tend sa patte à baiser. Comment détester, comment avoir peur de ce visage terrifié qui rit et qui pleure à la fois et se colore des marques d'une irrépressible panique au moindre mouvement des lions ? Johnson fait l'exercice, participe à un concours de tir avec Leeuw et est partout égal à lui-même. Le public lui fait une ovation à la fin du spectacle. À la sortie, beaucoup de gens vont féliciter Leeuw de sa nouvelle acquisition : Vous savez, je ne crois pas que ce soit le vrai Johnson, mais en tout cas, c'est un sacré comédien nègre. Dites donc, pour cinquante dollars, enfin pour cinquante dollars d'aujourd'hui, vous avez fait une affaire. On voit bien que vous n'êtes pas tombé avec la dernière pluie et votre gaillard non plus. C'est qu'il connaît les nègres, celui-là !

Pierre entre en convalescence, il commence à marcher avec l'aide de Jimmy. Tous les matins, il travaille avec Gauvain à la réorganisation du régiment et, dans la soirée, il discute avec les jeunes officiers ou fait la connaissance des nouvelles recrues. Le jour, Cheval rouge habite sa colère indéfiniment dominée, mais la nuit il rêve de lions.

Quand il se dégage ou revient de ce rêve, il comprend mieux sa colère. Il y a Johnson, il y a Basses Prairies, mais il y a aussi le sang, tout ce sang sur les uniformes et les drapeaux qui à travers le monde font saigner l'homme de couleur. Toutes ces barbes, ces grands cordons, ces conseils d'administration et ces crinolines qui sont bâtis sur le rouge. Pas le leur, toujours le sang des autres et, couronnant les étendards, la souffrance des aigles, des lions et des grands animaux captifs.

Il s'éveille, il se lève, il sent sa cicatrice encore dure mais qui, chaque jour, s'assouplit et devient moins douloureuse. Bientôt je pourrai remonter à cheval et nous entrerons en campagne pour libérer l'esclave Johnson.

Avec Leeuw et ses roulottes, Johnson s'enfonce chaque jour davantage dans le Sud, dans le rythme plus lent, plus végétal du pays profond. Il entre aussi dans la confiance des lions et, à travers elle, dans l'amitié et dans la connaissance de Leeuw. En regardant les lions et en écoutant Leeuw, Johnson pense beaucoup à l'Afrique, qui pourtant n'est plus sa terre : « C'est ici que je dois être avec les miens, avec Pierre et le régiment noir. »

Leeuw ne le contredit pas, mais lui fait remarquer que le cercle des siens s'est élargi et comprend maintenant King et Queen et peut-être aussi Leeuw. Il ajoute : « Quand cette guerre sera finie, il y aura encore, entre les Noirs et les Blancs, une autre guerre, sans régiment, sans batailles et beaucoup plus longue que nos vies, Johnson. Au bout de cette guerre, il n'y aura peut-être pas le bonheur, car en les combattant vous aurez dû vous mettre sur les mêmes rails que les Blancs.
– Crois-tu qu'il n'y ait de bonheur qu'en Afrique ? » Leeuw réfléchit en exhalant un cercle de fumée : « Il est peut-être ailleurs, mais en Afrique il est là. »

Leeuw pourtant s'assombrit et devient inquiet, les lions ont faim. Ce n'est pas que le cirque manque d'argent, le numéro qu'il fait avec Johnson a toujours le même succès et emplit les caisses. Mais le pays manque de viande et le gouvernement réquisitionne pour l'armée le peu qui est encore disponible. Leeuw se démène, paie des prix astronomiques et les lions s'affaiblissent. Il pense avec tant d'intensité à l'Afrique où les lions pourraient vivre en liberté qu'il ne parvient pas à trouver une solution à ce problème. Celle-ci existe pourtant,

Johnson en est sûr. Que ferait Cheval rouge dans la circonstance ? Il a démontré qu'en évitant les grands engagements et en manœuvrant sans cesse on pouvait vaincre en vivant sur le pays. Pierre est tout le temps en train de parcourir son théâtre d'opérations, de le reconnaître et d'en étudier la carte. Johnson demande à Leeuw de lui acheter une carte de la région. Il voit qu'un peu plus au sud et à trente milles vers l'est, il y a de grandes forêts. Il appelle Leeuw, lui montre la carte : Les lions pourraient, eux aussi, vivre sur le pays. Amenons-les dans la forêt et laissons-les chasser.

C'est un coup de foudre pour Leeuw, pour la première fois Johnson voit son visage s'émouvoir. Une idée si simple, les lions sont sauvés ! La décision est immédiate, Leeuw annule les représentations prévues, ils démontent le cirque et les roulottes partent en direction des forêts.

La première nuit, Leeuw et Johnson se contentent de veiller, aux abords du territoire de chasse des lions, pour que personne ne puisse les apercevoir. King tue un daim et les deux hommes ramènent au campement le reste de la proie. Les nuits suivantes, ils se mettent à participer à la chasse en rabattant le gibier vers les fauves. Dix nuits s'écoulent ainsi et Johnson apprend à se diriger dans les bois d'après la marche, le guet ou les feulements des lions. Ils ne vont chasser que lorsqu'ils manquent de viande mais ils attendent impatiemment tous les quatre de nouvelles nuits de chasse et Johnson remarque que les intervalles entre elles ne cessent de raccourcir. La onzième nuit, c'est Leeuw qui tue, avec un couteau court qu'il enfonce plusieurs fois dans sa proie, avant d'en boire le sang. Les lions déjà déchirent la bête, Johnson est fasciné par le sang, il voudrait y plonger son visage et mordre. Il se ressaisit, il est Johnson, le colonel Johnson, il tire Leeuw en arrière et l'entraîne avec peine. Arrivé à l'orée, Leeuw se dégage, hésite et on voit un instant son visage bouleversé et barbouillé de sang, puis il bondit dans le fourré. Johnson se cramponne au tronc d'un arbre pour ne pas céder au désir de le suivre et quand la crise est à son comble il se roule sur le sol, en criant et en labourant la terre de ses ongles. Ensuite il pleure longtemps sans comprendre, sinon qu'il faut renoncer, oui, renoncer sans fin à l'Afrique et à l'immense liberté animale.

Le lendemain, Leeuw lui apprend qu'un chasseur a vu les traces des fauves et les ossements d'une bête dévorée et qu'il faut reprendre les représentations pour désarmer les soupçons. Il ajoute qu'il est temps de chercher une occasion qui permette à Johnson de disparaître tout à fait et d'attendre, caché, l'avance de l'armée Sherman.

Autour des forêts, dans les petites villes et les villages, les spectacles de cirque reprennent et Leeuw s'aperçoit que les spectateurs croient de moins en moins que Johnson est vraiment le colonel noir fait prisonnier à Basses Prairies. Lorsque les nuits ne sont pas trop claires, Leeuw part chasser avec les deux lions. Ces nuits-là, Johnson se fait enfermer dans la cage centrale et il lui faut un dur moment de concentration sur les images de Pierre et du régiment, il lui faut un long temps de méditation et de prière pour s'apaiser et parvenir au sommeil.

Un petit garçon aux longues boucles blondes vient un jour assister au spectacle, il est suivi par une jeune fille noire qui s'assied à côté de lui et que Johnson trouve belle. Le garçon suit le spectacle avec un grand sérieux, parfois il s'abandonne au rire et alors il se tourne vers elle pour lui faire partager son plaisir. Elle a un visage grave et souriant. Quand l'enfant rit, on entend le trille de son rire léger se mêler finement au sien. Ce rire rappelle à Johnson un autre visage, mais il est trop occupé par le spectacle pour pouvoir s'en souvenir. Depuis leur entrée dans le cirque, Leeuw ne les a pas perdus de vue, il sent que la jeune fille et l'enfant ont une raison pour être là et que celle-ci n'est pas étrangère à Johnson. Cette jeune fille, il l'a vu du premier coup d'œil, sous son aspect doux et réservé, est un lion. À la fin de la représentation, elle monte avec l'enfant dans une voiture tirée par un poney. Il admire sa main longue et sûre, la façon qu'elle a de rassembler son cheval, avant de le pousser en avant d'une voix chantante et de passer les rênes au garçon. Cette femme, il en est certain, reviendra demain.

Dernière nuit de Leeuw et de Johnson. Dernière nuit avec les lions. « Personne ne sait plus que tu es ici, plus personne ne sait qui tu es. Bientôt il faudra partir. » Il regarde Leeuw sans comprendre. Où pourrait-il aller, à moins d'errer dans les bois ou de redevenir esclave ? Leeuw insiste : « Ce jour est proche, regarde comme les lions sont troublés. »

Est-ce que Leeuw dit : Il faut retourner chez les tiens. Ou se contente-t-il de proférer un long feulement d'anxiété et de regret qui se termine en grondement ? Electrisés, King et Queen bondissent sur la piste, s'entrecroisent dans l'air, entreprennent, face à face, une danse minutieuse où Johnson sent sa pensée devenir poids, espace et mouvement, dans l'accomplissement d'un jeu souverain.

Est-ce qu'il y a ensuite un apaisement ou seulement une autre impulsion vers un nouveau désir, un nouveau temps, toujours en train de naître dans l'abondance des actes sans mémoire ? Leeuw rit doucement, sa joue contre celle de King : Le colonel Johnson n'est qu'un moment de Johnson. Pierre ne connaissait pas non plus l'existence de Cheval rouge et cependant il est devenu Cheval rouge.

La jeune fille noire revient le lendemain, mais elle ne demande pas à Leeuw, comme il s'y attendait, de racheter Johnson au nom de ses maîtres. Tous les Noirs du village de Maisonchaude ont été affranchis et les anciens maîtres sont morts. Leur chef demande à Leeuw de lui confier Johnson. Il sera l'instituteur des enfants qui n'en ont jamais eu jusqu'ici. Le village est petit mais prospère, installé loin de tout, au milieu des bois. Les seuls Blancs sont deux garçons orphelins, les fils des anciens maîtres. Leur tuteur est le vieux juge de la ville qui ne vient qu'une fois par mois. Le chef dit que Johnson sera bien à l'abri chez eux. Leeuw demande comment le chef sait que Johnson doit être à l'abri. La jeune fille dit qu'il sait beaucoup de choses que les autres ne connaissent pas.

Leeuw appelle Johnson qui demande s'il sera l'instituteur des enfants noirs ou des enfants blancs. Elle répond : De tous. Il y a huit enfants noirs et deux blancs en âge d'école.

J'irai, dit Johnson. Leeuw assure à la jeune fille qu'ils l'attendront ce soir au bord de la route, dans la forêt. Nous serons là avec les lions, n'ayez pas peur si votre poney s'agite et tenez-le serré. Elle lève vers lui son regard franc : Je n'aurai pas peur, je sais que vous êtes bons tous les quatre. Ce qui fait rire les deux hommes.

À la tombée de la nuit, la voiture s'engage dans la forêt. Au bout de quelques milles on voit Johnson qui fait des signaux avec une lanterne. Le cheval est nerveux mais la jeune fille le tient bien en main. Elle arrête la voiture, Johnson y monte et elle lui tend les rênes. La route est longue et c'est seulement au milieu de la nuit qu'ils arrivent au village. Tout dort et les lumières sont éteintes, sauf devant la grande maison, où deux lampes sont allumées sur le seuil des communs. Johnson suit la jeune fille dans un escalier tournant et très roide, au sommet duquel se trouve une grande cuisine chaude et accueillante où on a préparé un repas. Elle sursaute soudain en regardant derrière lui, puis son visage s'éclaire. Il se retourne, dans l'embrasure de la fenêtre apparaissent les têtes de King et de Queen entourant la crinière rouge de Leeuw et son visage attristé. Elle se lève, va vers eux et d'un geste confiant pose ses mains sur le front des lions. Elle se penche vers Leeuw, et l'embrasse, puis les trois têtes disparaissent dans la nuit.

Johnson court à l'escalier, descend jusqu'au seuil, il voudrait encore un échange, un adieu. Mais les lions sont déjà repartis vers la forêt, entourant Leeuw qui trotte à leur rythme. On voit leurs trois ombres s'étendre, disparaître dans les premiers couverts. Leeuw ne se retourne pas et Johnson soupire en pensant à l'Afrique.

La jeune fille est descendue sans bruit près de lui, elle éclaire de sa lampe l'escalier de pierres bleues qu'il a le sentiment de reconnaître. Elle dit : Nous vous appellerons Instituteur John. Ce nom l'étonne mais ne lui déplaît pas. Et vous, comment vous appelle-t-on ? Elle esquisse, tournée vers lui, une légère révérence : On m'appelle Mlle Mérence.

Pierre est sorti de l'hôpital, il est revenu au camp d'entraînement, Gauvain a ordonné une prise d'armes et il a passé le régiment en revue, à pied et en s'appuyant sur une canne. Il y a beaucoup de nouveaux visages mais les anciens ont déjà modelé les recrues. Quelque chose manque cependant, une souplesse, un liant, une onde lumineuse qu'il y avait autrefois. Qui étaient la parole et le rire de Johnson.

Au milieu des tentes de l'état-major, il y en a une plus vaste où Gauvain conduit Pierre. Il refuse de s'y installer, cette tente est celle du commandant du régiment, celle du colonel Johnson dont il n'est plus que l'adjoint. Elle doit demeurer vide jusqu'à sa libération.

Le régiment se réorganise très vite, le nombre de ses canons a doublé et l'effectif s'élève à plus de deux mille hommes, dont près de la moitié sont des recrues. Il forme, suivant les instructions de Sherman, une colonne mobile et indépendante, composée moitié d'artilleurs, moitié de cavaliers entraînés aussi à combattre à pied. Cheval rouge peut maintenant monter à cheval avec prudence. Reprennent les dures séances d'entraînement, les tirs, les marches et les manœuvres de nuit. Quand il y a des soirées libres, tous les anciens et les gradés sont occupés à apprendre aux nouveaux à lire, à écrire et à compter. Pierre et Gauvain consacrent beaucoup de leur temps à former les officiers et souvent Cheval rouge, comme autrefois, prend un groupe de recrues et les entraîne à charger et à pointer à la cadence la plus rapide. Assis sur l'herbe au milieu d'eux, il leur explique les principes fondamentaux de la balistique ou leur raconte l'histoire du régiment noir et les exploits du colonel Johnson. Alors une singulière fraîcheur remonte en lui et il peut rire et plaisanter avec les hommes comme au temps déjà lointain de la 5e batterie. Ces moments sont rares, car Pierre ne rit presque plus et si les anciens lui parlent toujours avec confiance, les recrues ont peur de lui et souvent se troublent en sa présence. Quand ils parlent de lui, les hommes ne l'appellent plus que Cheval rouge. Ils mettent dans ce nom une nuance d'admiration mais aussi de la crainte et une certaine hargne. Cheval rouge est juste, c'est vrai, il est brave et connaît son affaire, mais il est dur, infatigable et on trime deux fois plus sous ses ordres que dans les régiments blancs.

Durci et creusé par l'hôpital, le visage de Cheval rouge, dont s'accuse le nez aquilin, donne l'impression d'être toujours vu de profil. Ses yeux ont acquis une fixité inaltérable qui rappelle en plus clair – ou parfois en plus noir – celle du regard de Ti-Kou et qui déconcerte Sherman lui-même. Il signe toutes ses instructions par ordre du colonel Johnson commandant le régiment. Ainsi le colonel Johnson existe, il agit toujours, et son absence est le moteur qui continue à mouvoir l'unité.

Sherman a terminé ses préparatifs et l'armée se met en marche. Il y a deux colonnes d'avant-garde et le régiment noir, assisté par un corps de sapeurs et de pontonniers, est la mâchoire sud de la tenaille de Sherman. L'ennemi doit ignorer toujours l'itinéraire principal de l'armée dont la marche revêt un aspect volontairement hésitant. Il s'agit de surprendre l'adversaire, de changer constamment d'axe, de ne jamais s'obstiner devant une résistance et avant tout de frapper vite. Peu de bagages, des munitions. Si le soldat veut manger, qu'il prenne la nourriture où elle est, en avant. Toutes les ressources que l'armée ne pourra consommer sur place doivent être détruites, ainsi chacun saura que toute retraite est impossible.

Le régiment noir, supérieurement entraîné aux marches nocturnes, ne se déplace guère que la nuit. De partout accourent des esclaves en fuite qui nous servent de guides et d'éclaireurs et nous indiquent où sont les positions des rebelles et leurs réserves de vivres et de munitions. L'amusement suprême, le plaisir de Pierre, c'est de surprendre l'ennemi dans le plus obscur de la nuit, ou d'attendre, à proximité d'un de leurs camps, l'heure de l'aube et le moment où les gris sortent en pleine quiétude de leurs tentes. Alors les canons sèment le désordre, les cavaliers arrivent de flanc et Cheval rouge rit sans ouvrir les lèvres, en voyant les chevaliers sudistes détaler en chemise. Si une résistance s'organise, il fait lever le fanion à l'étalon rouge qui signifie : Pas de quartier ! Si l'ennemi ne se rend pas, les canons de réserve sont mis en batterie et les cavaliers se préparent à charger en criant dans les porte-voix : Voilà les pirates de Sherman. Cheval rouge tient beaucoup à ce cri modulé à l'indienne et qui ébranle les nerfs. Les rebelles ne savent pas encore ce qu'il signifie, ils le comprendront vite.

La progression de l'avant-garde sud est rapide, mais Cheval rouge a beau interroger Noirs et Blancs, personne n'a vu passer Johnson ni la colonne des prisonniers de Basses Prairies. Avec l'accord de Sherman, il décide d'obliquer vers le sud et un premier indice se dévoile. De la ferme du carrefour des Trois Fourches où sont parvenus ses éclaireurs, on lui envoie les trois blessés qu'à la prière de Johnson la fermière a recueillis et soignés. Leur bonheur, leur rire, leur confiance dans la parole de Johnson. La promesse est tenue, Cheval rouge est arrivé et le régiment est plus puissant que jamais. Le récit de leurs souffrances sur la route, de la fermeté de Johnson, de la bonté de la fermière qui les a sauvés. L'assemblée de tout le régiment, le regard des hommes quand Gauvain fait passer parmi eux les trois prisonniers pour qu'ils montrent à tous leurs épaules marquées au fer rouge du signe des esclaves en fuite. Le moment où Tumbolo Jones écrase leurs chaînes sur son enclume et en fait de la mitraille qu'ils enverront eux-mêmes aux rebelles lors du prochain combat.

Un premier lien est à nouveau tissé avec Johnson. Pierre va remercier la fermière qui le reçoit debout dans sa cuisine. Il a l'impression de reconnaître ce beau visage usé et adouci par l'âge. Elle est de la bonne race, celle dont les mains ne sont jamais inactives et dont le cœur est toujours en mouvement, celle de François, celle de Martin, celle du père Pierre et de la grand-mère dans la maison grise. Il s'assied en face d'elle pendant qu'elle s'active à lui préparer du café et des gâteaux de maïs. Ils ne se disent que quelques mots mais ils sont heureux de cet instant vécu ensemble, chacun portant son malheur que l'autre comprend bien. Quand il lui dit adieu, Cheval rouge se penche vers la femme ennemie, la retient un moment dans ses bras, l'embrasse.

En sortant il rencontre le fermier dans la cour et il veut le remercier, lui aussi, mais l'homme qui a le regard droit dit : « C'est la femme qui a tout fait. Quand vos hommes sont arrivés, j'étais tellement enragé contre vous autres, à cause de la mort de mon fils, que je voulais les battre. Le chef est arrivé, il pouvait à peine se tenir après une journée sans eau sur la route. Quand j'ai levé mon bâton, il a ri d'un tel air que je n'ai pas pu le frapper. J'ai senti alors qu'il y avait derrière moi quelqu'un de pas commode qui me regardait. Notez qu'il n'y avait personne, mais en vous voyant arriver aujourd'hui j'ai pensé que cet homme c'était vous. – Peut-être, dit Pierre. Mais on n'a pas le temps de s'appesantir. Les courriers sont là, qui attendent les ordres. Ce qu'il faut savoir, c'est l'endroit où l'on a emmené les prisonniers. » Il montre une carte au fermier qui hésite un moment, puis indique un point à l'est : « C'est là. C'est là que se tient le marché. »

Le marché ! Le ventre de Cheval rouge se convulse, devient de pierre, l'homme recule, effrayé devant ce visage livide dont tout le sang a été violemment chassé. Mais ce n'est pas le moment de s'abandonner à la colère, il faut respirer à fond et plusieurs fois, en tournant le dos au fermier. Il faut réunir les officiers, choisir les itinéraires, fixer l'horaire de chaque colonne, rédiger les ordres. Il faut faire des choses précises, réfléchies, pour que le cœur tumultueux connaisse ensuite son plaisir qui est de foncer vers la ville, de l'encercler et de la tenir sans défense sous la bouche des canons.

Cheval rouge suit la voie principale et à chaque tournant la mémoire – ou l'autre vie vécue avec Johnson sur la route et le lit d'hôpital ? – se déchire et livre son souvenir. On ne s'étonne pas quand apparaît au bord du chemin le premier tas de pierres. On le fait dégager mais on sait que les hommes vont y trouver un squelette parfaitement nettoyé par les fourmis rouges. À ce squelette manque la tête que l'on a fait éclater en laissant tomber sur elle une pierre très lourde. Ils ne se sont pas donné la peine d'enlever le bracelet matricule, mais on n'a pas besoin de lire, on sait que c'est celui de Peter Laramie, servant de gauche de la quatrième pièce de la 6e batterie, l'ancienne batterie de Wolf.

Il y a encore beaucoup d'autres tas de pierres le long de la route, chaque fois on dégage le corps, on lui enlève son matricule et on l'enterre sous une croix de bois. Chacun sait que les prisonniers, dont on a fait sauter le crâne, étaient encore vivants. Ceci, édicte le régiment noir, ne sera jamais pardonné. Mais Cheval rouge qui est le plus ancien, qui devient chaque jour plus ancien, sait que le temps efface tout, même le sang de la colère.

Au bout des stations de la mort grise, au bout de la faim et de la soif de Johnson, la ville du marché n'aura pas le loisir de hisser le drapeau blanc. Débouchant de quatre côtés à la fois, le régiment noir, à l'aube, foudroie de ses canons les défenses extérieures, puis canonniers et cavaliers mêlés, tous montent à l'attaque. Avant d'avoir eu le temps de s'éveiller et de se ressaisir, les miliciens rebelles sont encerclés et faits prisonniers. Pas un coup de canon n'est tiré sur la ville, le régiment n'oublie pas que la moitié de sa population est noire.

Quand tout est terminé, Cheval rouge, qui craint de ne pouvoir maîtriser sa colère, cède le commandement à Gauvain. Ordre est donné à toute la population de se rassembler sur la place où Buck lit l'« Acte d'émancipation » du président Lincoln. Les Noirs sont d'abord stupéfaits et ne peuvent croire qu'ils sont libres. Ensuite leur joie se manifeste et s'exalte, mais Gauvain veut savoir ce qui s'est passé lors de la vente des prisonniers. Aucune réponse, les Noirs se regardent entre eux d'un air gêné, ils ont encore peur des anciens maîtres. Ordre est donné aux Blancs de se retirer dans les étages de leurs maisons. Aux rez-de-chaussée, les Noirs recevront et nourriront un ou plusieurs soldats. Le lendemain tout se sait, le maire, les autorités de la ville et tous ceux qui s'apprêtaient à lyncher les prisonniers sont amenés à la salle de vente des esclaves. Tous les soldats qui ne sont pas de patrouille ou de garde sont présents. Pour que la population noire puisse participer, elle aussi, à l'événement, on a arraché les portes et éventré le mur qui donne sur la place du marché. Hommes, femmes, enfants, ils sont tous là et ils attendent. Gauvain, qui a étudié de près avec Cheval rouge la procédure de mise en vente des esclaves, la fait appliquer aux coupables. Il ne manque que le procureur. Où est-il ? Il est parti. Quand ? Le jour de la vente, un de vos hommes, un pasteur, a prédit votre arrivée. Il a pris peur et il s'est sauvé le jour même, avec sa femme et ses enfants. Gauvain ordonne de procéder aux formalités préparatoires de la vente. Un à un les hommes doivent se déshabiller et monter sur l'estrade complètement nus. On les fait courir, sauter, montrer leurs dents, leurs gorges, le bon état de leurs orifices, on évalue leurs qualités de reproducteurs. Ils sont ensuite poussés sans ménagement de l'autre côté de l'estrade où ils forment peu à peu une tache blême, suante, obscène. Quand la présentation est terminée, Gauvain déclare que tous les Noirs qui le veulent peuvent choisir un serviteur parmi eux.

Les deux groupes se dévisagent longuement en silence, enfin Inigo, le frère de Rufus rien du tout, se lève : « Le colonel Johnson nous a dit que nous nous battions pour qu'il n'y ait plus jamais d'esclaves. Nous n'avons rien à foutre avec ces gens-là, surtout pas une nouvelle race d'esclaves. » Tout le monde applaudit et Gauvain dit au maire, au shérif et à leurs collaborateurs : « Vous êtes destitués par ordre du général Sherman qui vous imposera bientôt une amende collective. Pour le reste, rentrez chez vous et filez doux dorénavant, ou nous reviendrons vous botter le cul. – Et les lyncheurs, qu'allons-nous en faire ? » Alors Tumbolo Jones qui les jours de combat charge avec les hommes du quatrième escadron, armé seulement de son marteau, Tumbolo, l'homme le plus large et, après Gauvain, le plus fort du régiment, dit : J'aimerais les écraser sur une enclume, ces vermines, mais voyez comme ils ont peur, ce ne serait pas drôle. Renvoyons-les aux rebelles, qu'ils en fassent des soldats. La proposition est acceptée et Buck mène les lyncheurs aux lignes sudistes.

Cheval rouge demeure insatisfait. Les prisonniers sont partis pour les usines d'Atlanta et sont pour longtemps hors d'atteinte. Johnson est l'esclave de Leeuw, le dresseur de fauves. Que penser de cela ? Johnson enfermé dans une cage, entouré par les lions dont Pierre rêve presque chaque nuit. Johnson qui joue le rôle d'un colonel nègre en culotte blanche, bicorne à plumes et uniforme rouge. Un colonel qui a peur de son ombre et qui se fait botter les fesses pour amuser le public. Vous l'avez vu, comment était-il au premier spectacle ? Désopilant, a répondu piteusement l'ancien maire. À ce moment, malgré Pierre, l'ancien élève des jésuites, le fils de M. Eugène, Cheval rouge a poussé un cri de douleur et il a donné, dans le ventre de ce pauvre vieillard déjà si humilié par les événements, un tel coup de pied qu'il l'a étendu raide. Il a fallu appeler le médecin et une ambulance du régiment pour le ramener chez lui sur une civière. Peut-être qu'il en mourra, mais Cheval rouge n'en a aucun remords. Scène dégoûtante, c'est vrai, indigne de moi – mais de quel moi ? –, vieil homme sans défense, eh bien, je n'ai pas pu faire autrement. Désopilant, Johnson, le colonel Johnson !

Le marché aux esclaves a été abattu et, à sa place, il y aura un jardin où les enfants pourront jouer. Les pierres, les portes et les fenêtres ont été données à ceux qui en avaient besoin pour se construire une maison. Avec le bois de l'estrade sur lequel ont coulé tant de larmes, on a préparé un feu de joie que Gauvain allume. La fête s'exalte encore au moment où se forment autour du feu trois grands cercles de danseurs. Tout le monde a beaucoup bu et, si un ancien maître ose encore s'approcher de sa fenêtre pour voir ce qui se passe, les soldats font sauter les vitres à coups de fusil. Peuple et soldats mêlés, ils sont tout à la joie et persuadés que le lendemain sera encore un jour de plaisir et de repos. Tandis que la nuit s'avance, Cheval rouge devient de plus en plus nerveux. Gauvain le voit et à deux heures du matin, renversant la table qui est devant lui avec les bouteilles, les verres et la vaisselle des Blancs, il crie : Assez ! Tout le monde s'arrête et il continue : Le colonel Johnson a demandé aux prisonniers de tenir six mois à Atlanta. Deux mois et demi sont passés, Atlanta est loin. Il faut que le régiment soit rassemblé et prêt à partir à six heures. Les couples de danseurs se défont, les soldats se hâtent vers leurs cantonnements, les officiers forment cercle pour recevoir les ordres. Avant le départ, Cheval rouge passe l'inspection avec ce visage de profil qui veut dire, à la manière de Stonewall Jackson : En avant ! En avant ! Les hommes pensent : Il aura notre peau, mais ils se redressent sous son regard. Sur le seuil des maisons, les femmes et les jeunes filles pleurent et se signent au passage des canons. Les hommes se sont rassemblés sur la place autour du nouveau maire. Ils entourent le régiment de leurs acclamations et l'accompagnent longtemps sur la route. Leurs visages déjà sont transformés. Cheval rouge, qui n'oublie rien, leur a laissé un instructeur et des armes.

C'est un village qui n'est pas comme les autres. Il n'y a que des Noirs et ils ont tous été affranchis par le maître qui a été tué dans une bataille. Sa femme est morte quelques mois plus tard et il n'est resté que les deux enfants. L'ancien maître a donné au village les deux tiers de ses terres moyennant un tiers des récoltes. La plantation, entourée de forêts, n'est pas très grande mais la terre est fertile. C'est le chef du village, celui qu'on appelle Granpé, qui préside au partage des cultures et des pâturages, c'est lui qui embauche aussi les ouvriers qui travaillent les champs que l'ancien maître avait conservés. Il est vieux et, comme il est très sage, il vit seul. On dit que Mlle Mérence et Valérie, qui travaillent à la grande maison, sont les filles de ses filles.

Il a donné à Instituteur John une case bien en ordre et un petit jardin. Le matin, il fait la classe aux enfants du village et à Ulysse, le plus jeune fils des anciens maîtres, ensuite il travaille aux champs avec les hommes. Dans la soirée, il fait travailler Olivier, l'aîné des garçons blancs qui est plus âgé que les autres écoliers. Le soir, il mange à la cuisine de la grande maison avec les deux enfants, Mlle Mérence et Valérie.

Il donne ses leçons le matin sous un grand noyer entre la grande maison et la cour de la ferme. Les enfants s'assoient par terre et il leur apprend les lettres et les chiffres en écrivant avec un morceau de charbon sur une planche de bois clair, soigneusement nettoyée chaque jour par Valérie. À leur prochain voyage à la ville, Granpé et Mlle Mérence rapporteront un tableau noir, de la craie, des ardoises et des cahiers qu'ils échangeront contre des jambons et du maïs.

Les menuisiers du village préparent des tables et des chaises pour les enfants. Les femmes sont en train de nettoyer et de blanchir une remise qui fera une très belle classe lorsque Instituteur John et Moïse, le maçon, auront fini d'y percer des fenêtres.

L'été se termine, Instituteur John sait que Pierre doit être guéri, qu'il remonte à cheval et prépare la nouvelle campagne. Il sent, dans son corps, le corps plus grand du régiment qui s'articule avec ses nouvelles pièces, ses recrues, son espoir et sa colère. Dans chacun de ses muscles, il éprouve cette animation incessante que Cheval rouge imprime à tous. Il entend sa voix sur le champ de manœuvres : Il faut prendre position plus vite, beaucoup plus vite, vos hommes et vos chevaux ont des kilos à perdre. Les soldats grognent. Il nous fera crever, jamais fatigué cet homme-là, il gagnera la guerre avec la peau des nègres. Et la voix heureuse du major Johnson, l'ancien, qui éclate : « Alors toi, encore fatigué, on te crève la peau dans ce mauvais régiment. Demande ta mutation, il y en a qui font la queue pour avoir ta place. » Et l'autre : « Je ne veux pas changer, major, je ne tiens pas tellement que ça à ma peau. Pour sûr, je tiens plus au régiment. »

Pendant que je courais les routes avec Leeuw et les lions, le régiment s'est mis en marche, et me cherche, mais nous sommes au sud, bien plus au sud qu'Atlanta, qui doit être l'objectif de Sherman. Peut-être sont-ils arrivés au carrefour des Trois Fourches ? Peut-être sont-ils sur la route du marché aux esclaves, ou en train de découvrir les squelettes des prisonniers qu'ils ont achevés. C'est là que va déborder la colère de Pierre. Sa colère native, celle qui n'est pas née durant cette guerre, mais autrefois, à Sainpierre, en suçant le mauvais sein, près du cœur qui ne donnait pas sa chaleur. Alors on souffre et même on a peur, car cette colère n'a cessé de grandir et on sait que Cheval rouge est devenu cruel.

Est-ce qu'on a pensé à haute voix ? Voix de Mlle Mérence, assise en face de vous, avec Valérie : Qui c'est, Cheval rouge ? Question essentielle, comment répondre, comment ne pas répondre, quand tout est si proche et que vous ne pouvez ni le voir ni le sentir, puisque vous êtes encore dedans. Il se tourne vers elle, ses yeux dans les siens qui soutiennent le choc sans ciller : C'est mon ami. Puis après un moment : Mon ami blanc, tu comprends ? On ne sait pas comment elle fait pour saisir ce plein de l'amitié, celui qui emplit toute la forme et ce manque fondamental, depuis Basses Prairies, sans lequel on ne saurait pas, peut-être, que l'on a véritablement vécu. On ne sait pas comment elles font, mais on voit qu'elles comprennent toutes les deux.

Instituteur John parle de Pierre qui est venu de l'autre côté des eaux, avec Wolf et sa jument rouge. De la bataille de Bull Run où ils ont conquis ensemble le premier canon que Stonewall Jackson leur a repris d'un coup de poing. Pierre a aimé Jackson qui était son véritable père, mais celui-ci l'a renvoyé au nord. C'est alors que nous sommes devenus amis et que Pierre s'est mis à penser noir, selon l'ordre mystérieux de Stonewall Jackson. Avec le grand Burlington nous avons, batterie par batterie, formé le régiment noir et Pierre nous a appris à aimer les canons. Nous avons fait plusieurs campagnes et pendant deux ans nous avons toujours été vaincus par Jackson. À Chancellorsville, il a fait fuir devant lui vingt mille hommes, mais Pierre a empêché le régiment de reculer et l'a forcé à s'arrêter. Pendant cette nuit, Stonewall Jackson a été blessé et pendant qu'on le transportait à l'hôpital nous avons tiré sur lui. Stonewall Jackson est mort et depuis ce sont les armées du Sud qui reculent, mais nous avons son sang sur nos têtes.

Nous avons gagné la bataille de Gettysburg et nous avons accepté de partir à l'ouest sous les ordres de Sherman, le lévrier maigre qui n'a pas l'emploi de chevaliers dans son armée. Là nous avons fait alliance avec les Indiens des Prairies, Pierre s'est mis à penser indien et nous avons connu Shenandoah qui est la reine de Saba et la merveille du temps.

« Est-ce Shenandoah, demande Mlle Mérence, qui a appelé Pierre Cheval rouge ? – C'est elle, et tout le régiment a fait de même parce que Pierre est Cheval rouge. – Pourquoi est-il si malheureux ? »

Johnson se lève, bouleversé. Est-ce que Pierre est vraiment si malheureux ? Oui, il l'est. Pourquoi, pourquoi ? La réponse est : Parce qu'il croit qu'il faut faire grandir l'injustice pour qu'on ose tirer sur elle au canon.

Il y a un silence, Valérie se lève et allume la lampe d'Instituteur John car il est temps qu'il retourne chez lui. Elles sont émues toutes les deux, Valérie pense : J'aime bien Cheval rouge qui est si malheureux. Au moment où Johnson va refermer la porte, Mlle Mérence dit : Les petits, tu sais, ils t'aiment beaucoup.

Il se demande comment Mlle Mérence fait tout marcher ici. Elle n'élève jamais la voix, elle ne donne aucun ordre et pourtant tout tourne autour d'elle. Avec Valérie, elle entretient la grande maison et s'occupe des enfants, comme si Mme Maîtresse vivait encore. Quand un problème se pose au village, chacun va le soumettre à Granpé. Si la question est difficile, il quitte son jardin et son fauteuil à l'ombre et vient s'asseoir à la cuisine où, selon l'heure, Mlle Mérence lui apporte un verre de sirop ou un café au rhum et toujours sa pipe. Pendant qu'elle travaille à préparer le repas ou à entretenir le linge, il lui raconte ce qui se passe de sa voix chantante, terminant parfois ses phrases par un profond soupir causé par son mauvais rhumatisme. Quand il a terminé, il entend à la qualité de son silence, à la façon dont elle lui propose encore un peu à boire ou un morceau de gâteau, si ce qu'il préconise est juste ou non. Il l'embrasse et s'en va satisfait, avec son vieux visage souriant qui ressemble à une large et superbe pivoine ayant subi l'orage.

Si une femme va accoucher, si un enfant est malade ou un homme blessé, on l'appelle et elle arrive de son pas tranquille, un peu dansant, portant sur la tête un panier plein de remèdes et de bonnes choses. En la voyant sur le seuil de la case, ceux qui souffrent reprennent espoir et se sentent déjà mieux.

Le jardinier de la grande maison est mort l'hiver passé et on n'a pas pu le remplacer à cause des réquisitions pour les travaux militaires qui laissent à peine assez d'hommes pour les cultures. Pourtant elle n'a pas voulu laisser le jardin en friche. C'est elle qui entretient les parterres de fleurs vivaces et la grande roseraie qui les sépare du potager. Granpé et des femmes du village viennent souvent l'aider. C'est un grand travail, mais nous avons besoin de fleurs et personne ne songe à abandonner le jardin. Dès qu'elle a un moment, Mérence travaille avec Olivier et Ulysse à sarcler, à biner, à poser des tuteurs, à couper les fleurs et à recueillir les graines.

Instituteur John prend l'habitude de venir l'aider le soir. Il ne connaît guère ce travail et il suit de près les indications de Mérence tout en observant le mouvement rapide de ses mains sur les plantes. Il semble qu'elle joue d'un instrument de musique ou qu'elle tisse les fils d'une étoffe précieuse. Souvent, sans arrêter l'action rapide de ses doigts, elle regarde longuement une fleur. On dirait qu'elle y pénètre par les yeux, peut-être se parlent-elles à leur manière, car souvent la femme sourit à la fleur et on jurerait que l'autre lui répond d'un signe. Quand le travail est terminé, Valérie fait pour Instituteur John du café au rhum et Mérence lui donne des fruits. En retournant à sa case, dans l'obscurité, il a toujours le sentiment de sortir d'une longue conversation cœur à cœur avec elle alors qu'ils n'ont fait que travailler côte à côte en n'échangeant que quelques paroles.

Mérence et Granpé ont rapporté de la ville un tableau noir, de la craie, des ardoises et des cahiers. Instituteur John a divisé les enfants en deux groupes. Pendant qu'il fait la classe à l'un, Olivier fait répéter l'autre. Avec Olivier, la classe devient un jeu, il joue au maître et les enfants aux élèves. Un jour Ulysse dit : « Pas toujours toi, le maître. » Olivier trouve cela très naturel et ce jour-là c'est Boogie qui est la maîtresse et ensuite Nicky et Ulysse prennent sa place. Quand ils ne savent pas, ils demandent à l'élève Olivier d'expliquer à leur place. Ce jeu est très amusant parce que l'on ne sait absolument plus qui est le maître et qui est l'élève. Tous veulent à leur tour être l'instituteur et ils étudient seuls le soir pour se préparer à leur rôle. Ils demandent à Instituteur John de participer au jeu. Il accepte et parfois il prend la place d'un élève. Il est étonné des questions qui sont posées et de l'ardeur de toute la classe à trouver la réponse.

Olivier fait la classe de géographie, il a dessiné sommairement sur le tableau une carte d'Afrique. Il demande : « Qu'est-ce que c'est le Zambèze ? – C'est un fleuve. – Puisque c'est un fleuve, où est son embouchure ? » Nicky sait : « Dans l'océan Indien. – Et sa source ? » Personne ne sait. Il se tourne vers Instituteur John : Réponds. Mais voilà que l'élève John l'ignore. Triomphe dans toute la classe. On attend la réponse d'Olivier, mais Instituteur Olivier connaît seulement une partie du parcours du fleuve et il ignore tout du lieu de sa naissance. Silence gêné dans la classe, est-ce qu'on a le droit dans le jeu de l'instituteur de poser aux élèves des questions dont personne ne connaît la réponse, surtout lorsqu'on est Olivier et que l'on sait vraiment lire et écrire ? Les petits qui ont facilement la larme à l'œil commencent à renifler et tous sentent que c'est mal de parler du Zambèze si on ne connaît pas le lieu de sa source. Olivier agite sa crinière et dit à Ulysse : « Dans la bibliothèque de la grande maison, il y a un atlas, va le chercher. » Ulysse se met à pleurer parce que l'atlas est trop lourd mais Olivier ne se laisse pas démonter : « Elève John, va avec lui. » Instituteur John se lève et toute la classe à nouveau éclate de rire.

À la grande maison, Ulysse emmène Instituteur John dans une pièce aux volets fermés où il n'est jamais entré. Ulysse ouvre un volet, c'est un cabinet de travail, tapissé de rayonnages pleins de livres. Un trésor, pense Johnson, pour moi qui dois apprendre tant de choses. Les murs sont d'une matière agréable et sévère qui fait penser à Pierre. De chaque côté de la cheminée, il y a, naturellement, les portraits de Robert E. Lee et de Stonewall Jackson. « Ce sont des amis de mon père, dit Ulysse, et montrant un portrait entre les deux portes : Ça, c'est mon papa et ma maman qui sont morts. » Johnson voudrait ne pas regarder, mais il ne peut s'empêcher de voir à côté d'une jeune fille en robe de mariée un homme en uniforme d'officier qui ressemble à Olivier et qu'il a le sentiment d'avoir déjà vu. Une plaque d'argent au bas du cadre rappelle qu'il est mort à Gettysburg.

De l'autre côté de la pièce, deux boîtes à violon sont pendues au mur au-dessus d'un lutrin de cuivre. Dans la bibliothèque, parmi de beaux livres soigneusement reliés, ils trouvent l'atlas qui est effectivement trop lourd pour Ulysse. Ils referment le volet et les rideaux et apportent l'atlas à l'école. C'est Ulysse qui donne la réponse : Le fleuve Zambèze a sa source dans le mont Koomba. Toute la classe est rassurée et regarde attentivement les cartes de l'Afrique. Au centre presque tout est blanc et il est écrit : Terres inconnues. Johnson pense à Leeuw et aux lions. Son cœur se gonfle en regardant ces contrées dont les Blancs ne savent rien encore mais qui sont la patrie d'autres Noirs et celle des animaux libres. Olivier a repris la leçon de géographie, il en est aux questions et réponses collectives : Etes-vous des Asiatiques, des Africains, des Européens ? Instituteur John joint sa voix à celle des enfants qui répondent avec application : Non, nous ne sommes pas des Asiatiques, ni des Africains, ni des Européens, nous sommes des Américains.

L'armée avance moins vite que ne le voudrait Cheval rouge, le régiment doit trop souvent s'arrêter pour attendre l'avant-garde nord et maintenir l'ennemi sur les cornes du dilemme de Sherman. L'ennemi, d'abord désorienté, manœuvre habilement en retraite sous les ordres du général Joe Johnston. Nous ne parvenons à le déborder qu'en l'attaquant par surprise. Cette tactique convient au régiment noir, habitué à progresser la nuit et à se déplacer sans cesse. Le reste de l'armée n'a pas toujours le mordant et la mobilité nécessaires et se préoccupe encore trop de couvrir ses arrières. Pourtant, pour la première fois depuis le début de la guerre, nos pertes sont moindres que celles des rebelles et notre artillerie domine nettement la leur.

À chaque approche de l'ennemi, Cheval rouge continue à faire crier dans les porte-voix : Voilà les pirates de Sherman. Au début, les soldats rebelles aguerris ne faisaient qu'en rire, mais à force de reculer et d'être poursuivis par ce cri qui les surprend toujours de flanc ou de dos, ils ont tendance à devenir nerveux, à tirer trop tôt et à gaspiller leurs munitions. Quant aux jeunes soldats, dès qu'ils entendent ce cri, ils commencent à se préoccuper de leur ligne de retraite et certains, mal encadrés, se mettent même à décamper sans combat.

Heureusement, Jefferson Davis n'approuve pas la tactique défensive de Joe Johnston qui a fait perdre tant de temps à Sherman. Il lui retire son commandement et le donne à Hood qui promet de reprendre l'offensive.

C'est ce qu'attend Sherman qui ne se laisse pas entraîner à faire le siège d'Atlanta et commence à tourner les positions ennemies.

Hood subit un premier échec et tente alors de déborder Sherman sur la gauche. Au moment où ses troupes sont bien engagées, le régiment noir, à la suite d'une longue et audacieuse marche de flanc, arrive sur les arrières de leurs unités avancées et coupe l'aile droite en deux. Le coup est décisif, la ligne de bataille sudiste faiblit et Sherman passe à l'offensive. Pendant ce temps, Pierre encercle la partie la plus aventurée de l'aile droite ennemie. Elle est pilonnée de trois côtés par nos batteries et, quand elle a perdu presque toute capacité combative, elle est sabrée sans pitié par les cavaliers que Cheval rouge mène lui-même au carnage.

Il y a beaucoup de tués chez les rebelles et très peu de prisonniers. La bataille finie, Pierre est convoqué d'urgence à l'état-major. Il y apprend que la victoire dépasse les espérances, mais on lui souffle au passage que le général en chef est très monté contre lui.

Sherman ne peut que le féliciter pour la part essentielle qu'il a prise à la victoire : Par une manœuvre risquée, plus risquée que je ne le voulais, mais enfin les résultats sont là. Soudain il éclate : Pourquoi avez-vous terni ce beau fait d'armes par un massacre ? Vous pouviez provoquer bien plus vite la reddition des rebelles. Impassible sous l'orage et l'air toujours d'être de profil, c'est Cheval rouge qui répond : « Cela se saura chez les Sudistes, au prochain combat leurs recrues lâcheront pied plus vite, de peur d'être encerclées. Cela précipitera leur défaite, c'est ce que vous voulez, n'est-ce pas ? – Je ne veux pas de cruautés dans mon armée. Si vous continuez, je vous casse ! » Son visage empourpré par la colère, ses yeux en boutons de bottine qui étincellent sous les durs cheveux roux. Il voit avec surprise que Pierre semble impressionné par sa menace. Ce garçon ne se rend heureusement pas compte qu'il est irremplaçable. Il s'apaise et lui permet de se retirer.

Cheval rouge ne redoute nullement d'être cassé, qui d'autre pourrait commander le régiment maintenant que Johnson est prisonnier ? Qui pourrait mener l'avant-garde à une telle allure et avec des pertes aussi faibles ? Ce qui l'a frappé dans la bouche de Sherman, ce ne sont pas les menaces mais le mot cruauté. Suis-je vraiment devenu cruel ? Ce que j'ai fait est si peu de chose comparé à ce qu'ils nous ont infligé, jour après jour, depuis cent cinquante ans. Est-ce que je suis obsédé, est-ce que je ne sais plus ce que je fais ? Comment savoir, maintenant que Johnson n'est plus là ? Inutile d'en parler à Gauvain ou à Buck qui, eux aussi, ne pensent qu'à la vengeance et approuvent, quand ils ne l'aggravent pas, tout ce que je décide.

Il se rend aux tentes de la 5e batterie et rassemble tous les anciens, ceux qui ont connu Wolf et Johnson et qui ont fait la première campagne avec lui. Il s'assied au milieu d'eux. « Le général Sherman m'a dit que j'ai fait massacrer inutilement des soldats rebelles. Il dit que je suis cruel. Le colonel Johnson n'est plus là pour me dire si c'est vrai. C'est à vous que je viens le demander. » Ils se taisent, ils regardent leurs pieds, leurs mains, mais leur silence est éloquent.

Un brigadier, un des trois hommes sauvés par la fermière des Trois Fourches, se décide à parler : « Les Sudistes nous ont fait des choses affreuses mais c'est parce qu'ils ne pensaient pas que nous étions vraiment des hommes. Ils sont méchants mais je pense que c'est surtout parce qu'ils sont stupides. Depuis que je suis revenu au régiment, tu as fait lever douze fois le fanion à l'étalon rouge. Hier, ils auraient bien voulu se rendre mais nous les avons d'abord mitraillés, puis chargés à mort avant de faire des prisonniers. J'ai pensé en revenant que c'est ce que les maîtres auraient fait s'ils avaient encerclé des esclaves rebelles. – Si je suis pris encore par cette folie, criez-moi d'arrêter. – Nous le ferons ! » Il montre le fanion à l'étalon rouge : « Qu'est-ce que j'en fais, je le brûle ? » Ils approuvent. Le fanion est jeté au feu et ils entament le chant de Cheval rouge qui va prendre Atlanta. « Est-ce que nous y serons avant la fin de l'année ? – Oui, nous y serons bientôt. » Ils sont heureux, ils lui offrent du café, des pommes de terre cuites sous la cendre et lui racontent des histoires qui le font rire.

Revenu sous sa tente, Pierre pense à la cruauté. Ces rebelles que j'ai chargés alors qu'ils étaient déjà vaincus, c'est vrai que j'y ai pris plaisir. Parce qu'il y a ce fond de colère depuis Basses Prairies et depuis Dek. Pourquoi Dek revient-il dans la mémoire ? Parce que j'ai vécu en face de lui le moment où ma colère a cessé d'être souterraine pour en rejoindre une autre, plus ancienne et qui remontait à Sainpierre. Une colère qui, sans que je le sache, était devenue une façon de penser et de voir ce qui est, écrasant toujours ce qui pourrait être. Une manière de penser Mme Henriette, ordonnant, jugeant, fermant la porte à clef. Une façon de voir M. Eugène, avec ses trois usines où seules les machines sont heureuses. Eux et Dek, toujours le monde de la possession et des petits bonheurs. Mais le bonheur, la joie, la souveraineté et Shenandoah sont-ils possibles ? Ou sont-ils seulement ce qui manque et l'origine de la colère ?

Il entre dans sa tente, retire ses bottes, se couche. Il y a ma colère et eux qui me disent de la dominer. Qui le disent avec leurs mains qui savent tout faire et qui ne veulent plus s'abandonner, comme moi, à l'ivresse, à l'ivrognerie de l'excès. Ils ont raison, mais peut-être que je ne supporte cette guerre – que je ne la désire – qu'à cause de cet excès. À cause de cette haine secrète que j'ai pour moi-même, pour l'architecture intime de la race froide et pour son écrasante solidité. Car je ne puis m'y tromper, je vais résister à ma cruauté, puisque c'est ce qu'ils veulent, ce qu'ils ont le droit de vouloir, mais au fond de moi-même je suis réellement Cheval rouge. Celui qui a été blessé par la défense originelle et qui désire inépuisablement une autre image, une autre matière, noire et rouge et bouillonnante qui, maintenant, signifie mort. On ne peut pas, à cause de l'incroyable distance, se délier seul de cette fascination et Johnson manque. Il faut donc revenir au temps et dans le lieu où habitait l'étalon rouge. Dans un box en bois, surmonté d'une grille de fer dont les barreaux très serrés étaient peints en noir. En grimpant dans le foin, on arrive à la hauteur des barreaux et du dos de l'étalon. On voudrait que celui qui a de longs cheveux bouclés et qui n'a jamais peur soit là, mais naturellement il manque, lui aussi. Alors on se couche sur le ventre, dans le foin, et on regarde l'étalon. Qui vous ignore, qui mâche un peu de foin en frappant impatiemment sa litière du sabot. Il y a peut-être un souffle de vent, une émanation, un effluve qui atteint le centre subtil de sa puissante machine. Ses flancs se creusent et sont parcourus d'une infinité de plis et de vagues mouvantes. Il tend la tête très haut d'un mouvement dominateur qui retrousse ses lèvres et dénude ses dents, pendant que ses naseaux palpitent. L'autre bête, alors, fend l'entrée de la caverne, s'avance, se déroule comme un serpent. Sous le ventre sombre, elle est rose et brillante, avec des marbrures grises et frissonnantes d'où pendent de longs filaments, et le gland qui la couronne est noir. Le mélange du noir et du rose manifeste le désir du Sud, ce qu'il craint, ce qui le fait s'ériger et tuer.

Derrière l'épieu, il y a toute l'énorme bête, pesante et fine, irréductible, inépuisable dans son absurde et colossale fierté d'être mâle. Maintenant, on voudrait être découvert. Découvert une seconde fois en train de regarder la chose défendue. Par quelqu'un qui se glisserait à côté de vous, qui dirait : Où étais-tu ? Je t'ai cherché partout, pourquoi n'as-tu pas répondu ? Et la réponse, cette fois, serait le ventre de l'étalon. Qui ne signifierait plus la chose défendue, car on dirait : Il voudrait qu'on le mène à la jument, peut-être y en a-t-il une en chaleur. On va voir ? Oui, on va voir.

On se laisserait glisser en bas du tas de foin pour aller voir l'autre côté des choses. Des bras se tendraient pour vous aider. Des bras qui ne seraient pas blancs, qui ne seraient pas rouges, Shenandoah n'apparaît pas à l'écurie. Des bras noirs peut-être, comme ceux de Johnson, mais sous un visage calme et souriant. Cheval rouge est en train de créer Mlle Mérence. Qui dirait, après avoir regardé avec vous l'étalon saillir la jument : Viens, il est temps de rentrer maintenant, les enfants nous attendent.

MADEMOISELLE MÉRENCE

Le juge, qui est le tuteur des enfants, est venu à la grande maison avec le pasteur. C'est un événement car on ne voit plus jamais de Blancs par ici. Ils ont été reçus par Granpé et par Mérence et ils ont décidé de laisser les enfants à la plantation jusqu'à la fin de la guerre. Ils ont regretté de ne pas voir le nouvel instituteur qui était malheureusement absent ce jour-là, mais en interrogeant les enfants, ils ont vu qu'il faisait bien son travail. On leur a servi un repas dans la salle à manger, ouverte en leur honneur, on leur a donné des provisions et, très satisfaits, ils sont partis tôt car ils ne voulaient pas voyager de nuit. En partant, le juge a dit qu'il serait prudent, car il y a beaucoup de rôdeurs et de déserteurs dans le pays, de faire loger un homme dans la grande maison. Granpé a décidé que ce serait Instituteur John. Il a accepté à condition de pouvoir conserver sa case. Il occupe dorénavant une chambre à côté de celle des garçons et Valérie a ouvert les volets de la bibliothèque et mis la pièce en ordre pour qu'il puisse y travailler et utiliser les livres qu'il désire.

Maintenant qu'il vit dans la maison chaude et qu'il y revient fréquemment pour chercher un livre ou prendre une tasse de café, il remarque que tous les matins il y a cinq ou six personnes au moins qui viennent voir Mlle Mérence. Elle les fait entrer à l'office, il y a toujours du café ou de la soupe sur le feu, et elle les fait manger, les soigne, les écoute, tout en préparant le repas de midi. Il y a des Noirs, mais aussi quelques pauvres Blancs des collines qui sont sales et qui sentent l'alcool. De vieilles femmes qui viennent pour manger et emporter quelques provisions mais surtout pour raconter leurs ennuis à Mérence. Et tout le jour, il y a les petits enfants qui viennent pour se faire consoler d'une chute, pour lui apporter une fleur ou un insecte, et plus souvent pour le plaisir de l'embrasser et d'être embrassés par elle. Ils entrent sur la pointe des pieds, comme des oiseaux, se blottissent un instant contre elle et s'en vont heureux.

L'école marche bien, les enfants y viendraient volontiers toute la journée, mais beaucoup doivent aller travailler aux champs l'après-midi. Instituteur John commence à parler aux enfants de l'histoire américaine. Il s'aperçoit que pour eux les grands héros de l'Amérique, les seuls qu'ils connaissent, sont Washington, Lee et Stonewall Jackson. Un soir, Olivier déclare à table : Quand je serai grand, je chercherai celui qui a tiré sur le général Jackson et je le tuerai. Valérie sursaute : Misère, ne te trouve jamais devant cet homme-là. Ulysse éclate de rire au-dessus de son assiette : On n'a pas peur de lui, Granpé et John le puniront.

Les soirées se font plus longues et Instituteur John va souvent passer une heure ou deux dans la famille d'un de ses élèves. Peu à peu, il révèle qu'il a été dans l'armée du Nord. Il décrit ce qu'il a vu à Washington, à New York, il parle du colonel Pierre, du grand Burlington, des batailles, des défaites et des victoires du régiment. Ils suivent ses récits avec intérêt, mais ce qui les frappe le plus, c'est l'Acte d'émancipation des esclaves du président Lincoln. Alors, au nord, tous les Noirs sont libres ? Non, tous ceux des États-Unis le sont. Mais ce n'est pas le bon président qui l'a dit. Si c'est le bon, celui qui est à Washington est le seul vrai. Ils voudraient voir l'Acte, le toucher mais Instituteur John ne peut encore le leur montrer, à cause de l'armée grise et du faux président. Quand les soldats bleus arriveront jusqu'ici, il sera affiché partout. Vous pourrez le voir et le lire vous-mêmes si vous apprenez à lire. Vos enfants, en tout cas, dans deux mois, pourront le lire tout seuls. En cercle autour du feu, car décembre est proche, ils l'écoutent avec grande attention, lui font expliquer tout ce qu'ils ne comprennent pas, mais ne se prononcent pas. Est-ce qu'ils pensent qu'Instituteur John a raison ou croient-ils qu'il exagère, impossible de le savoir.

Un soir, Granpé l'invite. Bien carré dans son fauteuil d'osier, il le fait asseoir de l'autre côté d'un feu de braises qui se consume sans bruit et qu'il recharge de temps à autre avec soin. Valérie leur prépare du café au rhum et s'en va. Granpé l'écoute en souriant parfois pour l'encourager et sans lui poser aucune question. Instituteur John ne peut s'expliquer pourquoi il se sent impressionné devant ce vieillard simple, plein de bon sens, mais qui n'est jamais allé plus loin que la ville voisine et qui est complètement illettré. Quand il a fini de parler, Granpé se penche vers lui et lui touche le genou : « Le président et ses armées bleues et ton régiment, ils sont pour nous et ils sont contre. – Ils ne sont pas contre. Noirs et Blancs, tous se battent pour la libération des nôtres. » Granpé allume sa pipe de racine et crache dans le feu : « Ils se battent pour nous libérer à la façon des Blancs et ils sont contre le Sud. – Ils ne sont pas contre le Sud, mais contre les maîtres. – Ils détruisent le Sud. Quand les Blancs d'ici auront été battus, ils seront encore pires qu'avant. – Alors que faut-il faire, Granpé ? » Il gratte sa tête blanche. Il tend à John la boîte où il serre son tabac, il tire une longue bouffée de sa pipe : « Ce qu'il faut faire, garçon, eh bien, je ne le sais pas. – Moi, je sais, Granpé, qu'il faut nous battre et conquérir nous-mêmes notre liberté. – Quelle liberté, garçon ? – La même que celle des Blancs. – Tu crois qu'ici, à Maisonchaude, où nous sommes tous libres depuis cinq ans, notre liberté est la même que celle des Blancs ? » John est surpris, il hésite : « Ici, c'est différent. – Pourquoi ? – Je ne sais pas, Granpé, mais je le sens. – Tu vois, garçon, tu fais du bien ici avec ton école, mais ne dis pas que tu sais ce qu'il faut faire, car tu ne le sais pas plus que nous. – Je suis sûr qu'il faut se battre. – Ce n'est pas toi qui en es sûr, c'est ton ami, le colonel blanc. – Cheval rouge pense comme un Noir. – Il ne pense pas comme nous, les Noirs des villages. Il pense comme un Noir qui s'efforcerait de penser comme un Blanc. – Alors il ne faut rien faire, chanter des psaumes et recevoir des coups. – Crois-tu que nous sommes devenus propriétaires de nos fermes sans rien faire ? Mais mon père savait déjà que nous devons agir suivant nos propres raisons et jamais suivant celles des Blancs. Et le père de mon père, qui est venu d'Afrique, l'avait appris avant lui. – Écoute, Granpé, ce que tu dis là n'est pas raisonnable. Quand les Blancs sont mauvais ne les imitons pas, mais quand ils sont justes et qu'ils aiment les Noirs, comme Cheval rouge, nous pouvons agir comme eux. »

Le visage finement travaillé par les rides se détend avec bonne humeur : « Moi aussi, malgré les avis de mon père, j'ai cru qu'il y avait de bons et de mauvais Blancs, mais quand on a vécu longtemps à côté d'eux, on voit que la différence n'est pas grande. Le maître, chez nous, était un bon maître et Mme Maîtresse était douce et nous traitait bien. J'ai décidé le maître, ici, à côté de ce feu, à la place où tu te trouves, à nous affranchir. » On a soudain l'impression que Granpé devient plus grand, beaucoup trop grand, qu'il déborde les limites de son corps – qui est pourtant toujours assis devant vous, dans le fauteuil d'osier – et qu'il s'élève tout noir, ou tout blanc, au-dessus de vous, occupant l'espace de la case et peut-être celui du ciel, en souriant de tous ses yeux, de tous ses membres, de toute son immense peau d'ébène.

« Oui, j'ai amené le maître à nous affranchir et à nous donner des terres, mais cela n'a rien changé à sa nature, car on ne peut pas agir comme les Blancs, ni désirer leur liberté parce que les Blancs sont en train de devenir fous. L'ancien maître, malgré sa bonté et ce qu'il avait lu dans les livres – et ici on voit Granpé redescendre en souriant dans les limites habituelles de son corps –, oui, malgré ce pouvoir qu'il avait de créer du bonheur avec son violon, l'ancien maître a montré qu'il était fou comme les autres. Il a couru, comme un insensé, derrière les drapeaux de Dixie, jusqu'au sommet d'une colline toute bourrée de canons. Là, l'attendait un grand

Noir venu du sud et qui défendait cette colline sous les drapeaux de Yankie. Ils voulaient se tuer l'un l'autre, alors qu'ils ne s'étaient jamais vus et qu'ils venaient du même pays qu'ils aimaient autant l'un que l'autre. Quand le Noir, qui était habitué à tuer les autres au canon, a vu l'ancien maître de tout près, il n'a pas eu le courage de frapper un homme de chez nous. Il est tombé et l'autre, qui ne se possédait plus, a levé son sabre pour l'achever. Alors un cheval rouge, qui venait d'Europe et qui ne connaissait rien du Sud, a laissé ses canons tirer à bout portant sur l'ancien maître. Il est mort, laissant deux enfants sans père et Mme Maîtresse, qui n'était pas bien solide, est morte après lui de peur et de chagrin. Le cheval rouge, après son exploit, n'a pu que vomir au milieu des morts et il n'a jamais eu le courage d'aller voir de ses yeux le corps de l'ancien maître. Est-ce que tout cela n'est pas une histoire de fous, est-ce que ce n'est pas une vraie histoire de Blancs, dis-moi, Johnson Village ? – Comment sais-tu cela, Granpé, et comment connais-tu mon nom ? – Je n'en sais rien, garçon, et, en vérité, il y a un instant je ne connaissais pas ton nom. Mais crois-tu que nous sommes venus d'Afrique avec nos esprits tout nus, comme nos corps. Il y a d'autres chemins pour voir et pour savoir que ceux des Blancs. J'ai vu les actions de ces trois hommes insensés et les corps de ceux qu'ils ont fait mourir. J'ai entendu leurs cris, j'ai senti l'odeur du sang et celle des vomissements, et j'ai pensé que cette histoire était folle. Est-ce qu'elle ne l'est pas, dis-moi la vérité, Johnson Village, à moi qui ne suis qu'un vieillard qui a vécu toute sa vie à Maisonchaude et qui ne sait ni lire, ni écrire ? – Oui, Granpé, cette histoire semble folle. Je comprends, je commence à comprendre que ce jour-là cet homme noir était fou. – De la folie des Blancs, garçon, de la folie des Blancs. – Oui, Granpé, de la folie des Blancs. »

Instituteur John est inquiet, il ne cesse plus de penser à ce qu'a dit Granpé, à ce qu'il a semblé être quelques instants dans la case. À ce qu'il est peut-être, véritablement, et qui renverserait, cul par-dessus tête, toutes les idées que nous nous faisions, Pierre et moi, de la réalité. Instituteur John est aussi tourmenté parce qu'il n'a pas de femme. Parfois tous les muscles de son corps lui font mal tant il a envie de faire l'amour à Mlle Mérence. Chaque soir, il fait la lecture aux enfants. Lorsqu'ils sont couchés, il continue pour Mérence et Valérie pendant qu'elles rangent et travaillent dans la cuisine. Un soir que Valérie est allée porter du tabac à Granpé et que Mérence repasse, la lecture trébuche pendant quelques phrases après lesquelles il ne reste plus que le silence et le regard du désir. Mlle Mérence se retourne : Nègre, cesse de regarder mes fesses comme ça.

John sursaute, stupéfait. Non, il n'avait pas conscience de ce qu'il faisait, mais qu'elle est belle ainsi, à demi tournée vers lui. Il sent l'air gonfler ses poumons et, en s'étirant en arrière, il fait saillir les muscles déliés de ses épaules : Tu n'as jamais envie de faire l'amour, mademoiselle Mérence ?

Elle pose son fer et lui fait face bonnement : « Bien sûr que j'ai envie. – Alors pourquoi pas toi et moi, nous deux, puisque moi aussi j'en ai tellement envie. » Elle le regarde, toute rieuse, et s'amuse de sa mine gourmande. « C'est que je t'aime, Mérence. » C'est peut-être la chose qu'il ne fallait pas dire. « Tu m'aimes, peut-être, mais si ta princesse indienne paraissait à l'horizon, si tu pouvais rejoindre Cheval rouge et ton régiment, Mérence n'existerait plus. » Il ne répond pas, il guette, comme il faisait autrefois, attendant que Cheval rouge et les éclaireurs rabattent l'ennemi sur ses canons. Peut-être qu'elle va faire le mouvement qui lui permettra de la saisir dans ses bras et alors on ne se posera plus de questions. Mais elle élude son attente : « Je t'aime beaucoup, John, mais toi et moi, ce n'est pas possible. Il ne faut pas être triste, les petits, ils sont heureux près de moi. Les pauvres aussi. Quand ils viennent ici, j'attrape parfois des puces en les soignant ou je sens mauvais quand ils partent. Tu serais fâché, ils le verraient, ils ne viendraient plus. » Il ne répond pas, elle reprend : « Valérie... Valérie, elle est plus belle que moi, elle a la taille plus fine, elle danse mieux et elle est la meilleure chanteuse du pays. Mais tu ne la regardes pas parce qu'elle t'aime et qu'elle est seulement une servante noire. Tu nous regardes toutes les deux comme ferait un M. Maître blanc. Et moi, j'ai l'air un peu d'avoir pris la place de Mme Maîtresse. Alors tu crois que tu m'aimes et tu ne daignes pas regarder Valérie. Pourtant, je ne suis qu'une servante noire et une esclave affranchie comme elle. Écoute-la, écoute-la rire parce que le petit chat l'a attendue dans l'escalier. Et regarde-la, avec tes yeux d'homme ! »

Valérie entre pour leur dire bonsoir, tenant le petit chat en équilibre sur son épaule. Il est vrai qu'elle a un beau visage sur un corps heureux, tout en courbes et en élans. Il la regarde mieux et plus longuement que d'habitude, peut-être ne l'avait-il jamais vue en somme. Elle se trouble sous son regard, elle se détourne, mais ses yeux sont invinciblement attirés vers les siens. Soudain, elle se jette dans les bras de Mérence et se sauve tout en larmes.

Le lendemain, Granpé vient à l'école au début de la récréation, ils montent tous deux à la cuisine de la grande maison où Mérence leur sert du café. « Dans le village, on pense qu'il n'est pas bon que tu continues à vivre seul. – Et toi, Granpé, que penses-tu ? – Je pense comme le village, garçon, je pense toujours comme le village. Nous allons te donner à une femme. – Me donner ? Crois-tu que je ne suis pas capable de choisir moi-même ? – Oh, tu en es bien capable, mais ce ne serait pas bon pour Maisonchaude. – Pourquoi, Granpé ? – Parce que tu penserais l'avoir conquise, comme à la guerre, et nous ne voulons plus de M. Maître mari dans ce village. » Mlle Mérence, qui écoute, éclate de rire : « Ni de M. Maître papa. – Si tu veux me donner à une femme, Granpé, c'est elle qui sera dans la case Mme Maîtresse femme. – Non, garçon, ce ne sera pas ainsi. – Comment cela, Granpé ? – Parce que c'est le village qui te donnera à elle. Elle ne sera pas ta propriété et tu ne seras pas la sienne. – Nous serons tous les deux la propriété du village ? – Non, vous serez un homme et une femme de Maisonchaude. – Qu'est-ce que c'est Maisonchaude, Granpé ? – Je ne sais pas, John, et je n'ai pas besoin de le savoir. Je suis dedans, je veux rester dedans et tu ne m'en feras pas sortir avec tes questions de Blanc. Toi non plus, tu n'as pas besoin de savoir. Maisonchaude, c'est le village qui te donnera à Valérie, si tu es d'accord. »

Instituteur John se tourne vers Mlle Mérence : Et toi, qu'en penses-tu ? Elle rit : « Moi, je dis que vous serez dans la maison comme deux grands chats et que ce sera très amusant. Valérie, elle t'aime tant et toi tu as tellement envie d'une fille. Il suffira que tu acceptes de la regarder pour qu'elle soit très capable de se faire aimer. Mais attention, c'est que Valérie, il faudra aussi qu'elle travaille. – Est-ce que ce n'est pas un peu triste, mademoiselle Mérence, toi et moi. – Non ce n'est pas triste. Ce sera si gai, Valérie et toi et les enfants ont besoin que notre maître d'école soit heureux. » Granpé a terminé son café, savouré lentement à petites gorgées, à la façon de Stonewall Jackson dans le récit de Pierre : « Alors tu es d'accord ? – Je suis d'accord, Granpé, et je remercie le village. »

Il y a de grands cris de joie et de surprise, des rires et des larmes, lorsque Valérie entre et qu'Instituteur John lui annonce la nouvelle. Depuis lors, ils dorment tous les deux dans la même chambre et la vie est très animée dans la maison chaude. Instituteur John est heureux, plus heureux et il s'aperçoit qu'il aime Valérie. Pourtant il n'aurait jamais pensé à elle tout seul. Il s'étonne : Le village savait mieux que moi ce qu'il me fallait. Un mois après, ils sont retournés habiter la case d'Instituteur John qui, sous les mains de Valérie, est devenue blanche et brillante comme une pièce d'argent. Sam le chasseur et sa femme ont été désignés par Granpé pour garder la grande maison à leur place.

Instituteur John est maintenant tout à fait plongé dans la vie du village. Comme il a vu beaucoup de blessures et de maladies, Mérence le fait appeler chaque fois qu'il y a un cas grave. On lui demande souvent de venir passer la soirée dans une famille pour lire un livre ou raconter l'histoire de la guerre ou celle des temps passés. Le matin, très tôt, Sam l'emmène, avec Olivier, chasser ou pêcher dans la rivière. Tous les enfants de huit ans savent lire et ceux de sept sont en bonne voie. Trois fois par semaine, il y a un cours pour adultes, tous les jeunes du village y viennent sans honte depuis que Mérence, Valérie, Sam et Jayne, sa femme, en ont donné l'exemple. Le soir, l'école est ouverte et éclairée, tous ceux qui le veulent peuvent y lire ou y travailler tranquillement. Le dimanche, tout le village se réunit sous un arbre ou dans une grange. Granpé dit quelques mots concernant les travaux ou la vie du village, puis il fait lire par un des enfants un passage de la Bible. Les psaumes ou les cantiques suivent et souvent des airs venus d'Afrique sur lesquels chacun se met à danser en chantant des paroles qu'il invente. Valérie a une voix qui monte plus haut et descend plus bas que celle des autres. Tous s'arrêtent souvent pour la laisser chanter seule ou accompagnée par Jayne dont la voix souple s'enroule autour de la sienne comme le lierre autour d'une colonne. Mlle Mérence a une voix mince, argentine, un peu fêlée. Une voix de ruisseau qui s'écoule, invisible sous les branches, et dont le son léger suffit à vous désaltérer.

Instituteur John, au commencement, n'allait pas aux réunions du dimanche. Il n'entend pas célébrer par des cantiques un Dieu qui permet l'esclavage. Il y a été attiré par les airs africains et par la danse, mais surtout parce qu'il est devenu, à cause de Valérie, un homme de Maisonchaude et que les réunions sont un acte du village. Il s'aperçoit très vite que si tous croient en Dieu ce n'est pas dans le Tout-Puissant qui a tout accepté et tout béni. Celui qu'ils aiment est simple et faillible comme eux. Quand il leur arrive un injuste malheur, ils pensent : Le bon Dieu se sera encore une fois trompé. Ou bien : Il n'aura rien osé dire. Car leur Dieu a des diables – des diables blancs – qui souvent lui font la vie dure. Il a aussi ses moments de réveil où il est jeune, gai et terrible. Tout cela n'est pas si loin du temps où j'étais un négrillon sans prénom, sans parents et qui, parfois, voyait Dieu dans le soleil, dans l'herbe verte ou le beau galop du pur-sang de M. Maître jeune. Depuis, Cheval rouge a écrasé les couilles de M. Maître jeune et il a dit que les Noirs devaient cesser de croire en Dieu, car cela les empêchait de croire en eux-mêmes. Il a eu raison de dire ça, je suis toujours celui qui pense qu'il a eu raison, mais je suis aussi celui qui s'assied dans un coin de la maison chaude et qui écoute Mlle Mérence parler avec les enfants : « Mérence, pourquoi le bon Dieu, il est toujours bon ? – Pourquoi tu me demandes ça, ma chérie ? – C'est pas juste si lui est toujours bon et nous pas. – Il n'est pas toujours bon, je pense qu'il est parfois méchant comme tout le monde. – Alors c'est un pauvre petit bon Dieu ? » Rire de Mlle Mérence : « Mais oui, ma chérie, c'est un pauvre petit bon Dieu, comme tu es une pauvre petite fille, qui s'est de nouveau fait une bosse à la mauvaise place. Viens vite près de moi manger une galette et apprendre à ne plus pleurer. » Voix désolée d'Ulysse : « Pourquoi est-ce qu'on a seulement un pauvre petit bon Dieu ? – Seigneur, qu'est-ce que tu ferais d'un grand beau Dieu, toujours propre et bien lavé, qui mangerait de tout et qui ne tomberait jamais. Avec le nôtre, tu peux rire, tu peux pleurer, il t'aime toujours comme tu es. » Elle les embrasse, elle les envoie jouer. Voix d'Instituteur John : « Alors un pauvre petit bon Dieu pour les Noirs, et un grand beau Dieu tout doré pour les Blancs. À quoi ça te sert un petit bon Dieu pareil, mademoiselle négresse ? » Elle rit : « Ça me sert dans ma vie qui est toute petite. Tout le monde n'est pas fait pour être un cheval rouge avec un régiment de cent canons. Notre bon Dieu est pauvre, il est petit mais s'il est bien planté dans une bonne terre, il peut grandir. »

Instituteur John pense beaucoup à ce petit bon Dieu, bien planté dans une bonne terre par les mains de Mlle Mérence. Parfois la nuit quand il s'éveille à côté de Valérie, il le sent croître en lui, comme un don venant d'elle et qui fait équilibre au démon de la colère de Pierre.

On apprend que l'armée de Sherman approche d'Atlanta. Pierre et le régiment sont sûrement dans l'avant-garde. Le moment est venu de partir les rejoindre. Il en parle à Mlle Mérence et à Granpé. Elle pleure : Et Valérie, et les enfants ? Je reviendrai. Granpé tire une longue bouffée odorante de sa pipe et le regarde de cet air qu'il a parfois depuis le jour où vous l'avez vu sortir de sa forme et emplir tout l'espace. Comme s'il attendait de vous quelque chose que vous ne voulez pas donner. Il chasse lentement la fumée de sa bouche, il en savoure chaque instant : Tu reviendras, mais ce n'est pas toi, c'est le colonel Johnson qui reviendra. Le colonel Johnson sera peut-être trop grand pour ce village. Son large sourire apaisé semble rayonner jusque dans sa chevelure blanche : Mais il faut suivre ton cœur, garçon. Si tu veux partir, en donnant beaucoup de jambons et beaucoup d'œufs au fonctionnaire, nous obtiendrons pour toi un laissez-passer.

Ils sont partis pour la ville le lendemain et Valérie, qui s'efforçait de cacher ses larmes, les a accompagnés afin de choisir elle-même un bon sac et des souliers solides.

Ils n'ont pas rapporté de laissez-passer, ils ont appris qu'on recherchait activement le soi-disant colonel Johnson, esclave fugitif. Dans toute la ville, il y avait des affiches promettant de fortes récompenses à ceux qui retrouveraient Johnson et son complice Leeuw, également fugitif. La somme est si forte qu'ils n'ont pas osé aller chez le fonctionnaire. Il aurait pris les provisions, avant de courir les dénoncer. Dans les journaux, on lit que le directeur de cirque Leeuw a favorisé la fuite de l'esclave Johnson en ne prévenant pas immédiatement les autorités comme il en avait le devoir. Il a été mis en prison mais il est parvenu à s'évader de façon inexplicable. Sur l'affiche, on voit une gravure représentant le colonel Johnson à cheval. Cette gravure a paru dans un journal de Baltimore peu après la bataille de Gettysburg. Il est douteux que l'on puisse reconnaître dans le villageois qui va nu-pieds en vêtements de coton le brillant officier, bien en selle sur son cheval noir, que Valérie contemple avec étonnement sur l'affiche. Mais Granpé et Mérence, en parlant avec les Noirs de la ville, ont appris qu'il y a des contrôles aux entrées des villages et des villes. Il est donc impossible de rejoindre l'armée fédérale avant qu'elle ait dépassé Atlanta et John décide de se cacher encore un moment à Maisonchaude. Granpé fait construire pour Valérie et pour lui une nouvelle case dans une clairière de la forêt où se trouve un ancien four à charbon de bois. Sam remettra le four en activité et, si quelqu'un vient jusque-là, Instituteur John sera son aide.

Il ne se rend plus au village sans être précédé par Valérie ou par Jayne. Pendant la classe, il y a toujours un enfant qui fait le guet au bord de la route. Si quelqu'un d'inconnu se présente, il fait un signe et Instituteur John file par les greniers tandis qu'Olivier continue la classe. C'est un nouveau jeu dans lequel les enfants se montrent d'une ingéniosité insurpassable. La nouvelle case du charbonnier est rapidement bâtie. Hommes, femmes et enfants, tous y ont travaillé et elle est plus vaste et plus commode que les cases du village. Quand Sam et Olivier ont planté au sommet du toit une branche entourée de fleurs et de rubans, Granpé, à l'aide d'une corde, y fait monter un drapeau. Instituteur John a un moment de panique : si c'est le drapeau rebelle qu'on va faire flotter sur sa case, il ne le supportera pas. Mais c'est le drapeau de l'Union qui s'élève, qui flotte aux applaudissements de tous et que Granpé fait ensuite redescendre pour le serrer avec précaution dans une boîte. Ainsi, en plein pays rebelle, ils ont élevé ce qui est malgré tout le drapeau de la liberté. Est-ce qu'ils ont fait cela pour eux ou pour moi ? Comment savoir, ce village dont maintenant je fais partie et dans lequel je me trouve peu à peu planté comme un arbre sur de nouvelles ou de très anciennes racines, ce village est une chambre à demi obscure dont je ne vois encore que la partie éclairée.

Il se tourne vers Sam : « Les gens et les enfants, qu'est-ce qu'ils ont pensé de ce drapeau ? » Sam répond, comme le ferait Mérence : « Les enfants et les gens d'ici, ils t'aiment beaucoup. Ils aiment ce drapeau parce que c'est le tien. – Mais ce n'est pas le vôtre ? – Granpé dit qu'à Maisonchaude nous n'avons pas besoin de drapeau. – C'est ce que tu penses ? – Oui, c'est ce que nous pensons dans ce village. – Pourquoi ? – Nous ne pouvons pas partager un drapeau avec les Blancs parce que les Blancs ne veulent pas partager ce pays avec nous. Le maître d'ici, qui était un bon Blanc, je l'ai entendu dire, un jour à la chasse, à un de ses amis : L'esclavage ne peut plus durer longtemps, ce qu'il faudrait faire avec ces pauvres nègres, c'est les ramener en Afrique avec des semences et des outils. Il disait ça devant moi, comme si je n'existais pas. Et dans cette vallée où c'est nous qui avons tout fait : les champs, les canaux d'irrigation, la route, les chemins et jusqu'à sa grande maison. Lui, qui nous a affranchis et qui était un homme bon, pensait que ce pays n'était pas le nôtre, mais seulement le sien, oui, rien qu'un pays de Blancs. »

Les mots viennent difficilement sur les lèvres de Sam et on dirait qu'il les sort de lui-même à coups de bêche. Instituteur John se dit qu'il est devenu comme lui, un homme de cette terre, de cette rivière un peu traînante et de ces collines basses où l'on voit affleurer la pierre. Avec Cheval rouge, il y avait plus d'énergie, plus de nerf, mais il n'y avait pas plus de force. Puisqu'il n'est pas possible de rejoindre le régiment, peut-être faut-il chercher ce que cela veut dire. Peut-être faut-il écouter ce que dit, sous mes pieds nus, cette terre qui est tellement plus fertile et plus savante que moi.

Le 19 novembre, l'avant-garde sud pénètre la première dans les faubourgs d'Atlanta. Cheval rouge, comme Sherman l'a prescrit, fait tirer à boulets incendiaires sur le centre de la ville. Il a conscience du plaisir sombre mais pénétrant qu'il éprouve à voir le feu jaillir de la gare et s'étendre vers les belles demeures qui furent un des centres de la résistance rebelle. Dès que le gros des troupes commence à occuper la ville, il avance hardiment sur la route d'Augusta où se trouvent les principales usines d'armement et peut-être les prisonniers de Basses Prairies. L'avance de l'armée a été si rapide que les Sudistes n'ont pas pu évacuer la plus grande partie de leurs approvisionnements ni le personnel des fabriques. Le régiment atteint une grosse bâtisse grise que des Noirs de la ville ont signalée comme la principale usine. Des fantassins sudistes l'occupent encore. Cheval rouge leur fait faire sommation de se rendre. Un feu bien ajusté lui répond, il fait mettre des pièces en batterie et fait tirer une salve d'avertissement sur les toits où des tirailleurs sont cachés. Le feu des rebelles continue, plusieurs hommes déjà sont blessés, il donne l'ordre de tirer sur le bâtiment quand un cri jaillit des rangs : Arrête ! Cheval rouge ! Arrête ! Ils ont raison, il faut patienter et ne pas risquer la vie des prisonniers. Il annule l'ordre mais en rongeant son frein, obsédé par le désir d'éventrer ces murs tristes et d'en voir jaillir les flammes. Le feu des assiégés s'éparpille, il est dominé par celui des éclaireurs qui ont mis pied à terre et pris position autour de l'usine. Il n'y a pas de drapeau blanc, mais on entend un grand tumulte et des coups de feu à l'intérieur. Les éclaireurs cessent le feu et crient : Ils se révoltent ! Buck leur ordonne de se préparer pour l'assaut, à ce moment, on voit des prisonniers, armés de masses et de gourdins, ouvrir les portes et chasser vers nous leurs gardiens, tandis que d'autres précipitent par les fenêtres les derniers défenseurs des étages.

De partout, des prisonniers sortent de l'usine, il y a des cris dans nos rangs, des hommes se reconnaissent, s'élancent les uns vers les autres, malgré les balles qui sont encore tirées des toits. Cheval rouge et Gauvain courent eux aussi vers les prisonniers parmi lesquels ils reconnaissent plusieurs des nôtres. Ils sont là, affreusement maigres dans leurs vêtements en loques, mais contents de s'être libérés eux-mêmes. Quelques-uns sont morts d'épuisement, quatorze et parfois seize heures de travail par jour, peu de nourriture, pas de médicaments, mais la plupart ont résisté, assurés que la promesse de Johnson serait tenue, comme elle l'est, puisque Cheval rouge et le régiment sont là plus tôt qu'il ne l'avait annoncé. Est-ce qu'ils savent quelque chose du colonel Johnson ? Non, ils ne savent rien, sinon que des affiches ont mis sa tête à prix et annoncé son évasion.

Ils sont là, aussi heureux que s'ils avaient retrouvé leur famille et leur village. Ils demandent des armes, des uniformes. L'unité, si longtemps coupée en deux tronçons, est ressoudée, mais il faut soigner ces hommes affaiblis, les réincorporer dans les batteries et les escadrons d'éclaireurs, leur apprendre le maniement des armes neuves et la nouvelle tactique. Toute l'armée d'ailleurs, épuisée par cette dure campagne, a besoin d'une pause pour reprendre des forces et remettre son matériel en état. Cheval rouge sait que de nombreuses semaines sont nécessaires pour cette réorganisation, mais il a peine à contenir son impatience. Johnson est en fuite, traqué peut-être, et nous ne pouvons rien pour lui.

Cheval rouge voudrait avancer très vite vers la fin nécessaire de la guerre. Quelle fin ? L'écrasement du

Sud par le nombre et par les canons, la libération des Noirs. Beaucoup d'esclaves désertent les plantations et suivent l'armée qui les nourrit comme elle peut. Ils attendent, malgré le froid et la faim, avec une incroyable patience. Ils attendent quoi ? Que nous leur donnions de la terre, ce qui serait pour eux la vraie fin de l'esclavage, et des armes pour la défendre. Ils n'osent pas prendre la terre eux-mêmes, celle qu'ils travaillent depuis si longtemps sans salaire. Ils attendent une autorisation légale, notre permission, misère, qui ne leur sera pas accordée. Et si la guerre finie, je retournais à Sainpierre avec Johnson. La gêne de Mme Henriette qui songerait d'abord à le faire manger à l'office. Qui finirait par prendre le parti courageux de le recevoir à table et de le montrer à toute la ville : le colonel Johnson, de l'armée américaine, un des officiers de Pierre. Et à ses amies : Un Noir exceptionnel, si bien élevé et tellement dévoué à mon fils.

À quelque distance d'Atlanta, Cheval rouge habite une maison isolée, avec Gauvain et deux officiers. Les officiers sont allés passer la soirée en ville et ont emmené Jimmy. Cheval rouge termine, pour Sherman, un rapport sur les divers itinéraires possibles en direction de la côte atlantique. Le fauteuil, qui est en face de sa table, fait entendre un léger bruit de ressort et Pierre, sa phrase terminée, lève les yeux. Dans le fauteuil, il y a un lion. J'ai dû m'endormir sur ma table et je fais un cauchemar. Ne pas bouger, ne pas penser, m'éveiller d'abord. Il faut se rendre à l'évidence, je ne dors pas et le lion est là. À trois pas, en liberté, et mon corps se couvre de sueur. Ne pas bouger, laisser mes mains sur ma table, sous son regard. Tout à l'heure, la porte était fermée, j'en suis sûr, un lion n'aurait pas pu entrer. Maintenant elle est ouverte, quelqu'un a tourné la poignée. Il suffit de reprendre son calme, d'essayer d'affermir sa voix et de dire : Entrez, monsieur Leeuw, et faites entrer Queenie avec vous. Cela est dit d'une voix médiocrement assurée, sous le regard paresseux du lion, en face de sa gueule rose et noire qui s'ouvre pour un bâillement. Entre, sans le moindre bruit, M. Leeuw qui arbore une énorme toison rouge et un maillot de couleur fauve sous lequel on voit rouler et saillir ses muscles. Queenie le suit et s'installe sur le canapé. Tout cela est possible, en somme, mais je ne m'attendais pas à l'entrée de M. Leeuw et de ses lions, dans mon bureau, entre mes cartes et le rapport à Sherman. Je connais M. Leeuw par les récits des habitants de la ville. Je sais qu'il a acheté Johnson. Puis, par les affiches rebelles, j'ai appris que Johnson et lui avaient échappé à la surveillance des Sudistes. Aujourd'hui qu'il est là, il est naturel de lui demander : Où est Johnson ? Il répond d'une voix rouillée, difficile, dont on dirait qu'il ne s'est plus servi depuis longtemps : Johnson est chez lui.

Or Johnson n'a pas de chez lui, ne peut pas en avoir en dehors du régiment. Leeuw et Queenie, en se roulant paresseusement en boule sur le canapé, affirment que Johnson est bien là où il doit être. Où est cet endroit ? Comment Johnson y est-il arrivé ? Qu'est-ce qui l'empêche de nous rejoindre ? On voit que Leeuw et les lions ne sont pas habitués à être questionnés, car ils s'agitent et deviennent très nerveux. Des gestes, des débuts ou des débris de paroles émanent de Leeuw et donnent à entendre que Johnson a sauvé les lions en disant : Laisse-les chasser ! Alors Cheval rouge comprend : « Et Johnson vous a dit aussi : En cas de danger, laisse-les conduire, les lions savent mieux. Ce sont les lions qui vous ont fait sortir de prison ? – Ce sont eux. – Et Johnson est en sûreté ? – Il l'est. – Dans un village ? – Dans un village. – Où est ce village ? (Ça, Leeuw l'ignore.) C'étaient déjà les lions qui conduisaient et vous préfériez ne rien savoir. » Oui, c'est ce que Leeuw préférait, car la police sudiste interroge parfois un peu fort.

Les lions accompagnent ces paroles de tout un jeu de bonds sur place, de grondements et d'étranges rires de gueules et de crinières. Soudain, ils se figent tous trois, en arrêt devant lui et cela signifie : Viendrez-vous chasser avec nous la nuit prochaine ? Avant aucune pensée, il a répondu oui. Ils sont heureux, ils disparaissent sans bruit.

Durant la nuit, Pierre dort avec une lionne, il n'a pas peur, leurs droits à chacun sont bien établis et il n'y a aucun danger à condition de ne jamais oublier que d'un coup de patte elle peut vous déchirer en deux. Il faut donc avoir toujours la main prête à saisir le couteau qui repose entre elle et vous et qui est le signe par lequel vos deux pouvoirs s'équilibrent. En s'éveillant, Pierre voit sur son lit, qui est large, le creux qu'y a fait un corps. Jimmy entre : « Tu as vu les lions hier soir ? » Oui, il les a vus. « Est-ce que la lionne est revenue dormir à côté de moi ? – Elle est revenue. – Est-ce que Leeuw, l'ami de Johnson, est encore un homme ou est-il devenu un lion ? » Jimmy sourit sans répondre, parce que Cheval rouge ignore ce qui est déjà évident pour tous les animaux. Il est vrai qu'il ignore aussi qu'il est lui-même un lion noir et que c'est pour cela que la lionne est revenue.

Cheval rouge se lève : « Trouve-moi un couteau de chasse, je partirai avec Leeuw à midi. » Il va porter son rapport au quartier général où, à l'étonnement de tous, il sollicite un jour de congé, le premier depuis trois ans.

À midi, Carabine IV, qui est plus résistante que ses autres chevaux, est sellée. Jimmy lui donne le couteau avec lequel Ti-Kou et Shenandoah ont combattu l'ours gris, celui qu'il est allé reprendre, après sa victoire, au sommet du hêtre pourpre. Passé la dernière maison, Carabine fait un écart au moment où apparaît Leeuw qui attendait sous un buisson. Il refuse le cheval que Jimmy lui propose et, dès qu'il est hors de vue, il prend le trot, à sa manière souple et infatigable.

À l'orée de la forêt, on sent à la nervosité de la jument que les deux lions se rapprochent. La route est longue et Pierre, qui n'a rien mangé depuis la veille, sent la soif et la faim agir en lui comme une ivresse. Leeuw s'arrête et lui fait signe d'attacher Carabine. Ils repartent et Cheval rouge, saisi par le mouvement de Leeuw, se met peu à peu à trotter à son allure.

Ils parviennent à une rivière, coupée par un gué que les lions franchissent les premiers. On débouche sur une large clairière, entourée de tous côtés par des rochers abrupts et par la forêt. À travers les feuillages, la pleine lune éclaire une partie de la scène et Cheval rouge se poste dans l'ombre, devant le gué vers lequel les lions vont rabattre leur proie. Il entend, très loin dans les bois, le galop d'une bête débusquée. Brusquement, c'est l'apparition fantastique du grand cerf qui cherche une issue vers le gué. Il sort de l'ombre, il ne peut retenir un cri et le cerf a le temps d'obliquer mais, le long de la rivière, un grondement – Leeuw sans doute – lui signifie que la voie de la fuite à la nage est elle aussi interdite.

Le cerf s'enfonce à nouveau dans l'obscurité et chacun des chasseurs suit, de tout son corps, son chemin à travers les bois et sa quête désespérée d'une ouverture. Lorsqu'il réapparaît dans la clairière, Cheval rouge attend qu'il soit à portée et s'élance. Au moment du contact, le cerf l'évite et de son flanc le renverse dans l'herbe, sans qu'il ait pu faire autre chose que lui érafler l'épaule. Cette étreinte éludée et l'odeur du sang sur la lame du couteau ne font qu'exaspérer son désir. Les passages du cerf se font plus fréquents et plus étroit l'espace où les lions l'emprisonnent. À l'excitation croissante des fauves, on pressent que l'odeur de la bête épuisée s'exalte et que la fin approche. Il entend venir à lui son galop inégal, ses halètements déchirés et son instinct de cavalier lui dit que c'est la dernière charge. En le voyant se dresser brusquement devant lui, l'animal, dans un dernier effort, fait front en fléchissant sur l'arrière-train. Couvert d'écume, il n'est plus rouge mais blanc. C'est une haute tour aux ramures ouvragées, c'est l'ange de Sainpierre qui sonne dans la trompette du Jugement. Cheval rouge se rue sur le corps désiré, il plonge son couteau dans l'artère dont jaillit le sang. Il y enfonce son visage, il tente de boire et de mordre dans la blessure mais le poil de la robe l'en empêche. Il plonge plusieurs fois sa lame dans la plaie. Trois corps puissants s'abattent sur celui du cerf qui roule sur le sol en entraînant l'homme. Couché à côté de sa proie et à demi recouvert par elle, Cheval rouge ne relâche pas son étreinte. Il rit, il gronde, il hurle en travaillant la blessure avec le couteau. Il mord, il crache, il arrache et enfonce ses dents plus profondément dans la chair vivante. Il sent à ses côtés l'ivresse joyeuse des lions. Les pattes énormes s'abattent et déchirent, les gueules sanglantes s'ouvrent et broient dans l'exultation de l'assouvissement. Grondant, tirant, bataillant, ils font glisser le corps jusqu'à cette place dans l'ombre où l'acte doit s'accomplir. Ils sont deux, ils sont trois, ils sont quatre grands fauves qui s'éjouissent de la proie qui fut vivante et tout emplie de ce sang dont s'élève la violente odeur. Parfois l'un d'eux s'éloigne pour dévorer à l'écart, mais il revient très vite près des autres partager le travail nocturne et pousser le corps plus avant, toujours plus avant dans la nuit.

Cheval rouge sent monter en lui un spasme, une contraction par où s'opère un premier retour à une forme ténébreuse de conscience. Il s'écarte de la bête, il est secoué de tremblements et couvert de sueur. Il est assoiffé, d'une soif sinistre, et assailli par le besoin de plonger son visage dans l'eau froide. C'est en vain qu'il tente de se relever, c'est sur les genoux, c'est sur le ventre qu'il rampe jusqu'au milieu du gué où il s'affale et se débat en vomissant. Il voudrait être emporté par le courant, mais il est pesant, bien trop pesant pour se libérer de ce fond de vase. C'est en vain qu'il aspire à flotter, carcasse corrompue, entre deux eaux. Dans le confus tourbillon de tous ses sens, il sent qu'il est happé, qu'il est soulevé par une irrésistible mâchoire qui le rejette, cheval crevé, sur la berge boueuse.

Transpercé de froid, il revient à lui dans le matin d'hiver. Ses vêtements sont glacés et couverts de sang, ses bottes pleines d'eau. Il se traîne jusqu'au bord de la rivière et parvient à boire un peu. Il se relève en chancelant et arrache sa chemise maculée. Cette nuit a-t-elle vraiment existé ? Oui, répondent la bouche amère et sur tout son corps cette écœurante odeur de vase et de sang. Dans l'herbe on voit les traces de la chute et des dernières convulsions du grand cerf. Au pied des rochers, sa carcasse béante est couverte de charognards. Il ramasse le couteau de Ti-Kou, il le nettoie en l'enfonçant avec peine dans la terre. En traversant le gué, il tombe à plusieurs reprises, il se traîne sans savoir comment le long du sentier qui longe la rivière. Puis Jimmy est là, qui est venu à sa rencontre et qui l'enveloppe dans son manteau. Il doit encore sentir le fauve car, à son arrivée au campement, les deux chevaux s'agitent. Il y a un grand feu et des couvertures sur lesquelles il peut se laisser tomber. Il y a des pierres chauffées dans le feu que Jimmy dispose autour de lui et du thé qu'il lui fait boire. Il lui enlève ses bottes et ses vêtements, il le lave. Il l'entoure d'un drap bien chaud et de couvertures comme il l'a vu faire par Johnson un soir où, pour échapper à une patrouille rebelle, Pierre a dû traverser une rivière à la nage. Cheval rouge s'efforce de retrouver le souvenir de ce soir, de cet heureux soir qui s'aveugle, qui s'affaisse dans la mémoire, corps fauché par le sommeil. Il ne s'éveille qu'à la nuit, Jimmy lui fait boire du café et il peut avaler un peu de pain. Est-ce que Jimmy a vu chasser les lions ? Non, il est resté ici. « Est-ce que je vais devenir comme Vieux Joe qui buvait le sang de ses victimes et mangeait leur chair crue ? » Jimmy sourit, ce n'est pas la chasse ni le sang, c'est l'alcool qui rendait fou Vieux Joe.

Cheval rouge, enveloppé dans les couvertures des chevaux qui sentent fort, parle de sa nuit et de sa possession par le sang ou par l'esprit des lions. Jimmy, tout en activant le feu, raconte les scènes étranges que l'on peut voir ou entendre dans les forêts, lorsque les frontières entre les hommes et les animaux s'abolissent.

À l'aube, ils repartent pour Atlanta. Cheval rouge a le sentiment qu'un ressort s'est brisé dans la terrible machine intérieure. Bientôt les anciens du régiment vont dire : Cheval rouge n'est plus le même, il est redevenu comme avant. Mais si on leur demande : Avant quoi ? ils se détournent d'un air indifférent et s'en vont. Et Jimmy pense que ce n'est pas un cerf, mais un cheval rouge que quatre lions ont traqué la nuit dans la forêt et dévoré dans la clairière.

Le régiment noir se remet en marche vers l'est. L'armée avance maintenant avec trois, quatre et parfois six colonnes de pointe. L'ennemi ne doit jamais savoir vers quel objectif elle se dirige et Sherman lui-même ne le décide qu'au dernier moment, d'après l'état des résistances rencontrées. Il entend bien gagner cette campagne sans livrer bataille et réduire l'ennemi en coupant ses lignes d'approvisionnement par des marches rapides et des manœuvres. Après sa défaite d'Atlanta, Hood pousse vers l'ouest, croyant forcer Sherman à se lancer à sa poursuite. Mais celui-ci ne se laisse pas détourner de son plan et continue imperturbablement sa progression vers l'est avec une armée de soixante mille vétérans. C'est à une armée de réserve, celle du général Thomas, qu'il confie le soin de soutenir l'attaque de Hood.

Cheval rouge se demande pourquoi, sachant que Sherman détruit tout sur son passage, les rebelles ne font pas ces destructions eux-mêmes, ce qui ralentirait ou arrêterait son avance. Est-ce que Stonewall Jackson aurait fait du pays qu'il aimait une terre brûlée ? Est-ce qu'il aurait pu se livrer, comme nous, à cette terrible forme de guerre ?

Le régiment noir, en cette fin d'automne, est à nouveau à l'avant-garde de l'armée. Il s'enfonce dans le Sud rouge et doré, avec ses obscurs chemins de feuilles, ses eaux bibliques et son ciel nonchalant où le temps semble plus vaste et plus profond qu'ailleurs. Le pays est riche, il a momentanément renoncé au coton et regorge de vivres. Ponctuant l'avance des troupes, il y a partout, le long des routes, les acclamations et la joie des esclaves libérés. Les hommes du régiment se souviendront toute leur vie de la campagne d'hiver et de leur marche triomphale vers la mer et vers le printemps. Toujours ils auront sur les lèvres le chant de guerre de Tumbolo Jones :

Comme ils étaient heureux, comme ils criaient les Noirs
Quand ils entendaient nos chevaux sur la route et le bruit joyeux des canons

Comme elle criait la volaille, quand nous entrions dans les poulaillers
Comme les patates surgissaient des sillons, comme elles cuisaient doucement sous la cendre
Quand nous marchions en combattant, quand nous descendions vers la mer
En traversant la Géorgie par des chemins de Cheval rouge.

Quand le régiment entre dans une plantation ou un village, Gauvain réunit les maîtres, s'ils n'ont pas fui, et les Noirs et fait lire l'Acte d'émancipation. Puis il fait briser les fers des punis, brûler les fouets et tuer les molosses qui poursuivaient les esclaves en fuite. Il donne l'ordre aux maîtres de payer dorénavant un salaire normal aux Noirs qui travaillent pour eux. Cheval rouge sait bien que c'est insuffisant et qu'il faudrait partager les terres, mais les ordres de l'armée l'interdisent.

Sa colère est tombée, conformément aux ordres de Sherman, il détruit tout ce qui ne peut pas servir à l'armée mais il ne cherche plus à encercler l'ennemi en fuite, ni à massacrer ceux qui veulent se rendre.

Au cours des longues marches et des soirées au bivouac, sa pensée revient sans cesse au mystère du Sud. Stonewall Jackson et Robert E. Lee ne se sont pas battus pour l'esclavage, mais pour ce sol où je suis et dont je sens qu'il est celui d'une vraie patrie. Ce monde qui s'écroule – car il s'écroule – tient, par une chimie mystérieuse, au plus intime de l'âme. Comment expliquer qu'ils nous aient tenus en échec durant quatre ans, alors que nous étions vingt-deux millions contre sept et que nous avions pour nous la mer, les usines et les canons. Peut-être ne faut-il rien expliquer et seulement voir comment, depuis qu'il s'enfonce dans le Sud, le régiment respire mieux et découvre sa véritable humeur. Les voix et les gestes deviennent plus glissants, les peaux plus noires, les dents plus blanches et plus rieuses. Il y a une douceur dangereuse, un peu perfide qui s'insinue dans les veines et en même temps une alacrité neuve, un retour à des sources intérieures si fraîches que l'on peut y boire sans fatigue. Oui, ce pays est un pays d'enfance, pays d'avant, pays d'amont où les traces de l'origine ne sont pas encore effacées. Ne pas oublier cependant que l'enfance de Johnson et celle de presque tous les hommes du régiment ont été des enfances esclaves et que le profond Sud ne voyait en chacun d'eux que les trois cinquièmes d'un homme.

Le 10 décembre, une canonnière fédérale qui croise au large de Savannah aperçoit des signaux lumineux venant de la terre. Elle signale à la côte : Qui vive ? Gauvain, qui a lancé le message et qui dirige les signaleurs, répond : Sherman. C'en est fait, le Sud est coupé en deux et c'est en vain que Lee attendra encore les messages, les renforts et les trains de vivres et de munitions qui lui venaient du sud. Les rails des lignes de chemin de fer qui montent vers Richmond, tordus et enroulés autour des poteaux du télégraphe, sont devenus des « épingles à cheveux de Sherman ». Le 11 décembre, après une attaque par surprise, le régiment noir entre dans Savannah sans avoir tiré un coup de canon. Le dernier port rebelle est pris.

Le 15 décembre, le général Thomas écrase définitivement l'armée de Hood à Nashville. Il n'existe plus d'armée confédérée à l'ouest. Seuls trois États : la Virginie, la Caroline du Nord et la Caroline du Sud, soutiennent encore la cause rebelle. Cette prodigieuse traversée de la Géorgie, acte décisif de la guerre, n'a coûté à l'armée Sherman que quatre cents hommes. Quant au régiment noir, toujours à l'avant-garde, il n'en a perdu que trente-huit. Au cours de cette marche où tant de Noirs des villages et des plantations ont été libérés, où tant d'enquêtes ont été menées, aucune trace de la présence de Johnson n'a pu être retrouvée. Il est plus au sud certainement mais c'est vers le nord, vers Richmond, que Lee défend toujours avec acharnement contre les forces bien supérieures de Grant, que Sherman dirige son armée.

Robert E. Lee, nommé commandant en chef de toutes les forces rebelles, rappelle Joe Johnston, écarté par Jefferson Davis. Il est trop tard, il ne peut plus lui confier que des troupes éparses et mal soudées, incapables de résister aux vétérans de Sherman. L'offensive est reprise par plusieurs colonnes dont l'objectif demeure incertain le plus longtemps possible. On attend Sherman à Augusta ou à Charleston, il passe au centre et prend Columbia. On croit qu'il pousse sur Raleigh, mais il oblique et se jette sur Goldsborough sans cesser un instant de maintenir l'adversaire au bout des cornes du dilemme.

C'est en mars que nous atteignons Goldsborough et Grant y fait savoir à Sherman que l'armée de Lee commence à donner des signes d'affaiblissement et de désagrégation. Ses troupes, épuisées par la pression constante d'un ennemi très supérieur en nombre, sont de plus atteintes par le manque de nouvelles en provenance du sud, depuis que Sherman a coupé toutes les voies de communication. Beaucoup s'inquiètent du sort de leurs familles sous l'occupation ennemie et désertent pour se porter à leur secours.

Un cortège d'esclaves libérés accompagne partout l'armée du Nord. Ils attendent d'elle leur subsistance quotidienne et pour plus tard un modeste paradis, taillé dans les grands domaines du Sud : quarante acres et un mulet. Ils sont très nombreux à suivre le régiment noir, mais que faire pour eux ? Finalement, Pierre et Gauvain demandent audience à Sherman : Autorisez-les sous notre contrôle à planter des piquets dans les grands domaines, sans dépasser un tiers des terres des anciens propriétaires.

Sherman s'y oppose : Seul le Congrès peut en décider, je n'ai pas de pouvoir politique.

Prenez-le ! Mettez les parlementaires devant le fait accompli. C'est vous qui avez gagné la guerre, ils grogneront peut-être, mais ils ratifieront.

Sherman refuse, son affaire est de gagner la guerre, la suite ne dépend plus de lui.

Cheval rouge réunit le régiment : « Nous ne pouvons rien faire officiellement, mais dites-leur d'homme à homme qu'ils plantent des piquets et occupent quarante acres. Le mulet viendra ensuite. Donnez-leur des fusils pris aux rebelles pour qu'ils puissent défendre leur terre. » Le résultat est décevant, les anciens esclaves ne veulent pas prendre la terre, ils veulent la recevoir avec un acte de propriété dûment signé par les Blancs. Ils ne veulent pas non plus des fusils, puisqu'ils ne sont pas soldats. Ce sont les Blancs qui ont des fusils.

Le 1er avril, Lee essaie de percer les lignes nordistes afin de rejoindre Joe Johnston. Grant, assuré qu'il a dû dégarnir ses lignes, ordonne une attaque générale. Le 2, qui est un dimanche, Jefferson Davis se rend au temple. Au milieu du service, on vient sur la pointe des pieds lui apporter une note. Il sort en hâte, le général Lee l'avertit qu'il évacue Richmond. Lee se dirige vers le sud mais son armée est si épuisée que, durant la retraite, les troupes fraîches de Grant la dépassent et l'encerclent. Le 9 avril à Appomattox, Lee, impassible dans sa tunique de général à parements d'or, rencontre Grant. Grant porte, comme d'habitude, une tenue défraîchie de simple soldat et il mâchonne du coin des lèvres son éternel cigare pendant que Lee capitule.

Peu après, le président Lincoln entre à Richmond où il est acclamé par les Noirs en délire. Le 14 avril, l'homme qui peut-être aurait pu faire une vraie paix est assassiné par un Sudiste. Beaucoup de soldats pleurent en apprenant cette nouvelle et Cheval rouge se demande qui vient de perdre sa chance : le Nord, le Sud, ou les deux.

Le 26 avril, le général Johnston demande à rencontrer Sherman et capitule à son tour. La guerre est finie, il n'y a plus d'armée rebelle. Peu après, Sherman convoque Pierre au quartier général : Descendez vers le sud et essayez de retrouver Johnson. Montrez le régiment. Blancs et Noirs, en le voyant, comprendront mieux que par des discours que les choses ont changé. Il s'interrompt, hésite : « Aidez les Noirs le plus possible, ils en auront besoin.

— Alors je leur donne quarante acres par famille, pris sur les grands domaines ?

— Non, le Congrès n'a rien décidé.

— Je leur donne des fusils et des balles ?

— Pour quoi faire ?

— Pour aller voter quand il y aura des élections. Sans fusils, ils n'arriveront jamais aux bureaux de vote. »

Sherman se tait.

« Alors, je donnerai des sucres d'orge aux enfants ! »

Sherman se lève pour marquer que l'entretien est terminé. Sans doute pense-t-il : Bon officier mais caractère difficile. Cheval rouge soupire, salue. Le regard de Sherman, un regard gêné, croise vainement le sien. Allons, c'est ainsi, le lévrier maigre qui a mené la première guerre totale ne prendra pas de risques pour aider les Noirs. En somme, nous avons fait, nous avons gagné une guerre de Blancs.

Il se demande ce que Johnson ferait à sa place. Mais y a-t-il encore quelque chose à faire ? Johnson a disparu, Lincoln est mort, la chance est passée. Après les Anglo-Saxons, chacun aura sa place en Amérique, les Allemands, les Scandinaves, les Irlandais, les Latins. Chacun aura part au dollar, chacun fera pression, épaule contre épaule avec les siens, dans le grand cercle indéfiniment élargi. Seuls les Noirs et les Indiens n'auront pas leur part. Peut-être est-ce leur chance, mais il faut traverser les années longues. Comprendre que si le dollar ne les accueille pas comme les autres, c'est qu'au fond de leur cœur – et peut-être sans le savoir – ils l'ont intimement rejeté. Cheval rouge se demande si le cœur des Noirs et la mort des Indiens ne sont pas le trésor caché de l'Amérique.

Le régiment s'est mis en route. Les hommes ont reçu des équipements neufs. Les armes, les cuirs, les cuivres, tout brille et les visages sont heureux parce que nous avons gagné la guerre et que nous redescendons vers le sud. Sherman veut que le régiment soit une force et une démonstration, il le sera. Dans chaque ville, dans chaque village, nous ferons un défilé, des exercices de tir et d'équitation. Le régiment possède aussi une chorale, un groupe de danseurs et tout ce qu'il faut pour clôturer son séjour par un feu d'artifice. Il a aussi ses instructeurs qui réunissent les Noirs pour leur expliquer les droits que leur donne la Constitution et pour examiner avec eux s'il est possible de fonder une école et un groupe de défense.

Peu après Savannah, Jimmy a rejoint la colonne. Sur son petit cheval indien, on croirait qu'il est parti hier. Pourtant il nous a quittés à Atlanta et est allé dans l'Ouest, retrouver Shenandoah. Les guerriers, après la mort de Ti-Kou, n'ont pas voulu servir les canons et ils les ont jetés dans le fleuve. C'est Shenandoah maintenant qui conduit la tribu. Avec les charges de poudre que Jimmy lui a données, elle a fait descendre la montagne et a enseveli définitivement l'or. Elle a emmené la tribu très loin, dans un territoire de bisons. Mais la guerre finie, les Blancs du Nord et ceux du Sud joindront leurs forces pour envahir ce pays et la tribu, qui a décidé de ne plus reculer, livrera son dernier combat. Pourquoi le dernier ? Cheval rouge n'a pas besoin d'explications, il sait, comme Jimmy, que les chasseurs viendront d'abord avec leurs carabines à répétition pour tuer les bisons. Les fermiers les suivront avec leurs champs et leurs fils de fer barbelés. Les troupeaux de bisons vont décroître, l'Indien aura faim. S'il veut protéger les bisons et défendre son sol, l'armée interviendra pour l'exterminer ou l'enfermer dans une réserve.

« Tu penses qu'ils oseront la tuer ? » Jimmy sourit comme elle, bien au-delà de la tristesse, et répond : « Oui, naturellement ! » Et il faut laisser ce oui terrestre, qui est aussi la volonté de Shenandoah, descendre en soi avec toute la splendeur infernale du dernier non.

Cheval rouge sent se former sur ses lèvres, malgré erreur et malheur, le sourire ironique et un peu perdu qui s'allume et s'éteint comme un reflet de la présence de Shenandoah sur le visage du jeune frère Jimmy. Ils se regardent et il y a maintenant, entre eux, une troisième présence, celle de Johnson qui est revenu dans le cercle de ceux qui l'ont aimée et qui ont cru en elle. Il y a donc un chagrin, le plus grand chagrin peut-être, mais transmué en joie par une incomparable certitude : Si on peut tuer Shenandoah, c'est qu'elle existe, et qui pourrait, un jour, empêcher sa résurrection ?

Les soldats du premier rang, à cheval derrière eux, les voient rire. Si Cheval rouge, à qui cela n'arrive plus guère, se met à rire, c'est que tout est bien et que le monde est aussi beau qu'il en a l'air. Ils se mettent donc à rire à leur tour et ceux du rang suivant font de même. C'est aussi qu'il y a bien des raisons de rire, ce sont les premiers jours de mai et nous allons en direction de nos villages où les enfants ne connaîtront plus jamais l'esclavage. Toute la batterie, toute la colonne rit à cause de la mort prochaine et de la vie admirable de Shenandoah. Et les roues des canons s'enfoncent joyeusement dans les chemins du Sud, en soulevant la naïve poussière.

Les journaux paraissent irrégulièrement et l'on a, à Maisonchaude, de moins en moins de nouvelles sur la guerre qui n'apparaît dans les villages que sous la forme de réquisitions toujours plus lourdes. Instituteur John, qui, à son arrivée, était toujours affamé de nouvelles, ne semble plus s'y intéresser. Il ne se jette plus sur Granpé et sur Olivier dès qu'ils reviennent du marché pour savoir s'ils ont trouvé des journaux ou appris quelque chose à la ville. Le soir, à moins qu'on ne l'interroge et alors il répond brièvement, il ne parle plus jamais des événements.

Mlle Mérence interroge Valérie. Est-ce que John ne s'intéresse plus aux nouvelles de la guerre ? La réponse étonne dans la bouche de Valérie : Il pense que ce ne sont plus des nouvelles. Cela semble plaire à Mlle Mérence : Alors, il n'y a plus de nouvelles ? Valérie s'excuse d'un sourire : Je ne sais pas, il ne l'a pas dit.

Est-ce qu'Instituteur John ne se préoccupe plus des nouvelles parce qu'il s'intéresse toujours plus au village et à son centre qui est la case de Granpé ? Dans la soirée, après sa dernière leçon et avant d'aller aider Mlle Mérence au jardin, Instituteur John passe toujours un moment chez lui. Granpé, solidement assis dans son fauteuil d'osier, le regarde venir avec une telle attention qu'il trébuche toujours plusieurs fois avant de parvenir jusqu'à l'entrée de la case. Ce qui ne manque pas de faire rire les femmes des cases voisines qui, elles aussi, le suivent des yeux en espérant recevoir de lui un sourire ou un regard. Leur espérance est toujours déçue, car Instituteur John ne regarde ni à gauche ni à droite et avance, les yeux obstinément fixés sur ce vieux Granpé qui l'attend sans bouger. Ce jour-là, le regard de Granpé est sans doute plus intense, car après avoir trébuché deux fois Instituteur John bute à nouveau et tombe, sans tenter de se protéger avec ses mains, dans une étrange position recroquevillée. On entend fuser des rires dans les cases, mais cela ne déconcerte pas Instituteur John qui reste étendu sur le sol à regarder un long moment la position dans laquelle il se trouve. Il se relève et continue jusqu'à la case de Granpé qui doit avoir le mauvais œil pour l'avoir fait tomber sur ce chemin où il n'y a aucun obstacle.

Chaque jour, Instituteur John pénètre le premier dans la case et Granpé, peu après, quitte son fauteuil et entre à son tour après avoir soigneusement refermé la porte. Ensuite on ne sait plus, car personne au village n'est assez hardi, ou assez fou, pour aller voir ce qui se passe chez Granpé.

Lorsque Granpé est dans sa case, il suit des yeux Instituteur John qui ne le regarde plus mais qui semble chercher quelque chose sur le sol, le long des murs et même sur le lit ou sous les pieds du fauteuil. De temps à autre, il jette un regard à Granpé et celui-ci fait non de la tête. Il y a un mois qu'Instituteur John cherche l'objet perdu dans cette case rigoureusement propre et un mois que Granpé, de la tête, lui dit non. Quand le temps imparti est passé, Instituteur John se lève, car c'est sur les genoux ou en rampant qu'il poursuit ses recherches, Granpé lui donne pour sa pipe quelques pincées de ce tabac finement mélangé dont il a le secret et il part pour aider Mérence dans le jardin de la grande maison. Il est évident, quoique ceci n'ait jamais été stipulé, que pendant la recherche aucune parole ne doit être prononcée.

Le jour où il est tombé, Instituteur John s'est couché sur le sol de la case dans la position qu'il avait au moment de sa chute. Les jambes repliées sur le ventre, les bras serrés le long du corps, il suit des yeux Granpé sans interrogation ni hâte. Pour la première fois, Granpé parle et sa voix inattendue résonne avec la force d'un cri. Il dit que la position est juste, mais que John n'a pas encore trouvé sa place. D'ailleurs il manque quelque chose. Instituteur John ferme les yeux un long moment et voilà qu'il se met à grelotter. Il regarde autour de lui comme s'il ne reconnaissait plus l'intérieur si familier de la case. Ses yeux s'arrêtent sur le foyer qui a été parfaitement vidé et nettoyé par Valérie et qui, par cette première fraîcheur d'automne, inspire un sentiment de froid. Instituteur John se lève à demi et s'assied sur ses talons : Demain j'apporterai une brouette de bûches, c'est le feu qui manque. Lorsque John se tait, le regard ou la pensée de Granpé se décentre, son corps se développe en forme de vapeurs ou de fumées blanches et noires. Est-ce que Granpé savait que le feu était ce qui manquait ? La vapeur semble dire que cela n'a aucune importance. Instituteur John se lève, sa tête s'enfonce dans la fumée de ce que l'on appelait jusqu'ici Granpé. Il s'y carre un moment, il y étend ses branches mais une crainte subsiste : Où iraient mes racines tant que je n'ai pas trouvé ma place ?

Granpé reprend peu à peu, sous les cheveux blancs, la dimension noire et pleine de sagesse dont on a l'habitude. Il donne à John du tabac pour sa pipe et l'envoie rejoindre Mérence au jardin. Il se rassied dans son fauteuil d'osier et il regarde avec plaisir les femmes des cases voisines donner à manger aux enfants avant le retour des hommes. Bientôt Valérie viendra lui apporter son repas du soir. Un repas léger qu'il aime savourer lentement en face d'elle, avant d'aller discuter des affaires du village avec Sam et Mérence dans la cuisine de la maison chaude.

C'est l'automne dans le jardin et, tous les jours, Mlle Mérence travaille dans les parterres, dans la grande charmille ou parmi les plants d'arbustes que rougissent les baies. Elle a toujours les mains actives mais on dirait qu'avant l'hiver elle imprime en elle, une dernière fois, les couleurs et le sens modeste de cet autre temps, végétal. « Qu'est-ce que tu fais, Mérence, quand tu regardes la fleur ? » demande Ulysse qui travaille avec elle. Elle ne peut le dire avec des mots, elle l'embrasse et il est satisfait de cette réponse. Depuis qu'il l'aide chaque jour dans les rocailles ou les carrés de plantes vivaces, Instituteur John commence, lui aussi, à pénétrer dans ce pays des plantes si proche du cœur de Mérence. Il commence à voir que les fleurs manifestent le monde en état d'amour. Sans bruit, sans voix, sans yeux, elles déclarent cet amour, elles en sont la parole éperdue, le regard et la profusion. Par elles, il y a un acte et un lieu de l'amour dans lequel on peut pénétrer sans faiblesse et sans effraction. Mlle Mérence, malgré son sourire apaisé, sait bien que ce monde est très dur. Il y a tant de malades, de pauvres, d'orgueilleux qui bâtissent à grands frais leur malheur. Il y a ce labeur continuel et cette mauvaise guerre qui persévère et qui nous écrase. Au bout de tout cela, froid, flétrissement, solitude. Mlle Mérence sait qu'il ne sert à rien de s'attarder à de telles pensées qui sont celles du monde comme il va, du monde spolié – pour la damnation des puissants – de ce qui est là pour le bonheur de tous. Peut-être faut-il regarder mieux les fleurs et méditer plus profondément ce regard qu'elles nous rendent quand elles nous contemplent, elles aussi, de toutes leurs couleurs.

Il y a une alerte, un matin, deux policiers en armes qui arrivent au grand trot sur des chevaux luisants et bien nourris, comme on n'en voit plus depuis longtemps. Le garçon, qui est de garde sur la branche du pommier au bord de la route, leur fait de grands signes amicaux. Olivier, sans élever la voix, transmet le renseignement et Instituteur John file par les greniers, se laisse couler dans les buissons où Sam a disposé des pierres. Il saute de l'une à l'autre, atteint le verger où, de branche en branche, il parvient à la rivière dans laquelle il marche longuement avant de s'enfoncer dans la forêt sans avoir laissé aucune trace derrière lui.

Les policiers vont d'abord à la grande maison où ils sortent l'affiche portant l'image d'un cavalier noir, nommé Johnson, soi-disant colonel de l'armée fédérale. Mlle Mérence et Jayne la regardent avec soin. Non, elles n'ont jamais vu cet homme-là dans ce village et on ne connaît pas non plus cet uniforme, ce n'est pas le même que celui du maître qui est mort à la guerre. Sam va vous conduire dans le village, messieurs les officiers, et nous vous servirons ensuite une oie rôtie, oui, presque semblable à celles d'avant la guerre. Sam conduit les policiers dans le village, leur montre les cases, les écuries presque vides, les étables, les champs cultivés et ceux qu'on a dû laisser en friche, à cause des réquisitions de travailleurs et de mulets. Au retour, ils avisent les belles fenêtres de l'école et veulent entrer. C'est Olivier qui fait la classe de lecture.

« Pourquoi apprends-tu à lire à ces petits nègres, ce n'est pas bon pour eux ?

— C'est mon papa qui l'a voulu.

— Tu ferais mieux d'apprendre seulement à ton petit frère, nous ne voulons pas qu'on apprenne aux nègres.

— C'est mon papa qui voulait.

— Et nous ne le voulons plus. Allons, les enfants, décampez en vitesse, et toi, donne-nous la clef, que nous fermions cette école. »

Les enfants se lèvent, effrayés, et s'apprêtent à sortir. Olivier est interloqué et ne sait que répondre. Mais voilà Ulysse qui dit avec des larmes dans la voix : On vous la donnera pas la clef, depuis que notre papa est mort, elle est à nous. Si vous la voulez, il faut la demander à M. le juge. La colère monte dans les yeux d'Olivier, il dit aux enfants : Asseyez-vous ! Et aux policiers : Est-ce que vous avez un papier de M. le juge qui dit que vous pouvez commander dans notre maison ?

Ils se consultent du regard, le juge, les enfants d'un colonel, avec peut-être des tas d'oncles et de tantes bien en place, on risque de se mettre une mauvaise affaire sur le dos. Ils sortent en grommelant. Sacrés gamins, qu'est-ce qu'on est venus foutre dans un patelin pareil ! Pour apprendre à ces gens-là qu'ils sont tout de même le pouvoir, ils réquisitionnent quelques vieilles bêtes demeurées dans les étables, les autres, au premier signal de leur arrivée, ont été emmenées et cachées dans la forêt. Ils se délectent de l'oie rôtie, respectueusement servie par Mlle Mérence et par Jayne. On voit que ces deux-là ont encore été bien dressées, mais durant tout le repas, ils ne peuvent s'empêcher de tendre l'oreille vers le rire malicieux qui semble s'échapper continuellement de tous les recoins de la vaste demeure. Aussi, dès le café pris, ils remontent à cheval. À ce moment, ils voient apparaître sur le seuil, tout essoufflé par l'effort qu'il a fait pour descendre rapidement l'escalier, un vieux nègre blanchi par l'âge : Messieurs les officiers, attendez. Vous avez oublié quelque chose. Il leur tend l'affiche qu'ils ont laissée sur la table de la cuisine. Est-ce qu'il est un peu idiot, comme le pense le premier policier qui tend la main pour reprendre l'affiche ? Ou est-ce qu'il se moque, comme le croit le second qui lève sa cravache ? En tout cas, il s'est passé quelque chose car leurs chevaux se sont emballés, ils n'ont pu les arrêter avant d'être à bonne distance du village et leur départ a eu toutes les apparences d'une fuite. Ils se regardent en silence, aucun n'ose demander à l'autre s'il a vu, lui aussi, le vieux nègre changer de forme au moment où la cravache allait l'atteindre. On a eu le sentiment qu'il passait sous les chevaux et les faisait se cabrer avant de les chasser devant lui avec une énergie incroyable. Tout cela bien entendu est impossible et il vaut mieux n'en rien dire, on ferait rire de soi ! Pourtant le sergent a perdu sa cravache et, au vif soulagement de l'autre, il ne manifeste pas l'intention de retourner la chercher au village.

Instituteur John et Sam ont apporté du bois, beaucoup de bois dans la case de Granpé et tous les jours, lorsque John arrive, le feu brûle dans le foyer. Plus rien ne manque, dit l'attitude de Granpé, il te reste à trouver ta place. Dès que la porte est fermée, John se couche sur le sol, prend la position juste et se met à chercher le lieu. Il interroge souvent Granpé qui ne répond jamais – mais est-ce encore Granpé qui est là durant les séances dans la case ? – et qui se contente de faire non des yeux ou de la tête, chaque fois que John a l'illusion d'approcher de la place. Quelle place ? Sa place dans la case, dans le village, dans le monde, ou bien sa place, avec Mlle Mérence, dans la filiation de ce deuxième Granpé que l'on se met, pour tenter d'y voir plus clair, à nommer en soi : M. Granpé.

L'hiver approche, Mlle Mérence soigne attentivement les dernières fleurs, des roses blanches et frileuses, qui fleurissent à menu soleil sur le mur sud de la roseraie. Granpé, après avoir consulté la lune en présence de Sam et d'Instituteur John, a décidé de faire abattre quatre cochons et d'organiser une fête aux lumières. Tout le village a participé aux préparatifs. La fête a été très réussie et la semaine suivante on en a fait une plus modeste pour célébrer cette réussite et en organiser le souvenir.

Il y a des déserteurs qui courent le pays par petites bandes armées, qui pillent les fermes et les villages et torturent les gens pour savoir où ils ont caché leurs provisions. Pour leur faire face, Instituteur John a constitué un groupe de défense. Les armes ne sont pas nombreuses, le fusil de Sam, les deux fusils de chasse de l'ancien maître et son sabre, les autres n'ont que des faux et des épieux. Aux deux entrées du village, Instituteur John a appris aux hommes à construire des fortins en rondins et en terre, qui commandent les chemins et que deux gardes occupent jour et nuit. Les quelques tentatives faites par des déserteurs pour entrer de force dans le village ont été aisément repoussées. Sam a blessé l'un d'entre eux qui a fui en abandonnant son fusil, ce qui nous fait une arme de plus.

À la ville, Sam a appris que beaucoup de réfugiés ont vu des troupes noires. Rien que des Noirs, même les officiers, et qui ont des canons.

Instituteur John étudie les cartes que Leeuw lui a laissées. Oui, maintenant il pourrait rejoindre les arrières de l'armée Sherman en marchant vers le nord. Il pourrait retrouver Pierre, le régiment, reprendre sa place dans l'unité et redevenir cet autre : le colonel Johnson. Dans le désastre général, on a oublié les affiches mettant sa tête à prix, la monnaie s'est effondrée et la récompense promise ne vaut plus rien. Toute l'organisation du Sud s'écroule et la police a autre chose à faire qu'à arrêter les Noirs sur les routes. Valérie suit ses pensées, elle est déchirée de le sentir divisé entre deux partis contradictoires. Il demande : Valérie, est-ce que tu aimerais me voir revenir sur un grand cheval noir avec beaucoup d'hommes et beaucoup de canons ? Elle regarde un instant en elle-même l'image qu'il lui propose : Non, j'aimerais pas, pour sûr, c'est pas comme ça que je t'ai aimé, John, mais pieds nus, avec le pantalon et la veste déchirés que tu portais en arrivant ici. Si tu reviens sur un grand cheval, tu seras comme l'ancien maître et je serai intimidée. Mais fais comme tu penses, John, c'est à toi de décider.

Valérie comprend sans comprendre et Mlle Mérence comprend à sa manière, sans paroles. C'est Granpé qui semble ne pas comprendre et qui, assis par terre, le dos contre la paroi de sa case, vous force à parler. Qui vous contraint à poser vous-même les questions et à donner les réponses, en vous regardant en silence de son air doucement buté.

Je me suis battu trois ans avec Pierre et avec le régiment. Trois ans où nous avons tout partagé, Granpé, et maintenant je ne ferais rien pour les rejoindre, c'est impossible, comment veux-tu qu'ils comprennent ? Je sais, la guerre est presque finie, ils n'ont pas besoin de moi pour la gagner. Je sais que Pierre est guéri et qu'il n'a pas besoin de moi pour ça non plus. Mais ils m'attendent, j'en suis sûr, comme des enfants. Tu penses que je veux réaliser le rêve de Pierre ? Bien sûr, je le veux. Pourquoi faut-il le réaliser ? Parce qu'il est si beau, Granpé, je peux te le raconter, je le connais si bien. Il rêve qu'un jour j'arrive aux avant-postes, je porte mes habits du village mais la sentinelle me reconnaît. Elle tire trois coups et pousse un cri, comme c'est écrit sur les ordres du régiment. Les autres sentinelles tirent aussi et crient. Comme des guêpes qui jaillissent de leur nid, les hommes, habillés ou nus, sortent des tentes et courent en criant vers moi. Mais les plus rapides sont Pierre et Gauvain qui, dès les coups de feu prescrits, ont sauté à cru sur leurs chevaux. Ils sont si émus qu'ils ne peuvent dire un mot, mais à quoi bon les paroles, ils sont là et je suis là, le régiment nous entoure, nous sommes à nouveau l'unité. C'est à ce moment que je comprends que nous formerons bientôt une brigade, puis une division et enfin une armée afin de fonder solidement sur elle notre État noir. Rien ne pourra nous résister, je le vois, et Pierre le comprend aussi. Il dit : Voilà ce que j'espérais, tu es le colonel Johnson, le chef naturel des Noirs du Sud et moi, si tu veux, je resterai près de toi pour t'aider. Tous ensemble, nous repartons pour une nouvelle lutte, une lutte très longue nous le savons.

Voilà, Granpé, voilà le rêve que Pierre fait et refait incessamment chaque jour et qu'il faut réaliser. Si Pierre nous aide à libérer les Noirs, qui libérera les Blancs ? C'est leur affaire, Pierre nous a choisis, il est à nous. Est-ce que Pierre est libéré ? Non, il ne l'est pas, il nous le dit sans cesse : Je suis un Blanc, un homme du Nord et un bourgeois. Utilisez-moi et méfiez-vous. C'est à vous, qui avez connu l'esclavage, de prendre votre sort en main. Non, Granpé, si j'accomplis le rêve de Pierre, je ne reviendrai pas à Maisonchaude. Je prendrai Valérie avec moi et ce sera très dur pour nous deux, mais ce ne sera pas trop de toute ma vie pour décider les Noirs à se servir de leur force. Comme les Blancs, tu penses comme les Blancs ! Pourquoi pas ?...

Qu'est-ce qui m'unit à Pierre ? Ce sont les canons, nous sommes unis dans le corps des canons... Ce qu'il y a dans le corps des canons ? Je ne sais pas, Granpé, je ne le sais pas encore... Oui, c'est notre matière, c'est notre esprit dans l'acier des canons.

Granpé est en face de vous, derrière il y a le feu qui brûle beaucoup plus haut que d'habitude. Granpé vous contemple sans bouger et ses yeux, que vous n'imaginiez pas aussi grands, sont mystérieusement voilés. Sur le corps sombre, la tête blanche ressemble au chapiteau d'une colonne ravagée par le temps. Devient le sommet d'une montagne qui brille après la première neige au-dessus des pentes encore vertes. On pense en face de lui à cette autre colonne du Sud écrasé, à cet autre édifice minéral, à Stonewall Jackson, tel que vous l'avez vécu à travers le récit indéfiniment recomposé par Pierre.

Granpé ne cesse pas de vous regarder et vous êtes forcé de vous rappeler que Stonewall était le véritable père de Pierre. Qu'a fait son véritable père ? Il l'a renvoyé se battre dans l'autre camp. Qui est mon véritable père ? Je ne sais pas, Granpé, j'ai cru parfois que c'était Pierre, que c'était le régiment. Aujourd'hui, je pense que ce pourrait être toi. Oui, ce devrait être toi s'il n'y avait pas l'obstacle. Quel obstacle ? Lui, Granpé, tu le sais bien, lui qui m'a appris tout ce que je sais sur la guerre, sur les canons et sur l'honneur. Oui, tout ce qu'il savait, tout ce qu'il tenait de... Je ne dirai pas son nom, je ne dirai pas le mot, il me déchire, n'essaie pas de me séparer des canons, vieil homme, n'essaie pas, il est trop tard !... Puisqu'il le faut, je le dirai, je le crierai : C'est de Pierre que j'ai appris toutes les honorables, toutes les innocentes, toutes les délirantes fariboles qu'il tenait du père Pierre et de Stonewall Jackson. Maintenant, je n'ai plus rien et lui non plus. Tu nous as tout pris. Tu m'as volé son secret, le trésor grâce auquel il est devenu le colonel Pierre, Cheval rouge et le silex de Shenandoah. Tu devrais avoir honte car tu m'as forcé à le trahir et nous serons seuls maintenant tous les deux. Je sens ton tranchant qui nous sépare, oui, l'outil qui scie le tube du canon et forme deux parties avec l'âme où nous avons connu l'unité.

Lié par la position juste, vous ne pouvez plus vous défendre et vous êtes livré au regard de Granpé qui vous contemple de très haut, de très loin, sur le seuil éclairé de l'espace intérieur.

Le regard de Granpé se déplace en faisant des mouvements imperceptibles que vous êtes obligé de suivre en rompant, l'une après l'autre, vos amarres. Vous vous approchez, dans la position juste, du centre de la case et vous êtes étendu dans l'axe qui va de l'est – et du feu qui produit ses flammes les plus hautes – vers l'ouest et le regard croissant de M. Granpé dans lequel s'avance la tenaille noire de Sherman dont Cheval rouge est la mâchoire la plus dure. Vous comprenez alors, qu'entre le feu et le regard, vous dessinez sur le sol un canon, le dernier canon du colonel Johnson. Ce canon, c'est vous-même et déjà ce n'est plus vous. Car vous êtes encore, armé de votre refus, l'obus que l'on va enfoncer dans la pièce. Est-ce le regard grandissant et doucement voilé de M. Granpé qui vous chasse du lieu protégé ? Qui vous saisit, qui vous enfourne par le tube et par la culasse. Qui vous brise les os, qui vous broie les poumons et le ventre pour en exprimer la matière liquide dans la dimension toujours plus réduite. La résistance est vaine, il n'y a que des parois lisses. Vous êtes foulé, vous êtes refoulé au fond de l'âme et obligé de crier grâce comme Pierre sur la route de l'hôpital. Vous criez sans pouvoir perdre conscience, ni oublier que vous êtes le colonel Johnson. Vous suppliez M. Granpé pour qu'avant l'horreur il en finisse en soulevant – comme on l'a vu faire – la lourde pierre qui fait voler les crânes en éclats. C'est peine perdue, le crâne est enfourné très lentement comme le reste et, quand il touche le fond, le feu est mis dans la chambre. Il y a une force qui vous soumet une fois pour toutes, qui vous propulse tout le long de l'inexorable rayure et qui vous expulse en hurlant. Vous venez du feu et vous allez vers le feu, où vous faites, au centre du corps de M. Granpé qui occupe tout l'espace, une blessure qui ne guérira plus. Là, où se dessine déjà votre point d'impact, vous devinez le silex bleu et noir, celui que Shenandoah aimait et qu'elle a mis au monde sous le nom de Cheval rouge. C'est vers lui que vous êtes précipité et il n'est pas question de refuser, ni de dévier la trajectoire, car vous avez donné votre âme aux canons et vous devez atteindre à tout prix le but qu'ils vous assignent. Cheval rouge pourrait encore se sauver en étreignant cette terre qu'il a si profondément labourée. Trop tard, Cheval rouge est, comme vous, un homme des canons et il doit obéir à leur loi. Vous ne pouvez le délivrer sans l'atteindre. Vous ne pouvez abolir la loi sans d'abord vous fracasser sur elle. Vous voyez la forme ancienne de Cheval rouge exploser, au moment où vous vous désintégrez. Il n'y a plus que débris, chair, sang et dissémination. Vous êtes indéfiniment séparé de vous-même et de lui et pourtant vous êtes encore là tous les deux. Vous êtes là, mais plus rien n'est pareil. Cheval rouge a disparu, mais par renoncement sans consolation et par création perpétuelle, Pierre continue d'exister jusqu'au jour où il entrera lui aussi dans la filiation de M. Granpé. Vous êtes retombé en éclats mais, dans le regard qui vous contemple, les morceaux se rapprochent et peu à peu s'assemblent. Tout est changé cependant, il y avait un avant et maintenant il y a un après. Vous avez résisté de toutes vos forces et vous avez été vaincu. Ni votre corps ni votre part d'éternité ne pourront l'oublier. Vous êtes entré dans une vérité nouvelle où vous êtes et où vous resterez sans armes. En se rapprochant l'un de l'autre, vos morceaux ont un peu déplacé votre être. Il n'est plus aussi près de l'espace ou du regard de M. Granpé, il n'est plus aussi loin de son feu. Vous êtes intérieurement cassé, vous êtes brisé et il est clair – selon le sens que vous donniez jusqu'ici à l'existence – que vous n'existez plus, puisque vous êtes désarmé. Mais vous avez gardé la position juste et vous avez peut-être, ainsi que l'indique une grande chaleur dans la présence de M. Granpé, vous avez trouvé votre place. Au centre de la case et de M. Granpé, qui sont au centre de Maisonchaude qui, d'une obscure et pénétrante manière, est au centre de toute existence et de tout instant. Vous êtes étendu sur le sol au milieu d'un regard tranquille et d'un corps apaisé, car M. Granpé est présent dans toute la case et peut-être en est-il l'admirable volume qui, au-dessus de vous, a la force d'un sein. Vous n'avez rien d'autre à faire qu'à vous abandonner à un profond sommeil qui va durer une nuit et un jour. Est-ce que le combat va se terminer, est-ce que l'on peut vivre sans combat ? Le combat continue, mais il a changé de sens et vous devrez le soutenir sans armes. Instituteur John s'abandonne et s'endort d'un sommeil sans canons. Dans la case, on ne voit plus la tête blanche de M. Granpé ni son corps que vous avez blessé et voué à une mort prochaine. Il n'y a plus que son regard tourné vers l'immensité intérieure et tourné vers vous. Son regard où apparaissent et se meuvent sans lassitude les constellations de la nuit.

Granpé a prévenu Valérie et Mlle Mérence qu'Instituteur John passerait la nuit et la journée suivante dans sa case. Une rupture s'opère dans l'équilibre de Maisonchaude, les classes ont été remplacées par des études, mais beaucoup d'enfants ne sont pas venus et sont restés jouer dans le village. Valérie a les yeux rouges et les femmes la regardent avec compassion comme si Instituteur John était déjà parti.

Dans l'après-midi, Mlle Mérence emmène Ulysse travailler avec elle dans la roseraie où, sur le mur du sud, il ne reste plus qu'une seule rose. Une rose blanche et qui sera fanée demain, car la nuit sera froide. Ulysse, qui a apporté de la paille dans une brouette, ne sait pas ce qu'il doit faire, il regarde Mérence et il commence à avoir très froid. Mais voilà qu'elle l'appelle à l'aide, il s'agit d'entourer de paille le pied et la tige du rosier, puis ceux de toute la rangée. C'est un grand travail et qu'il faut faire soigneusement. Il leur échappe des mots, des rires et on voit dans l'air froid le dessin de leurs deux haleines. On fait encore ceux-ci et ces deux-là. Le reste on le finira demain.

Qu'Instituteur John nous abandonne ou pas, il y aura encore des roses l'an prochain. L'obscurité est tombée dans le jardin, l'herbe est déjà couverte de gelée blanche et les étoiles commencent à briller. Instituteur John sort de la case de Granpé, il traverse le jardin, il entre dans la cuisine de la maison chaude. Mlle Mérence et Valérie lèvent la tête vers lui d'un air d'attente. Il vient chercher Olivier pour sa leçon d'algèbre. Il dit : Dans un mois, nous commencerons la géométrie.

En janvier le froid est vif, les travaux s'arrêtent et les classes d'adultes s'intensifient. Mlle Mérence, Valérie et Jayne savent lire maintenant et, chaque jour, elles s'exercent entre elles en lisant de vieux livres illustrés, retrouvés dans le grenier. Il y a des groupes de Noirs dont les maîtres ont fui avant l'arrivée de Sherman et qui errent, privés de tout secours, dans le pays. Maison-chaude en accueille quelques-uns. Instituteur John a conseillé d'assécher et de mettre en culture les terrains marécageux qui bordent la rivière. Granpé et le conseil du village ont approuvé ce projet et les nouveaux venus aideront à le réaliser. À cette occasion, Granpé a demandé à l'assemblée de désigner un nouveau chef du village car, après la fête du Grand Été, il veut céder cette charge à un plus jeune. Certains ont pensé à Instituteur John mais il a refusé et, sur sa proposition, c'est Sam qui a été nommé.

En mars, le temps s'adoucit, John et Ulysse aident Mlle Mérence au jardin ou au potager, tandis qu'Olivier va à la chasse et à la pêche avec Sam ou conduit une charrue. À la fin de ce mois, Granpé emmène John pour une semaine sur les collines, le dernier jour il lui demande : Que voudrais-tu être ? Instituteur John, étendu dans la position juste, se met à transpirer très fort et tous ses muscles se contractent. Des images de chevaux et de lions traversent ses sens mais il rétablit détente et souplesse dans son corps, puis il chasse les dernières images de canons de son esprit. Lorsque celui-ci est parfaitement vide et centré, lorsque son corps n'est plus une séparation, mais une forme en communion avec toutes les autres, quelque chose répond : Je veux devenir un arbre. Granpé ne dit rien mais on sent qu'il est content. On fait un grand effort pour devenir un arbre, un mouvement s'opère dans le sol et dans la hauteur, mais on ne peut les faire se rejoindre. On constate avec simplicité et sans aucune douleur que l'on n'est pas encore prêt et l'on revient au village avec Granpé assez tôt pour passer, après cette longue séparation, une nuit d'amour avec Valérie.

En avril, les oiseaux migrateurs reviennent avec la chaleur, les travaux d'assèchement des marais progressent bien. De petits détachements de soldats yankees s'installent dans les villes, ils donnent aux Noirs de nouveaux journaux qui viennent du Nord et c'est par eux que nous apprenons la prise de Richmond. Quelques jours après, Mlle Mérence et Sam reviennent de la ville avec Olivier. Il y a réunion ce soir-là, devant la case de Granpé, pour discuter de la distribution des travaux entre les diverses équipes. Sam annonce : Le général Lee, il a capitulé avec son armée. Granpé se lève et tous font de même. Ils se signent et Granpé, dans l'ancienne langue d'Afrique qu'il est seul à connaître encore, fait une sorte d'invocation. Mlle Mérence emmène Olivier, il a le visage fermé et on voit qu'il a pleuré. Chacun reprend sa place et la réunion continue. Quand elle est terminée, Instituteur John demande à Granpé : Pourquoi as-tu prié pour Lee qui commandait les armées des esclavagistes ? Il répond qu'il faut prier pour ses ennemis, surtout quand ils sont malheureux. Il ne dit pas : Lee est un homme de chez nous qui s'est battu pour les erreurs, comme pour les vérités du Sud. Il ne le dit pas, mais Instituteur John sait bien que c'est ce que lui et tous les autres pensent.

Depuis quelques mois, Instituteur John parle moins, son ton n'est plus aussi assuré et des traces d'ombre ou de silence ont creusé son visage où le sourire est maintenant plus fréquent que le rire.

Le soleil commence à devenir très chaud et les couleurs et les parfums surgissent. Le jour de Pâques, un colporteur noir annonce à Sam que le vrai président a été assassiné par un Sudiste. C'est ce soir-là qu'Instituteur John annonce à Valérie et à Mlle Mérence qu'il va se fixer définitivement à Maisonchaude et que le colonel Johnson a cessé d'exister.

Le régiment noir s'enfonce vers le sud, vers la fin du printemps et, à travers eux, il avance vers l'été. Comme Sherman le veut, il suit un parcours lent et sinueux afin de passer par un grand nombre de villes et de villages. Chaque fois, il y a un défilé, commandé par Gauvain sur son beau cheval rouan. Quand tout est terminé, Cheval rouge arrive discrètement sur Carabine, accompagné du seul Jimmy. Les Noirs s'émerveillent de voir ce régiment composé et commandé par les leurs. Les Blancs sont stupéfaits, surtout les anciens soldats rebelles qui cherchent vainement à critiquer son organisation ou sa discipline. Alors ils disent : Ah ! si nous avions eu des canons comme ça, des souliers et des uniformes comme les leurs, nous l'aurions sûrement gagnée cette guerre ! Les Noirs aiment beaucoup les entendre se vanter ainsi et le soir ils les imitent entre eux dans leurs cases pour faire rire les soldats qu'ils hébergent.

Partout on proclame la fin de l'esclavage et on annonce de nouvelles élections auxquelles les Noirs prendront part. Mais la terre demeure à ses anciens propriétaires, l'instruction et les armes – soigneusement cachées pour le moment – sont toujours du côté des Blancs.

Cheval rouge pense que la guerre contre la sécession du Sud est gagnée mais que celle pour la libération des Noirs est en train d'être perdue. Ce ne sont pas des Blancs, ce sont des Noirs qui devraient la mener. Pour cela, il leur faudrait un chef, un homme prestigieux et qui ait connu l'esclavage, il leur faudrait Johnson. Il n'y a aucune trace de sa mort et la certitude intérieure interdit d'y croire, mais il n'y a pas non plus la moindre trace de son existence. Pierre a toujours été certain de le voir accourir dès qu'il serait libéré. Comment accepter, comment croire le contraire ? Lorsqu'on y pense, l'angoisse est si forte qu'on a envie de fuir au quartier général pour supplier Sherman de vous délivrer de cette chevauchée qui n'est plus la guerre et qui n'est pas la paix, pour remonter dans l'Ohio demander aide à Burlington. Il vient de sortir de son camp de prisonniers et il vous a envoyé une courte lettre pleine d'affection et de perspicacité. Mais peut-on laisser toute la responsabilité à Gauvain qui souffre lui aussi de l'incompréhensible silence de Johnson et qui a grand besoin d'être soutenu. Il y a l'angoisse mais il y a aussi le Sud où l'enfance habite, entourée d'arbres verts et d'animaux familiers. Le Sud, où l'on est obligé de s'enfoncer toujours plus avant sous le regard de ceux qui ont tout perdu dans la guerre, des veuves, des estropiés, des morts qui sont dans les cimetières et de ceux qui ont pourri sans sépulture sur les champs de bataille.

On envoie régulièrement des rapports à Sherman qui ne vous donne jamais la réponse attendue : Distribuez les terres, et qui vous prescrit de continuer vers le sud. On arrive ainsi à une petite ville, près de laquelle il y a un nom sur la carte, Peace River, qui évoque un souvenir : la forge de Martin. Le pays est beau, il y a d'abord, enlevée au grand trot, la fraîche traversée d'une forêt, puis une rivière aux eaux claires qui sort, bruissante et glacée, de la souterraine traversée des collines. Le pont de bois sonne gaiement sous les pas des chevaux, on débouche sur une petite place et l'on éprouve le choc : la maison grise. Plus grande que l'autre, comme il convient à l'Amérique, c'est la maison de moellons gris du père Pierre, avec ses longs toits d'ardoises et ses volets blancs. Dans le bief, la grande roue noire tourne comme autrefois et tout à côté est la forge où le marteau résonne.

Ce n'est pas sans hésitation que l'on est venu jusqu'ici, mais quand Jimmy, que l'on a envoyé annoncer un officier de l'armée fédérale, vient vous dire d'entrer, on s'aperçoit que le pire est arrivé. Martin est assis dans l'atelier sur un grand fauteuil de bois. Au premier moment, dans la pénombre, on ne voit que son visage rouge et monstrueusement grossi sous une masse désordonnée de cheveux gris. Devant lui, étendu sur une chaise, repose un pilon de bois à la place de la jambe droite et, à gauche, une autre pièce de bois remplace le pied mutilé. À côté du fauteuil, il y a une paire de béquilles et sur une chaise une bouteille d'alcool et un verre. Près de lui, un établi sur lequel il lime et travaille de petites pièces. Devant le feu, ce sont deux ouvriers noirs qui forgent et un autre qui actionne le soufflet.

Pierre est à l'entrée de l'atelier, à contre-jour. Sans le regarder, les yeux fixés sur son travail, Martin demande : Vous avez un papier ? Je vous préviens que je ne travaille pas pour l'armée fédérale sans un ordre de réquisition.

Pierre avance dans la lumière et dit dans le patois du Plateau : Martin, c'est moi, Pierre. Il tourne vers lui son visage congestionné et son corps qui est devenu énorme. Il le regarde un long moment, il montre son pilon, son pied qui manque : Tu n'avais pas besoin de venir, ça aussi c'est Pierre et ça te rappelle à moi tous les jours. Il rugit soudain, comme à Chancellorsville : Salaud ! Fils de salaud !... Fous le camp !

Pierre recule lentement : « Nous étions amis, Martin...
– Plus maintenant, plus jamais ! Tirer sur un blessé, sur Stonewall Jackson... » Pierre voit sur le mur, à la place d'honneur, le marteau du père Pierre qu'il a donné autrefois à Martin. Celui-ci suit son regard, il appelle un des Noirs : « Donne-moi ça ! » Il le prend bien en main : « Va le chercher dehors et restes-y ! » Son bras lance le marteau à toute volée à travers la partie vitrée du toit. Le verre vole en éclats et en retombant blesse Pierre qui ne peut détacher son regard du corps agité de Martin et de sa bouche béante. Il voit son corps secoué de spasmes s'effondrer sur le sol au milieu des débris de verre.

Il entend ses hurlements et il sort en courant, car il faut à tout prix savoir à quel endroit du bief le marteau est tombé et le retrouver en plongeant.

Le marteau n'est pas tombé dans le bief mais au pied d'un arbre. Pierre le ramasse, ne sait qu'en faire et le laisse retomber. Il s'aperçoit alors que le verre lui a entaillé fortement le poignet et que la blessure fait mal. Jimmy lui fait un pansement provisoire. Les trois forgerons noirs sortent de l'atelier, portant sur son fauteuil le corps de Martin évanoui. Il s'est blessé en se roulant dans le verre brisé, il est couvert d'entailles et de sang. Le corps est lourd et les hommes ont de la peine à porter le fauteuil. Jimmy va les aider, Pierre voudrait faire de même, mais il n'ose pas. On entend les hommes peiner dans l'escalier de la maison et la voix dure d'une femme qui les guide. Jimmy et les forgerons redescendent : « Qu'est-ce qu'il a ? – Ses blessures font mal, alors il boit. – Il a souvent des crises ? – Tous les jours maintenant, la femme dit qu'il va mourir. Après nous serons sans travail... » Ils retournent à l'atelier, Jimmy attache le marteau du père Pierre à l'arçon de sa selle. Qu'est-ce que je vais en faire puisque je n'ai ni atelier ni maison ? Le poignet blessé fait mal mais l'état du cœur est pire et Johnson manque.

Le pont de bois rend un son funèbre sous le pas des chevaux, la traversée de la forêt est glaciale. Johnson, lui, aurait su que faire : « Jimmy, qu'est-ce que Johnson aurait fait à ma place ? – Le colonel Johnson, il y serait jamais allé ! »

On descend – pourquoi descend-on, ce n'est pas une image, c'est le mouvement qu'on fait –, on descend toujours plus profondément vers le sud. Au rythme lent de cette marche, de ce pèlerinage ordonné par Sherman. Ou a-t-on imaginé l'ordre, et Sherman, et l'existence de l'Histoire ? En cet instant, dans ce chemin de signes noirs sur fond blanc, y a-t-il un autre Sherman que le lévrier maigre, avec ses yeux en boutons de bottine et son temps couleur d'anthracite, que vous avez peu à peu fait entrer dans votre vie ?

On ne sait plus que la cadence abandonnée des étapes et le son clair du pas de Carabine. On ne cherche plus à connaître le nom des lieux et des villages traversés, mais ils parlent de plus en plus. C'est une maison basse, tassée sous la verdure et tenant cachée contre elle un puits dont on n'a pas besoin de voir la margelle de briques toujours humide pour entendre, venu de très loin dans le temps, le chant hésitant et rouillé de la poulie. C'est une longue gouttière délabrée qui laisse pendre son tuyau défait au-dessus d'une douve noire, entourée d'une mousse verte. Ce sont des pavés blancs et ronds dont les ornières provoquent un tumulte de chocs et d'étincelles, une musique endiablée qui excite les chevaux et leur fait allonger l'allure. Enlacés dans le paysage, il y a des villages bas qui tiennent la terre si dru qu'on les prend de loin pour des troupeaux ou pour des champs couverts de javelles. Chaque jour, la terre montre plus généreusement son corps savoureux, elle réjouit les paumes et, aux haltes, les canonniers enlèvent leurs souliers pour mieux la sentir, comme autrefois, sous leur peau. Pays de trèfle, pays d'ânons, portant les couleurs du désir enfantin, le Sud où Robert E. Lee, dans la chambre étrangère, évoque encore l'ombre de Stonewall Jackson et de ses bataillons dispersés.

Il y a, au cours du sommeil, une mélancolie fine, perçante, inatteignable. Il y a que les nuits deviennent claires, toujours plus claires et qu'elles ne sont plus le lieu du repos mais celui de la mémoire, avec son fil d'or, son fil de Parque que la guerre avait coupé et qui mystérieusement se renoue. Les jours aussi sont clairs, les jours du retour et ceux de la traversée des eaux sont toujours très clairs et, en leur milieu, portent une obscurité, une opacité nécessaire et fatale. Alors, on entend bien que l'on est toujours dans la colonne, on perçoit le pas des chevaux et les cahots des canons sur la route. Mais en vérité tout cela demeure à l'extérieur et vous découvrez que, depuis l'abandon de Johnson, vous ne savez plus du tout qui vous êtes. Il est tombé sur vous un voile de brume, vous êtes aveuglé par un voile de ciment, vous criez en vain sous un mur de pierre. Vous êtes aveugle, vous êtes sourd et peut-être muet. Vous essayez en vain de vous le cacher, mais depuis que Johnson vous a abandonné, les autres sont devenus incompréhensibles et vous font peur.

La vérité, peut-être, serait de ne plus jamais penser au passé et de s'abandonner au plaisir que l'on éprouve à suivre le pas allongé de Carabine et le mouvement onduleux des champs et des chemins creux. Le cœur et les poumons s'animent depuis que vous êtes entré dans cette contrée. Le corps semble savoir tous les mots de cette terre. Il ne faut que descendre, accepter de descendre avec les eaux une insensible pente.

Il y a longtemps que vous avez quitté la route principale. Longtemps que vous avez installé les batteries et les escadrons dans les villages des environs, ne gardant avec vous que Gauvain et la 5e batterie sur cette étroite route pavée qui suit le long mur de briques pâles que vous n'avez jamais vu et que vous connaissez si bien. Au bout du mur, entre deux pans de haie, il y a une large grille blanche et accueillante. Elle s'ouvre sur un vaste parc, précédé par un potager et un jardin de fleurs où travaille un grand Noir. On le voit mal, car il est caché par les branches d'un saule pleureur, mais il vous salue en agitant son chapeau de paille. On débouche sur une cour pavée de pierres grises et pointues, Gauvain, qui dirige la colonne, fait arrêter les pièces et vous avancez seul avec lui. À gauche de la cour, il y a une pelouse qui descend vers une ferme en contrebas. Une grange remonte de la ferme jusqu'au chemin où vous vous trouvez. Devant le mur de la grange qui est considérable, il y a un massif de rhododendrons qui entoure une statue. Un buste mélancolique, au cou dégagé sur un début de toge romaine. Il est écrit sur le socle : Jean-Jacques Rousseau. Le buste est recouvert d'une matière écaillée, de cette teinte grise, à la croisée des couleurs, qui est celle du retour.

À droite de la cour, est fortement plantée une maison blanche et carrée, prolongée par de longues dépendances. Au centre de la maison, se trouve un perron bien dessiné, de proportions modestes, et une haute porte, au sommet arrondi, encadrée de volets blancs. De ce perron descend la femme noire. Elle porte une robe d'un jaune assourdi et un tablier éclatant de blancheur. À sa droite, se tient un garçon blond qui a une chevelure et des cils de lion. De la main gauche, elle protège un enfant plus jeune que l'on ne voit presque pas. Arrivée au bas du perron, la femme noire fait une légère révérence. La voix, un peu fêlée, et plus ferme que l'on ne croyait, dit la chose surprenante : Nous vous attendions, monsieur Pierre. De la main, elle pousse les enfants en avant, il est évident qu'elle se nomme Mlle Mérence.

On se penche vers les enfants, on veut les saisir dans ses bras et les prendre tous les deux en croupe sur son cheval. Mais Olivier tape du pied en agitant sa crinière, il dit : Pourquoi avez-vous tué Stonewall Jackson ? On répond naturellement que Johnson était là aussi. Mais il dit que ce n'est pas Johnson mais vous qui l'aimiez le plus.

Le petit se serre contre Olivier, celui-ci se dérobe et part jouer avec les autres garçons. Ceux-ci n'ont pas invité Ulysse qui est tout seul pour la première fois. Ulysse se cache la tête contre le mur, il ne veut plus voir personne, il ne veut surtout plus vous voir car Olivier l'a abandonné. On voudrait pouvoir le consoler, on se rappelle que derrière le buste de Jean-Jacques Rousseau on mettait toujours autrefois quelques fruits pour les enfants. On écarte les rhododendrons, on passe la main derrière le buste. Peut-être est-il trop tôt pour la saison, ou peut-être trop tard, il n'y a rien dans la cachette. On pense : Oh là là, c'est qu'il faut en faire des cauchemars pour pénétrer dans cette maison. Au moment où vous le pensez – et sans que vous ayez pu vous en apercevoir – vous y êtes déjà. C'est Mlle Mérence qui vous a fait entrer.

Carabine est dans l'écurie des poulinières avec les chevaux de Gauvain et de Buck et ceux de la première pièce de la 5e batterie. Sam est heureux de montrer à Pierre son écurie à nouveau pleine, il était cocher autrefois, mais depuis la guerre et la mort de l'ancien maître, tous les chevaux ont été réquisitionnés. C'est pourquoi, dans la remise à côté, la grande calèche noire aux portes ornées de fines armoiries rouges et bleues ressemble à une de ces terribles veuves du Sud, comme Cheval rouge en a tant vu depuis la prise d'Atlanta. Il est surpris de voir la salle de l'école, établie dans une ancienne grange où l'on a percé des fenêtres d'une jolie forme.

Il se retourne vers Sam : « Qui fait la classe ? – Instituteur John et l'enfant Olivier. – Où est Instituteur John ? – Nous ne savons pas, monsieur le colonel. Quand les vacances sont arrivées, Instituteur John, il est parti sans rien dire. » Pierre soupire, pourtant il y a un mystère. En arrivant, toute la batterie a admiré l'emplacement et la solidité d'un fortin qui protège l'accès du pont. Qui a pu apprendre aux habitants de ce petit village à faire une telle construction ? Sam répond que ce sont des déserteurs, deux sapeurs de l'armée du général Johnston, il peut même citer leurs noms.

Sam prend le cheval de Jimmy et ils partent ensemble visiter les terres du village et le parc de la grande maison. Sam lui dit le nom de chaque endroit et Pierre s'aperçoit que tout à Maisonchaude a été nommé par des enfants. Il y a la prairie des quatre coins, où ils doivent jouer entre les pommiers, le ruisseau à la perche qu'on ne peut franchir sans aide et le ruisseau facile que l'on saute d'un élan. Il y a le chemin gris qui est toujours à l'ombre, le chemin du soleil qui n'y est jamais et qui sépare le parc à moutons du pré des poulains. On revient vers la maison par le chemin qui descend et le chemin du galop où en effet Carabine s'ébroue et fait un temps de galop.

Ils ramènent les chevaux à l'écurie où Jimmy, sur un coffre à avoine, s'est installé un lit à sa convenance. Il suffirait évidemment de demander à Jimmy de retrouver Johnson et demain on saurait s'il est ici ou pas. Mais non, entre Johnson et moi il ne faut personne, pas même Jimmy qui partage pourtant avec nous l'existence de Shenandoah.

Le soir, après avoir dîné avec Gauvain, Pierre va à la cuisine. Il a prié Sam de faire venir Granpé, il demande à Valérie, à Jayne et à Mlle Mérence de rester avec eux. Jimmy a apporté de la bière, elle est bien fraîche et cela fait plaisir à Granpé et à Sam qui n'en ont plus bu depuis longtemps.

Pierre n'interroge pas, il raconte la bataille de Bull Run et sa rencontre avec Johnson. Il regarde Valérie et décrit Johnson, ses belles épaules, ses muscles déliés et son rire incomparable. Il regarde Jayne et Mérence et raconte comment Johnson a appris à lire et à écrire, mais aussi l'algèbre, la balistique et l'histoire. Il les regarde tous et il leur dit combien le silence de Johnson est incompréhensible pour tout le régiment noir. Maintenant que la guerre est finie, les Noirs ont besoin de chefs et Johnson en est un, prestigieux, irremplaçable, qui peut diriger une armée, un parti et, qui sait, le premier État noir. Il est peut-être dans le village qui l'a recueilli après sa fuite et il s'y est certainement fait beaucoup d'amis. Les gens de ce village désirent sans doute qu'il reste avec eux, mais ils n'ont pas le droit de le garder pour eux seuls, Johnson est nécessaire à tout le peuple noir.

Granpé vide son verre : Merci, monsieur le colonel, merci pour les paroles et merci pour la bière. Nous savons que vous êtes un ami. Nous avons compris que le colonel Johnson est un homme et qui sait ce qu'il doit faire. Si nous le rencontrons, nous lui répéterons vos paroles et nous ne lui donnerons pas de conseils. Il tend la main à Pierre, une bonne main franche, et il sort avec Valérie.

Sam demande si monsieur le colonel veut monter se coucher ? Oui, alors Mlle Mérence va vous conduire à votre chambre. Prenant un bougeoir à la main, elle le mène dans une grande chambre tendue d'un papier à fleurs bleues, avec un haut ciel de lit d'où tombent des rideaux blancs. Toutes ses affaires sont installées, le lit est préparé, sur la table de chevet il y a un chandelier d'argent dont elle allume les deux bougies. Mlle Mérence lui souhaite le bonsoir en faisant une courte révérence, un peu chantante comme sa voix. Pierre se sent heureux en lui répondant, oui, plus heureux qu'il ne l'a été depuis longtemps, malgré cette angoisse mince et acérée qui, désormais, ne le quitte plus.

Le lendemain matin, après une brève promenade à cheval, il entend les garçons descendre de l'étage supérieur où ils ont leur chambre. Il y monte par un escalier circulaire. Il y a à cet étage un grand corridor sur lequel donnent les portes de plusieurs chambres. Dans une maison pareille, ou dans celle-ci peut-être, au temps où les portes étaient géantes et leurs poignées hors d'atteinte, Cheval rouge a été un petit garçon qui s'amusait à sauter à cloche-pied d'une lame de parquet à l'autre, en évitant celles qui craquent pour ne pas attirer l'attention de Mme Henriette. Au fond du corridor, la porte est ouverte, il entre dans la chambre blanche et, après la pénombre du couloir, il est d'abord ébloui par la lumière. Il avance, il s'assied sur le lit de cuivre où Mlle Mérence doit dormir quand l'un des garçons est malade. Il n'est pas défait et son couvre-lit noir, barré de deux lignes d'un rouge somptueux, est semblable aux rideaux qui font ressortir l'éclatante blancheur des murs et la clarté des fenêtres.

Par la fenêtre au levant, on voit la ferme, le bétail que les villageois mènent aux pâturages et les chevaux attachés aux murs pour le pansage. Olivier étrille un cheval bai avec Caporal Bull, Jimmy a juché Ulysse sur le dos de Carabine. Pendant qu'il la brosse, elle donne parfois de petits coups de reins et on entend monter les notes aiguës d'un rire extasié. Par la fenêtre du milieu, on voit le jardin et Mlle Mérence, un sécateur à la main, en train de faire un bouquet qu'elle entoure de branches de fougère. Pierre est heureux que cette chambre soit si claire et si accueillante pour les enfants. Le noir pourtant, le très cher noir, ici n'est pas nié mais rayonne, secrètement soutenu par le rouge. Sur la table, il y a les cahiers d'Olivier, il ouvre le cahier d'algèbre et tombe sur un problème traité d'après une méthode qu'il a apprise à Johnson et qui n'est guère pratiquée en Amérique. Un peu plus loin, il y a, à l'encre rouge, des corrections d'une main qu'il connaît bien. Il voudrait embrasser ces signes, mais il n'ose. Qu'ai-je fait pour que Johnson n'accoure pas me retrouver ?

Il descend à la salle à manger où Gauvain, Buck et deux officiers l'attendent pour le petit déjeuner. Il admire du regard ces hommes qu'il a formés et éprouvés. Il envie leur force, leur décision, leur gaieté chaude. C'est lui maintenant qui est faible, ignorant, qui ne comprend plus le monde parce qu'il ne comprend plus Johnson.

Entre Mlle Mérence portant un grand plateau que le soleil transforme en une corbeille de rayons. Ils la regardent entrer tous les cinq et Gauvain dit : « Mademoiselle Mérence, tu ressembles à quelque chose de beau et je me demande à quoi ? – Tu ressembles à mon village », dit Buck. Et Rufus : « Tu ressembles à la case de ma mère, toute douce et bien solide. Non, tu ressembles à l'herbe, reprend Gauvain, qui devient haute comme le foin, qui nourrit les bisons et qui est aussi petite comme ça. N'est-ce pas que tu es aussi petite comme ça, mademoiselle Mérence ? »

Elle rit et ils s'amusent. Pierre dit : Je trouve que Mlle Mérence ressemble à son nom. Ils approuvent, ils pensent que le peuple qui fait des femmes comme elle est un sacré peuple.

Ils achèvent leur café et entrent dans le bureau. D'un côté, il y a le portrait de Lee et, de l'autre, celui de Stonewall Jackson. Les quatre Noirs les regardent sans déplaisir. Maintenant que la guerre est gagnée, ils pensent qu'après tout ce sont des gaillards du Sud, comme eux. Rufus s'étonne. À part les deux enfants, il n'y a que des Noirs dans ce village. C'est pour cela que tout y va si bien, dit Cheval rouge. Ils rient, décidément le colonel est de bonne humeur ce matin.

Les ordres sont rapidement rédigés et ils partent les porter dans les différents lieux de cantonnement. Pierre, resté seul, fume en regardant les portraits de Stonewall Jackson et de Robert E. Lee qui n'avaient pas d'esclaves. Il se sent heureux pour quelques instants encore. D'où vient ce bonheur ? Il se penche vers la table, vers les montants de la bibliothèque, c'est que dans cette maison tous les meubles sentent la cire d'abeille. On y est bien parce que c'est une demeure forte, bien ancrée où les enfants, les hommes et les chevaux ont de l'espace. Où la vue ne bute sur aucun obstacle, mais se repose ou se fixe, à son gré, sur les arbres, les toits et les mouvements bien articulés des vallées. Est-ce que tout cela ne compose pas une patrie, au sens où l'entendait Stonewall Jackson ? La patrie de l'enfance qu'il faut quitter et surmonter peut-être, mais ne jamais broyer entre des mâchoires d'acier, comme nous l'avons fait dans l'armée de Sherman.

Pierre quitte le bureau, entre dans la cuisine où Mlle Mérence et Valérie chantent à mi-voix en épluchant des légumes, pendant qu'Ulysse, assis par terre, regarde un livre d'images. Dans le four, il y a un rôti qui sent bon, il regarde les deux femmes qui s'arrêtent de chanter : « Madame Valérie, pourquoi Instituteur John ne veut-il pas mc voir ? » Valérie est interdite et se tourne vers l'autre qui, penchée sur le four, se préparc à arroser le rôti. Mlle Mérence se redresse et dit d'une manière qui ne permet pas le doute : « Monsieur Pierre, nous ne le savons pas. »

Il se tourne vers Ulysse : « Tu as été sur mon cheval ce matin. Viens avec moi, nous irons faire une promenade ensemble et tu pourras tenir les rênes. » Le petit lance un regard interrogateur vers Mérence qui approuve : « Oui, vas-y, mon chéri. » Ulysse lui tend la main et ils descendent ensemble à l'écurie. Là Ulysse peut sangler la jument et passer le mors à Carabine. Ils sont en selle tous les deux : « Pour commencer, prends cette rêne, moi celle-ci. Et garde bien les mains basses. » Il fait trotter légèrement la jument et Ulysse rit. « Est-ce qu'on ira au galop ? – Tout à l'heure dans le chemin qui descend. – Je tomberai pas ? – Je te tiendrai. » Les soldats, qui sont en train d'astiquer les canons, s'amusent en les regardant : « Je crois que nous allons avoir bientôt un nouveau colonel. » Carabine fait une volte : « Tu vois, tu peux déjà la faire tourner. Maintenant nous allons partir, par le chemin du soleil, voir une autre batterie. »

À ce moment, Olivier sort de la remise : « Ulysse, viens, je dois te dire quelque chose. – Non, je pars avec le colonel. – Viens d'abord ! » Avant que Pierre ait pu l'en empêcher, Ulysse se laisse glisser à terre et court rejoindre Olivier dans la remise. Pierre entend un bruit de voix, des protestations larmoyantes, puis la voix cinglante d'Olivier : « Ulysse, Ulysse comme Grant ! » Le petit apparaît en pleurs : « Je peux pas venir. – Mais si, Mlle Mérence te l'a permis. »

Olivier sort de la remise : Mérence n'a rien à dire. Avant que Pierre ait pu protester, Olivier est de nouveau caché derrière la porte. Ulysse répète, de l'air dont on blasphème : Mérence a rien à dire, et il part en pleurant rejoindre Olivier.

Pierre fait faire des voltes à son cheval, il le fait ruer, cabrer, partir au galop. Il fait mettre une barre dans la pelouse et s'amuse à la franchir toujours plus haut. Les enfants le regardent faire par les interstices des gonds. Jimmy commence à sauter, lui aussi, les soldats s'amusent, les enfants se rapprochent de la porte. Pierre appelle Ulysse : Viens vite et partons. Mais Olivier l'entraîne à l'office. Pourquoi ? Les hommes ont l'air de comprendre. De comprendre quoi ? Jimmy dit que l'enfant Olivier, il ne peut pas oublier Stonewall Jackson.

Si Olivier est vraiment un petit Sudiste, obstinément rebelle, pourquoi après le départ de Pierre revient-il près des soldats ? Dans sa lunette, Cheval rouge le voit qui joue aux dés avec eux et qui laisse Ulysse monter sur Rosita – la grosse jument noire de la quatrième pièce – avec Tumbolo Jones qui vient de la ferrer à neuf. Les enfants jouent avec les soldats et pas avec lui. Les hommes sont acceptés par le village, lui pas. Il est ici le seul homme du Nord, le seul coupable de la mort de Stonewall Jackson, le seul ennemi. Il a trotté jusqu'au sommet du chemin du soleil, il laisse Carabine suivre le chemin qui descend et prendre le galop. Il l'arrête derrière la maison, la laisse retourner seule à l'écurie, Jimmy verra bien qu'elle a besoin d'être bouchonnée. Il veut réfléchir et se retrouver seul au bureau. La porte est fermée, il est sûr pourtant de l'avoir laissée ouverte. Il sort, regarde par la fenêtre, voit de dos un grand paysan noir qui regarde quelque chose sur la table qui est sous le portrait de Stonewall Jackson. Le crâne rasé, vêtu de coton gris, dont la couleur saisit toujours Pierre à l'entrée des villages car elle a été si longtemps la couleur de l'ennemi, c'est, bien reconnaissable à la démarche et à la courbe des épaules, oui, c'est Johnson. La joie est enfin retrouvée, Pierre frappe contre la vitre, il rit, il va faire à Johnson une surprise merveilleuse. Johnson se retourne, on voit qu'il est torse nu sous sa veste, chose étrange on ne voit pas, on n'entend pas son rire. Il sourit seulement d'un sourire très tranquille, comme s'il venait seulement de vous quitter la veille. Pierre rit, il ouvre les bras. Johnson s'approche de la fenêtre et le regarde, sans un geste, avec une profonde affection. Comme il est naturellement l'admirable, pense Pierre, comme il est tout ce que je ne puis pas être. Il souffre soudain de ne pas le tenir dans ses bras, il crie : Ouvre ! Et en esprit il franchit déjà la fenêtre d'un bond comme autrefois. Pourquoi y a-t-il entre lui et moi cette vitre, pourquoi n'ouvre-t-il pas la fenêtre ? Pierre n'en croit pas ses yeux, Johnson se retourne, s'éloigne de la fenêtre et va vers cette partie obscure de la pièce où il ne peut le voir. Il crie encore une fois :

Ouvre ! Puis le sang lui monte à la tête et l'aveugle. D'un coup de poing, il brise la vitre, il se blesse, il saisit la poignée de la fenêtre, la tourne d'abord dans le mauvais sens. Ouvre enfin, retire brutalement sa main de la vitre en se blessant encore, saute dans la chambre où il n'y a plus personne. Court à la porte qui est fermée, crie, frappe comme un sauvage sur la porte, se souvient qu'il a une seconde clef dans sa poche, ouvre. À ce moment, il est trop tard, Johnson est parti, Johnson m'a fui. C'est insensé !

Il revient dans le bureau, cherche sur la table, sous le portrait de Stonewall Jackson, ce que Johnson regardait. C'est un état du régiment à la fin de la campagne. Il comporte différentes rubriques : les présents, les blessés, les malades, les prisonniers, les disparus et les morts. Cheval rouge, lorsqu'il a appris l'évasion de Johnson, a retiré son nom de la liste des prisonniers et l'a porté en tête de la liste des disparus. Hier il y était encore, maintenant il est barré. Pierre a un mouvement d'espoir, Johnson a-t-il reporté son nom sur l'état des présents ? Il consulte fiévreusement les listes. Le nom de Johnson n'y figure pas. Il n'est plus sur aucun des états du régiment comme s'il n'en faisait plus, comme s'il n'en avait jamais fait partie.

Cheval rouge refuse de penser, refuse de comprendre, d'ailleurs ses blessures saignent beaucoup et il a répandu du sang sur les papiers du régiment et sur la table. D'instinct, il va vers la cuisine pour se faire soigner par Mlle Mérence. Quand il entre, Jayne pousse un cri de frayeur en voyant ses mains pleines de sang et elle est sur le point de laisser tomber son fer. Mérence est à l'office, elle montre à une jeune mère comment soigner son bébé qui a la fièvre. Un vieux paysan blanc, assis sur une chaise, dévore un bol de soupe et son pantalon retroussé laisse voir sa jambe et un pansement sale. Mérence ne sursaute pas en voyant les mains et le poignet ensanglantés de Cheval rouge, elle voit tout de suite que les blessures ne sont pas profondes, elle lui donne des tampons de charpie et le fait asseoir. Il retrouve son calme en la voyant rhabiller l'enfant, rassurer la mère et lui donner des remèdes. Puis elle s'agenouille devant le vieux, sans s'arrêter à ses jurements, elle enlève le pansement qui colle un peu et désinfecte la plaie. Jayne lui apporte de l'eau bouillie et elle lave soigneusement la jambe et le pied sale. Elle refait son pansement : « La plaie va mieux, mais il faut changer le pansement plus souvent. Revenez sans faute après-demain, monsieur Zacharie. » Elle appelle Jayne pour qu'elle mette dans son sac un demi-pain et de la mélasse. Le vieux lui jette un regard de colère : « Tu oublies mon quart de tabac ! » C'est vrai, elle l'oubliait et s'excuse d'un sourire. Elle ne demande pas à Cheval rouge comment il s'est blessé, il a mal et cela suffit. Les entailles d'ailleurs sont nombreuses mais sans gravité. Il reprend son calme en voyant les longues mains noires et précises s'affairer autour de la sienne. Il éprouve un plaisir inattendu à voir s'ordonner entre eux l'enroulement blanc des bandages qui évoque le soir, le matin et le mystère féminin des naissances.

Cheval rouge, qui est le plus ancien, sait que Johnson est comme lui un homme des canons, qu'il leur a engagé son âme et doit répondre à leur appel. Il a donc prescrit un exercice et un concours de tir pour les 4e et 5e batteries. Les canons sont placés dans la prairie aux quatre coins, masqués par les pommiers et par les saules qui bordent la rivière. Les cibles s'échelonnent en profondeur de l'autre côté de l'eau, dans les chaumes. Il a dit à Jimmy : S'il veut venir, emmène l'enfant Olivier et dis à Tumbolo Jones de prendre Ulysse et le groupe des petits avec lui.

Tout est prêt quand Cheval rouge arrive avec Gauvain, et le lieutenant Rice leur présente les deux batteries. Derrière les soldats, toute la population de Maison-chaude entoure Sam. Il remplace Granpé qui, à cause de son grand âge et des douleurs d'une mauvaise blessure, supporte moins bien la chaleur et le bruit. Oui, on le voit d'un coup d'œil, ils sont tous là, à l'exception de Mlle Mérence qui garde la grande maison et de Johnson.

Gauvain fait commencer l'exercice, Rice ou Rufus donnent les hausses et les pièces tirent chacune à leur tour, puis à cadence accélérée. Les hommes n'ont rien perdu de leur entraînement et les résultats sont bons. Cheval rouge ne cesse d'observer tous les accès de la prairie pour voir si Johnson ne vient pas. C'est en vain qu'il scrute, avec sa lunette, les arbres, les fourrés, les replis du terrain. Johnson, qui est là, qui est sûrement là, n'est même pas venu regarder de loin les tirs et respirer l'odeur de la poudre.

À la fin de l'exercice, Gauvain fait changer les cibles et le concours commence. Par groupes de deux, mais en faisant eux-mêmes les calculs, tous les volontaires peuvent s'essayer. Il y a de nombreux tirs, avec des réussites inégales, et Johnson n'apparaît toujours pas. À nous deux, dit Cheval rouge à Gauvain. Il calcule et Gauvain pointe. Dans la cible ! C'est le tir le plus juste et le plus rapide de la journée. Gauvain est content, il n'a pas oublié son ancien métier de pointeur. Oui, dit Pierre, tu étais autrefois le meilleur pointeur de la 5ᵉ batterie. Après Johnson, fait Gauvain. Après Johnson, bien sûr, qui a barré son nom des listes du régiment. Deux canonniers tirent encore avec succès, plus personne ne se présente. Cheval rouge se tourne vers l'enfant Olivier, assis dans l'herbe au milieu des autres garçons : « Tu veux, toi ? Je ferai les calculs et le lieutenant Rice t'aidera à pointer. » Olivier se lève, sans hésitation, l'air un peu grave mais nullement ému. Olivier ne pense plus à la défaite du Sud, ni à Stonewall Jackson. Cheval rouge, en le tentant, était sûr que l'attrait des armes l'emporterait. Pour encourager Olivier, les canonniers l'applaudissent, le petit s'est levé aussi et avance en lui tenant la main. Olivier dégage sa main, Ulysse s'accroche à sa veste. Des voix de femmes s'élèvent : Ulysse, viens ici, reste avec nous ! Il n'écoute pas et continue à suivre son frère. Cheval rouge commence les calculs tandis que Rice explique à Olivier le pointage que les canonniers lui ont déjà montré à la ferme. Olivier va s'approcher du canon, quand le petit se saisit à nouveau de sa main et le tire en arrière. Cheval rouge, qui regarde déjà vers la cible, dit : Vas-y. Le petit crie : N'y va pas ! tandis qu'Olivier cherche à dégager sa main. Le petit crie plus fort et Olivier, d'un geste brusque, dégage sa main et avance. Mais le petit s'est jeté à terre et se cramponne à sa jambe en hurlant. Gauvain s'impatiente sèchement : Tiens-toi tranquille, laisse faire ton frère. Rice relève doucement Ulysse qui crie toujours. Cheval rouge se retourne, surpris de tout ce vacarme. L'enfant le voit, se jette sur lui et commence à donner des coups de pied dans ses bottes, toujours magnifiquement lustrées par Jimmy. En larmes, un air de terreur sur le visage, il s'escrime des deux pieds en criant à voix basse. Criant quoi ? Criant : Vous n'avez rien à dire... rien à dire. Cheval rouge du bout du pied s'efforce de parer les coups, tout en gardant l'air de rire. Ce qui n'est pas facile car tout le monde est sidéré. Gauvain, fâché, fait signe à Tumbolo Jones. Celui-ci, qui est le grand ami d'Ulysse, se penche vers lui : Viens, nous irons faire une promenade sur la jument noire. Mais Ulysse continue à se défendre et donne des coups de pied à Tumbolo Jones qui l'enlève de terre et l'engloutit dans ses énormes bras. À ce moment, Olivier, qui s'apprêtait à pointer et qui était honteux de la conduite d'Ulysse, Olivier se retourne et se met, sans un mot, à frapper Tumbolo Jones. Cheval rouge entend Rice, à côté de lui, dire entre ses dents : Satanés petits rebelles ! Le père de Rice a été fouetté à mort, devant lui, après une tentative d'évasion. Rice n'a pas pardonné, ne pardonnera jamais. Il lève le bras, il va gifler Olivier et quelque chose d'irrémédiable va se produire. Cheval rouge s'interpose et c'est lui qui reçoit le coup. Rice est atterré, les soldats et les villageois le regardent sans comprendre. Que faire ? Que ferait Johnson ? Voix intérieure de Johnson : Tu éclates de rire et tu l'embrasses. Il éclate de rire en disant : Satanés gamins, vraiment ils n'ont peur de rien. Il tend les bras à Rice qui l'embrasse de toutes ses forces. Les canonniers sont rassurés mais regardent, avec un peu d'animosité, Ulysse qui sanglote dans les bras de Tumbolo Jones et Olivier, adroitement ceinturé par Jimmy, qui tente encore de se défendre.

Voici que les villageois s'écartent pour laisser passer Mlle Mérence. Sombre, étrangement sombre sous le tablier blanc, elle s'approche très vite sur l'herbe sans avoir l'air de faire aucun effort. Elle marche comme une reine ou comme une lionne et les rangs des soldats s'ouvrent à leur tour devant elle. Elle n'a pas un regard pour Cheval rouge ni pour Gauvain, elle va à Tumbolo Jones et lui reprend l'enfant qui se tait dès qu'il est dans ses bras. Son silence est plus terrible qu'un éclat de colère. Il dit : Qu'avez-vous fait de mon enfant avec vos canons ? On voit sa poitrine haleter, elle se détourne et repart. Il y a un temps d'arrêt, les paysans et les soldats se retournent pour la regarder partir et Cheval rouge prie Gauvain de faire continuer l'exercice qui doit se terminer par un concours de tir entre les deux batteries. Il fait signe à Jimmy de ne pas le suivre. Il enfourche Carabine et s'en va au galop. Il ne voit pas Mlle Mérence, arrivée au chemin gris, déposer Ulysse sur le sol, le regarder droit dans les yeux, l'air de dire : Je suis venue à ton secours, mais tu sais ce que tu mérites, et lui administrer une brève et magistrale fessée. Il ne voit pas la scène mais les soldats et les villageois la voient et ils éclatent de rire : Ah ! Mlle Mérence, elle sait toujours comment faire !

Il ne voit pas non plus, dans l'atmosphère détendue, Olivier se lever et dire au lieutenant Rice : Je vous prie de nous excuser, et à Tumbolo Jones : Pardonne-nous tous les deux. Pierre a cru sentir dans l'assistance un mouvement de soulagement à son départ. Dès qu'il est sorti de la prairie, il rend la main à Carabine et se laisse emporter au hasard, se contentant seulement de la maintenir à vive allure. Johnson le fuit, les enfants le refusent, Mlle Mérence le condamne. Il est seul, il est parfaitement seul au milieu de ces Noirs et de ces Sudistes qu'il croyait venir libérer.

Carabine revient vers Maisonchaude, entre dans le parc, dévale le chemin au galop et il voit devant la porte de la cuisine Mérence en train de coudre. Au lieu de laisser la jument tourner vers l'écurie, il la pousse à fond de train dans le village vide. Au bout du chemin, un peu à l'écart, se trouve la case de Granpé. La porte est fermée, je jetterai mon cheval sur elle, je l'enfoncerai, car c'est là que Johnson se cache. Maintenant que Stonewall Jackson est mort, vous ne pouvez plus, à aucun prix, laisser se rétablir le mur de pierre. Vous tenez Carabine très serrée, à quelques foulées de la case, vous l'enlevez en lui enfonçant, ce que vous ne faites jamais, vos deux éperons dans le ventre. Elle bondit en avant mais, au dernier instant, elle se dérobe à droite. Elle heurte de l'épaule la porte et le chambranle qui arrache à demi votre botte au passage. D'un bond désespéré, elle franchit la haie du jardin et retombe lourdement au milieu des légumes de Granpé. Vous êtes presque désarçonné, vous êtes fou de colère et vous tirez de toutes vos forces sur la rêne gauche pour ramener la jument vers la case. Carabine, qui n'est pas habituée à de tels traitements, tourne mais se cabre. Vous ne vous contenez plus et vous la frappez sauvagement sur la tête pendant qu'elle continue à se défendre par de nouveaux cabrages. Vous criez : Johnson ! Johnson ! Vous percevez le bruit des détonations dans la prairie, l'exercice continue que vous avez fait commencer il y a mille ans. De l'éperon vous forcez la jument à franchir à nouveau la haie, vous la rassemblez, vous la poussez en criant vers la porte. Elle freine et se cabre contre elle, elle vous donne en se débattant un coup de tête en plein visage, elle tombe en arrière en hennissant. Vous avez pu vous dégager, vous êtes debout mais vous n'y voyez plus. Vous avez la figure en sang. Vous vous essuyez le visage de la manche, vous avez une arcade sourcilière blessée, mais surtout vous saignez du nez. Vous faites se relever Carabine, vous tirez votre sabre du fourreau et vous lui administrez de toutes vos forces deux coups de plat sur le cul. Elle s'enfuit comme une folle à travers les jardins et les cases pendant que vous criez toujours stupidement : Johnson ! Votre jambe vous fait mal, vous avez de nouveau du sang dans les yeux et vous voyez confusément Carabine franchir une série de clôtures avec ses rênes flottantes. Vous pensez qu'elle va se prendre les pattes dans les rênes et vous éclatez de rire parce qu'il faudra l'abattre et que Johnson, caché tout près de vous, refuse de vous répondre.

Vous avancez, le sabre à la main, vers la porte de Granpé quand vous comprenez soudain avec une intensité déchirante que vous n'avez pas le droit d'entrer là de force, car Johnson ne vous a pas trahi. La vérité c'est que la guerre est finie et que Johnson n'aime plus les canons. Il faut voir cette réalité, il faut prévoir cette infinité, tous les jours, toute la vie sans Johnson. Vous voudriez prier, vous voudriez supplier celui que vous avez aimé et servi. Cela aussi est impossible car le dieu des canons a une très grande voix mais il n'a pas d'oreilles. Vous tenez encore votre sabre à la main et vous ne savez plus ce que vous vouliez en faire. Vous l'enfoncez dans la paroi de pisé de la case et vous le laissez là. On entend encore des détonations, puis le bruit des acclamations de la 5e batterie qui a dû remporter la première manche. Vous avez donc encore le temps d'aller jusqu'au jardin de la grande maison pour accomplir ce qui reste à faire. Vous marchez en trébuchant dans les potagers, vous vous heurtez à des barrières, à des haies. Vous tombez sans cesse et vous vous relevez on ne sait pourquoi. Il faudrait avoir le courage d'essuyer tout ce sang qui vous aveugle. Vous ne voulez pas, vous ne pouvez pas, car la chose à voir c'est toute la vie sans Johnson. Vous êtes dans le jardin, vous êtes derrière la maison chaude. En tournant à gauche, vous arrivez à un bassin ovale où l'on puise l'eau d'arrosage. Cette eau est noire et impénétrable. Ulysse vous a dit qu'elle était très profonde. En se prenant le pied dans le lierre qui l'entoure, en se lançant en avant avec toutes les forces qui vous restent... À peine êtes-vous tombé dans cette eau tiède que vous sentez le fond mou et gluant s'enfoncer sous vos pieds. Vous vous débattez car on ne peut pas se noyer là-dedans et en remuant le fond vous faites monter une écœurante odeur de vase et de pourriture. Il n'y a pas de profondeur, quelqu'un a voulu faire peur à Ulysse. Vous n'avez de l'eau que jusqu'à mi-cuisse mais comment sortir de là, les parois sont hautes et lisses. Appeler ! Après tout ce qui m'est arrivé, il faudrait encore appeler pour qu'on vienne me retirer de ce trou !

Il y a un léger bruit au-dessus de vous, c'est une échelle qui glisse sur le lierre et descend dans le bassin. Pourtant vous n'avez entendu venir personne. Quand vous sortez du bassin, trempé et puant, Jimmy a disparu. Pourquoi est-ce Jimmy, pourquoi n'est-ce pas Johnson, qui est venu à votre secours ?

Il entre dans l'écurie pour voir si Carabine est revenue. Elle est là, l'épaule gauche blessée et les flancs couverts d'écume. Il la desselle, lui enlève le mors, lui caresse l'encolure avec un vif regret de son injustice envers elle. Il retrouve soudain son malheur que la colère masquait. Il sort de l'écurie, avec ses bottes pleines de vase et son uniforme trempé. Il se trouve devant le seuil de l'escalier bleu et il appelle au secours. Il forme un grand cri qui devait être : Johnson – oui, son dernier appel à l'ami des années d'espérance – mais la voix suit une autre pensée et c'est le nom de Mérence qui est proféré.

Elle est là, au-dessus de l'escalier, penchée vers celui qui appelait et qui maintenant jure et blasphème et frappe furieusement le mur avec sa main blessée. Elle descend l'escalier, elle est devant lui. Il s'étonne de n'avoir pas vu jusqu'ici à quel point elle ressemble à un pur-sang. Elle dit : Monsieur Pierre... Il jure encore, il arrache de sa poche la montre en or du père Pierre, il la lance sur le pavé où elle produit un affreux gémissement de machine. À quoi sert le temps, ce temps vide où, la guerre finie, on ne sert plus à rien ? Est-ce qu'elle dit : Prenez patience. Il crie : J'ai pris patience, toute ma vie j'ai pris patience. Il faut maintenant que ce soit là, tout de suite ! Il éclate de rire parce qu'il ne sait pas ce qui doit être là. Elle semble le savoir, elle le prend par le bras, l'engage dans l'escalier. Il se souvient qu'il est couvert de vase, qu'il pue, qu'il a le visage en sang et il dégage sèchement son bras. On entend des hurrahs dans la prairie, c'est la 5e batterie qui a gagné. Elle lui reprend le bras, elle a dans les mains un linge humide, elle lui essuie le visage. Il dit : Regardez-moi ! Elle est debout devant lui, il sent qu'il peut la regarder tout de suite et tout le temps qu'il voudra. Elle entoure ses épaules de ses bras, elle dit : Vous avez la fièvre, vous avez besoin d'un bain et d'un nouveau pansement, venez avec moi. Il la suit, en traversant l'office il voit Jimmy à la cuisine qui active le feu sur lequel il fait chauffer de grandes bassines d'eau. Dans sa chambre, elle lui enlève sa veste, ses bottes et ses chaussettes, il la serre contre lui, il embrasse ses cheveux, elle ne résiste pas. Il embrasse ses épaules, ses seins, il serre son ventre contre le sien, elle ne se dérobe pas. Il pense : Pourtant je pue, mais il n'a plus peur. Il n'a plus aussi peur de la vie sans Johnson. Il s'aperçoit qu'il a les pieds sales et pense seulement qu'il a besoin d'un bain. Elle dit : Je vous ai tout préparé, Jimmy va vous apporter de l'eau chaude.

Quand il descend de sa chambre, le thé est prêt et ils le prennent à la cuisine avec Ulysse et Jim. Ensuite, Mérence désinfecte les écorchures qu'il a à la jambe et lui refait un pansement à la main. Pendant ce temps, il explique à Ulysse comment on fond les canons et il fait quelques dessins pour rendre ses explications plus claires. Olivier vient s'asseoir à côté d'eux, le concours est terminé, la 5e batterie l'a emporté de peu. À la fin des tirs, tous les enfants ont pu faire un tour à cheval, Olivier a monté le cheval du lieutenant Rice. Ulysse riposte qu'il montera Carabine demain avec le colonel.

Olivier sort de sa poche la montre brisée qu'il a trouvée dans la cour. « Est-ce que vous pourriez nous aider à la réparer ? » Pierre va refuser mais Mlle Mérence se penche vers eux et répond oui. « Essayons, dit Pierre, mais il me faut des outils très fins. » Ils s'installent, avec deux loupes et toute une variété d'outils, sur la table où l'on fait les tartes et dont le bois sent bon. Jimmy et Sam viennent pour dîner, ils mangent tous ensemble sur la grande table en parlant des Indiens. Cheval rouge décrit leur vie et Jimmy raconte leurs ruses de chasse. Est-ce que vous vous êtes battu avec les Indiens ? demande Ulysse. Cheval rouge répond que non, il dit qu'il aime les Indiens et Jimmy, qui en a tué trois parce qu'ils ont trahi le régiment, l'approuve. Ulysse s'endort sur sa chaise et Mlle Mérence monte le coucher. Pierre continue à réparer la montre avec Olivier et Jimmy. De l'autre côté de la table, Mérence coud et parfois elle fredonne un air à mi-voix. Olivier commence à bâiller et elle l'emmène dans sa chambre. Jimmy retourne à l'écurie dormir, comme il aime, à côté des chevaux. Cheval rouge entre dans le bureau dont la vitre brisée a été remplacée par une feuille de papier huilé et regarde le portrait de Stonewall Jackson. Mlle Mérence le rejoint : Est-ce qu'elle a connu Jackson ? Oui, c'était un ami de l'ancien maître, elle l'a souvent vu ici. Est-ce qu'elle l'aimait ? Jackson était très impressionnant, elle comprend que M. Pierre l'admire, mais pour elle c'était un maître comme les autres. On ne pouvait pas aimer vraiment les maîtres. Et moi, mademoiselle Mérence, est-ce que je suis aussi un maître ? Elle se presse contre son épaule : « Tu as beaucoup de leurs défauts, monsieur Pierre, tu es constamment pressé, tu veux toujours que les autres fassent ce que tu crois bien, tu aimes la guerre, mais tu n'es pas un maître. – Comment le sais-tu, mademoiselle Mérence ? – Je le sais, monsieur Pierre, parce que je t'aime beaucoup. » Ils éteignent les lampes de la cuisine, elle n'a allumé qu'un chandelier pour eux deux. Pierre le porte d'une main et de l'autre il lui tient la taille. Ils s'amusent à voir leurs ombres géantes sur le mur du grand escalier. Où veux-tu dormir, monsieur Pierre ? Il dit : Dans la chambre blanche, dans le lit de cuivre. Elle ne répond pas que c'est difficile parce que les enfants y dorment déjà. Elle fait un pas vers l'escalier qu'ils gravissent ensemble. Dans le corridor, ils prennent plaisir à faire grincer les trois lames disjointes du parquet, car Pierre ne craint plus l'apparition soudaine de Mme Henriette et de son regard qui surveille. Ils soulèvent les enfants endormis et les couchent dans la chambre voisine. La chevelure d'Ulysse sent bon, Mérence en bordant Olivier dans le nouveau lit se penche vers lui comme une grande fougère noire.

Ils entrent dans la chambre, les bougies font étinceler le lit de cuivre qui ressemble à un refuge lumineux au milieu des ténèbres. Ils sont sous la protection de la nuit. Beauté modeste du corps sombre au milieu des draps blancs. Plaisir du corps pudique qui accueille le désir et souffre violence. Ni l'abandon ni l'excès ne doivent effacer cette légère distance entre vous qui signifie que votre rencontre est un don, qu'elle est l'objet d'un accord mystérieux qui n'annule pas la vocation native au service des enfants et des pauvres. Le bonheur n'empêche pas Pierre de voir que l'acte nécessaire est aussi l'action défendue, qui vous sépare de la vie d'avant et vous force dorénavant à aller dans la direction inconnue. Entre le soleil rouge avec son œil unique et le corps maternel de Mlle Mérence, s'opère l'action d'une grande bête, menée au temps d'amour par l'irrésistible mouvement des saisons et des astres.

Un bruit de pieds nus se fait entendre dans la direction de la porte. Mlle Mérence ne prend pas peur, elle ne tente pas de se dégager. Elle incline son visage et sourit à l'enfant qui se frotte les yeux dans l'embrasure de la porte. Plus tard Cheval rouge se détourne sans la quitter et voit Ulysse, dans sa chemise de nuit blanche, qui trace un grand cercle autour du reflet de la lune. Mlle Mérence se lève, referme la porte, s'agenouille à côté de lui : « C'est la nuit, mon chéri, il faut dormir. – J'aime pas le lit blanc, j'ai soif. » Elle lui donne à boire : « Tu dormiras ici, dans ton lit. – Je veux pas, je veux dormir avec Pierre et toi. » Pierre approuve, elle le prend dans ses bras et le couche entre eux. Pierre allume, le lit de cuivre étincelle à la flamme des bougies. Ulysse a toujours son air grave et un peu étonné. Ils se penchent sur lui, ils l'embrassent, il retombe endormi dans leurs bras.

Instituteur John a passé ces deux journées chez Granpé qui lui apprend la langue magique et les rites anciens de l'Afrique. Tout ce qu'il devra transmettre à son tour lorsqu'il rencontrera – comme il ne peut manquer de le faire – quelqu'un marqué par le signe. « À quoi reconnaîtrai-je le porteur du signe ? – Le porteur est moins grand que le signe. – Le porteur est donc soumis au signe ? – Le signe abolit victoire et défaite car il occupe toute la place. – Sans combat ? – Le signe est le combat. – Est-ce que Pierre porte le signe ? – Pierre est né pour faire voir et transmettre ce qui manque. – Et qui transmettra ce qui est ? – Tu portes le signe de ce qui est donné. – Moi ? – Toi ? Qui parle de toi ? rugit M. Granpé dans le ciel. Tu es venu après un autre et, quand un autre apparaîtra, on brisera ce vase d'argile. – Quel est le signe que l'argile doit porter ? – Tu l'as choisi, le signe de l'arbre. »

Instituteur John sait qu'il ne sert à rien de vouloir s'élever en l'air en s'appuyant sur la force étrangère. Son effort – mais pourquoi serait-ce un effort ? – ne peut rejoindre ainsi ce qui mûrit certainement dans la terre.

Granpé lui tourne le dos et, comme la soirée approche, il allume son feu pour le repas du soir. Dans ce dos ferme, voûté par l'âge et par les travaux, on lit clairement que pour toute vie il faut une semence qui fasse entrer le nouveau dans la filiation de l'ancien. Pour le feu, une semence de feu. Pour la forêt, une semence d'arbre. Cette semence est là, elle est donnée. Instituteur John la contemple dans sa main, et il pose ses lèvres sur elle. Quand Cheval rouge veut contraindre Carabine à s'écraser sur la case qui n'est pas celle du refus, comme il croit, mais seulement celle du retrait ; quand le long du chemin d'aveuglement qui le mène vers les bras de Mlle Mérence, il appelle en vain ce Johnson qui n'est plus, Instituteur John, immobile dans la position juste, comprend qu'il ne suffit pas d'avoir reçu la semence. Il faut encore la force pour la planter en terre et l'espérance pour la faire germer et grandir. Ce n'est pas lui, c'est Cheval rouge qui a labouré la terre avec ses canons et c'est sa colère qui a fait lever l'espérance sans laquelle le régiment noir n'aurait pu exister ni combattre. La semence est là, mais il faut attendre. Oui, dit le dos de Granpé qui aspire au repos, il faut attendre que nous puissions nous libérer tous les trois.

En prévision de ce jour, Instituteur John veut envelopper soigneusement la semence, mais il ne la retrouve plus. Il se rappelle alors qu'il l'a donnée à Pierre pendant le rêve. « Quel rêve, garçon ? – Celui où je faisais une boule de terre rouge, qui contenait de la terre de Maisonchaude et de la matière fécale. Cette boule, que je porte précieusement dans mes mains, est aussi moi-même et c'est elle qui entoure et protège la semence jusqu'à la semaison. Je marche à travers champs sur un chemin de terre, en face de moi il y a la tour blanche d'une église au milieu d'arbres très verts et je ressens un étrange bonheur. Trois puissants chiens s'approchent, comme à la veille de la bataille de Gettysburg. Ils ne me font pas peur mais je dois, pour me défendre, libérer mes mains. Naturellement Pierre est là, je lui donne la boule de terre, je suis sûr qu'il fera ce qui est nécessaire et je m'éveille, encore dans cet état d'extraordinaire bonheur. »

Granpé vous écoute avec beaucoup d'attention tout en préparant un plat au parfum savoureux. Il dit que maintenant il faut manger et dormir, parce que demain ce sera la fête. « Quelle fête, Granpé ? – La fête du Grand Été, garçon, celle qui est au sommet de l'année et qui, pour moi, sera la dernière. »

LE GRAND ÉTÉ

Il est bon de s'éveiller sous le regard de Mlle Mérence qui n'est plus, ce matin, une mince fougère d'Afrique, mais une femme qui descend préparer le petit déjeuner. Une femme qui vous regarde, Ulysse et vous, qui vous sourit – toujours de cette secrète distance qui vous touche tant – avant de refermer la porte et d'aller éveiller Olivier.

Après s'être habillé dans sa chambre, Pierre remonte à l'étage chercher les garçons. Du corridor, il entend Olivier : « Presse, ou tu seras en retard pour déjeuner ! – Je veux sauter sur le lit. – Alors ne mets pas tes bottines ! » Olivier le voit : Est-ce qu'on réparera la montre aujourd'hui ? Il acquiesce, il entre dans la chambre blanche, le soleil y est déjà et, à la fenêtre, le hêtre pourpre balance sa tête joueuse. Ulysse n'arrive pas à finir de lacer ses bottines. Il tend l'un après l'autre ses pieds à Pierre pour qu'il lui fasse les nœuds. Quand c'est terminé, il l'embrasse de la façon la plus naturelle et Pierre en éprouve du plaisir. Il se penche à la fenêtre, une partie des hommes est au pansage, l'autre fait la file devant la cuisine pour recevoir du café et du pain.

Quand il se retourne, Ulysse est sur le lit. Il a rejeté les couvertures et il saute aussi haut qu'il peut. Chaque fois qu'il retombe, ses bottines poussiéreuses laissent sur les draps des marques noires qu'il contemple avec satisfaction avant de tourner vers Pierre ses yeux naïfs. On ne peut dire qu'il se moque, ni même qu'il sourit. Il a plutôt l'air d'attendre. D'attendre quoi ? Cheval rouge le sait, il bondit sur le lit, saisit au vol Ulysse que la secousse a failli faire tomber et les voilà qui sautent l'un en face de l'autre en riant. Olivier accourt se joindre à eux. Cheval rouge et Olivier s'amusent, mais Ulysse, qui tombe parfois à force de rire, est au comble de la joie. Ils finissent par s'essouffler tous les trois et sentent qu'il est temps de descendre.

Eh bien, dit Pierre, les draps sont dans un bel état, on a oublié d'enlever nos bottes. Non, on n'a pas oublié, dit le petit, on n'a pas voulu les enlever. Pierre prend les draps et les met sous son bras. Mlle Mérence, qui les attend en bas, les lui enlève : « Je sais que c'est amusant de sauter sur le lit, mais la prochaine fois enlevez vos bottes. – D'accord », dit Cheval rouge, et les enfants répètent en écho : D'accord ! Il regarde les garçons s'installer à table, on dirait qu'il a envie de s'asseoir avec eux. Elle se tourne vers lui : MM. les officiers vous attendent dans la salle à manger, je vous apporte du café tout de suite. Les deux enfants ont commencé à manger, Ulysse, penché sur son œuf à la coque, sourit au moment où Pierre sort.

Après le petit déjeuner, Granpé et Sam viennent lui rendre visite. Pierre pense aux messieurs notables de Sainpierre, entrant dans le bureau de M. Eugène pour lui parler d'une augmentation de capital ou d'une action à mener auprès des autorités communales pour mettre en valeur des terrains. Ceux-ci viennent lui parler d'une fête. De la fête du Grand Été que l'on célèbre ici quand la chaleur s'appesantit dès le matin, que la poussière tourbillonne au moindre souffle et que les nuits sont brèves et exquises. Cette fête n'a pas de date fixe, quand certains signes apparaissent dans le ciel, Granpé sait que le jour approche et tout le village commence à se préparer. Les signes sont apparus, tout est prêt : « Est-ce que monsieur le colonel viendra à la fête ce soir avec nos amis de la 5e batterie ? – Nous viendrons. – Monsieur le colonel doit savoir que le lieu de la fête est ignoré, tous les participants le cherchent, c'est seulement lorsqu'il est trouvé que la fête commence. – Comment sait-on qu'il est trouvé ? – Les gens arrivent, ils ont envie de s'asseoir et de manger. C'est là. – Je chercherai avec vous, avec les garçons et Mlle Mérence. – Il faut vous dire que lorsque la fête commence Mlle Mérence revient garder le village. – Pourquoi faut-il garder le village ? – À cause des esprits errants. – Quand commencera la fête ? – Tout à l'heure, quand le soleil sera moins haut. »

Olivier vient demander à Pierre de prêter deux chevaux pour la fête. Ils en ont besoin pour le chariot de la grande maison qui transportera une partie des provisions du village, pour le festin comme il l'appelle. Pierre lui donne deux juments noires, Tumbolo Jones et Jimmy viendront les aider. Gauvain prêtera aux villageois les chevaux nécessaires, en cas de besoin. Il part, avant la grande chaleur, visiter le cantonnement des escadrons d'éclaireurs. Au retour, il se promène dans le village, partout les femmes s'activent portant des sacs et des corbeilles de nourriture. Les hommes chargent du bois pour les feux, des couvertures et des boissons sur leurs charrettes fraîchement repeintes et ornées de fleurs et de branchages. Dans la cour de la grande maison, Tumbolo Jones, Jimmy et les garçons aident Mlle Mérence et Valérie à charger le chariot qui est le plus grand du village. Ils y empilent pains, jambons et viandes et des volailles qu'il n'y a plus qu'à rôtir. Ils y ajoutent des fruits, du maïs et des cruches de citronnade et de sirop. Olivier a raison, ce sera un vrai festin. Tout le monde est gai, chacun sait ce qu'il doit faire et s'y prépare depuis des semaines. Le chariot a été repeint par Valérie dans une couleur qu'Ulysse appelle le bleu des fées. « Est-ce qu'elle a peint aussi la frise de chevaux rouges qui va du siège à l'arrière ? – Non, c'est Instituteur John qui l'a faite hier soir. – Il est revenu de voyage ? – Oui, il est revenu pour la fête. »

Après le déjeuner, un grand silence s'étend sur le village, le soleil est écrasant et chacun fait la méridienne afin d'être dispos pour ce soir. Pierre monte avec Mlle Mérence se reposer dans sa chambre. C'est une petite chambre avec un lit blanc. Les murs sont tendus d'une étoffe verte, semée de fleurs, que les femmes du village ont tissée en grand secret pour remercier Mérence de ses soins. On a l'impression d'entrer dans une grotte pleine de lumière et tapissée de mousse. La chaleur est extrême et Pierre est fatigué car il a fait un long parcours à cheval le matin. Il s'étend sur le lit en regardant avec plaisir la robe blanche que Mlle Mérence mettra pour la fête. Tout le monde s'habille en blanc aujourd'hui et les soldats, qui sont en bleu, porteront une écharpe blanche comme faisait autrefois le colonel Johnson. Mérence lui apporte une écharpe de toile fine sur laquelle elle a brodé son chiffre avec un fil d'or. Elle s'étend près de lui, il embrasse sa main, il la pose sous sa joue, sa main qui sent la pâte de pain et le parfum des citronniers. Le cycle est presque achevé, la fin est proche, il faut que Pierre connaisse le temps du bonheur avec son jour sans heures et sans limites. Je veux qu'il le vive et qu'il le travaille sans pouvoir l'épuiser. Qu'il connaisse toute cette joie qu'il ne méritait pas. Que personne ne mérite peut-être, sauf Mérence que je lui ai donnée.

On s'éveille avec joie dans la grotte verte et tapissée de mousses, car on entend dans la chambre à côté la voix chantante de Mlle Mérence qui aide les garçons à s'habiller. On a rêvé en dormant, des rêves légers dont on n'a pas gardé le souvenir, mais dont persiste la présence heureuse. Vous revient en mémoire le rêve le plus ancien, celui qui a laissé sur vos lèvres les mots : Il faut libérer l'esclave Johnson. On se rappelle soudain qu'avant ces mots il y avait un autre rêve que vous aviez oublié. Dans ce rêve, vous voyiez votre ami Juan dans la tourelle d'un char. Vous étiez parvenu jusqu'à lui à grand-peine pour le prévenir qu'il était presque encerclé et qu'il fallait battre en retraite au plus vite. Juan est espagnol, il vous regarde amicalement avec son sourire ironique. Il apprécie ce que vous avez fait pour lui, mais il est clair qu'il ne battra pas en retraite. Juan est très entêté et il ne veut pas être raisonnable. Plutôt mourir, comme les Indiens, que d'apprendre à devenir raisonnable. Son sourire s'accentue car, dites-moi, ceux qui ont fait de Johnson et de vous des esclaves, n'étaient-ils pas des gens raisonnables ?

Les garçons sont prêts. Chemises et culottes blanches, souliers clairs, ils sont superbes. Le chariot est chargé de provisions qui sentent bon. Jimmy a attelé les chevaux, il a tressé des fils de laine rouge et bleue autour des harnais. Olivier prend les rênes. Ulysse est sur le siège entre Tumbolo et Jimmy. Tu laisseras Ulysse conduire de temps en temps. Ne mangez pas trop avant la fête. Ils partent, ils s'en vont lentement, au hasard. Il y a une autre charrette, tirée par une mule qui descend le chemin du soleil, entourée par une famille qui chante. Dans le ciel, il y a quelques nuages qui voguent eux aussi au hasard. Un léger vent s'est levé, les branches des arbres s'étirent paresseusement. Mérence a sa robe blanche toute simple avec un col rond qui laisse voir le creux tendre entre l'épaule et le cou où Ulysse aime à nicher son visage. Pierre se dit que dans son enfance il n'a jamais pu se réfugier là, mais le temps lui a donné sa revanche.

Ils descendent l'escalier bleu, il a mis sur sa veste l'écharpe blanche qui le fait paraître plus brun. La montre du père Pierre est réparée, il l'a donnée à Olivier. Il n'a plus besoin de l'heure, il vit au rythme de Mlle Mérence qui vit à celui d'un corps juste.

Ils marchent sans se demander où ils vont et parfois ils se prennent la main. Est-ce que Mérence portait un grand chapeau d'autrefois ? Est-ce qu'elle se penchait au bord des sentiers pour cueillir des baies ou des fraises sauvages que vous mangiez en riant dans sa paume ? Est-ce que vous avez rencontré trois petites filles noires qui faisaient une ronde sous le tulipier en chantant :

J'ai ma robe en coton blanc
Sur ma peau de coton noir.

Ce jour n'est-il pas le plus lent, le plus impénétrable de l'année ? Ses heures ne glissent-elles pas vers cette première invention de l'automne où le corps modeste de Mérence ira se fondre, comme une source, dans le corps plus vaste et plus glorieux de Shenandoah ?

On va, on croise des couples, des familles, des voitures. On s'interpelle à voix lentes. À voix gaies et chantantes du Sud. On a le temps, toute la fin du jour, toute la soirée et toute la nuit pour trouver le lieu de la fête du Grand Été. On croise le chariot conduit par Ulysse, les cils baissés sur ses mains qui tiennent les rênes. On s'enfonce dans un champ de blé plein de bluets et de coquelicots, on revient à d'autres années. Est-ce que je pourrai revenir sur le chariot ? En haut, tout en haut des gerbes glissantes. Qu'est-ce que le Grand Été ? Et Mlle Mérence répond : Peut-être que c'est la mort. Ce qui vous heurte d'abord, car a-t-elle vu les morts, les vrais morts des champs de bataille, avec leurs pieds nus et bleuis parce que les vivants ont besoin de souliers ? Est-ce qu'elle a vu ses amis décomposés en matières puantes, en formes vagues, saturées par les mouches ? Alors que sait-elle de la mort ? Elle dit : C'est la récolte. À cela on n'avait pas pensé. Est-ce qu'il y a aussi une fête du grand ou du petit hiver ? Elle rit : C'est peut-être Noël ? Mérence vous parle-t-elle d'elle-même, de ses espoirs, de ses souvenirs ? Cela ne semble pas nécessaire, près d'elle ce sont les autres qui existent. À peine l'entendez-vous dire je et toujours avec un sourire. On dirait que le cœur noir a des doutes sur la réalité du plus blanc des pronoms.

Comme ils sont secrets tous les deux, pudiques et presque silencieux. Comme tout cela se situe dans le passé. Depuis lors, on parle, tout le monde parle et les objets aussi se sont mis à parler. Pierre et Mlle Mérence sont encore à l'origine, ils sont encore jeunes, on veut dire jeunes dans la parole. Ils suivent le fil, le fil ténu, enchevêtré, brisé, mais toujours patiemment repris d'un langage souterrain. Qui mène à un lieu où le soir tombe, où une fraîcheur sort de terre. Mlle Mérence s'arrête et dit : C'est la cressonnière.

Il y a une colline sableuse, peuplée de genêts verts qui forment de petites chambres où déjà ils se sont aimés. À mi-côte se trouvent les assises de deux tours ruinées, qui datent du temps des Français ou peut-être des Espagnols. Les villageois viennent parfois en détacher quelques briques pour réparer leur âtre. De grandes briques longues et plates, couleur d'ocre et que le soleil, aujourd'hui, a rendues brûlantes. Plus bas, une source jaillit du flanc de la colline. Elle soulève un peu la couche de sable et elle trace une infinité de cercles dans le bassin rond qui l'entoure. Le long des bords pousse le cresson que les femmes du village viennent cueillir et emporter sur leurs têtes dans les corbeilles rondes que Granpé tresse depuis qu'il ne peut plus travailler aux champs. L'eau est ici plus fraîche et plus pure qu'ailleurs et son faible courant, qui tournoie sur lui-même avant de s'éployer à la surface, compose un jeu que l'on peut contempler sans fatigue, car c'est celui dans lequel on est né et dans lequel on retournera un jour. C'est ici que l'on doit être, c'est ici que la hâte diabolique, qui mène Cheval rouge depuis tant d'années, peut trouver son terme et sa loi. Il n'y a plus de décisions à prendre, plus d'ordres à donner, ni de guerre à soutenir. Il ne faut même pas attendre. Attendre quoi ? Il suffit de s'asseoir à côté de Mlle Mérence, au bord de l'eau, un peu changeante, un peu tremblante, dans sa fine et perpétuelle spirale.

Ce sont les garçons qui arrivent les premiers. Olivier, en les voyant contempler la source, mène les chevaux à travers la prairie et les arrête à quelque distance de l'eau. Il commence à dételer avec Jimmy tandis qu'Ulysse aide Tumbolo Jones à décharger. Personne n'a dit que le lieu de la fête était ici. Mlle Mérence s'est approchée du premier panier déposé dans l'herbe, il contient des nappes blanches qu'elle a eu envie d'étendre sur l'herbe. Pierre a trouvé de bons emplacements pour élever les sept feux du Grand Été. Mlle Mérence étend ses nappes qui forment, sur l'herbe du soir, de beaux rectangles bien délimités. Les autres femmes, en voyant faire Mérence, ont eu envie de venir près d'elle et d'étendre aussi les leurs. Elles descendent les corbeilles de leurs têtes ou font arrêter les charrettes. Elles sortent leurs nappes qui sont bleues, qui sont roses, qui sont jaunes, qui ont toutes les couleurs de l'appétit et de la fête et se mettent à vibrer gaiement dans la lumière.

Pierre, avec Olivier, Ulysse et la petite classe des enfants qui apprennent encore à lire, transporte pour les feux des fagots et des bûches. Deux à deux, ou par groupes entourant les chariots, beaucoup de gens arrivent. Tous sont habillés de blanc, Pierre, les officiers et les hommes de la 5e batterie ont plié leurs vestes et les ont rangées près des chariots. Ils portent une chemise et une écharpe blanche au-dessus de leurs culottes bleues et de leurs bottes. Tout le monde est gai, il n'y a ni cris ni tumulte, mais une détente joyeuse, un doux et paisible bonheur. On dirait que personne ne s'occupe de personne et pourtant tout s'accomplit rapidement. Les chariots sont déchargés et les soldats les rangent en ligne un peu plus loin. Les paysans font boire les bêtes que Jimmy et Tumbolo attachent en cercle l'une près de l'autre.

Pierre et Olivier continuent à bâtir les feux que l'on allumera successivement et qui mesureront la durée de la fête. Granpé et Sam arrivent et, derrière eux, on voit quelqu'un de grand, accompagné par beaucoup d'enfants. Granpé porte la robe rouge du Grand Été sur laquelle Valérie a dessiné en fils d'or les signes qui, durant une année, uniront au village les astres de cette nuit. Sa bouche et ses yeux sont soulignés de blanc et ses joues recouvertes par un masque d'argile. Il tient à la main un vase dans lequel brûlent les braises d'un bois précieux. À son passage, les femmes enceintes, et les petits enfants dont c'est la première fête, s'approchent et viennent respirer le parfum qui fait s'ouvrir les rêves et qui imprimera en eux la mémoire et l'odeur inoubliable de l'Afrique. Pierre et les enfants s'affairent, c'est un grand travail d'élever autant de bûchers avant la nuit.

Il faut aller vite, car le soleil est déjà bas sur l'horizon, mais Pierre ne ressent aucune hâte, non, il n'y a plus en lui aucune crainte d'arriver trop tard. Personne ne peut les aider, chacun a déjà son travail, mais peut-être l'homme de grande taille, qui suit Granpé et Sam, est-il venu pour cela. Il s'approche et, comme on s'y attendait peut-être, c'est Instituteur John. Instituteur John qui est et qui n'est plus Johnson dont on n'avait nul droit de considérer l'absence et le silence comme une trahison. Instituteur John porte un pantalon blanc et une chemise du coton le plus simple, mais il a autour du cou sa belle écharpe de soie, celle que Shenandoah aimait. Ils sont en face l'un de l'autre, ils ne se posent aucune question. Instituteur John voit que Pierre a beaucoup souffert et qu'il est devenu Cheval rouge. Pierre voit qu'Instituteur John a beaucoup travaillé la matière de Johnson. Il comprend que Johnson n'est plus un homme des canons et il pense seulement : C'est ainsi. Le temps du jugement est passé, celui des paroles dépassé. Ils se sourient, ils s'étreignent brièvement, ils ressemblent à deux hommes heureux, qui sont plus heureux parce qu'ils sont ensemble. Instituteur John appelle les enfants de la classe des grands qui ont apporté chacun une bûche ou un fagot et le travail s'accélère comme toujours lorsque Cheval rouge et Johnson sont là. Le rire de Johnson est devenu un sourire, mais il n'a rien perdu de son pouvoir. Les anciens de la 5e batterie le reconnaissent et arrivent. Ils ne courent pas vers lui, ils ne le portent pas en triomphe comme dans le rêve de Pierre. Ils se contentent ce soir de toucher son épaule en passant et de lui sourire de tout leur cœur. Ils ont apporté des scies et des haches, ils abattent les arbres mal venus, ils coupent les branches mortes, ils débitent des souches et font des niches de copeaux et de feuilles sèches pour allumer les feux. Les sept bûchers s'élèvent avec célérité, trapus ou verticaux, chacun d'eux ayant sa forme animale ou barbare et son image originelle. On voit briller à leur sommet une fantaisie inattendue, un détail cocasse inventé par Valérie et qui fait rire les enfants. Heureusement qu'on a eu de l'aide, car voici déjà le jour qui tombe. Énorme et rouge le disque solaire hésite et tremble un instant au-dessus de l'horizon. Il doit jeter maintenant ses plus pénétrantes lueurs sur les pays de bisons où Shenandoah mène ses dernières chasses. Soudain, il disparaît et Granpé dit à Ulysse : Allume le premier feu. Olivier lui tend une torche de paille enflammée, Ulysse approche sa main tremblante d'un petit sanctuaire d'herbes sèches et de copeaux. La flamme vacille, on croit qu'elle va s'éteindre mais Cheval rouge la soutient de son souffle. Elle s'anime, elle mord dans le menu bois et se propage à travers les fagots pendant que Tumbolo Jones, aux applaudissements de tous, élève triomphalement Ulysse sur ses épaules.

Mlle Mérence se tourne alors vers Granpé qui l'approuve de la tête. Elle fait une légère révérence à Pierre et à toute l'assemblée et s'éloigne pour aller garder Maisonchaude. On voit encore, dans l'obscurité, sa robe claire qui descend la vallée. Lorsqu'elle est parvenue au bas de la page, au bord de cette marge blanche où vous ne pourrez plus la suivre, elle se retourne, elle agite vers vous, en signe d'adieu, son grand chapeau d'image d'Épinal. Ensuite, elle n'est plus là.

Maintenant, c'est le feu qui nous éclaire, il brûle au bord de la cressonnière, il s'élève haut dans la nuit, il s'y perd par son reflet indéfiniment fractionné dans les lentes spirales de l'eau. Le repas a commencé sans que l'on s'en aperçoive, à cause de cette fine douleur ou de cette fissure apparue dans l'édifice intérieur, au moment du départ de Mlle Mérence. C'est un repas très gai, mais d'une joie nuancée, d'une voix un peu fêlée comme la sienne. Un savoureux, un nonchalant repas du Sud avec des interruptions et des reprises que soutiennent les actes véhéments du feu, l'alchimie céleste et le mouvement de la source qui fait indéfiniment déborder l'eau de la cressonnière par-dessus la vanne du ruisseau.

Pierre est assis en face d'Instituteur John, ils mangent, ils se souviennent ensemble et ils pensent aux mêmes choses, comme autrefois. Il est inutile de demander à Johnson pourquoi il n'a pas rejoint le régiment, ni pour quelle raison il s'est caché à votre arrivée. Sans que le passé soit terni, il est clair maintenant que vous êtes seul et lui aussi. Il fallait être seul pour entrer dans la maison chaude, en être rejeté et y revenir, quand tout semblait perdu, par l'intervention inespérée de Mlle Mérence.

Quand Ulysse a allumé le deuxième feu, M. Granpé, qui est devenu un personnage considérable et le centre de la fête, commence le chant du Grand Été. Les voix qui montent du village assemblé ne sont pas celles de la douleur ni de l'esclavage, ne sont pas celles de la colère, comme les voix du régiment noir. Elles forment un chant que Pierre et Johnson n'ont jamais entendu. Il sort de l'eau noire de la cressonnière, étend son cou de cygne et s'élance dans l'espace avec des battements d'ailes qui font dans l'air un bruit de soie déchirée. On voit s'élever et tourner dans le ciel ce chant qui vous ignore et qui, démesurément, vous connaît. Sur le visage de M. Granpé, sur ceux des femmes et des petits enfants qui commencent à somnoler en chantant, on peut voir que c'est le chant d'une inatteignable, d'une éblouissante bénédiction. Fais ton cœur petit, tout petit, chantaient les mamans noires, depuis le commencement du malheur. Puis Johnson, Cheval rouge et le régiment noir sont venus faire semence de femmes qui chanteront : Fais ton cœur grand, mon petit, fais ton cœur plus grand, que rien ne soit trop beau, ni trop vaste pour lui. Semence de femmes qui mêleront à l'amour le sang du combat. Et voici que M. Granpé, avec son torse blessé par l'obus de Johnson, avec sa tête perdue dans le ciel où tourne le chant d'alcyon du Grand

Été, voici que M. Granpé et Valérie, avec leurs voix qui montent plus haut et descendent plus bas que celles des autres, disent que c'est la même chose. C'est la même chose, chantent les paysans, les paysannes et les hommes des canons, c'est la même chose et nous te suivrons, Granpé, là où toutes les voies n'en font qu'une.

Instituteur John éveille Olivier pour allumer le troisième feu qui est celui de la lutte. Les femmes étendent sur le pré, en dessous des deux tours en ruine, des draps et des couvertures et elles y placent leurs enfants afin qu'ils puissent continuer à suivre la fête et dormir un moment si le sommeil les prend. Les draps ont été soigneusement rangés de façon à former un grand ovale au milieu duquel s'assemblent les enfants.

La lutte commence, chaque homme jeune doit lutter avec son meilleur ami. À la fin du combat, le rite institué par Granpé pour cette nuit exige que le vaincu ait conservé assez de force pour jeter son vainqueur dans la cressonnière. Il doit la traverser deux fois à la nage, avant de ressortir de l'eau glaciale au milieu des rires, des chants ironiques et des quolibets de tous.

Vient le tour de Pierre et de Johnson. Eh bien, je vais te jeter tout à l'heure dans la cressonnière, ne garde pas tes souliers, dit Pierre. Il ne fait aucun doute que Johnson va l'emporter. Sauf pour l'équitation, il s'est toujours montré le plus fort et le plus habile dans tous les exercices physiques. Pierre limite donc ses ambitions à résister honorablement à Instituteur John, à le suivre dans ses mouvements, à ne jamais opposer sa force à la sienne et à économiser son souffle de façon à durer le plus longtemps possible.

Instituteur John ne veut pas déployer sa force pour terrasser Cheval rouge, ainsi qu'il le pourrait, par une action fulgurante. Il combat avec calme, en souriant, et il réduit Pierre à se défendre dans un espace diminué. Il l'entoure, il l'enserre de ses nœuds, il le paralyse peu à peu sur le sol, alors qu'il dispose encore de presque toutes ses forces. C'est là qu'il a tort, comme Jimmy l'en a averti, car il réveille Cheval rouge. Cheval rouge a besoin d'étendue. Il se cabre, il se dégage d'une ruade inattendue, il échappe à l'enlisement entre les muscles d'Instituteur John. Il feinte, il recule, il se dérobe jusqu'à ce que monte dans sa bouche le goût du sang. Les soldats, qui s'étaient levés pour voir comment Cheval rouge allait toucher le sol des deux épaules, se rassoient. Ils pensent que Johnson a laissé passer le moment favorable et que le combat va durer longtemps. Cheval rouge se protège étroitement et parfois il attaque, sans beaucoup de force, mais avec une extrême rapidité, avant de reculer à nouveau. Ils se sont relevés tous les deux, Instituteur John domine toujours, c'est lui qui mène le combat, mais non plus à sa guise, car il ne cesse d'être déconcerté par les ripostes de Cheval rouge dont tous les gestes s'ouvrent sur plusieurs possibilités. Comme il ne pousse aucune attaque à fond et veille avant tout à demeurer mobile, il est toujours prêt à parer les offensives d'Instituteur John.

Gauvain dit à Buck qu'on voit bien que Johnson n'a pas fait avec Sherman la campagne de Géorgie. Il n'a pas appris à garder toujours l'adversaire devant les cornes du dilemme. Il n'a pas réfléchi constamment, comme Cheval rouge, aux moyens de mieux adapter cette tactique à la puissance de l'ennemi et à ses propres possibilités. Johnson pourrait encore gagner en portant résolument une attaque sur le point faible de son adversaire – l'infériorité de ses forces – sans se soucier de ses feintes et de ses dérobades. Buck répond que Johnson ignore la guerre totale, à la manière de Sherman. Celle qui utilise tous les moyens et ne respecte plus aucune règle. Johnson ne veut pas écraser Cheval rouge, mais le vaincre en lui laissant assez de force pour jeter son vainqueur dans le cressonnière et participer au reste de la fête. Cheval rouge n'a pas ce souci et, quand les attaques de Johnson sont trop prononcées, il riposte par une série de coups défendus qui soulèvent les huées des spectateurs – ce dont il se moque bien – mais qui éprouvent rudement Instituteur John. Celui-ci lève souvent le bras pour signaler une faute à l'arbitre, mais la lutte a dès maintenant pris un caractère tel qu'il n'y a plus d'arbitrage possible.

C'est John maintenant qui subit la loi de Cheval rouge. Il croit parer un coup et c'est un autre qui survient, s'il réagit à temps, deux autres s'esquissent déjà devant lui. Cheval rouge, qui a retrouvé l'espace, danse sans fatigue apparente autour de lui, tandis qu'Instituteur John s'essouffle et se désunit à le poursuivre. Cheval rouge l'atteint constamment, sans beaucoup de force mais avec une extrême précision, aux arcades sourcilières et au foie. Il n'est plus question de style ni d'honneur, il n'y a plus que la victoire qu'il faut obtenir à tout prix conformément à l'exemple ou à l'image de Sherman qui occupe entièrement l'esprit.

Surpris, devancé, saisi dans la machine rigoureuse, dans l'impitoyable tenaille de la double question et de l'unique réponse qu'il n'a plus le temps de fournir, Instituteur John sent un voile rouge lui descendre sur les yeux, il commence à trébucher et à décocher ses coups dans le vide. Tout le monde est désolé, ce n'est plus un jeu, ce n'est plus une fête et le Grand Été en est tout obscurci. Atterrés, les enfants regardent Instituteur John, il ne sourit plus, il titube et de son corps ruisselant s'échappe le souffle rauque et saccadé des bêtes forcées. Il va bientôt s'écrouler aux pieds de cette damnable machine blanche qui le guette avec ses yeux rouges et cruels et s'accroche à lui avec la férocité d'un furet. Il y a des enfants qui se mettent à pleurer. Sam et Gauvain se tournent vers M. Granpé qui sourit toujours là-haut, pour lui demander d'arrêter le combat. Comme il ne semble pas les comprendre, Valérie et les enfants commencent à ramasser des pierres et des villageois les imitent. En les voyant faire, les hommes de la 5e batterie se souviennent que Johnson ne fait plus partie du régiment et ils s'arment de bâtons pour défendre le colonel Pierre. On voit bien que pour Cheval rouge le combat ne fait que commencer et qu'il prendrait plaisir à le voir s'étendre à tous.

C'est alors que Jimmy et Tumbolo Jones se mettent à crier : Arrête, Cheval rouge, arrête ! et les hommes de la 5e batterie reprennent le cri avec eux. Pierre les entend, il désire de toutes ses forces arrêter Cheval rouge, mais comment faire lorsqu'il est lancé en pleine course et que l'on n'a ni mors ni rênes. Il se tourne, lui aussi, vers M. Granpé dont la puissante écorce et les feuillages dominent le paysage du ciel. M. Granpé n'a garde de répondre mais, dans sa forte assise et ses arcs-boutants, dans l'architecture de ses gestes, un sens commence à se manifester, que Pierre ne peut encore comprendre, mais qui lui permet de ralentir l'action de Cheval rouge et d'aider Instituteur John à reprendre souffle. M. Granpé se penche vers les deux adversaires et l'on voit qu'il ressemble au père Pierre ébauchant le geste de mourir. Le geste qui disait : Rends la main... le cheval sait mieux.

Cheval rouge, dès qu'il a senti qu'on lui rendait la main, s'est engagé dans une prise qui arrête l'échange des coups et qui soutient subtilement le corps épuisé de l'adversaire en ayant l'air de vouloir l'étouffer.

Maintenant que Johnson est à nouveau près de vous, que vous le tenez corps à corps, avec son souffle entrecoupé qui s'apaise, vous pouvez reconnaître que son règne, à la différence du vôtre, est végétal. Il a vécu jusqu'ici comme un superbe lierre, étreignant tout ce qui l'aidait à grandir, mais sans pousser de racines d'arbre. Oui, c'est là le point faible que Cheval rouge a senti dès le début du combat, Instituteur John n'est plus un homme des canons, mais il n'a pas encore risqué sa semence dans la terre. Si étrange que cela paraisse, c'est la folie de Cheval rouge qui a fait œuvre de sagesse. C'est elle qui a préparé les nouveaux astres en travaillant, de ses images et de ses canons, la profondeur de l'Amérique. C'est Cheval rouge qui a recueilli la terre rouge que Johnson lui a confiée et qui contenait la semence. Il lui a donné forme, il l'a plantée et couverte au temps favorable. Elle est en terre, elle est là et, dès que Cheval rouge desserre sa prise, Instituteur John peut laisser agir la sève et se mettre à croître, à bruire et à danser de toutes ses feuilles. Il élève ses puissantes épaules, il devient très grand dans le ciel. Cheval rouge grandit avec lui, il croit que le combat va reprendre et il tente de frapper Johnson de la tête. Instituteur John s'appuie sur ses grandes ramures et, sans passer à l'attaque, il s'amuse à prévenir et à contenir souplement cette blanche machine logique. Cheval rouge a beau déployer toute sa force et user de sa mobilité supérieure, on voit très bien que Johnson peut le contenir toute la nuit et qu'en réalité le combat est déjà terminé.

Gauvain et Sam sont rassurés, les enfants recommencent à jouer et à dormir. Valérie et les paysans déposent leurs pierres, les soldats jettent leurs bâtons dans le feu et tous reprennent place autour des nappes pour continuer la fête.

Instituteur John élève de plus en plus haut son corps noir et, incomparable, son sourire. Il est à la hauteur des genoux de M. Granpé, à celle de sa semence et de sa digestion vigoureuse, à celle de son torse blessé par le nouveau porteur du signe. Quand il est parvenu près du cœur, il élargit son geste et le mêle à celui de Cheval rouge qui a grandi avec lui. Plus ils s'élèvent dans l'air, plus ils s'enfoncent par de souples racines dans la profondeur originelle. Plus ils se souviennent des pays de bisons et de Shenandoah qui est l'étendue toujours verte, la rivière, la vallée et le lieu de leur amitié. Cheval rouge étend vers John son front de hêtre pourpre, ils unissent leurs branches, ils célèbrent l'assomption de la sève. À l'ombre de M. Granpé, ils se réjouissent car ils sont le Nord et le Sud qui se sont unis dans le corps des canons, qui ont été délivrés, que rien ne peut plus réunir, que rien ne peut plus séparer.

La fête reprend durant de généreux espaces où l'on suit dans le ciel le passage de quelques rapaces et la migration des étoiles. Le temps qu'il faut à Instituteur John et à Cheval rouge pour se jeter ensemble dans l'eau glacée de la cressonnière, pour en sortir tremblants de froid sous les huées et les rires de l'assemblée. Le temps d'éveiller Ulysse pour allumer le quatrième feu – celui de la terre – pendant lequel on répare ses forces et le cinquième qui est celui de la danse.

Tous s'assemblent, selon le rite, autour du pré où les enfants se sont endormis. On a enlevé les vêtements blancs et on forme autour des dormeurs un ovale, un grand œuf sombre, au sein duquel vous êtes – vous, le cheval rouge – l'unique entaille et la blessure faite dans la coque noire et brillante de Maisonchaude. On danse, on est emporté dans la jubilation du Sud, mais cela dure. Oui, pour vous qui avez été blessé, cela dure trop longtemps. La vérité se fait jour, dans le Grand Été vous êtes la pesanteur, la claudication, la coupure. Dans la profusion et la folle prodigalité des signes, vous portez seulement, lion noir, celui de la semence d'hiver. On ne peut plus éveiller Ulysse qui dort la joue appuyée sur l'épaule d'Olivier. L'heure du matin approche, il est temps d'allumer le sixième feu qui est celui de l'attente. Instituteur John enflamme la paille et les copeaux, mais le bois, mouillé par la rosée, prend mal et ne fait qu'une flamme pauvre et des flots d'âcres fumées. Vous êtes assis, l'un en face de l'autre, il y a encore des hommes et des femmes qui dansent au son d'une musique un peu lasse. On entend la conversation intermittente et la chute d'un mince filet d'eau. Pierre croit entendre le son des pieds nus de Mlle Mérence qui danse pour chasser de Maisonchaude les esprits malfaisants. Quand on se dégage de la hâte diabolique, le plus difficile est d'attendre, mais on peut alors penser aux vingt dernières années du père, dans sa maison au bord de la rivière, au pays des batteurs de fer. Et l'on songe à tout ce temps consacré aux plantes et aux fleurs de pleine terre, les plus belles de la vallée. Aux parterres, aux roseraies, aux massifs entre lesquels on va, comme Mlle Mérence, taillant, sarclant, redressant, les mains actives mais les yeux toujours fixés sur les fleurs. Les regardant plus intensément à mesure que l'on grisonne, que l'on blanchit. Les observant de mieux en mieux, sous le vieux chapeau gris tanné par le soleil et par la pluie. Contemplant longuement sans rien dire, les pétales éclatants ou fragiles, les corolles, les pistils, les étamines, tout le cycle, tout le théâtre et la simplicité de l'amour. Et si cette histoire est née d'un silence, le silence du père sur la guerre de Sécession, il est juste qu'elle se termine par son silence au milieu des fleurs. Qui ne songeait pas à donner à penser, qui se contentait d'être, et qui demeure à jamais insondable et incommuniqué.

Le ciel s'éclaircit, il vire au gris sombre avec, au levant, une première ébauche de lumière. Le septième feu, celui des nouveaux astres, est sur le point de s'éteindre et la fête va se terminer avec lui. Tous, dans l'attente de l'aube, sommeillent dans l'herbe, formant un cercle noir autour de l'ovale blanc des draps où les enfants sont endormis. Il n'y a plus, près de nous, qu'un vieux Noir, il a enlevé sa robe rouge et la plie soigneusement, afin qu'elle soit prête pour Sam l'an prochain. Il est redevenu Granpé, il est fatigué, mais heureux d'avoir pu vivre encore une fois la nuit du Grand Été.

Il faut que le sang, dont le fils a animé la double image du père, soit versé. Froid et rapide, sur la pierre du petit matin, il faut un sacrifice. À la naissance de la colline, la source soulève sans fatigue son mince anneau de sable. Le jour va poindre, la fête du Grand Été est finie. Qui a dit qu'elle se passait la nuit ? Dans le souvenir des enfants, il y a toujours beaucoup de soleil.

5 mai 1968-21 décembre 1970

TABLE

7867

Composition PCA
Achevé d'imprimer en France (Malesherbes)
par Maury-Imprimeur le 5 mai 2009.
Dépôt légal mai 2009. EAN 9782290323984
1er dépôt légal dans la collection : janvier 2006

Éditions J'ai lu
87, quai Panhard-et-Levassor, 75013 Paris
Diffusion France et étranger : Flammarion